U0521906

非洲英语流散文学中的主体性重构

The Reconstruction of Subjectivity in
African English Diaspora Literature

袁俊卿 著

中国社会科学出版社

图书在版编目(CIP)数据

非洲英语流散文学中的主体性重构 / 袁俊卿著 . —北京：中国社会科学出版社，2024.4

ISBN 978-7-5227-3315-9

Ⅰ.①非⋯ Ⅱ.①袁⋯ Ⅲ.①英语文学—文学研究—非洲 Ⅳ.①I400.6

中国国家版本馆 CIP 数据核字(2024)第 058018 号

出 版 人	赵剑英
责任编辑	慈明亮
责任校对	闫　萃
责任印制	戴　宽

出　　版	中国社会科学出版社
社　　址	北京鼓楼西大街甲 158 号
邮　　编	100720
网　　址	http：//www.csspw.cn
发 行 部	010-84083685
门 市 部	010-84029450
经　　销	新华书店及其他书店
印　　刷	北京君升印刷有限公司
装　　订	廊坊市广阳区广增装订厂
版　　次	2024 年 4 月第 1 版
印　　次	2024 年 4 月第 1 次印刷
开　　本	710×1000　1/16
印　　张	19.5
字　　数	270 千字
定　　价	99.00 元

凡购买中国社会科学出版社图书，如有质量问题请与本社营销中心联系调换
电话：010-84083683
版权所有　侵权必究

出 版 说 明

为进一步加大对哲学社会科学领域青年人才扶持力度，促进优秀青年学者更快更好成长，国家社科基金 2019 年起设立博士论文出版项目，重点资助学术基础扎实、具有创新意识和发展潜力的青年学者。每年评选一次。2022 年经组织申报、专家评审、社会公示，评选出第四批博士论文项目。按照"统一标识、统一封面、统一版式、统一标准"的总体要求，现予出版，以飨读者。

全国哲学社会科学工作办公室

2023 年

摘　　要

　　通常意义上所理解的流散文学是那些有着跨国界和跨文化生存经历的作家创作的关涉家园、种族、身份、性别和边缘化体验等流散症候的文学作品。但在撒哈拉沙漠以南的非洲，情况却有所不同。由于西方的殖民侵略、殖民统治以及外来宗教的渗透与西式教育的推广，相当一部分非洲原住民失去了土地，被迫离开家园，在自己的国土上移徙与流亡；他们的本土宗教受到外来宗教的冲击，本土语言遭到殖民语言的挤压；他们受到欧风美雨的侵扰，但又深深扎根于本土文化的土壤，从而在面对本土文化与西方文化时进退维谷，徘徊不定，在心灵深处，无法获得使人身心安定的归属感，再加上殖民者依据各自的势力范围强行划定非洲各民族国家的地理疆界，使得非洲原住民在种族身份、国家身份和自我身份认同上呈现出混杂矛盾与犹豫纠结的状态。总而言之，非洲原住民在家园、语言、宗教、身份等方面所遭遇的困境使得他们的主体性呈现为一种破碎的、不完整的状态。非洲原住民没有跨国界以及紧随而来的跨文化生存体验，但西方的殖民侵略和殖民统治客观上造成了跨国界和跨文化所带来的效果。他们在外来文化和本土文化的双重塑造下同样呈现出流散的特点，即本土流散。也就是说，流散并不一定非得跨越国界，那些非洲作家在施行流散这一具体行为之前创作的作品和流散之后写就的与移居国无关而与母国密切相关的文学同样可以划归到流散文学的行列。简而言之，通常意义上的流散之"名"部分遮蔽了非洲流散之"实"。除了本土流散，非洲还存在着有跨国界和跨文化经历的异邦流散，以及特指非洲的殖民者及其后代的殖民流散。所以，非洲流散文学可以分为本土流散文学、异邦流散文学和殖民流散文学三种类型。在这三种文学类型中，作品主人公的主体性也各有差异。由于有着共同的历史遭遇、相似的发展进程以及在全球化的国际权力关系格局中的类似处境，非洲本土流散文学和异邦流散文学在创作主题、人物形象、国民心理和美学特色等方面呈现出相似的抵抗性书写特征，具体表现在如下方面：赶走侵略者，夺回被侵占的土地，重建家园，以使身心有安放之所；使用民族语言或被改造了的殖民语言进行创作，既达到了保护、拯救民族语言的目的也摆出了消解帝国语言一统天下的局面的姿态；打破沉默，重述自我；找寻迷失的身份，确认自我，从"是"其所"不是"到"是"其"所是"；女性的主体意识觉醒，非洲的"娜拉"走出家门、国门以及国外的家门寻求独立和未来，这种"娜拉出走"本身就是对专制独裁、父权和夫权的反抗。这种抵抗性书写就是为了重建人的完整的主体性。非洲英语流散文学中的主体性重构是恢复人的尊严的一种努力，是探索个人之路、民族之路、国家之路甚至是非洲之路的一种努力。

关键词：非洲英语流散文学；本土流散；异邦流散；殖民流散；主体性

Abstract

Diaspora literature usually refers to literary works related to the topics such as homeland, race, identity, gender, and marginalized experiences and created by writers with cross – border and cross – cultural experiences. However, the situation is different in sub – Saharan Africa. Due to Western colonial invasion, colonial rule, the infiltration of foreign religions and the promotion of Western education, a considerable number of African indigenous people lost their land and were forced to leave their homes to migrate and live in exile in their homeland. Their native religions were impacted by foreign religions and their native languages were influenced by colonial languages. They were invaded by the western culture, but they were deeply rooted in the soil of the local culture. Therefore, they were in a dilemma and unable to obtain a sense of belonging when facing the local and Western culture. In addition, the colonists forcibly demarcated the geographical boundaries of African nation – states based on their respective spheres of influence, which made African indigenous people in a state of mixed contradictions and hesitations in racial identity, national identity and self-identity. All in all, African indigenous people's plights in their homelands, languages, religions, and identities made their subjectivity in a broken and incomplete state. African indigenous people did not have cross – border and the subsequent cross-cultural survival experience. However, the Western colonial aggression and colonial rule objectively had caused the effects. Under the double molding of foreign culture and local culture, they also show the characteristics of diaspora, that is, the native diaspora. In other words, diaspora does not necessarily have to cross national boundaries. The works created by African writers before diaspora and the works irrelevant to the country of immigration but closely related to their home country and written after diaspora can also be classified as diaspora literature. In short, the name of diaspora in the ordinary sense partially enshrouds the reality of African diaspora. In addition to native diaspora, there are also foreign diaspora with cross-border and cross-cultural experiences in Africa, as well as colonial diaspora that specifically refers to African colonists and their descendants. Therefore, African diaspora literature can be divided into three types: native diaspora literature, foreign diaspora literature, and colonial diaspora literature. In these three types of literature, the subjectivity of the protagonists in the works is different. Due to the same historical encounters, similar development processes, and similar situations in the pattern of globalized international power relations, African native diaspora literature and foreign diaspora literature present similar characteristics of resistance writing in terms of creative themes, characters, national psychology, and aesthetics. The similarities are as follows. They drive away the invaders, reclaim the occupied lands, and rebuild homes so that they can have a place to rest physically and mentally. Using national languages or the transformed colonial languages to create works not only protects and saves national languages, but also poses a stance to dispel the dominance of the empire language. By this way, they try to find the lost identity and reconfirm the self. Then the consciousness of women's subjectivity awakens, and the African "Nora" goes out of her home, her country, and abroad to seek independence and future. Nora's leave is a resistance to autocracy and patriarchy. The resistance writing is aimed at reconstructing the complete subjectivity of human beings. The reconstruction of subjectivity in African English diaspora literature is an effort to restore human dignity. It is an effort to explore the path of the individual, the nation, the country, and even Africa.

Key words   African English Diaspora Literature; Native Diaspora; Foreign Diaspora; Colonial Diaspora; Subjectivity

目　　录

绪　论 ……………………………………………………… （1）
　第一节　国外非洲英语流散文学研究述评 ……………… （2）
　第二节　国内非洲英语流散文学研究述评 ……………… （25）
　第三节　选题缘起、创新之处及意义 …………………… （40）

第一章　非洲英语流散文学的"名"与"实" ……………… （45）
　第一节　流散的主要特征：空间位移和文化冲突 ……… （46）
　第二节　异质文化冲突与主体性瓦解 …………………… （50）
　第三节　主体性的瓦解和本土流散的生成 ……………… （66）
　第四节　本土流散和国内移民的异同 …………………… （69）

第二章　非洲流散文学的类分及其与主体性的关系 …… （76）
　第一节　异邦流散和异邦流散文学 ……………………… （76）
　第二节　殖民流散与殖民流散文学 ……………………… （85）
　第三节　本土流散、异邦流散和殖民流散之间的关系 … （93）
　第四节　非洲流散文学中的抵抗性书写和主体性重构 … （95）
　第五节　家园、身份、语言、记忆和主体及主体性的
　　　　　关系 ……………………………………………… （96）

第三章　流散主体的家园找寻与重建 …………………… （99）
　第一节　祖传之地："那是一个圣洁的地方" …………… （101）

第二节　失陷之地："一群衣着华丽得像蝴蝶的人来到山里啦" …………………………………………………（108）
　　第三节　自由之地："黑人乡村"对抗"白人高地" ……（114）

第四章　流散主体的非洲坚守和语言尴尬 ……………（130）
　　第一节　本土语言与帝国语言之争 ……………………（131）
　　第二节　本土语言的捍卫者 ……………………………（136）
　　第三节　屡败屡战的"西西弗斯" ………………………（140）

第五章　流散主体的记忆书写与沉默叙事 ……………（148）
　　第一节　阿巴斯的沉默："失语症"患者 ………………（149）
　　第二节　玛利亚姆的沉默："我"从哪里来？ …………（153）
　　第三节　安娜的沉默："是"其所"不是" ………………（156）

第六章　流散主体身份的迷失、追寻和重建 …………（162）
　　第一节　本土流散者的身份迷失："我是谁？" ………（163）
　　第二节　建构新的民族国家身份："成为比亚法拉人" …（174）
　　第三节　回归国家认同：重做"尼日利亚人" …………（184）

第七章　女性流散主体的觉醒和主体性重构 …………（196）
　　第一节　出走家门的"娜拉" …………………………（198）
　　第二节　出走国门的"娜拉" …………………………（203）
　　第三节　出走国外家门的"娜拉" ……………………（208）

第八章　主体性的重建与非洲之路的探索 ……………（217）
　　第一节　个体的主体性重构 ……………………………（217）
　　第二节　民族/国家的主体性重构 ………………………（225）
　　第三节　非洲的主体性重构 ……………………………（233）

结　语 …………………………………………………… (243)

附录　东非文学的前夜：《面向肯尼亚山》叙事的发生 …… (246)
　　第一节　肯雅塔与《面向肯尼亚山》 ………………… (249)
　　第二节　文化民族主义与现代化 ………………………… (256)
　　第三节　文学性、抵抗性和自传性 ……………………… (265)

参考文献 ………………………………………………… (275)

索　引 …………………………………………………… (289)

后　记 …………………………………………………… (293)

Contents

Introduction ··· (1)
  1 Previous Studies on African English Diaspora Literature
     Abroad ··· (2)
  2 Previous Studies on African English Diaspora Literature in
     China ··· (25)
  3 The Background, Innovation, and Significance of the
     Study ··· (40)

Chapter 1 The "Name" and the "Reality" of African English Diaspora Literature ················ (45)
  Section 1 The Main Characteristics of Diaspora: Spatial
     Displacement and Cultural Conflicts ············· (46)
  Section 2 The Conflicts of Heterogeneous Culture and the
     Disintegration of Subjectivity ····················· (50)
  Section 3 The Disintegration of Subjectivity and the Generation
     of Native Diaspora ································· (66)
  Section 4 The Similarities and Differences between Native
     Diaspora and Domestic Immigration ············· (69)

Chapter 2 The Classification of African Diaspora Literature and its Relationship with Subjectivity ············ (76)
  Section 1 Foreign Diaspora and Foreign Diaspora
     Literature ··· (76)

Section 2	Colonial Diaspora and Colonial Diaspora Literature	(85)
Section 3	The Relationship between Native Diaspora, Foreign Diaspora, and Colonial Diaspora	(93)
Section 4	ResistanceWriting and Subjectivity Reconstruction in African Diaspora Literature	(95)
Section 5	The Relationship between Homeland, Identity, Language, Memory, and Subject as Well as Subjectivity	(96)

Chapter 3 Searching and Rebuilding the Homeland of the Subjects of Diaspora (99)

Section 1	The Ancestral Land: That's a Holy Place	(101)
Section 2	The Lost Land: A Group of People Dressed Beautifully Like Butterflies Arrived	(108)
Section 3	The Land of Freedom: Black Countryside vs. White Highlands	(114)

Chapter 4 African Perseverance and Language Embarrassment of the Subjects of Diaspora (130)

Section 1	The Struggle between Local Languages and Imperial Languages	(131)
Section 2	Defenders of Local Languages	(136)
Section 3	Sisyphus, Fight again and again	(140)

Chapter 5 Memory Writing and Silent Narrative of the Subjects of Diaspora (148)

Section 1	The Silence of Abbas: The Patient of "Aphasia"	(149)
Section 2	The Silence of Maryam: Where do I Come from?	(153)
Section 3	The Silence of Hanna: To Be or Not to Be	(156)

Chapter 6 The Loss, Pursuit, and Reconstruction of the Identity of the Subjects of Diaspora (162)

Section 1 Lost Identity of Native Diaspora: Who Am I? (163)

Section 2 Constructing a New National Identity: Becoming Biafrans (174)

Section 3 Returning to National Identity: Becoming Nigerians Again (184)

Chapter 7 The Awakening and Subjectivity Reconstruction of the Female Subjects of Diaspora (196)

Section 1 Nora in Africa Leaves Her Home (198)

Section 2 Nora in Africa Leaves Her Country (203)

Section 3 Nora in Africa Leaves Her Home Abroad (208)

Chapter 8 The Reconstruction of Subjectivity and the Exploration of the African Road (217)

Section 1 The Subjectivity Reconstruction of Individual (217)

Section 2 The Subjectivity Reconstruction of the Ethnicity/Country (225)

Section 3 The Subjectivity Reconstruction of Africa (233)

Conclusion (243)

Appendix The Eve of East African Literature: The Narrative of *Facing Mount Kenya* (246)

Section 1 Kenyatta and *Facing Mount Kenya* (249)

Section 2 Cultural Nationalism and Modernization (256)

Section 3 Literariness, Resistance, and Autobiography (265)

Bibliography (275)
Index (289)
Postscript (293)

绪　　论

第二次世界大战之后，英帝国开始解体。随着帝国的解体、全球化的推进以及后殖民理论的兴起，后殖民英语文学逐渐崛起。作为后殖民英语文学的一个分支，英语流散文学日益引起世人的广泛关注。如今，流散文学已经成为一种世界性的文化现象。有学者指出，流散现象产生的"根本原因就在于始于 19 世纪并在 20 世纪后半叶达到高潮的全球性的大规模移民"[①]。流散群体脱离母国的文化环境，进而投入他国的文化境地中，在身份认同、语言、种族、他乡与故国等方面都会出现类似的"流散"症候。"流散是一种被迫迁徙于异质空间的特殊生存方式，这种带有双重性生存经验而引发个体精神世界的混杂性与冲突，形成了一系列文化身份认同探寻现象。"[②] 虽然犹太人、非洲人、墨西哥人、印度人、华人等族裔在流散原因、规模、时间、形式、文化表征等方面千差万别，但是，都因脱离"本地、本族、父家"而散居在异质文化的夹缝之中，所以，他们具有某种相似的文化表征。流散作家的创作具有如下共性：跨界身份、多元文化；后殖民语境、全球化大潮；对母国与宗主国的眷恋与反思和作为世界性公民的超脱；站在本土，放眼世界，发出

---

① 王宁：《流散文学与文化身份认同》，《社会科学》2006 年第 11 期。
② 张杏玲：《流散文学的黑人文学身份建构》，《求索》2015 年第 8 期。

独特声音；构建文化立场，代言多元文化；① 等等。朱振武、张敬文在《英语流散文学及相关研究的崛起》中把英语流散文学的发展历程分为三个阶段：20世纪60年代以前的起步期、20世纪六七十年代的发展期和20世纪八九十年代的繁荣期。② 在每个阶段，都有代表性的作家及作品，并且，随着时间的推移，英语流散文学的疆界不断扩张。20世纪末至21世纪初，具有流散身份的作家诸如纳丁·戈迪默、德里克·沃尔科特、奈保尔、库切、多丽丝·莱辛、石黑一雄、阿卜杜勒拉扎克·古尔纳等相继获得了诺贝尔文学奖；而同样优秀的流散作家比如本·奥克瑞、拉什迪、迈克尔·翁达杰等人获得了英语世界最高文学奖布克奖。由此可见，流散作家在近几十年中引起了世界性的关注。其中，库切、阿契贝、恩古吉·提安哥、古尔纳、本·奥克瑞和奇玛曼达·阿迪契等非洲流散作家表现突出，与此同时，国内外对他们的跟踪研究一直保持着相当的热情。

第一节　国外非洲英语流散文学研究述评

一般认为，非洲的现代文学起始自19世纪末20世纪初，书面文学在四五十年代迎来百花齐放的局面，七八十年代方进入繁荣期。③ 但是，从流散这个视角研究非洲文学则相对较晚。有学者指出，英语流散文学的发展经过了20世纪60年代以前的起步期、20世纪六七十年代的发展期和20世纪八九十年代的繁荣期三个阶段，而非洲英语流散文学直到20世纪八九十年代才引起广泛的关注。在

---

① 详见刘洪一《流散文学与比较文学：机理及联结》，《中国比较文学》2006年第2期。

② 朱振武、张敬文：《英语流散文学及相关研究的崛起》，《东吴学术》2016年第3期。

③ 参见鲍秀文、汪琳主编《20世纪非洲名家名著导论》，浙江人民出版社2016年版，第6—8页。

评述国外非洲英语流散文学的研究状况之前，有必要先对"流散"的概念史作一简要的梳理。

罗宾·科恩（Robin Cohen，1944— ）和卡罗琳·费舍尔（Carolin Fischer）在其主编的《劳特利奇流散研究手册》（*Routledge Handbook of Diaspora Studies*，2019）中指出："在本书的第一部分，我们的作者试图绘制一个地图，说明流散的概念是如何产生的，以及它是如何进入不同的认识和经验领域的。"① 他们认为："流散研究中最重要的转变之一是不再强调群体团结和凝聚力，而是承认内部的复杂性——包括多民族、多信仰、多语言、多群体、多流动和混合的流散。"② 第二部分就是对这些复杂维度的探讨。其他部分则对流散与阶级、流散与音乐、流散与舞蹈、逆向流散、流散与政治、流散与家园等问题展开讨论。在《流散成为一个概念之前》（"Diaspora before It Became a Concept"）的文章中，斯特凡·杜佛（Stéphane Dufoix）追溯了"流散"的"前世"，颇有些正本清源的意味。他指出，许多人对"流散"成为一个正式术语之后的内涵较为熟悉，但对它之前的历史却知之不多，甚至还存有误解。

> 首先，流散毫无疑问是一个希腊词（διασπορά），既有散布的含义又有分布或扩散的内涵，而且，同样地，并没有负面意义。其次，在希腊语中，它从未被用来描述希腊在地中海的殖民。再次，它不是对希伯来语"galuth"或"golah"的翻译，意思是"流亡"或"流亡中的社区"③。

---

① Robin Cohen and Carolin Fischer, *Routledge Handbook of Diaspora Studies*, London and New York: Routledge, 2019, p. 4.

② Robin Cohen and Carolin Fischer, *Routledge Handbook of Diaspora Studies*, London and New York: Routledge, 2019, p. 5.

③ Robin Cohen and Carolin Fischer, *Routledge Handbook of Diaspora Studies*, London and New York: Routledge, 2019, p. 13.

斯特凡·杜佛认为，流散（diaspora）最初是一个宗教词语，应该从神学的意义上来理解。公元前3世纪，在七十子希腊文本圣经中，名词"diaspora"首次出现。"'流散'并不是指历史上的分散，如公元前6世纪犹太人在巴比伦的流放，而是描述了如果犹太人不遵守上帝的诫命，他们将受到神圣的惩罚——分散到世界各地。"① 犹太人虽然被分散，但他们终将重聚，因为他们是"上帝的选民"。也就是说，这种"重聚"更多地体现出了神的意志而不是人的意志。后来，伴随着一系列重要历史事件的影响，犹太人离开巴勒斯坦逐渐成为一个切实存在的历史现象。因此，流散一词在很长的时间内都特指犹太人的流离失所。

20世纪前半期，流散经过了如下演变：第一，世俗化（secularization），即非宗教意义的延伸；第二，琐细化（trivialization），也就是适用范围的拓展；第三，形式化（formalization），或建立一种标准（the establishment of criteria），这些标准允许从一个确定的范畴向一个不确定的范畴及其子类型的转变。② 西蒙·杜布诺（Simon Dubnow）于1931年在《社会科学百科全书》（*Encyclopaedia of the Social Sciences*）中收录了"流散"一词，"这是将'流散'一词扩展到其他人群和学术界的一个重要里程碑"③。在该词条第一段中，这样写道："Diaspora是一个希腊术语，指一个国家或民族的一部分，从自己的国家或领土分离出来，分散在其他国家，但保留自己的民族文化。"④

---

① Robin Cohen and Carolin Fischer, *Routledge Handbook of Diaspora Studies*, London and New York: Routledge, 2019, p. 13.

② See Robin Cohen and Carolin Fischer, *Routledge Handbook of Diaspora Studies*, London and New York: Routledge, 2019, p. 16.

③ Robin Cohen and Carolin Fischer, *Routledge Handbook of Diaspora Studies*, London and New York: Routledge, 2019, p. 19.

④ Robin Cohen and Carolin Fischer, *Routledge Handbook of Diaspora Studies*, London and New York: Routledge, 2019, p. 19.

在《美国文明和黑人》(American Civilization and the Negro, 1916) 中,查尔斯·维克多·罗曼 (Charles Victor Roman) 写道:"奴隶贸易是非洲人的流散,这些流散者的孩子已经成为美利坚合众国居民中的永久组成部分。"① 这就把流散和因奴隶贸易而来到美洲的非洲黑人联系起来了。

开始于15世纪晚期,并持续400年之久的大西洋奴隶贸易,给美洲带来了1100万奴隶。"在1600年到1800年间,大约四分之三的美洲移民是非洲奴隶。奴隶制度填补了主要农作物——蔗糖、烟草、大米、咖啡,最终还有棉花——地区的劳动力短缺。"② 保罗·蒂亚姆贝·泽勒扎 (Paul Tiyambe Zeleza) 和迪克森·艾尤 (Dickson Eyoh) 在主编的《二十世纪非洲历史百科全书》(Encyclopedia of Twentieth-Century African History) 中,则这样写道:"从15世纪末到19世纪中叶,跨大西洋贸易使1500多万非洲人分散在美洲各地。"③ "从16世纪到19世纪,大约有1100万非洲人通过大西洋被运往美洲。"④ 然而,用流散这个概念描述大西洋奴隶贸易是较为晚近的事。"直到20世纪60年代,diaspora才作为对非洲移民的一种描述而被广泛使用。现在,它是描述在大西洋世界被奴役的非洲人和他们的后代的标准术语。"⑤ 乔治·谢泼森 (George Shepperson) 和约瑟夫·E. 哈里斯 (Joseph E. Harris) 认为,流散被用来描述非洲人的经历,"是在1965年坦桑尼亚达累斯萨拉姆大学举行的非洲历

---

① See Robin Cohen and Carolin Fischer, *Routledge Handbook of Diaspora Studies*, London and New York: Routledge, 2019, p. 18.

② Kevin Kenny, *Diaspora: A Very Short Introduction*, Oxford: Oxford University Press, 2013, p. 43.

③ Paul Tiyambe Zeleza and Dickson Eyoh, eds., *Encyclopedia of Twentieth-Century African History*, London and New York: Routledge, 2003, p. 6.

④ Kevin Kenny, *Diaspora: A Very Short Introduction*, Oxford: Oxford University Press, 2013, p. 28.

⑤ Kevin Kenny, *Diaspora: A Very Short Introduction*, Oxford: Oxford University Press, 2013, p. 28.

史国际会议上使用的,也可能是在那次会议上创造的"①。可以说,"'非洲流散'一词的现代用法是20世纪50年代和60年代学术和政治运动的产物"②。马丁·L. 基尔森(Martin L. Kilson)和罗伯特·I. 罗特伯格(Robert I. Rotberg)合编的《非洲流散:释意论文集》(*The African Diaspora: Interpretive Essays*, 1976),约瑟夫·E. 哈里斯主编的《非洲流散的全球维度》(*Global Dimensions of the African Diaspora*, 1982),以及格雷厄姆·W. 欧文(Graham W. Irwin)的《海外非洲人:奴隶制时代亚洲、拉丁美洲和加勒比的黑人流散纪实》(*Africans Abroad: A Documentary History of the Black Diaspora in Asia, Latin America, and the Caribbean During the Age of Slavery*, 1977)是使用"非洲流散"这个概念最有影响力的早期作品。③ "到20世纪90年代,非洲人的流散意识已经足够广泛,以至于'非洲流散'一词开始在学术界和黑人社区得到更广泛的使用。"④ 那么,何为"非洲流散"?简言之,"非洲流散是非洲人及其后裔的社区,他们通过强迫和自愿的移民被分散在非洲大陆之外"⑤。

帕特里克·曼宁(Patrick Manning)在《非洲流散:文化中的历史》(*The African Diaspora: A History through Culture*)中,从地理的角度,把非洲流散划分为三大区域:非洲家园、旧世界流散和大西洋流散。非洲家园指的是撒哈拉以南的非洲,是黑人在自由和奴隶制中航行的家园;旧世界流散涵盖撒哈拉以南的非洲人所定居的

---

① Patrick Manning, *The African Diaspora: A History Through Culture*, New York: Columbia University Press, 2009, p. 3.

② Paul Tiyambe Zeleza and Dickson Eyoh, eds., *Encyclopedia of Twentieth-Century African History*, London and New York: Routledge, 2003, p. 6.

③ See Patrick Manning, *The African Diaspora: A History Through Culture*, New York: Columbia University Press, 2009, p. 31.

④ Patrick Manning, *The African Diaspora: A History Through Culture*, New York: Columbia University Press, 2009, p. 3.

⑤ Paul Tiyambe Zeleza and Dickson Eyoh, eds., *Encyclopedia of Twentieth-Century African History*, London and New York: Routledge, 2003, p. 5.

所有东半球的区域,包括北非、亚洲西部和西南部、欧洲、南亚和印度洋上的岛屿等地。大西洋流散则包括美洲、大西洋岛屿和西欧大陆。① 这三大区域各有自己的历史,但又紧密相连。

自20世纪80年代以来,欧洲帝国的解体激发出新的跨国团结形式,去殖民化导致亚洲和非洲的部分地区的人口流离失所,被认定为难民的非自愿迁移者受到国际承认与保护,使得国际注意力都集中到"流散"这个概念上来。交通工具与信息技术的发展,使得跨国流动更加便捷。凡此种种,都令"流散"这个概念的内涵得到极大的扩展,以至于可以囊括不同种类的移民。②

罗宾·科恩在《全球流散:导论》(Global Diasporas: An introduction)第二版第一章中,把流散研究分为四个阶段。第一阶段,大写且仅用作单数形式的流散(Diaspora),主要用来描述犹太人的流散经验。到了20世纪六七十年代,流散这一概念的范畴得到扩展,用来描述非洲人、亚美尼亚人、爱尔兰和巴勒斯坦人的创伤性经历。③ 第二阶段,也就是20世纪80年代以后,这个概念涵盖的族群种类更加宽广,移居海外者、被驱逐者、政治难民、移民、少数族群等都可以用此描述。与第一阶段相比,这个阶段的流散更加多样化。④ 第三阶段从20世纪90年代中期开始,受后现代主义思潮的影响,社会建构主义者(social constructionists)试图分解之前界定和区分流散思想的两个重要基石,即家园和种族/宗教社区(homeland

---

① See Patrick Manning, *The African Diaspora: A History Through Culture*, New York: Columbia University Press, 2009, pp. 3-4.

② See Kevin Kenny, *Diaspora: A Very Short Introduction*, Oxford: Oxford University Press, 2013, p. 21.

③ See Robin Cohen, *Global Diasporas: An Introduction* (second edition), London and New York: Routledge, 2008, p. 1.

④ See Robin Cohen, *Global Diasporas: An Introduction* (second edition), London and New York: Routledge, 2008, p. 1.

and "ethnic/religious community"）。① 在后现代世界中，身份（identities）变得解辖域化（deterritorialized），以一种灵活的方式被建构或解构，所以必须从根本上重新调整流散的概念，以应对这种复杂性。到了20世纪与21世纪之交，为第四阶段，也就是整合阶段，尽管社会建构主义者的批判被部分的接受，但是这阶段的特征是对流散的重申和修正，包括它的核心元素、共同特征和理想类型。②

一　缓慢发展阶段（20世纪90年代以前）

众所周知，流散不是近几十年才有的现象，而是在人类历史中一直存在。有不少研究者早就注意到了流散作家群体，只不过当时现代意义上的"流散"概念并未出现，"流亡"一词是概括这个群体的普遍称谓。当然，早期对流亡作家群体的认知也与如今相差甚远。比如，如今的"流散作家"更多指跨民族、跨文化且以居住国的语言来书写的作家群体，当然，在更为宽泛的意义上也指具有流散思维的作家群；但是，早期对流亡者的认识主要停留在同一个文化背景内，也就是主要在西方文化之中进行讨论。丹麦文学评论家勃兰兑斯在《十九世纪文学主潮》第一卷《流亡者的文学》中概述了因政治高压而被迫流亡的欧洲主流的作家群体。他指出，异国精神的影响对于流亡者而言具有重要的意义。流亡者必然是属于反抗的，"把外国自然文物的知识散布到法国来的也就是这些'流亡的知识分子'"③。"与犹太人的情形不同的是，以离散描述散居非洲之外的黑人命运是二十世纪之后的事，其主要指涉是非洲黑人在欧洲

---

① See Robin Cohen, *Global Diasporas: An Introduction* (second edition), London and New York: Routledge, 2008, p. 1.

② See Robin Cohen, *Global Diasporas: An Introduction* (second edition), London and New York: Routledge, 2008, pp. 1–2.

③ ［丹麦］勃兰兑斯：《十九世纪文学主潮·流亡者的文学》，侍桁译，人民文学出版社1958年版，第5页。

与美国沦为奴隶的历史。"① 这就牵涉泛非主义。泛非主义的群体中，流散在外的非洲人是其不可忽视的重要组成部分。作为非洲大陆的民族主义，泛非主义最早起源于美洲。产生于美洲的泛非主义尽管经历了早期（1900—1963）、非洲统一组织时期（1963—2001）和非洲联盟（2001— ）三个不同的发展阶段，但是每个时期的参与主体都是全球黑人，其中就包括散居在世界各地的非洲流散者。杜波依斯（W. E. B. DuBios）、伊塞迪贝（P. Olisanwuche Esedebe）、马兹鲁伊（A. A. Mazrui）和罗德尼（Walter Rodney）等人对泛非主义皆有论述。

1965年，联合国教科文组织在坦桑尼亚召开了首届非洲历史学家国际会议。会议指出："虽然很难追溯'流散'的起源，但它却适用于国外的非洲流散群体。"② 这次会议被视为确立其用法的一个重要里程碑。1974年11月出版的《黑人世界》（*Black World*）有一篇题为《什么时候黑人不是非洲人？》（"When is a black man not an African？"）的文章就谈到了非洲流散（African Diaspora）。约瑟夫·E.哈里斯于1979年在美国霍华德大学召开了"首届非洲流散研究大会"（the First African Diaspora Studies Institute），来自欧洲、美国、加勒比和非洲英语区和法语区的130多位学者参加了此次会议。1981年又在肯尼亚内罗毕大学召开了"第二届非洲流散研究大会"（the Second African Diaspora Studies Institute），应者云集。"这两个会议的主要目标是确定和组织一个学者和其他学者之间的国际网络，并促进非洲流散研究领域的教学和研究。"③ 之后几年，马拉维、津巴布韦和赞比亚等国家的高校相继开设了与流散有关的课程，

---

① 李有成：《绪论：离散与家园想像》，李有成、张锦忠主编《离散与家国想像：文学与文化研究集稿》，允晨文化2010年版，第16页。

② See Joseph E. Harris, "African Diaspora Studies: Some International Dimensions", *Issue: A Journal of Opinion*, Vol. 24, No. 2, 1996, p. 6.

③ Joseph E. Harris, "African Diaspora Studies: Some International Dimensions", *Issue: A Journal of Opinion*, Vol. 24, No. 2, 1996, p. 6.

并邀请美国学者讲学。联合国教科文组织还出资支持《非洲流散研究通讯》(African Diaspora Studies Newsletter)。从1978年始,联合国教科文组织在海地(Haiti)、巴巴多斯(Barbados)和贝宁(Benin)等地召开一些会议研究与非洲流散有关的议题。同时相继出版了八卷本《非洲通史》(General History of Africa),其中几章的内容就与流散相关。这就"扩大了该领域的影响力并且有助于重新解释非洲人后裔的历史"①。英国马克思主义作家、记者彼得·弗莱尔(Peter Fryer,1927—2006)1984年出版的《持久力:英国黑人的历史》(Staying Power: The History of Black People in Britain)描写了英国黑人历史的全貌。这部史诗般的作品从罗马征服时期一直写到当今,揭示了非洲人、亚洲人以及他们的后裔如何在过去两千年里深刻地影响和塑造了英国的历史,但是,这些人却湮没于历史红尘之中。该作品"主要的目标是记录反对不公正和压迫的斗争以及男人和女人所取得的成就,其中大多数人不是被遗忘就是被作为奇闻逸事或屈尊视之的对象记住"②。加布里埃尔·谢弗(Gabriel Sheffer)于1986年出版的《国际政治中的现代流散族群》(Modern Diasporas in International Politics)被认为是流散研究领域的经典之作。"书中包含的每一篇文章都将读者的注意力集中在流散族群对国际和国家政治的作用和影响之上。"③ 他的作品还有《流散政治》(Diaspora Politics,2003)以及与阿贾亚·库马尔·萨霍(Ajaya Kumar Sahoo)合著的《流散与身份》(Diaspora and Identity,2014)。由保罗·爱德华兹(Paul Edwards)与大卫·达比丁(David Dabydeen)合作且于1991年出版的《黑人作家在英国,1760—

---

① Joseph E. Harris, "African Diaspora Studies: Some International Dimensions", Issue: A Journal of Opinion, Vol. 24, No. 2, 1996, p. 6.

② Andrew Markus, "Reviewed Work: Staying Power: The History of Black People in Britain by Peter Fryer", Labour History, No. 49, 1985, p. 131.

③ Douglas C. Nord, "Modern Diasporas in International Politics by Gabriel Sheffer", The American Political Science Review, Vol. 82, No. 2, 1988, p. 684.

1890》(*Black Writers in Britain*, 1760—1890) 包含 19 位在英国有过生活经历的英国黑人作家、早期美国黑人、西非与加勒比作家的作品。其主要内容包括作家自传、口头传说、奴隶故事、未公开的信件等。① 这是对早期黑人流散作家的关注。

英国作家玛格丽特·德拉布尔在 1993 年春夏之交访问中国并在上海作了题为《今日英国小说家》的演讲。她说，英国虽然作为一个岛国，但是却包含多种多样的民族，并且这种多样化的进程在 20 世纪还在加剧。② 她列举了康拉德、亨利·詹姆斯、T. S. 艾略特等为英国文学做出重要贡献但并不是生来就是英国人的作家。随后，玛格丽特·德拉布尔又举出了与以上几位类似的作家：西尔维亚·普拉斯、V. S. 奈保尔、提摩西·莫、石黑一雄、萨尔曼·拉什迪和卡里尔·菲利普斯。其实，玛格丽特·德拉布尔说的这些就是英语流散作家。除此之外，相关期刊也加入到探讨流散问题的行列中来。《公共文化》(*Public Culture*) 是一本由杜克大学出版社 (Duke University Press) 出版的经同行评议的跨学科的文化研究学术期刊。由人类学家卡罗尔·布雷肯里奇 (Carol Breckenridge) 和阿尔让·阿帕杜莱 (Arjun Appadurai) 于 1988 年创办。该刊物针对移民文化、社会、政治差异、全球性的广告、消费、网络等问题进行讨论。

由于文化研究注重被主流文化排斥的边缘文化与亚文化，比如资本主义社会中的工人阶级文化、女性文化以及被压迫民族的文化经验和身份等，所以文化研究的相关理论与视角常常被运用于流散文学研究。斯图亚特·霍尔 (Stuart Hall, 1932—2014) 与理查德·霍加特 (Richard Hoggart)、雷蒙·威廉斯 (Raymond Williams) 是英国文化研究 (British Cultural Studies) 的创始人。在 20 世纪 50 年

---

① Paul Edwards and David Dabydeen, eds., *Black Writers in Britain, 1760—1890*, Edinburgh: Edinburgh University Press, 1991.

② [英] 玛格丽特·德拉布尔：《今日英国小说家》，瞿世镜译，《外国文学动态》1994 年第 3 期。

代，霍尔是当时最有影响的新左派评论（*New Left Review*）杂志的创始人之一。他吸纳了法国理论家米歇尔·福柯等人的观点以处理有关种族与性别（race and gender）的问题。① 他广泛讨论了文化认同、种族、民族等概念，尤其是黑人移民的身份政治的创建问题。他认为身份是历史和文化不断建构的产物，而不是一种既定的成品。霍尔认为："边缘群体艺术家的创作空间巨大，创作了大量的作品……因为边缘本身就是这些实践所揭示的一个主题。"② 霍尔进一步追问，边缘问题既然如此重要，那么我们应该如何看待边缘族群的艺术创作的繁荣现象？它对英国主流文化会带来哪些影响？它是如何被表征的？被表征的可能性还有哪些？它是否会在某种程度上影响艺术批判以及艺术理论的评判标准和发展方向？③ 这些问题值得我们进一步思考。同时，这些问题对于我们思考流散文学现象同样非常重要。保罗·吉尔罗伊（Paul Gilroy, 1956— ）是霍尔的学生，也是霍尔之后文化研究领域的代表性人物。保罗·吉尔罗伊在《黑色大西洋：现代性和双重意识》（*The Black Atlantic: Modernity and Double Consciousness*, 1993）中运用文化研究的方法对非洲思想史及其文化建设进行考察，提出了黑色大西洋（Black Atlantic）的概念，以此作为跨国文化建设的空间。他把那些遭受过大西洋奴隶贸易的人们视为流散者的象征。这些流散者具有双重意识（Double Consciousness），也就是说，那些被奴役而来的黑人及其后代既无法抹去自身为黑人的事实，又试图努力融入美国社会，他们的脑海中存在着两种身份意识。克里斯蒂娜·齐瓦伦（Christine Chivallon）认为，保

---

① Norman Schulman, "Conditions of Their Own Making: An Intellectual History of the Centre for Contemporary Cultural Studies at the University of Birmingham", *Canadian Journal of Communication*, Vol. 18, No. 1, 1993.

② Stuart Hall and Mark Sealy, *Different: A Historical Context: Contemporary Photo*, London and New York: Phaidon Press, 2001.

③ Stuart Hall, "The Nub of the Argument", http://www.counterpoint-online.org/themes/reinventing_britain/.

罗·吉尔罗伊的《黑色大西洋：现代性和双重意识》"标志着流散研究的一个转折"①。

二　理论奠基阶段（20世纪八九十年代）

后殖民理论起步于 20 世纪 80 年代，发展至 90 年代渐趋成熟，成为后结构主义式微之后兴起的又一波批评浪潮。由于英语流散作家及其作品时常涉及边缘、身份、民族、国家、文化归属、文化认同、反抗中心等问题，所以，后殖民批评是英语流散文学研究非常倚重的理论资源，这个时期也可以视为非洲流散文学研究的理论奠基阶段。对于后殖民主义有多重解释，其中之一是指它跨越哲学、人类学、历史学、文学、政治学等不同学科，"以阶级、性别、种族为参照系，反思并拓展西方各派文化批判思潮，关注白种人/非白种人、宗主国/殖民地的对立互动"②。另一种解释把后殖民分为四个层面：作为一个历史分期概念表示西方殖民之后的历史时期；代表一种针对殖民话语的反抗话语；指称一种文学研究与文化批评领域的后殖民现象；全球化语境下指向后殖民国家所面临的文化经济矛盾。③ 后殖民理论"着重强调民族或地区文化的特征，强调种族特征，关注比较视野中殖民文学与后殖民文学的语言、历史和文化超越；注重混合、混杂等复杂现象"④。有学者把后殖民的历史分为三个阶段：第一阶段是 20 世纪初到 70 年代，以杜波依斯、桑戈尔、甘地、法农为代表；第二阶段是 70 年代末到 90 年代，以萨义德、

---

① Christine Chivallon, "Beyond Gilroy's Black Atlantic: The Experience of the African Diaspora", *Diaspora: A Journal of Transnational Studies*, No. 3, Vol. 11, 2002, p. 359.

② 赵一凡等主编：《西方文论关键词》，外语教学与研究出版社 2006 年版，第 201 页。

③ 赵一凡等主编：《西方文论关键词》，外语教学与研究出版社 2006 年版，第 201 页。

④ Bill Ashcroft, Griffiths Gareth, and Tiffen Helen, *The Empire Writes Back: Theory and Practice in Post-Colonial Literatures*, London: Routledge, 1989, pp. 15-35.

斯皮瓦克、霍米·巴巴为代表；第三阶段是从90年代至今，代表人物有阿吉兹·阿罕默德、德里克、阿希克洛夫特等人。

萨义德（Edward Said）、霍米·巴巴（Homi K. Bhabha）和斯皮瓦克（Gayatri C. Spivak）是后殖民理论的代表人物。萨义德在《文化与帝国主义》中谈到流亡者时指出，后殖民化时代和帝国主义斗争的副产品之一就是产生了大量的难民、移民、无家可归者和流亡者。这些人无法融入新的权力结构之中，被既定的秩序排除在外，流离于旧帝国与新国家的夹缝中。然而，萨义德指出，乐观向上的流动、知识分子的活力以及许多理论家所描述的"勇敢的逻辑"与以上所述的悲惨流亡经历是不相同的。"作为知识分子责任的解放运动产生于对帝国主义限制和破坏的反抗和对抗中，从一种固定、稳定和内化了的文化转变成了一种没有限制、没有中心的和流放的力量。这种力量的化身是移民；它的灵魂是流放中的知识分子和艺术家；它的政治人物是那些处于领域边缘、形式边缘、家边缘和语言边缘的人。"① 萨义德认为，知识分子流放的壮美和流离失所与难民的苦难是不一样的，它体现出一种"完美的和谐飞舞流淌"。他接着引用伊朗早期革命的主要领导者阿里·沙里亚蒂（Ali Shariati）的话来阐释一种新兴的、非强制性文化的可能性：

  人，这个辩证的现象——被迫永远的移动。因此，人永远无法获得一个停歇之地，在上帝那里驻足……那些固定的标准是多么不名誉啊。谁能制定出标准？人是一个"选择"，一种抗争，一种不断的成长。他永远是移民，内心的移民，从一抔黄土到上帝，他是一个自己灵魂中的移民。②

---

① [美] 萨义德：《文化与帝国主义》，李琨译，生活·读书·新知三联书店2003年版，第472页。

② [美] 萨义德：《文化与帝国主义》，李琨译，生活·读书·新知三联书店2003年版，第476—477页。

萨义德接着写道："流亡是建立在祖国的存在、对祖国的热爱和真正的联系上的；流亡的普遍真理不是一个人失去了家园，失去了爱。每次流亡都包含着并不期望的、不甘心情愿的失落。"① 在《知识分子的流亡——放逐者与边缘人》中，萨义德一开始就以古罗马诗人奥维德与亚美尼亚人为例，描述流亡——从古代针对特定人精心设计的，有时是专一的惩罚，到 20 世纪针对整个社群和民族的残酷惩罚——的转变。他指出："流亡者存在于一种中间状态，既非完全与新环境合一，也未完全与旧环境分离，而是出于若即若离的困境，一方面怀乡而感伤，一方面又是巧妙地模仿者或者秘密的流浪人。"② 萨义德认为：流亡知识分子具有双重视角以及能够窥见事物的前因。"流离失所意味着从寻常生涯中解放出来。"③ "流亡的知识分子（exilic intellectual）回应的不是惯常的逻辑，而是大胆无畏；代表着改变、前进，而不是故步自封。"④ 萨义德认为："流亡就是无休止，东奔西走，一直未能安定下来，而且也使其他人不能安定，无法回到更早、更稳定的安适自在的状态，而且更可悲的是，永远也无法安全抵达、无法与新的家园或境遇融为一体。"⑤ 萨义德这些关于流亡的论述被许多研究流散作家的学者所借鉴、运用。对于萨义德的观点支持者众多，但也不乏批评者。阿罕默德就对萨义德提出了批评。阿罕默德指出，萨义德在《东方学》中"声称运用福柯的话语理论，但是他的理论基础其实是奥尔巴赫的人文主义，这导

---

① ［美］萨义德：《文化与帝国主义》，李琨译，生活·读书·新知三联书店 2003 年版，第 477 页。
② ［美］萨义德：《知识分子论》，单德兴译，生活·读书·新知三联书店 2002 年版，第 45 页。
③ ［美］萨义德：《知识分子论》，单德兴译，生活·读书·新知三联书店 2002 年版，第 56 页。
④ ［美］萨义德：《知识分子论》，单德兴译，生活·读书·新知三联书店 2002 年版，第 57 页。
⑤ ［美］萨义德：《知识分子论》，单德兴译，生活·读书·新知三联书店 2002 年版，第 34 页。

致他在概括东方主义的时候出现混乱"①。"萨义德无法分清后现代的'表现'与现实主义的'表现'。在差异和身份政治中,萨义德没有诉诸政治经济和物质性,而是诉诸话语。"② 阿罕默德认为:"西方历史上的东方主义偏见,并不是话语的问题,而源之于'殖民主义和资本主义'。"③ 另外,"西方文化传统是异质的,其中不乏对于殖民主义和帝国主义的批判,马克思主义传统更广为人知,萨义德却不分青红皂白地将西方多元文化糅合成东方主义,而标榜自己是最后的终结者"④。

流散作家群体从母国迁往异国时经常会遇到两种或多种不同文化的冲突等问题,这就需要流散作家做出选择:保留母国文化还是融入他国文化。但是,实际情况却非常复杂。霍米·巴巴提出杂糅性(Hybridity)与第三空间(Third Space)等概念,为不同文化间的相处提供了一个比较乐观的前景,也为流散作家的"落脚地"提供了多样化的选择。杂糅性是霍米·巴巴的核心概念之一,用来描述多元文化论(multiculturalism)中出现的新的文化形式(new cultural forms)。杂糅性被"用来描述最近形成的,由于移民、流放和迁移而构成的混合与矛盾的身份特征"⑤。霍米·巴巴并没有把殖民主义视为过去的事情,而是揭示了殖民主义如何继续影响当代生活,这就要求我们改变对跨文化关系的理解。他将后结构主义者的方法论(post-structuralist methodologies)应用到殖民时期的文本中

---

① [印度] 阿吉兹·阿罕默德:《在理论内部:阶级、民族与文学》,易辉译,北京大学出版社2014年版,第12页。

② [印度] 阿吉兹·阿罕默德:《在理论内部:阶级、民族与文学》,易辉译,北京大学出版社2014年版,第13页。

③ [印度] 阿吉兹·阿罕默德:《在理论内部:阶级、民族与文学》,易辉译,北京大学出版社2014年版,第13页。

④ [印度] 阿吉兹·阿罕默德:《在理论内部:阶级、民族与文学》,易辉译,北京大学出版社2014年版,第13页。

⑤ 徐颖果主编:《族裔与性属研究最新术语词典:英汉对照》,南开大学出版社2009年版,第153页。

从而改变了对殖民主义的研究路径。第三空间则是指两种或两种以上的文化相遇时产生的模糊地带（ambiguous area）："它扰乱了建立在西方文化权威模式基础上的时序逻辑，用模糊的'文化未定时间'取代了传统主义的目的论叙述。"① 他的核心概念还有矛盾心理、文化差异、模仿等。

比尔·阿希克洛夫特、格瑞斯·格里菲斯、海伦·蒂芬、阿吉兹·阿罕默德等人也是很有代表性的后殖民理论家，他们在其作品中也谈到了流散/流亡的问题。阿希克洛夫特、格里菲斯和蒂芬在《逆写帝国：后殖民文学的理论与实践》中着重涉及了两种反抗的方式，即重置语言与重置文本。这对于流散知识分子来说就有很高的借鉴意义。重置语言与重置文本是前殖民地人们"逆写帝国"的两种方式。对于重置语言来说，首先是对于中心英语特权的放弃，其次是对中心英语的挪用和改写。对于重置文本来说，作者认为："在后殖民话语中具有最深刻意义的挪用却在于写作本身。通过对写作权利的挪用，后殖民话语抓住了强加于己的边缘性，使杂糅性和融合性成为再定义文学和文化的依据。通过写出'他性'的状态，后殖民文本提出交叉'边界'的复合体（complex）是经验的真正实体。但这一主张所意味的抗争——后殖民文本的重置——关注的是对写作过程的掌控。"② 基于以上认知，《逆写帝国：后殖民文学的理论与实践》把后殖民写作的特征归纳如下：第一，"后殖民的声音被帝国中心所沉默和边缘化"；第二，"文本中对于帝国中心的取消"；第三，"对于中心文化和语言的积极挪用"。然后在这部专著的第三章，阿希克洛夫特、格里菲斯和蒂芬三人通过"殖民主义与静默：路易斯·尼柯西的《配种鸟》""殖民主义与'真实性'：奈

---

① 徐颖果主编：《族裔与性属研究最新术语词典：英汉对照》，南开大学出版社2009年版，第258页。

② ［澳大利亚］阿希克洛夫特、格里菲斯、蒂芬：《逆写帝国：后殖民文学的理论与实践》，任一鸣译，北京大学出版社2014年版，第76页。

保尔的《模仿者》""废弃的'真实性':米歇尔·安东尼的《桑德拉大街》""极端的他性和杂糅性:蒂莫西·芬德列的《旅途上的不需要》""挪用边缘性:詹尼特·弗雷姆的《字母的边缘》""挪用权利的框架:R.K.纳拉扬的《卖糖果的小贩》"等阐释了后殖民写作的不同策略。随后,作者从位于交叉路口的理论——"本土理论与后殖民阅读""理论重构:后殖民写作与文学理论""反思后殖民:21世纪后殖民主义"三个方面进行理论探讨。正如赵稀方所指出的:"《逆写帝国》既是后殖民理论建构的第一本著作,又是后殖民文学的首创之作,对于关注当代理论和从事外国文学研究的学者无疑具有重要参考价值。"①

阿吉兹·阿罕默德的《在理论内部:阶级、民族与文学》虽说是一部论文集,但是其中的很多观点需要引起重视。在《阶级的语言,移民的意识形态》这一章中指出:"我这里所说的流亡者不是那些有特权的人,而是那些丧失了条件的人;不是那些拥有职业的人,而是那些陷入痛苦的人。"② 接着,阿罕默德指出,移民本身是十分复杂的,他们在很多情况下的"需求"与"志向"是模棱两可地纠缠在一起的,无法分清,因为移民群体本身也没有整齐划一的政治选择,但是,"阶级出身、职业抱负与缺乏稳定的社会主义实践的政治基础相结合,使得许多西方大学的激进的移民倾向于把第三世界机会主义既当作政治反抗的正当方式,又当作一种自我审查的方式,由此极大地推动他们投入这一讲政治和话语合二为一的已在西方大学成为主流时尚的方式"③。西奥多·阿多诺(Theodor Wiesengrund

---

① 赵稀方:《"后殖民理论经典译丛"总序》,[澳大利亚]阿希克洛夫特、格里菲斯、蒂芬:《逆写帝国:后殖民文学的理论与实践》,任一鸣译,北京大学出版社2014年版,第7—8页。

② [印度]阿吉兹·阿罕默德:《在理论内部:阶级、民族与文学》,易辉译,北京大学出版社2014年版,第84页。

③ [印度]阿吉兹·阿罕默德:《在理论内部:阶级、民族与文学》,易辉译,北京大学出版社2014年版,第84—85页。

Adorno, 1903—1969) 在《道德的最低限度》("Minima Moralia", 1953) 一文第 18 节有对流亡者的精到见解: "严格说来, 在当今居住是不可能的。我们以往成长的传统居所已经变得令人难以忍受: 每一个舒适的特点都以背叛知识为代价, 每一个庇护的遗迹都以家庭利益陈腐的契约为代价。"①

与流散文学相关的期刊的创办以及相关的研究中心的成立, 一方面促进了流散文学研究的拓展与深入, 另一方面也昭示出流散文学研究越来越引起各方的重视。创刊于 1991 年的《流散: 跨国研究杂志》(*Diaspora: A Journal of Transnational Studies*) 致力于运用散居族裔理论对历史、文化、政治、移民经济的跨学科研究。这本杂志从创刊伊始就带有多元色彩, 正如在第一期的内容简介上所写的那样, "我们将会发表那些政治立场和意识形态不同甚至截然相反的文章, 尽管我们并不认同其中的某些观点"②。这本杂志的创刊 "标志着人们开始有意识地将该理论作为一种批评工具或研究角度来研究历史和当代散居族裔问题, 而散居族裔、跨国主义和全球化课题也已开始进入美国一些大学的课程计划"③。由英国利兹大学 (University of Leeds, UK) 与新加坡南洋理工大学 (NTU, Singapore) 合办的杂志《移动的世界: 跨文化写作杂志》(*Moving Worlds: A Journal of Transcultural Writings*) 是一本跨文化杂志。在当前民族、思想、文化的全球性跨国界运动的推动下,《移动的世界》迅速成为一个探讨全球与地方之间关系的重要平台。④ "它既传承了英联邦文学的传统, 又在不断适应后帝国主义世界的发展现状, 在英联邦文学和后殖民文化研究中开辟出新的道路, 为全球化社会里

---

① 转引自 [美] 萨义德《知识分子论》, 单德兴译, 生活·读书·新知三联书店 2002 年版, 第 52 页。

② "In This Issue", *Diaspora: A Journal of Transnational Studies*, Vol. 1, No. 1, 1991, p. 1.

③ 张冲:《散居族裔批评与美国华裔文学研究》,《外国文学研究》2005 年第 2 期。

④ http://www.movingworlds.net/.

日益增多的跨文化写作者提供平台。"① 在其网站主页上有一条显著的标语也可以作为佐证：庆祝当地与全球跨文化社区的多样性与丰富性（"Celebrating the diversity and richness of both local and global transcultural communities"）。除此之外，还有很多。比如图卢兹—勒米雷尔大学（University of Toulouse-Le Mirail）的流散研究中心于 2005 年出版的期刊《流散：历史与社会》（Diaspora：histoires et sociétés），新德里（New Delhi）出版的以印度流散为主要内容的《流散研究》（Diaspora Studies），加州大学伯克利分校（University of California Berkeley）主办的《南亚人在北美》（South Asians in North America），等。在英国出版的《南亚流散》（South Asian Diaspora）涵盖来自次大陆和次大陆内部的移民，《习惯：流散杂志》（Habitus：A Diaspora Journal）则把犹太人的经验与其他群体的经验置于国际化城市背景下进行比较。② 除了各大期刊，还有一些与流散相关的研究中心，比如 1993 年在华盛顿特区成立的加勒比研究所（Institute of Caribbean Studies），在加州大学洛杉矶分校、休斯敦大学（University of Houston）、加利福尼亚大学（University of California）先后成立的亚裔美国人研究中心（Asian American Studies Center），等等。

　　从以上的概括性分析可以得知，文化研究与后殖民批评等理论话语与流散文学的研究密切相关。国外的研究者虽然针对的研究对象千差万别，所着手的角度也许因人而异，但是，对于流散作家及其作品的分析离不开与种族、身份、文化认同、家园等相关的理论。这些理论资源不仅支撑着国外的研究者，而且对国内的流散文学研究亦有非常重要的帮助。

---

　　① 朱振武、张敬文：《英语流散文学及相关研究的崛起》，《东吴学术》2016 年第 3 期。

　　② See Kevin Kenny, *Diaspora：A Very Short Introduction*, Oxford：Oxford University Press, 2013.

三 多元发展阶段（2000年至今）

2002年7月，非洲联盟（African Union）正式取代非洲统一组织，成为一个合乎时代要求、面临新的机遇与挑战的全非洲性质的政治实体。非洲联盟除了继续加强全非洲的团结与合作之外，散居在外的非洲流散者也是其团结的目标。它认为，非洲流散（African Diaspora）是"由居住在非洲大陆以外，无关公民身份和国籍，并且愿意为非洲大陆的发展和非洲联盟的建设做出贡献的非洲裔人组成"①。对于非洲流散文学来说，2000年之后，非洲英语流散文学的发展队伍更加壮大，其研究也更加多元。

肯特州立大学（Kent State University）泛非文学和文化副教授（Associate Professor of Pan-African Literature and Culture）巴巴卡尔·姆巴耶（Babacar M'Baye）认为，过去的学者只注重探究非洲流散叙事中的回忆录、诗歌和小说如何与西方产生联系，而《魔术师在西方：早期黑人流散叙事中的泛非主义影响》（*The Trickster Comes West: Pan-African Influence in Early Black Diasporan Narratives*，2009）则运用跨学科的方法，综合了历史学、文学理论、文化研究、人类学、民俗学和哲学等学科，探讨了非裔美国人、非裔加勒比人和非裔英国人关于奴隶制、新世界和英国压迫的叙事之间的关系，以及非洲影响给这些流散叙事带来了什么。这部专著涉及菲利斯·惠特莉（Phillis Wheatley，1753—1784）、欧托巴·库戈阿诺（Quobna Ottobah Cugoano，1757—1791）、奥劳达·埃奎亚诺（Olaudah Equiano，1745—1797）、伊丽莎白·哈特·思韦茨（Elizabeth Hart Thwaites，1772—1833）、安妮·哈特·吉尔伯特（Anne Hart Gilbert，1768—1834）和玛丽·普林斯（Mary Prince，1788—1833）等早期流散海外的黑人作家、知识分子和社会活动家。他们

---

① "*The Diaspora Division*", Statement, The Citizens and Diaspora Organizations Directorate (CIDO), Archived from the original on December 1, 2015, Retrieved January 7, 2016.

对奴隶制、种族主义和其他压迫形式提出了持续的批评。他们也是泛非主义运动的先驱者。这部作品"重新定位了泛非主义的起源,并表明其共同抵抗,种族团结和经济发展理论对开拓性黑人叙事的强烈影响。"① 詹妮弗·布劳迪·德·埃尔南德斯(Jennifer Browdy de Hernandez)和波林·东加拉(Pauline Dongala)等人编著的《非洲女性写作中的抵抗:当代作品集萃》(African Women Writing Resistance: An Anthology of Contemporary Voices, 2010)也涉及抵抗的主题。这部选集囊括了13个非洲国家的30多位女性作者的作品,其中包括著名作家和活动家旺加里·马塔伊(Wangari Maathai)和纳瓦尔·萨达维(Nawal El Saadawi),体裁有诗歌、短篇故事、民间传说、访谈和信件等,题材涵盖了部族和种族间的矛盾冲突、环境恶化、一夫多妻制、家庭暴力、两代人间的紧张关系、对割礼的争论和移民及流亡等问题。这部选集试图探讨非洲女性在面临现实困境时的抵抗策略,因为"抵抗一旦有效,就会带来改变"(Resistance, when effective, brings change)②。

马克西米利安·费尔德纳(Maximilian Feldner)的《非洲流散新论:语境中的21世纪尼日利亚文学》(Narrating the New African Diaspora: 21st Century Nigerian Literature in Context, 2019)重点分析了尼日利亚的青年流散作家,比如,奇玛曼达·阿迪契(Chimamanda Ngozi Adichie)、赛飞·阿塔(Sefi Atta)、海伦·哈比拉(Helon Habila)、海伦·奥耶耶米(Helen Oyeyemi)、泰耶·塞拉西(Taiye Selasi)、奇卡·乌尼格威(Chika Unigwe)、克里斯·阿巴尼(Chris Abani)和艾克·奥吉内(Ike Oguine)。作为当今年轻一代的尼日利亚移民,他们的作品书写了其移民美国和英国的切身体验。这部专著在讨论这些作品所涉及的历史、社会、哲学等背景之外,还分析了它们的叙事手法。这部专著着重关注的两个主题是对移民经验的

---

① https://muse.jhu.edu/book/9975.

② See https://muse.jhu.edu/book/1166.

描写和对尼日利亚的呈现。

雪利·穆迪-特纳（Shirley Moody-Turner）和洛瓦莱里·金（Lovalerie King）编著的《当代非裔美国文学》（*Contemporary African American Literature: The Living Canon*, 2013）是一部评论选集，涉及的作家有托妮·莫里森（Toni Morrison）、爱德华·琼斯（Edward P. Jones）、特雷·埃利斯（Trey Ellis）、保罗·贝蒂（Paul Beatty）、马特·约翰逊（Mat Johnson）、凯尔·贝克（Kyle Baker）、丹齐·塞纳（Danzy Senna）和尼基·特纳（Nikki Turner）等。相关作品还有：卡罗尔·博伊斯·戴维斯（Carole Boyce Davies）的《非洲流散文学与政治变革》（*African Diaspora Literature and the Politics of Transformation*）、安妮塔·路易斯·哈里斯（Anita Louise Harris）的《泛非叙事》（*Pan African narratives: Sites of resistance in the Black diaspora*, 2004）、哈维马诺·沃西·阿卡卢（Haimanot Wassie Akalu）的《非洲流散文学中的泛非抵抗叙事：精编后殖民非裔小说中的集体抵抗主题》（*Pan-African Narrative of Resistance in the African Diaspora Literature: Themes of Collective Resistance in Selected Post-Colonial African-American Novel*, 2013），等等。

另外，当代非洲英语流散作家同样值得关注。比如，泰如·科尔（Teju Cole, 1975— ）、奇内洛·奥克帕兰塔（Chinelo Okparanta, 1981— ）、殷波洛·姆布（Imbolo Mbue）、奇戈希·奥比奥玛（Chigozie Obioma）、奇邦杜·奥努佐（Chibundu Onuzo）、托米·阿德耶米（Tomi Adeyemi）、阿夸克·埃梅兹（Akwaeke Emezi）、雅·吉亚西（Yaa Gyasi）等等。"今天的作家在风格上大胆、独特、迷人，话题广泛，从酷儿身份到性别认同，从西非神话到后殖民移民等。这是一股来自西非流散者的文学思潮。"[1]

除了对作家作品的研究，相关学术会议的召开也促进了非洲流

---

[1] https://theculturetrip.com/africa/articles/the-top-west-african-diaspora-authors-you-must-read/.

散的研究。2006年1月10—14日，"来自四大洲的大约80名学者以及来自印度非洲社区的代表在印度果阿举行了有史以来第一次在亚洲土地上举行的非洲流散会议"①。加拿大温莎大学（University of Windsor）为了鼓励非裔青年并支持他们接受高等教育，从2004年起多次举办非洲流散青年会议。比如2005年的主题是"回到你的未来"（Back to Your Future—An African Diaspora Youth Conference），2006年的主题是"成功之路"（Pathway to Success—An African Diaspora Youth Conference），2007年的主题是"历史+知识=权力"（History + Knowledge = Power），2018年的主题为"乌班图：有了我们，方有我之为我"（Ubuntu：I Am Because We Are），"这次会议是为有兴趣了解非洲流散以及它是如何在人们的自我发展中发挥作用的中学生们举办的，特别要注意的是，你的历史知识是如何产生权力的"②。2009年4月30日至5月2日，美国加利福尼亚大学召开了"第18届非洲/流散年度会议"（18th Annual Africa/Diaspora Conference）主题是"非洲/流散的宗教、种族和民族关系：创建和平与正义对话"（Religion, Race, & Ethnic Relation in Africa/Diaspora：Creating Peace & Justice Dialogues）；2018年4月底，美国加利福尼亚大学举办"第27届非洲和流散国际会议"（The 27th Annual Africa & Diaspora International Conference），会议主题是"非洲和平与安全架构：经验教训、挑战和机遇"（The African Peace & Security Architecture：Lessons, Challenges and Opportunities）。相关学术会议的召开既促进了非洲流散研究的发展，也引起了越来越多的人对这个群体的关注。

小　　结

国外对非洲流散及其相关课题的研究尽管有着相对悠久的历史，

---

① Ineke Van Kessel, "Conference Report: Goa Conference on the African Diaspora in Asia", *African Affairs*, Vol. 105, No. 420, 2006, p. 461.

② http://www1.uwindsor.ca/diasporayouthconference/.

但是我们无法忽视这样一个事实,即目前对非洲流散之研究的话语权主要还是掌握在西方学者手中,非洲本土学者的知识体系也不同程度地依赖西方的知识生产。这貌似也是一个难解的话题,流散自非洲的作家主要分布在英美等西方国家,他们接受西方的教育、阅读西方主流作家的文学作品,受到西方文化的熏陶和浸染,西方的学者更容易注意到这个群体;再加上西方的教育和科研机构相对发达,非洲本土的教育、科研机构相对薄弱,出现这种状况也是短期内难以改变的事实。出现更多、更专业的非洲研究者和提出更具原创性的非洲本土思想成为未来的期待,非洲作家也意识到了这些问题,他们在其作品或访谈中力图发出自己的声音,呈现更为多样化的非洲,试图改变外界对他们的刻板印象。同时,中国学者的介入则有利于打破非洲本土学者的知识生产受制于西方的局面,或者说,中国学者的加入有利于从新的角度阐释非洲的流散问题。中国学者的视角就可以为非洲学者提供不同于西方学者视角的参照,进而从多维层面认识问题。对于中国学者来说,也有助于参与到世界流散文学研究体系的建构中来。

第二节 国内非洲英语流散文学研究述评

长期以来,我国对外国文学的研究一直集中在英美等西方主流国家的文学,而对非西方国家的"非主流"文学则关注较少。我国"对'流散写作'或'流散现象'的研究始于20世纪90年代初的后殖民研究"[①],而90年代世界流散文学的发展已经进入繁荣期。由此看来,我国对英语流散文学的研究相对滞后,而对非洲英语流散文学的研究更要加紧步伐。

---

① 王宁:《流散文学与文化身份认同》,《社会科学》2006年第11期。

一　准备期（20世纪80年代之前）

中国对非洲文学的零星译介与研究可以追溯到20世纪20年代。胡愈之于1921—1922年间在《东方》杂志上相继发表《南非女文学家须琳娜》《文明的曙光南非女文学家》等文章。"中国的非洲文学研究起步虽早，却一直处在外国文学研究的边缘。"① 后来，"出于对民族解放运动的声援，新中国成立后的非洲研究意识形态色彩较浓"②，所出版的大都是与反对殖民统治、争取民族独立这个主题相关的作品。比如1958年出版的南非作家奥丽芙·旭莱纳（Olive Schreiner，1855—1920）的《一个非洲庄园的故事》（*The Story of an African Farm*，1883），1959年由北京编译社翻译出版的莫加·吉卡鲁的《阳光照耀大地——茅茅起义前怯尼亚的生活片段》，等等；王逸平在《我国出版的非洲文学作品》一文中细数了当年翻译出版的文学作品。比如南非亚伯拉罕的《矿工》《怒吼》，喀麦隆奥约诺的《老黑人和奖章》，马迪的《非洲，我们不了解你》，等等。在社会主义的阵营中下，"争取自由解放的愿望把他们联系在一起，他们从不同的角度，用各种不同的文艺形式，来表现非洲人民的血泪斗争"③。高骏千、王央乐的《亚洲非洲拉丁美洲文学简介》也只是简要介绍个别作家作品。1962年，莫桑比克诗人利尼尤·米凯亚（Lilinho Mikaia）的《兴凯亚诗选》出版。到了20世纪70年代，翻译工作几乎停止。

邓耘在《近百年来非洲文学在中国翻译出版的特征与困境探析》中认为，中国对非洲文学的翻译研究总体上比较单一、薄弱和零散，这"既是由非洲文学本身的语言多元和文学现状所决定，也受到中

---

① 袁俊卿：《主体性自觉和世界文学版图的新拓展》，《社会科学报》2019年12月12日。
② 夏艳：《非洲文学研究与中非交流与合作》，《云南民族大学学报》（哲学社会科学版）2011年第2期。
③ 王逸平：《我国出版的非洲文学作品》，《读书》1960年第7期。

国文学翻译界对其观念偏颇所局限"①。而这个阶段，也就是 20 世纪六七十年代，英语流散文学的发展已经进入发展期。此时的代表作家有：印度裔英语流散作家奈保尔、特立尼达英语作家塞穆尔·塞尔文（Sam Selvon，1923—1994）、奥斯丁·克拉克（Austin Clarke，1934— ）、戴奥妮·布兰德（Dionne Brand，1953— ）和斯里兰卡裔加拿大作家迈克尔·翁达杰（Philip Michael Ondaatje，1943— ）。这个阶段的英语流散文学虽然进入发展期，但是非洲英语流散文学尚未起步，直到 20 世纪八九十年代之后才进入国际视野。在这个时期，非洲裔英语流散作家们的表现相当值得关注。本·奥克瑞（Ben Okri，1959— ）凭借《饥饿之路》（*The Famished Road*，1991）获得布克奖；J. M. 库切（J. M. Coetzee，1940— ）荣获 2003 年度的诺贝尔文学奖，他还是两度布克奖的获得者。努贝希·菲利普（Marlene Nourbese Philp，1947— ）凭借《她用舌头，轻轻打破了沉默》（*She Tries Her Tongue*，1988）获得古根海姆诗歌创作奖。所以，国内在 70 年代以前是不可能对其有所关注的，但为对它的研究做了准备。

二 起步期（20 世纪八九十年代）

20 世纪八九十年代，中国的非洲英语文学以翻译引进为主，研究为辅。党的十一届三中全会以后，我国进入了改革开放的新时期，文学界和出版界也迎来了满园的春色。为了满足我国文化建设的需求，实现"四个现代化"的建设目标，我国急需要一部"汇聚各种知识的大百科全书！"②《中国大百科全书·外国文学》卷收录条目 3006 条，共计 360 多万字。其中包括黑非洲英语文学和阿契贝、索

---

① 邓耘：《近百年来非洲文学在中国翻译出版的特征与困境探析》，《出版发行研究》2018 年第 3 期。

② 杨哲：《满目青山夕照明——记参加〈中国大百科全书·外国文学〉卷的部分老专家、老学者》，《出版工作》1983 年第 10 期。

因卡、恩古吉等内容的简要介绍。季羡林指出："对非洲文学的研究，也还没有真正开始。"① 这个时期，我国研究者的主要精力在欧美等西方大国的文学。

到了 20 世纪 80 年代，外国文学出版社出版了一套 12 册的非洲文学丛书，包括尼日利亚作家沃莱·索因卡的《痴心与浊水》、阿契贝的《人民公仆》，肯尼亚作家恩古吉·提安哥的《一粒麦种》《孩子，你别哭》《大河两岸》，南非作家理查德·里夫（Richard Rive）的《紧急状态》，阿尔及利亚作家穆鲁德·玛梅利（Moulond Mammeri）的《鸦片与大棒》，塞内加尔前总统列奥波尔德·塞达·桑戈尔（L. S. Senghor, 1906—2001）的《桑戈尔诗选》，喀麦隆作家奥约诺（F. Oyono）的《童仆的一生》以及《非洲戏剧选》《非洲当代中短篇小说选》《非洲童话集》。其中，《非洲当代中短篇小说选》选入了阿契贝的短篇小说《战争中的姑娘们》和恩古吉的短篇小说《十字架下的婚礼》。1980—1981 年，刘宗次、赵陵生翻译的《非洲现代文学·北非和西非》和陈开种、唐冰瑚、剑眉与霍久翻译的《非洲现代文学·东非和南非》相继出版；之后，《非洲神话传说》（唐文青译，1982）、南非作家彼得·亚伯拉罕斯的《献给乌多莫的花环》（李永彩、紫岫译，1984）陆续面世。在 1985 年出版的《东方文学史》中，辟有现代非洲文学和当代非洲文学两个部分。当代非洲文学部分简要介绍了彼得·亚伯拉罕斯、戈迪默和阿契贝，但并未作深入分析，更没有涉及流散视角。

20 世纪 90 年代出版的《东方文学辞典》下设"非洲儿童文学""今日非洲文学""非洲文学研究""非洲文学会"等条目，只是略作介绍。1996 年出版的《世界文学经典导读》中提到了北部非洲文学和南部非洲文学，其中，北部非洲文学的主要成就在埃及，南部非洲文学的代表人物是尼日利亚戏剧家索因卡和南非黑人女作家戈德曼。《世界文学经典导读》收录了对索因卡的《痴心与浊水》和

---

① 季羡林：《〈中国大百科全书·外国文学〉评介》，《世界文学》1982 年第 5 期。

戈迪默的《七月的人民》的介绍。

20世纪八九十年代，我国对非洲文学的研究非常稀少。这个时期，我国外国文学研究的主流是英美等西方国家的文学。与非洲文学有关的文章有：关山的《非洲文学现状》（《外国文学研究》1981年第1期）、康昭的《非洲现代文学作品简介》（《西亚非洲》1983年第2期）、白锡堃的《关于"第三世界"文学》（《外国文学研究》1984年第1期）、李永彩的《非洲文学在中国》（《世界文学》1986年第4期）、吴振邦的《二十世纪的非洲文学》（《读书》1992年第2期）、刘炳范的《二十世纪南非文学简论》（《齐鲁学刊》1997年第3期）等等。

20世纪90年代以前，国内研究者并没有注意到流散作家写作中的"流散性"问题，就算在行文中涉及了某个作家的移民（流亡）经历也仅停留在简介意义上；另外，国内研究者对流散作家的研究思路还局限在主要内容与艺术特色等问题上，甚至对有些作家的研究具有浓厚的意识形态导向。1979年第7期《读书》杂志上书讯部分有对弗雷德列克·R.卡尔（Frederic R. Karl）著的《约瑟夫·康拉德生活的三个阶段》的简介，其中谈到康拉德时介绍了他"离开法国开始过自我放逐的生涯"[①] 以及流浪英国的经历。但这只是简介意义上的概述。其他文章如《论康拉德的小说〈间谍〉》等也是如此。国内学者对具有流散性质的作家的研究大多只注重文本分析，研究思路主要集中在思想内容与艺术特色方面。比如金克木发表在《读书》杂志上的《韩素音和她的几本书》，钟林发表在《国外文学》上的《卡瑟琳·曼斯菲尔德和她的〈游园会〉》以及萧乾的《曼斯菲尔德和她的〈一个已婚男子的自述〉》，等等。朱世达在《没有根的作家》一文中分析了奈保尔的创作以及特点，他认为《河湾》中的"水中新植物"那顽强的生命力以及屡遭砍除却不断新生的状态象征着当今社会时兴的主题：背井离乡，远洋迁涉。

---

① 《读书》（书讯）1979年第7期。

他指出，康拉德和奈保尔都是定居在英国且用"第三世界"作为小说背景的无根作家。① 背井离乡，远洋迁涉，无根作家，其实说的就是流散作家。

到了20世纪90年代，国内对流散作家的关注逐渐增多，或者说已经意识到了具有跨文化背景并且运用英语写作的作家群体。但是，这个阶段对流散文学的认识主要是从英美等西方大国文学内部来讲的，研究者的立足点在英美等国的文学，而不是站在第三世界国家的立场或以第三世界为据点向外辐射进而认识流散文学。李文俊在谈到英美文学的发展趋势时说，现在已具有相当声势的"移民文学"已经涌现出拉什迪、奈保尔等有世界影响的作家，他们具有跨文化的特征，经历特殊，想法新颖，"今后移民文学也许将成为英美文学中最有生命力的东西"②，这里所说的"移民文学"就是后来的"流散文学"。"流散文学的一个重大特征就在于它实际上不是'移民文学'这样简单化的称呼所能概括的，它体现了本土与异国之间的一种文化张力：相互对抗又相互渗透，从而体现了全球化时代的一种独特的文学现象。"③ 邹海仑在介绍石黑一雄的《盛世遗踪》时写道："近年来，移民文学在英国文学中异军突起，已经步入英国的主流文化。"④ 瞿世镜在《当代英国青年小说家作品特色》中指出，移民文学的繁荣是当代英国文学的发展趋势之一："移民作家的小说在英国文坛声誉日隆，标志着盎格鲁—撒克逊民族文化垄断地位的失落和多民族、多文化相互交流融汇的文化多元时代的来

---

① 朱世达：《没有根的作家》，《读书》1981年第2期。
② 邹海崙：《回顾与展望——"全国外国文学现状研讨会"纪实》，《世界文学》1990年第1期。
③ 朱安博：《文化的批判与历史的重构——〈耻〉的流散文学解读》，《外语研究》2007年第5期。
④ 邹海仑：《石黑一雄的〈盛世遗踪〉问世》，《世界文学》1990年第1期。

临。"① 他在另一篇文章《跨文化小说与诺贝尔文学奖》中把移民作家的创作称为跨文化小说,"跨文化文学的兴起,是英语国家的共同现象"②。然后分析了跨文化作家的创作特点。叶胜年在《多彩的拼贴画:近年澳大利亚小说述评》中涉及了澳大利亚的流散作家,他列举了在"第二次世界大战后乃至60年代后移居澳大利亚的移民作家"③,简要分析了比如托尼·马尼亚蒂、巴里·韦斯特伯勒、杰夫·佩奇、尼古拉·哈斯勒克等作家作品中的"探究血缘关系和文化渊源的寻根意识"④。90年代初期,外国文学研究者已经注意到了流散作家这一现象,但是他们主要是以"移民作家"或者"跨文化作家"来称呼这一群体,"流散文学"这一概念并未得到应用,非洲英语流散文学仍旧处在被忽视的位置。无法否认,该阶段的研究正是对非洲英语流散文学研究的准备。这也符合一般文学研究的规律。

三 发展期（2000年至今）

2000年以来,我国对非洲文学的研究已经有所进展,并且"小荷已露尖尖角"。但是,对于非洲英语流散文学的研究仍处于低谷,尽管这个时期我国对流散文学的研究已经有所发展。

任一鸣和瞿世镜合著的《英语后殖民文学研究》于2003年出版。瞿世镜在《英帝国的崩溃与后殖民文学兴起（代序）》中区分了殖民小说和后殖民小说。他认为,由吉卜林开创的殖民小说是英国现当代小说中的一个重要分支。奥莉维亚·曼宁、保罗·司各特、

---

① 瞿世镜:《当代英国青年小说家作品特色》,《上海社会科学院学术季刊》1995年第1期。
② 瞿世镜:《跨文化小说与诺贝尔文学奖》,《社会信息文萃》1994年第4期。
③ 叶胜年:《多彩的拼贴画:近年澳大利亚小说述评》,《外国文学评论》1992年第4期。
④ 叶胜年:《多彩的拼贴画:近年澳大利亚小说述评》,《外国文学评论》1992年第4期。

丹·雅各布森、J. G. 法雷尔等"海外殖民小说家""站在英国主流文化的一元论立场，用传统的纯粹英语来写作，反映殖民时期海外生活，维护帝国主义秩序，追忆大英帝国昔日盛世，在作品中即使出现殖民地土著人物，他们也认同白人殖民者文化立场和价值观念"①。其实，所谓的"海外殖民小说家"可以归入"殖民流散"作家群之中；在英帝国逐渐解体、殖民地国家纷纷独立之后成长起来并用英语写作的土著作家"收回了民族素材和民族话语的阐述权，记述了后帝国主义秩序的产生和确立过程"②。代表性作家有索因卡、阿契贝、奥克瑞、奈保尔、翁达杰、拉什迪、石黑一雄等。这批作家是"第二次世界大战之后逐渐成熟起来的国际多元化的产物"③。"他们并不站在特定地域的立场，而是处于对流动性日益增加的地球村便于反思的十字路口，而且他们进行反思的价值判断也是多元的，因而具有一定程度的不可界定性。"④ 这种不可界定性的小说被皮考·伊尔称为"世界小说"。所谓的"世界小说"其实就是"流散文学"。在第二章"非洲裔英语后殖民作家作品"中，对加纳作家阿伊·克韦·阿尔马赫（Ayi Kwei Armah, 1939— ）、尼日利亚作家图图奥拉（Amos Tutuola, 1920—1997）、钦努阿·阿契贝（Chinua Achebe, 1930—2013）、布奇·埃默切塔（Buchi Emecheta, 1944—2017）、本·奥克瑞、南非作家纳丁·戈迪默（Nadine Gordimer, 1923—2014）和肯尼亚作家恩古吉·瓦·提安哥（Ngugi wa Thiong'o, 1938— ）的创作概括、写作特点、作品主题等内容作了提纲挈领式的论述。第三章和第四章分别介绍了加勒比海地区英语后殖民作家作品和亚裔英语后殖民作家作品。正如这部专著的书名所示，对这些非洲作家的分析是在"后殖民"的框架下

---

① 任一鸣、瞿世镜：《英语后殖民文学研究》，上海译文出版社2003年版，第3—4页。
② 任一鸣、瞿世镜：《英语后殖民文学研究》，上海译文出版社2003年版，第4页。
③ 任一鸣、瞿世镜：《英语后殖民文学研究》，上海译文出版社2003年版，第2页。
④ 任一鸣、瞿世镜：《英语后殖民文学研究》，上海译文出版社2003年版，第3页。

讨论的，对作为后殖民文学的一支的英语流散文学并没有涉及。

李永彩教授耗时八年之久并于2009年出版的《南非文学史》是我国非洲文学研究的开山之作。其中，在"自治领时期的文学（1910—1961）""白人共和国时期的文学（1961—1990）"和"后种族隔离时期的文学（1990—2005）"这三部分中分别介绍了各个时期的黑人英语文学和白人英语文学。除此之外，还涉及其他本地语文学。这部著作对我国了解非洲文学尤其是南非文学研究起到重要的指导作用。颜治强于2012年出版的《东方英语小说引论》重点介绍了阿契贝、阿伊·克韦·阿尔马赫、恩古吉·提安哥和纳努丁·法拉赫。每位作家都是根据生平和思想以及创作阶段逐步论述的。"有民族主义的思想，是在国的爱国者，而不是去国的爱国者……对于去国或者离开东方的，均一一说明原因。"① 可见，流散并不是这部专著的研究重点。鲍秀文、汪琳主编的《20世纪非洲名家名著导论》囊括了阿尔及利亚、埃及、博茨瓦纳、加纳、津巴布韦等14个国家的30名作家作品分析，每篇文章一般分为四部分："第一部分叙述作家生平，包括其成长、教育经历，写作历程与社会活动；第二部分为其作品简介，其中特别重要的作品会予以较大篇幅的介绍；第三部分为学界对作家作品的批评；第四部分则是作家的创作特色，包括对体裁的选择、主题的挖掘、叙事的方式等。"② 2013年，常耀信主编的《英国文学通史》（第三卷）把恩古吉·提安哥、纳丁·戈迪默和彼得·亚伯拉罕斯等人放在当代英联邦国家文学的范畴内进行考察，并对他们的主要人生经历及创作内容进行考察。2015年出版的《新中国60年外国文学研究·外国文学史研究》第十四章第五节"非洲文学史研究"简要概述了我国翻译、出版的《非洲现代文学》《20世纪非洲文学》和《南非文学

---

① 颜治强：《东方英语小说引论》，人民出版社2012年版，第26页。
② 鲍秀文、汪琳主编：《20世纪非洲名家名著导论》，浙江文艺出版社2016年版，第8页。

史》的状况,并指出:"毋庸讳言,我们对非洲文学的介绍和研究还是很不够的。在东方各国国别文学史的研究中,非洲各国本土文学历史的研究是亟待挖掘和建构的有广阔前景的研究领域。"① 朱振武和刘略昌主编的《中国非英美国家英语文学研究导论》收录了国内对非英美国家的文学研究论文,是一部涵盖范围十分广泛的学术著作。其中第二章"南非、尼日利亚及非洲其他国家的英语文学"囊括了众多对这些国家的文学研究文章。朱振武于2019年出版的《非洲英语文学的源与流》是一部专门探讨非洲英语文学的源流嬗变的学术专著。这部著作分别对南非、尼日利亚、津巴布韦和肯尼亚等国家的英语文学的发展和流变进行探析,同时对非洲英语文学的流散表征、创作倾向、主题意蕴和艺术表征等问题进行概述。除此之外,朱振武还主编了《非洲英语文学研究》和《非洲国别英语文学研究》,对国内非洲英语文学的研究现状及存在问题进行了梳理与反思。

与此同时,国内英语流散文学研究逐渐呈现繁荣趋势,对英语流散文学的研究方法与路径也渐趋多元。

首先,采用某种视角或综合运用相关理论,分析与解读具体作家的具体作品。以库切为例,相关研究有:王敬慧在《永远的流散者:库切评传》中以库切为着眼点,从库切的流散生涯谈起,逐步探讨流散写作策略的形成、超验他者对历史的解构、超验他者对人类理性的批判、理想帝国的建构、超验他者视角的内涵与局限以及库切与复调、音乐、巴赫等方面的关系,对库切做了全方位的剖析。其中王敬慧在序言中所谈到的流散文学乃世界文学的发展方向,诺贝尔文学奖与流散文学的关系等问题颇具启发性。蔡圣勤在《孤岛意识:帝国流散群知识分子的书写状况——库切的创作与批评思想研究》中指出,后殖民理论经历了从早期的对非洲殖民地的黑人以

---

① 申丹、王邦维总主编,韩加明、张俊哲主编:《新中国60年外国文学研究:外国文学史研究》,北京大学出版社2015年版,第295页。

及黑人文学的研究到对以印度次大陆为代表的东方殖民地和后殖民地群体及其文学状况的研究，然后又转向了除区域研究以外的阶层研究、性别研究、不同群体研究和人种研究等领域。以上三个阶段的代表人物分别为法侬、萨义德、斯皮瓦克和霍米·巴巴。但是，"生存在殖民地和后殖民地的帝国流散群体的白人后裔的生存状况和文学书写"[①] 遭到忽视而成为新的"边缘"。蔡圣勤认为，库切就是生存在殖民地和后殖民地的帝国流散群体的白人后裔的代表，所以这部专著就以库切为研究对象，对其创作及思想进行深度剖析。高文惠在《后殖民文化语境中的库切》中分析了流散写作在当代崛起的原因，并从流散的角度对库切的混杂性身份与边缘人书写进行详细解读，揭示出库切的双重他者身份与文化认同危机以及重构文化身份的努力。

其次，除了从不同视角对不同的流散作家进行分析的个案研究，还有不少以某个地理范围内的流散作家群为主要分析对象的区域研究。比如对美国华裔流散作家群的研究，对澳大利亚流散作家群的研究，对当代加勒比英语文学的探讨分析，等等。张德明在《流散族群的身份建构：当代加勒比英语文学研究》中从文化语境论、语言表述论、主题形象论、叙事策略论、走向流亡诗学五个方面对当代加勒比英语文学进行论述，是一部系统评价当代加勒比英语文学的重要作品。陈爱敏在《认同与疏离：美国华裔流散文学批评的东方主义视野》中从跨文化语境中对黄玉雪、汤亭亭、谭恩美、赵建秀与哈金这五位作家进行多方位的阐释。饶芃子的《华文流散文学论集：英文》是一部论文集，主要针对大陆海外华文文学的研究现状、海外华文文学命名的意义、海外华文文学诗学研究、海外华文文学文化认同、海外华文文学理论建设与方法论、海外华文文学与比较文学及比较文学的意义等方面进行论述。饶芃子主编的《思想

[①] 蔡圣勤：《孤岛意识：帝国流散群知识分子的书写状况——库切的创作与批评思想研究》，外语教学与研究出版社2011年版，第 i 页。

文综》（第9辑）中辟专章探讨了"流散文学与流散文化"专题，刊载了王宁、生安锋等八位学者的文章，从理论概括到文本分析，宏观与微观相结合。比如《流散写作与中华文化的全球性特征》《跨语际旅行："文化霸权"的话语实践》《后殖民主义"流散诗学"与知识分子》《全球化语境中的跨界的华裔美国文学》等文章给人很大启发。他主编的另一部论文集《流散与回望：比较文学视野中的海外华人文学论文集》以三辑的容量综合了不同学者对海外华人作家作品的阐释与分析。郭德艳在其博士学位论文中就选取了三位来自英联邦国家的作家以及移民作家——石黑一雄、菲利普斯、奥克瑞，对他们的作品进行纵向研究，着重分析他们的历史意识，最后把他们的创作置于全球化语境中考察并指出，他们不再局限于简单的历史再现，而是"从边缘群体的角度审视历史事件对他们的影响，让那些被西方主流文化所压制和曲解的人们发出自己的声音，为读者还原历史的原貌"[①]。石云龙的《全球化语境下的他者书写与生态政治：英国移民作家小说研究》从他者理论视角，以个案形式，采用后殖民和新历史主义的批评方法集中探讨奈保尔、拉什迪、石黑一雄、莱辛等移民作家在全球化语境下的他者书写与生态政治。

最后，除了从不同视角进行的个案研究和运用多种理论从事的区域研究，国内研究者还对流散诗学进行总结与概括。温越、陈召荣在《流散与边缘化：世界文学的另类价值关怀》中主要是以单个流散作家为研究对象，从不同的视角进行个案研究。除此之外，温越从六个方面论述了流散文学研究的当代价值；陈召荣以《流散·混杂·边缘：多元时代的诺贝尔文学》为题对流散文学与诺贝尔文学奖之间的关系做了有益的探索，最后指出："当多元文化倡导让人们超越民族中心主义和西方中心主义的文化阻隔，打破了单一视界的局限，最大可能地开拓了写作者的冒险空间与写作的表现空间，

---

① 郭德艳：《英国当代多元文化小说研究：石黑一雄、菲利普斯、奥克里》，博士学位论文，南开大学，2013年，第iv页。

复合的生存境遇能催生一种更为深刻的写作……这种价值取向才真正符合诺贝尔遗嘱对文学'世界性'和'理想主义'的期待。"① 任一鸣在《后殖民：批评理论与文学》中把库切、石黑一雄、韩素音等人的创作置于后殖民的批评语境中进行简要分析。任一鸣对民族主义意识与民族意识的论述以及对文化错位的解析给予我们很多有益启示。她指出："民族主义意识只是民族资产阶级布下的一个陷阱……真正的民族文化不是狭隘的、封闭的，它是具有世界性的……民族意识，它不是民族主义，而是唯一能给予我们国际视野的。"② "文化错位是殖民制度下殖民地人民的生存状态，逃逸是文化错位感的表现形式……移位是不屈服于霸权的努力。"③ 朱振武把非洲英语文学纳入"非主流"英语文学的框架之内，并指出，随着库切、戈迪默、索因卡、阿契贝、恩古吉、奥克瑞、阿迪契等作家引起越来越多的关注，非洲英语文学成为一种渐近主流的"非主流"英语文学。与英国、美国、加拿大、澳大利亚和新西兰等国的英语文学不同，"非洲英语文学具有本土表征、流散表征和混杂性表征三个主要特征"④。刘玉环在《从故国想象的失落到精神家园的建构——多丽丝·莱辛的流散意识及其写作研究》中把家园作为其据点，根据其空间位移和创作特征将其划分到帝国流散者、非洲流散者和世界流散者三个群体中，并分别进行阐述。⑤ 陈凤姣、高卓群从宏观和微观两个层面对非洲英语文学在中国的译介与研究情况、存在

---

① 温越、陈召荣编著：《流散与边缘化 世界文学的另类价值关怀》，甘肃人民出版社2011年版，第31—32页。

② 任一鸣：《后殖民：批评理论与文学》，外语教学与研究出版社2008年版，第41页。

③ 任一鸣：《后殖民：批评理论与文学》，外语教学与研究出版社2008年版，第42页。

④ 朱振武：《非洲英语文学，养在深闺人未识》，《文汇报》2018年10月8日第W01版。

⑤ 参见刘玉环《从故国想象的失落到精神家园的建构——多丽丝·莱辛的流散意识及其写作研究》，博士学位论文，东北师范大学，2018年，第1页。

问题及其前景进行了论述。有论者根据物理空间——家园——的位移来判定作家的流散类型，这样，有些作家一生的足迹遍布全球就会有多种流散类型。以多丽丝·莱辛（Doris Lessing，1919—2013）为例，她出生于伊朗，五岁时跟随父母迁到罗得西亚，1949 年又前往英国。有学者就根据这三段主要的人生经历及其创作特点把其分为帝国流散（Imperial Diasporas）、非洲流散（African Diasporas）和世界流散（World Diasporas）三种类型。朱振武、袁俊卿在《流散文学的时代表征及其世界意义——以非洲英语流散文学为例》（《中国社会科学》2019 年第 7 期）中从中国视角出发，立足非洲，把非洲流散划分为本土流散、异邦流散和殖民流散三大谱系，并指出："有些作家尽管未曾实现地域流散或徙移，却长期生活在异邦文化的浸淫中，其创作同样具有身份焦虑、种族歧视、家园找寻、文化混杂和边缘化体验等各种流散表征。"[①] 与此同时，还对这三大表征的内涵及关系等问题做了详细的探讨，是国内专门探讨非洲流散文学的重要文章。另外，这篇文章也被《新华文摘》（2019 年第 23 期）以《非洲英语流散文学的三大表征》为题进行了"论点摘编"。杨中举的《流散诗学研究》（人民出版社 2022 年版）对流散文学的独特面向、移民与流散、移民文学与流散文学的区别、国内外学界对流散诗学的建构等问题进行了深入阐发，是国内第一部系统归纳、阐释流散诗学的理论著作，具有重要的开拓性和总结性意义。

另外，相关学术会议的举办和国家社会科学基金的斩获也推动了非洲英语流散文学的发展。2004 年和 2010 年，清华大学外语系和比较文学文化研究中心相继主办"华裔流散写作高层论坛"和"华裔流散文学小型研讨会"等专题会议；2014 年北京大学召开了中国首届"非洲语言文学教学与研究"国际学术研讨会；2016 年 5 月，浙江师范大学召开了以"从传统到未来：在文学世界里认识非洲"

---

① 朱振武、袁俊卿：《流散文学的时代表征及其世界意义——以非洲英语流散文学为例》，《中国社会科学》2019 年第 7 期。

为主题的全国非洲文学研究高端论坛；同年，杭州电子科技大学召开了"族裔文学与非洲视角：第三届族裔文学国际研讨会"，专设"非洲裔流散文学研究"子议题；2017年在华中师范大学召开的"族裔文学与流散文学：第四届族裔文学国际研讨会"也专门探讨了非裔流散文学；2018年8月，上海师范大学外国文学研究中心成功举办了"中国首届非洲英语文学专题研讨会"，特设"非洲流散文学研究"分议题。2019年7月21—22日，内蒙古民族大学成功举办"中美比较文化研究会中外民族/族裔文学文化专题研讨会"，其中，第六分会场的主题就是"非洲流散文学的生成与传播"。2019年12月13—15日，电子科技大学成功举办"非洲及非洲流散文学经典的生成与传播：中国中外语言文化比较学会中非语言文化比较研讨会"，与会者积极探讨了非洲及非洲流散文学的相关议题，进一步推动了国内非洲流散文学的研究。2019年11月22日，由朱振武教授领衔的国家社科基金重大项目"非洲英语文学史"（项目编号：19ZDA296）获批，[①]这对于非洲文学和非洲流散文学来说具有里程碑式的意义，这表明非洲文学研究已经进入了国家层面的战略部署之中。可以说，在前辈学者的努力奠基之下，在国家的战略部署和相关会议的推动下，非洲英语流散文学的研究将会进入一个新的发展阶段。

小　结

中华人民共和国成立以来，对英美文学的研究一直是我国外国文学研究的大户，而对非英美国家尤其是非洲英语文学的研究则相对滞后。正如有学者所述，中国必须具备与其大国地位相匹配的外国文学知识："中国为什么需要非洲研究？中国研究非洲文学的巨大动力必然在于我们要以中国的方式把握20世纪世界文学的进程，并

---

① 全国哲学社会科学工作办公室：《2019年度国家社科基金重大项目立项名单公示》http://www.nopss.gov.cn/n1/2019/1204/c219469-31490279.html，2019年12月4日。

重新构造21世纪世界文学的秩序，这是中国文化主体自我认识、自我发展、自我更新的需要。"① 从我国对非洲英语文学研究的现状来看，我国对非洲文学资料的储备相对不足。中国目前亟须翻译引进优秀的非洲文学及相关著作，对非洲英语流散文学、非洲英语文学甚至是非洲文学的研究则应聚集更多的注意力。

第三节 选题缘起、创新之处及意义

撒哈拉沙漠以南的非洲之各民族国家大都遭受过西方的殖民侵略和殖民统治，当然，非洲各族人民的反殖民、反侵略的抵抗行为也未曾止息。随着世界民族独立运动的高涨以及英帝国统治的瓦解，非洲各民族国家相继取得独立。但是，独立后的非洲仍旧面临着众多问题，民族矛盾、政治纷争、边界冲突、种族歧视、贫穷落后等问题纷至沓来。在此大背景之下，非洲出现了为数众多的因不同原因而离开祖国的流散作家。由于有着共同的历史遭遇、相似的发展进程，以及在全球化的国际关系权力格局中的类似处境，非洲流散作家在主题创作、民族心理、国民性格和文化特色等方面呈现出相似的文化表征。这就构成了把非洲英语流散文学看作一个整体进行研究的基础。

众所周知，流散文学是那些有着跨国界的生存经历的作家创作的具有流散症候的作品。但是，非洲英语流散作家及其作品有着自身的特点。仅从流散这一行为发生的具体时间和流散作家发表的作品的时间来看，与有些在幼年时期，也就是在尚未开始文学创作时即移居到他国的作家不同，有些非洲作家在离开其祖国之前已经出版了具有代表性的作品，比如阿契贝和恩古吉·提安哥等人；有些

---

① 蒋晖:《载道还是西化：中国应有怎样的非洲文学研究？——从库切〈福〉的后殖民研究说起》,《山东社会科学》2017年第6期。

作家在移居国出版的某些作品跟母国息息相关而与移居国无关，比如奇玛曼达·阿迪契的某些作品。这就令人产生如下疑问：如何认识某些作家在发生流散这一具体行为之前创作的作品和流散之后写就的与母国息息相关而跟移居国无关的文学作品？

解决这个问题可以让我们更好地了解非洲英语文学及其独特性，从而加深世界英语流散文学的理解，甚至对于重新认识流散文学、对于流散诗学的建构都具有重要意义。通过阅读分析相关文本，可以发现，那些没有跨国界生存经历的非洲原住民也具有流散的特征。这就与我们通常理解的流散概念有着重要的不同，流散并不一定是跨国界的。实际上，在撒哈拉沙漠以南的非洲，某些作家在流散之前完成的作品和流散之后创作的与移居国无关而与母国密切相关的文学皆可以划归到流散文学的行列。从文学的层面来说，非洲大陆存在着三种类型的流散：本土流散、异邦流散和殖民流散。相应地，非洲流散文学则可分为三大类：本土流散文学、异邦流散文学和殖民流散文学。界定这三种流散类型并论证其合理性以及概述它们之间的关系对于透彻理解和正确把握非洲流散，对于重新认识流散这个概念，对于流散诗学的建构都具有重要意义。那么，何为"本土流散"？什么是"异邦流散"？何谓"殖民流散"？它们各自的特性有哪些？它们之间有何种关系？解决这几个问题将为本书进一步论证打下坚实的基础。

总体而言，非洲英语流散文学具有鲜明的抵抗性书写特征。所谓"抵抗性"书写就是非洲英语流散作家及其作品在处于异质文化张力的情况下体现出的对所有强势的、不公正的、具有压迫性的权利和话语的全面抵抗。其中，"异质文化张力"是非洲英语流散文学不可或缺的条件，它的"抵抗性"书写就是在"异质文化张力"之中的抵抗。这也可以视为非洲英语流散文学与其他类型的文学在表现"抵抗"时的不同之处。那么，这种抵抗性书写的目的何在？为何抵抗？效果如何？这些都是亟待解决的问题。

本书具有如下创新之处。

第一，从哲学与文化心理层面指出非洲本土流散的深刻性。非洲原住民的主体性和非洲的本土传统遭到外来强势文化的瓦解，呈现出分崩离析的状态，而且重建之路十分漫长。非洲的本土流散是一种深度流散，同时具有被迫性。

第二，加深了对"流散"这个概念和对流散文学的理解。在非洲，不能把流散和国内移民等同，它们的成因和表征十分不同。对于非洲原住民来说，空间位移，尤其是跨国界流动并不是必要条件，他们没有跨国界流动，同样处在流散的境况之中，因为欧洲的殖民侵略和殖民统治客观上造成了跨越国界而来的效果。那么，那些没有跨国界和跨文化生存经历的作家创作的作品也具有流散表征，因而也可以归到流散文学的行列。

第三，把非洲流散文学划分成本土流散文学、异邦流散文学和殖民流散文学三大谱系。这三大类型的流散文学同中有异，异中有同，共同构成了非洲流散文学。所以，非洲流散文学不再仅仅指那些离开非洲本土而前往其他国家，或者离开非洲的某国而寄居到非洲的另一国的作家所创作的文学。

第四，指出"流散"对"国家"认同具有积极的建构作用。在全球化的语境以及在自我与他者的双重互动中，流散主体的身份归属往往以"肤色""国籍"为标志，而不再是一国之内的某个民族，这样就弱化了民族属性，强化了国家属性和非洲属性。

第五，"流散"并不仅仅是一门知识，它还是一个视角。除了在流散这块田地上耕耘之外，我们还可以通过流散的视角认识其他问题。比如把"身份"问题置于流散的语境考察，我们发现，非洲人的身份问题经过了多重转变；再比如把"娜拉出走"这个问题放置在流散的语境中讨论，我们发现，"娜拉"不仅仅走出家门，还走出国门以及国外的家门。当然，还可以从流散的角度探讨其他问题，比如比较文学和世界文学的问题，等等。

第六，研究非洲的流散文学，也是试图改变我国外国文学研究中的不均衡现象的努力之一。我国的外国文学研究主要集中于欧美文学，英语文学研究主要局限在英美国家的文学，并且涌现出一大批知名的专家学者，产生了众多优秀的学术成果。但是，中国作为一个大国必须均衡吸纳外国文学的优秀成果，必须具备与其大国地位相符合的关于世界文学的知识。对于我国的流散文学研究来说，主要的研究对象是流散到英美等西方大国的作家作品，看似是扩充了外国文学研究的视野，但是以英美为中心的"倾向"仍若隐若现。须知，那些移居到英美等西方国家的作家，无论他们来自哪里，他们努力的总体方向大都是向英美国家这个中心靠拢的。在靠拢的过程中所展现出来的语言问题、身份问题、种族问题和边缘化问题，大都是试图摆脱来源国的"痕迹"，"期待"西方国家"接纳"的时候产生的。那么，这个"西方中心主义"怎么超越呢？这不得不令人深思。因此，从中国的视角出发，立足非洲，探究非洲的流散文学，或许可以带来不同的启示。至少，这也算是一种尝试。

研究非洲英语流散文学中的主体性重构具有如下意义。

首先，非洲英语流散文学是世界英语流散文学大家庭中重要的一员，是"非主流"英语文学不可或缺的重要组成部分，也是世界文学不可或缺的一环。所以，中国的非洲英语流散文学研究不能缺失，否则，我们对于世界流散文学、"非主流"英语文学以及世界文学的认识和把握都是不完整的。

其次，通过对非洲英语流散文学的"名"与"实"的界定，对非洲流散类型及其关系的划分与探讨，对非洲英语流散文学的特点和内涵的把握与阐释，对主体性问题的阐释，有利于扩充人们对流散这一概念的认知，加深对流散文学内涵的理解，并对流散诗学的建构有着积极的意义。

再次，以中国视角审视非洲英语流散文学与西方文学的关系，深度探讨非洲英语流散文学的内涵与外延以及主体性特点，有助于我们思考中国如何有效介入"非洲—西方"这一已经形成深度纠葛关系的二元对立体系。

复次，指出非洲英语文学中的主体性问题，可以让我们了解非洲人民的现实处境，有利于我们把握非洲人当前的精神样貌和心理特征，对于增进中非交流，加强中非合作具有现实意义。而且，在国家层面，还具有战略意义。因为在流散的语境中，非洲流散者的主体性正在重建的过程中，如果采取有效的策略，恰当地传播中国文化，或吸引非洲人前往中国，学习中国的语言和文化，那么，中华文化的基因就会成为非洲人重构主体性的积极因素，那么，假以时日，非洲人对中国，对中华文化就会拥有天然的亲缘性，而这，无疑将是中非文化交流的重要举措。

最后，研究非洲流散文学中的主体性问题，还有助于认识中华民族的主体性。通过对非洲本土流散和殖民流散的探讨，我们知道其各自的主体性特征。那么，继续延伸开来，西方的主体性是什么样子的，中国的主体性又是何种类型？自地理大发现以来，中国、西方和非洲的相遇，其主体性可以发挥怎么样的作用，碰撞出何种火花？这三者的主体性相互比对，各自的优缺点何在？这都是值得进一步研究的问题。

第 一 章

非洲英语流散文学的"名"与"实"*

  英语流散文学的产生与发展跟英帝国的殖民扩张和两次世界大战以及全球范围内的移民潮密切相关。迄今为止,"英语流散文学的发展经历了二十世纪 60 年代以前的起步期、二十世纪六十和七十年代的发展期和二十世纪八十和九十年代的繁荣期三个阶段"①。作为世界英语流散文学的重要组成部分,非洲②英语流散文学有着与印度、加勒比、华裔和日裔的英语流散文学相异的文化表征与美学特色,它不仅根植于非洲独特的文化土壤,还经历了殖民、反殖民,政变、反政变,腐败、反腐败以及民族解放运动的激流的冲刷与洗礼。可以说,非洲英语流散文学是经过"血"与"火"淬炼之后的产物。通常意义上讲,非洲英语流散文学是出生在非洲但因各种原因主动或被迫移居他国的作家及其后代用英语创作的具有身份困境、家园找寻、文化冲突等"流散症候"的文学。但是,这种认知无法

---

 * 本章部分内容已发表,详见朱振武、袁俊卿《流散文学的时代表征及其世界意义——以非洲英语文学为例》,《中国社会科学》2019 年第 7 期;袁俊卿《"约翰"的困境:〈暗中相会〉中的主体性重构》,《国外文学》2023 年第 3 期。

 ① 朱振武、张敬文:《英语流散文学及相关研究的崛起》,《东吴学术》2016 年第 3 期。

 ② 本书所指的非洲指撒哈拉沙漠中部以南的非洲。

辨识那些作家在实施"流散"这一具体行为之前创作的作品以及"流散"之后写就的与移居国无关而与母国密切相关的文学。也就是说,一般意义上的"流散"之名部分遮蔽了非洲英语流散文学之"实"。所以,辨明非洲英语流散文学的"名"与"实"对于进一步认识"流散"概念本身,深化流散文学的理解以及流散诗学的建构都具有重要意义。

第一节 流散的主要特征:空间位移和文化冲突

流散[①](diaspora)一词来源于希腊词 diaspeirō,由"dia"(之间、通过)和"speirō"(播种、分散)组成,意为"我播撒"(I scatter),"我传播"(I spread about)。[②] 在古希腊,流散主要是用来描述一种破坏性过程(a destructive process)。伊壁鸠鲁(Epicurus, 341 BC—270 BC)用流散形容物质的分解或物质分解成更小的部分。修昔底德(Thucydides)在《伯罗奔尼撒战争史》(*History of the Peloponnesian War*)中,用流散描述雅典人(Athenians)对埃伊纳岛(Aegina)的毁灭以及对其人民的放逐(banishment)和分散(dispersal)。[③] 也就是说,"在最初的希腊语

---

① 国内对于"diaspora"有多种译法,比如"族裔散居""移民社群""散居""飞散""离散""流散""侨居""大流散""文化离散"等,且各有理由。有学者撰文详尽分析了这个词语的不同译法,并从历史继承性、时间上的延续性、空间上的延展性、学理、学缘上的传承性以及逻辑性等层面判定"流散"这一译法最为妥当。"在汉语文化传播语境中,'流散'之译使流散诗学理论话语建构获得了灵活性与学术张力。"杨中举:《"Diaspora"的汉译问题及流散诗学话语建构》,《山东师范大学学报》(人文社会科学版)2016 年第 2 期。本书认同此说,也使用"流散"这个译法。但在引用相关文献时,保留其原来用法。

② See https://en.wikipedia.org/wiki/Diaspora.

③ See Kevin Kenny, *Diaspora: A Very Short Introduction*, New York: Oxford University Press, 2013, pp.1-2.

中，diaspora 指的是一个破坏性的过程，而不是指一个地方、一群人或一种良性的人口分散模式"①。在犹太人的历史上，流散更像是一个标签，以至于大写的 Diaspora 就专门指称犹太人的流散，位移（displacement）、流亡（exile）和对家园的渴望（longing for a homeland）是其主要特征。到了 20 世纪，流散的含义逐渐扩散，用以描述亚美尼亚人（Armenians）和非洲后裔（people of African descent）的非自愿流散。进入 20 世纪 80 年代，随着流散群体的剧增，流散所覆盖的范围进一步扩展，以至于适用于任何类型的移民。

西蒙·杜布诺于 1931 年在《社会科学百科全书》中收录了"流散"一词，"这是将'流散'一词扩展到其他人群和学术界的一个重要里程碑。"② 在该词条第一段中，这样写道："Diaspora 是一个希腊术语，指一个国家或民族的一部分，从自己的国家或领土分离出来，分散在其他国家，但保留自己的民族文化。"③ 然而，"自 20 世纪 60 年代末以来，'流散'一词逐渐与跨国主义、全球化、移徙、种族、流亡、后殖民和民族等术语交织在一起"④。威廉姆·萨夫兰（William Safran, 1930— ）从 6 个方面概括出流散的特点，至今具有参考意义。

(1) 他们，或者他们的祖先，已经从一个特定的原始"中心"分散到两个或更多的"外围"，或者说是外国的地区；
(2) 他们保留了关于他们最初的家园的集体记忆、愿景或神

---

① Kevin Kenny, *Diaspora: A Very Short Introduction*, New York: Oxford University Press, 2013, p. 2.
② Robin Cohen and Carolin Fischer, *Routledge Handbook of Diaspora Studies*, London and New York: Routledge, 2019, p. 16.
③ Robin Cohen and Carolin Fischer, *Routledge Handbook of Diaspora Studies*, London and New York: Routledge, 2019, p. 16.
④ Robin Cohen and Carolin Fischer, *Routledge Handbook of Diaspora Studies*, London and New York: Routledge, 2019, p. 22.

话——它的物理位置、历史和成就；（3）他们认为，他们不会——也可能不被——他们的居住国完全接受，因此感到被部分疏远，并与之隔绝；（4）他们把他们祖先的家园看作是他们真正的理想家园，是他们或他们的后代（或应该）在适当的条件下最终返回的地方；（5）他们认为，他们应该共同致力于维护或恢复他们原来的家园安全与繁荣；（6）他们继续以这样或那样的方式，以个人或间接的方式，将他们的民族意识和团结维系在一起，这是由这种关系的存在所决定的。①

萨夫兰从"中心"与"外围"、家园记忆、与居住国的关系、返回故土和民族意识等方面总结流散的特征。其实，这些方面都是在产生空间位移，即离开家园为前提的。国内外其他学者对流散的阐释也是如此。比如，有学者认为："流亡者存在于一种中间状态，既非完全与新环境合一，也未完全与旧环境分离，而是处于若即若离的困境，一方面怀乡而感伤，一方面又是巧妙的模仿者或秘密的流浪人。"②"怀乡而感伤"和"秘密的流浪人"就是指人离开家园四处流浪，思念家乡，心怀感伤。而"怀乡"和"流浪"的前提是产生地理位置的位移。有的学者指出，流散是指"某一种族由于外部力量的强制或自我选择分散移居到世界各地的情形"③，是"指任何离开原住地，分散在世界各地的文化团体或族群"④。其中，"离开原住地""分散到世界各地"是对流散进行阐释时的重要内涵。

---

① William Safran, "Diasporas in Modern Societies: Myths of Homeland and Return", *Diaspora*, 1, (1) 1991, pp.83-84.

② ［美］萨义德：《知识分子论》，单德兴译，生活·读书·新知三联书店2002年版，第45页。

③ ［英］斯图亚特·霍尔：《文化身份与族裔散居》，陈永国译，罗钢、刘象愚主编《文化研究读本》，中国社会科学出版社2000年版，第208页。

④ ［英］穆尼、［美］埃文斯编：《全球化关键词》，北京大学出版社2014年版，第77—78页。

再比如，有学者在分析流散的原因及其可能产生的有利条件时，这样说道："其中有些人近似流亡散居或流离失所，而另一些人则是有意识地自我'流散'的，这种流动的和散居的状态正好赋予他们从外部来观察本民族的文化，从局外人的角度来描写本民族/国家内无法看到的东西。"① 其中，"从外部观察"和"从局外人的角度"就是产生地理位置的移徙之后才有的视角。由上可知，不同的学者对流散的阐释都不约而同地强调空间位移。类似的说法还有很多。比如："它是强加于个人与故乡以及自我与其真正的家园之间的不可弥合的裂痕；它那极大的哀伤是永远也无法克服的。"② "飞散之所以为飞散，一定包含两个和多个地点，一定将此时此地与彼时彼地联系起来。"③ "流散更重要的是文化上的一种跨越，有着流散经历的个人或群体往往会面临着母国文化和异国文化的巨大差异。"④ 流散者"从'这里'到'那里'，从一个真实或想象的故园到令人喜欢或讨厌的异国"⑤，等等，都强调地理位置的重要性。

空间位移为何如此重要？不管原因为何，个体或群体离开祖国前往异国，实现空间位移，紧随而来的问题就是母国文化与异国文化间的矛盾与冲突。也就是说，空间位移是个体或群体与异域文化产生冲突的前提，如果不存在跨国界的空间位移也就不存在两种文化的交流与碰撞问题。正是有了地理位置的位移才实现了文化上的跨越，正是有了文化上的跨越才比对出不同文化的特色与差异，而正是生活在不同的文化中，才生发出身份认同、边缘化处境、种族歧视、性别歧视、家园找寻和文化归属等问题。这些问题产生的根本原因就是异质文化之间的冲突与融合。所以，空间位移是前提，

---

① 王宁：《流散文学与文化身份认同》，《社会科学》2006年第11期。
② 转引自王宁《流散文学与文化身份认同》，《社会科学》2006年第11期。
③ 童明：《飞散》，《外国文学》2004年第6期。
④ 张平功主编：《全球化与文化身份认同》，暨南大学出版社2013年版，第88页。
⑤ Paul Tiyambe Zeleza, "African Diasporas: Toward a Global History", *African Studies Review*, Vol. 53, No. 1, 2010, p. 5.

异质文化间的冲突与融合是紧随而来的现象。也就是说，流散者只有跨越地理位置的疆界之后才会面临异质文化上冲突。值得注意的是，这里所指的空间位移主要是国与国之间的迁移，而不是一国或一个地区之内的移动。

实际上，流散本身就内含着空间位移的意思，众多学者在阐释它时概述这一特点是再正常不过了。但问题是，我们可以从这种主流的认知中发现一个问题，即流散虽然引起了广泛的关注，虽然用它形容的现象陡然增多①，但是，对它的内涵的理解貌似并没有发生太大的变化。问题是，流散这一行为的发生，必须有空间位移吗？造成了地理位置的位移，就必然是流散的吗？

第二节　异质文化冲突与主体性瓦解

通常来讲，流散就必然发生空间位移，而且，这里的空间位移主要是指跨国界或跨越具有国界性质且拥有不同文化的地区。在非洲，情况有所不同。与殖民者的殖民侵略和殖民统治相伴而行的，是西方的一整套政治、经济、教育、宗教和生活方式，使得非洲原住民不用跨越国界，同样受到它们的影响。

肯尼亚作家恩古吉·提安哥在《大河两岸》（*The River Between*，1965）中就提到了异质文化的强势侵入对当地人的精神和心灵造成的影响。

　　白人的到来给人带来一种令人捉摸不定的、难以言喻的东

---

① 与流散有关的群体越来越多，比如，军事流散、基督教流散、同性恋流散、商贸流散、白人流散，等等，值得注意的是，流散的种类虽然陡增，但是，都建基于流散的主要意涵之上，即一提到流散，大家默认它是有空间位移的。在非洲，跨国界的空间位移和一国之内的空间位移是不一样的，至于它们之间关系，会辟专节探讨。

西，这种东西朝着整个山区长驱直入，现在已进入心脏地带，不断地扩大着它的影响。这种影响造成了山里人的分裂，而穆索妮的死就是这种影响的恶果。……自从她死以后，时局的发展使人感到担忧，表面上人们保持沉默，但实际上在多数人的心里，虔诚和背叛两种意识却在剧烈地相互斗争。①

虔诚和背叛两种意识之所以在多数人的心目中剧烈地相互斗争，恰是由于白人的到来造成的。在多数人心中，到底是承袭传统，做一名传统主义者，还是背叛传统，做一名虔诚的基督徒？他们拿捏不定，犹疑不决。这种矛盾心态就是在本土文化和西方文化激烈碰撞之下造成的。

在非洲文学中，表现异质文化冲突对人造成的影响的作品还有很多，恩古吉·提安哥的短篇小说《暗中相会》（"A Meeting in the Dark"，1974）就是其中的代表。小说主人公约翰的父亲——史丹利——是一位虔诚的传教士，他以极其严格的道德标准而闻名，以至于所有的人都害怕他。约翰更不例外。约翰从小在加尔文派父亲的保护下成长，并以加尔文教派的校长——一位传教士——为师。史丹利的愿望是希望约翰远离一切邪门歪道，必须沿着圣途长大，"你知道我想让他在主的引导下成长"②。约翰与那些受过教育，并带着讲英语的白人妻子或者黑人妻子返回村庄的人不同，他尽管也受过白人的教育，知晓白人的世界和知识，并将要到一个遥远的地方——马凯雷雷——读大学，但并没有因此而骄傲自大，还保留着村中人公认的优秀品质。村里的人都知道，约翰是谦逊的模范和道德的化身，他永远都不会背叛部落。但实际上，约翰内心时常翻滚

---

① ［肯尼亚］恩古吉·提安哥：《大河两岸》，蔡临祥译，上海文艺出版社2015年版，第96页。

② ［肯尼亚］恩古吉·提安哥：《隐居》，李坤若楠、郦青译，人民文学出版社2017年版，第64页。

着滔滔的潮水,只是他隐藏着,克制着而已。"他的胸中升起一阵疼痛并且隐隐欲哭……他并没有号叫,只是静静地望着远方。"① 约翰喜欢的女孩瓦姆胡虽然是利穆鲁最漂亮的姑娘,但是受教育程度不高,为此,约翰感到难为情,在娶不娶她之间犹豫不决,并不想让别人看到他们俩在一起。问题在于,瓦姆胡已经怀孕三个月,而且瞒着家人,如果再拖下去,就会暴露在所有人面前。约翰必须做出选择。而此时,约翰还幻想着去海外留学,追求美好前程。"他自己也希望能跟上大部队,尤其是最后一大波坐飞机奔赴美国的学生潮。"② 所以,约翰面临着两难。他接受的白人教育与本土传统之间产生了冲突。他是传教士的儿子,不能与喜欢的女孩——瓦姆胡——结合,因为瓦姆胡受过割礼,而史丹利和教堂不会同意这桩婚姻。约翰脑海中浮现出父亲那笃信宗教却又无比独断的形象。"我,约翰,一个传教士的儿子,受众人尊敬并即将奔赴大学,我将会堕落,落至地上。他不想看到我的堕落。"③ 如果抛弃瓦姆胡,只能任由她的肚子一天天变大,最后也会引来一场风暴,到那时,政府也许就会取消他的奖学金。"在所有相继而来的事情中,对于人们言论的恐惧和随之而来的后果使他陷入对这一堕落深深的恐惧之中。"④ 一天晚上,约翰做了一个梦:

> 一个鬼魂飘来。他认出这是他家乡的鬼魂。这个鬼魂把他向后拉。然后又来了一个鬼魂。这是他要奔赴之地的鬼魂。它

---

① [肯尼亚]恩古吉·提安哥:《隐居》,李坤若楠、郦青译,人民文学出版社2017年版,第65页。

② [肯尼亚]恩古吉·提安哥:《隐居》,李坤若楠、郦青译,人民文学出版社2017年版,第73页。

③ [肯尼亚]恩古吉·提安哥:《隐居》,李坤若楠、郦青译,人民文学出版社2017年版,第71页。

④ [肯尼亚]恩古吉·提安哥:《隐居》,李坤若楠、郦青译,人民文学出版社2017年版,第75页。

把他向前拉。两只鬼魂相互争夺着约翰。然后从四面八方涌来无数的鬼魂拉扯着他,他的身体逐渐被撕成碎片。①

"家乡的鬼魂"就是本土传统的象征,"奔赴之地的鬼魂"则是他的远大前程有可能实现之地——海外——的象征,海外则是西方的喻指。两个鬼魂拉扯着约翰。四面八方的鬼魂则是约翰所面临的各种困境的象征,它们从四面八方涌来拉扯着约翰。最终,"他的身体逐渐被撕成碎片"。在白人和外来宗教到来之前,部落的一切都会按照既定的传统行事。史丹利在改信新的宗教之前,也遵循部落的传统。只是在信仰新的宗教之后,才犯了按照外来宗教的标准所称作的"罪"。瓦姆胡的父亲愤恨地说道:"然后白人来了,他们宣扬一种奇怪的宗教,奇怪的生活方式,并要求所有人遵从。部落的行事方式被打破了。新的信仰不能使部落的人和谐共处了。"② 最后,约翰在各种力量的撕扯中走向了极端,"在他内心深处,他父亲和村民恐吓般的愤怒成了某种可怕的力量,迫使他这么做"③。他掐着瓦姆胡的脖子,粗暴地晃动着,最终把她掐死了。

无独有偶,除了肯尼亚的恩古吉·提安哥,我们还在其他非洲国家的作家作品中找到了相似的情况。尼日利亚作家本·奥克瑞在短篇小说《一段秘史》("A Hidden History")中描写了一个令人匪夷所思的故事。一条无名的街道上居住着最后一批从内陆迁移而来的居民,但是,因为种种不明的原因遭到驱逐,他们只能被迫离开。空空的街道成了鼠群恣意践踏的歌舞场,成堆的垃圾使得这个地区变成一块腐朽化脓的溃烂之地。不知从何处来了一位"调查员",像

---

① [肯尼亚]恩古吉·提安哥:《隐居》,李坤若楠、郦青译,人民文学出版社2017年版,第74页。

② [肯尼亚]恩古吉·提安哥:《隐居》,李坤若楠、郦青译,人民文学出版社2017年版,第69页。

③ [肯尼亚]恩古吉·提安哥:《隐居》,李坤若楠、郦青译,人民文学出版社2017年版,第78页。

一位预示不祥的稻草人，个子敦实，头发稀疏，衣衫褴褛，仿佛来自末日。他不知从哪里来，也不知要到哪里去。他栖息在一座严重受损的房屋内，整天与垃圾为伍。他身上散发着老鼠味，满身虱子，擤鼻涕的声音能传很远。他时常高歌，经常大笑，就像一个疯子。"如果说他疯了，他也不是在自己心目中的非洲发疯。"① 但是，一些探险者——一群来自几座高楼和城里其他地区的新生代地痞流氓——蛮横地闯入了这个世界。这些地痞流氓狠狠地揍了"观察员"一顿。这个疯子般的"观察员"却无动于衷，每日仍在村子里、垃圾堆旁转悠。有一天，这群地痞流氓"特意放置了一个垃圾箱供他一探究竟。他们将垃圾箱摆在街道中间"②。他们视"观察员"为魔鬼的化身，猿猴的后代，是遭到诅咒的人。"观察员"则渐渐走到那个垃圾箱旁边，掀开盖子，把手伸进去摸索：

> 他拽出一条血肉模糊的人腿：脚趾肿大，呈深蓝色，足部高度腐烂。他拽出一只手，扭曲变形，肌肉萎缩，像是一截细细的树枝。他拽出一条齐肩砍断的胳膊，肩部露出一堆黏糊糊的血管和不停颤晃的神经。接着他又拽出一颗黑人妇女的头颅，是被人胡乱从脖颈上砍下的，睁着两只虚肿的眼泡，鼻子像多长了一瓣的兔唇被生生割掉。③

血肉模糊的人腿，扭曲变形的手，齐肩砍断的胳膊，一颗黑人妇女的头颅，两只虚肿的眼泡。很显然，这些零碎的人体是那群地痞流氓带来的，或者是他们特意为这位"观察员"准备的。"观察

---

① ［尼日利亚］本·奥克瑞：《圣地事件》，朱建讯、韩雅婷译，译林出版社2013年版，第122页。

② ［尼日利亚］本·奥克瑞：《圣地事件》，朱建讯、韩雅婷译，译林出版社2013年版，第124页。

③ ［尼日利亚］本·奥克瑞：《圣地事件》，朱建讯、韩雅婷译，译林出版社2013年版，第125页。

员"掏出这些东西，没有丝毫害怕的样子。他还凑到鼻前闻闻，贴近耳边听听，仔细研究研究。"他要把妇女身体的各部分拼成记忆中的形状。"①"'调查员'全神贯注地端详着妇女身体的各个部分。他试图把它们拼凑成一幅合理的图画，一个整体，可又似乎因为记性糟糕，未能如愿。"② 他试了很久，也没有拼成记忆中的形状，只能步履沉重地离开。"一不留神他忽然从街上消失了。我到处寻觅他的身影，但遍寻无着。街道似乎将他整个人完全吞噬了。"③ 在《一段秘史》中，"观察员"姓甚名谁、从何处来、到何处去，都没有明确交代；这群地痞流氓奉谁的旨意，目的是什么也没有明说；这位遭到肢解的黑人妇女遭遇了什么，因何会有这般遭遇，也没有讲明。所有的一切都是谜。我们所能确认的是，这个黑人妇女被肢解了，有意思的是，《暗中相会》中，约翰的"身体"也被各种力量撕碎了。

在非洲文学中，这种现象具有普遍性。除了《暗中相会》，恩古吉·提安哥在其他作品中也描述了类似的状况。《大河两岸》的主人公瓦伊亚吉就是其中的代表。他时常暗问自己究竟是属于哪种人，在基督教和本土习俗之间的夹缝中焦虑，徘徊，艰难生存。

在《大河两岸》中，白人的到来和基督教的传播给基库尤人（Kikuyu）④ 带来身份认同上的困境。究竟是做一名虔诚的基督徒，还是做一个地道的传统主义者，还是当一名两者兼顾的中间派是横亘在基库尤人面前的一大难题。为此，部族长久和平安宁的状态被打破，变得动荡不安。传统主义者认为，基督教使得基库尤族骨肉

---

① [尼日利亚] 本·奥克瑞：《圣地事件》，朱建讯、韩雅婷译，译林出版社2013年版，第126页。

② [尼日利亚] 本·奥克瑞：《圣地事件》，朱建讯、韩雅婷译，译林出版社2013年版，第125页。

③ [尼日利亚] 本·奥克瑞：《圣地事件》，朱建讯、韩雅婷译，译林出版社2013年版，第126页。

④ Kikuyu（基库尤人），一般也译作吉库尤人。本书采用教科文组织编写、中国对外翻译出版公司出版的《非洲通史》中的译法，但在引用相关文献时，保留原有译法。

相离，虔诚的基督徒约苏亚对其女儿的死态度之冷漠便是明证；基督徒认为，传统主义者愚昧无知，冥顽不化，不顾上帝的反对顽固地遵守割礼这种看起来是野蛮人才有的行为。卡波尼是基库尤传统的坚决捍卫者，约苏亚是基督教的虔诚信徒，瓦伊亚吉则是中间派，并一直试图使约苏亚和卡波尼联合起来，兴办教育，提高山区人们的知识水平，抵抗白人。但是，瓦伊亚吉遭到传统主义者和基督徒的双重排斥。他成了基库尤地区的"第三种人"，既不属于基督徒，也不属于传统主义者。

瓦伊亚吉之所以成为中间派，是因受到传统习俗与白人教育的双重塑造，它们任何一方都没有在瓦伊亚吉的心灵中占据主导。瓦伊亚吉在接受白人的教育以前是一位典型的传统习俗的遵循者，他十分看重再生礼这个部族的传统仪式，只有行过再生礼之后，才可能行标志着迈入成年之列的割礼。按照部族传统，割礼之后才算一个真正的男子汉，才能成家立业。对于瓦伊亚吉来说，割礼之前的再生礼虽然简短，但十分郑重：

> 仪式本身很简短：妈妈坐在灶台旁边，精神痛苦，好像正在忍受着分娩前的阵痛。瓦伊亚吉坐在妈妈的两个大腿中间。宰羊时从羊身上抽出的一根细长的羊筋紧紧地捆在妈妈身上，象征着分娩时孩子的脐带。一个曾当过助产士的老妇走了过来，割断了妈妈身上的羊筋，就在这时，孩子开始啼哭；等在门口的妇女们听到哭声，开始欢呼歌唱：嗳——哩——哩——哩，老人瓦伊亚吉再世，继往开来，祖业后继有人。①

能行再生礼和割礼是瓦伊亚吉十分自豪的事情。行过再生礼之后，瓦伊亚吉被他的父亲查格带到卡梅奴山上，俯瞰那片肥沃的土

---

① ［肯尼亚］恩古吉·提安哥：《大河两岸》，蔡临祥译，上海文艺出版社2015年版，第16页。

地，聆听基库尤部族的起源与传说。查格有意把瓦伊亚吉培养成部族的领导者，带领基库尤族摆脱白人的控制，率领族人前进。但是，"用大刀砍不死那些穿花衣裳的蝴蝶，用长矛也对付不了他们。除非你熟悉他们，了解他们的爱好和习惯，然后施以巧计，才能将他们赶走"①。这里，"穿花衣裳的蝴蝶"就是基库尤族对白人的特称。所以，查格特意安排瓦伊亚吉到白人开办的教会学校去，深入敌人内部，以其人之道还治其人之身。"到教会学校去，去学习知识，增长才干，去了解白人的一切秘密，但是当心不要向白人学坏了。你要忠于我们的人民，要记住我们部族的传统。"② 由上可知查格的出发点和特殊用意。瓦伊亚吉自然肩负着沉重的使命。

但是，白人开办教会学校也有他们的目的。瓦伊亚吉虽然是奔着学会一套制服白人的魔法的目的去的，但白人则试图把他培养成传播基督教的本土代理人："白人传教士满意地认为这位学生今后一定会成为一名出色的基督教领袖。"③ 查格和传教士对瓦伊亚吉的培养与塑造并没有使他成为他们所希望成为的任何一种人。瓦伊亚吉在教会学校学习了几年之后，思想观念慢慢发生了变化。"随着时光的流逝，他当年的理想已经在他的脑海中慢慢淡漠了，他甚至开始怀疑它的真实性。他认为那只不过是一种不切实际的、毫无意义的幻想，是老年人的一种梦幻。"④ 瓦伊亚吉当年的理想是他的父亲查格为他编织的宏大且催人奋进的"伟大前程"，那就是成为部族的救世主，赶走白人。但是，瓦伊亚吉内心中开始有了矛盾与冲突，这

---

① ［肯尼亚］恩古吉·提安哥：《大河两岸》，蔡临祥译，上海文艺出版社 2015 年版，第 28 页。
② ［肯尼亚］恩古吉·提安哥：《大河两岸》，蔡临祥译，上海文艺出版社 2015 年版，第 28 页。
③ ［肯尼亚］恩古吉·提安哥：《大河两岸》，蔡临祥译，上海文艺出版社 2015 年版，第 30 页。
④ ［肯尼亚］恩古吉·提安哥：《大河两岸》，蔡临祥译，上海文艺出版社 2015 年版，第 54 页。

种矛盾与冲突的根源在于本土习俗和外来宗教、文化之间的碰撞和拉扯。

当得知吉亚马要对以约苏亚为首的基督徒采取过激措施时，瓦伊亚吉连夜赶往马库尤，试图把这个威胁告诉约苏亚，让他们有所准备。但是，在约苏亚的门口遭到了他的大声呵斥："先救救你自己吧，先将你自己从上帝对你的惩罚中解救出来吧。你向来与我们上帝的人势不两立，你还想从我这个家得到什么呢？"[1] 以约苏亚为首的"上帝的人"在基库尤地区是一股不可忽视的势力，他们敬奉上帝，有自己的认同与归属，也就是说，他们是典型地被殖民化的产品。瓦伊亚吉不仅被基督徒视为眼中钉、肉中刺，还被以维护部族的纯洁性为己任的吉亚马派看作背叛部族传统的洪水猛兽。瓦伊亚吉为了山区的教育，可谓任劳任怨，毫不利己。他曾多次到西里安纳这个白人聚居区邀请老师到山区任教，但是，这个举动被动机不纯的卡波尼利用，散布他与白人勾结的谣言，从而使得瓦伊亚吉逐渐被排挤出吉亚马。瓦伊亚吉被部族的人骂为叛徒，他一直以来努力使约苏亚派和吉亚马派团结起来的愿望付诸东流，自己也成了两派竭力仇视的敌人，最终身陷绝境。瓦伊亚吉所坚持的中间路线是外来的宗教、文化和传统文化习俗联合施加影响的结果，他既得不到基督徒的认可，也得不到传统主义者的承认，自身也没有一个确定的自我身份认同，所以，他联合这两方势力的努力注定是失败的。

恩古吉·提安哥对待外来宗教和本土习俗的看法是通过穆索妮和瓦伊亚吉这两位人物表现出来的。他通过瓦伊亚吉之口写道：

> 瓦伊亚吉认为白人的东西并非一切都是坏的。对他们的宗教也不能说一无是处。其中有一些是好的，是符合实际的。但是，对于他们的宗教信仰，有必要进行清洗净化，弃掉那些不

---

[1] ［肯尼亚］恩古吉·提安哥：《大河两岸》，蔡临祥译，上海文艺出版社 2015 年版，第 181 页。

干净的东西，留下纯洁、永恒的东西。①

但是，从瓦伊亚吉和穆索妮的结局来看，这种观点貌似合理但并不实际。瓦伊亚吉和穆索妮最终走向毁灭便是明证。"当传统文化被瓦解了、被改变了，新的文化又被强行重建了的时候，人们失去了他们以前所有的价值观和生活方式，变得无所适从，成了文化上的流放者。"② 瓦伊亚吉和穆索妮"游移于两种宗教之间，这就是非洲基督教徒的困境所在"③。除了《大河两岸》中的瓦伊亚吉和《暗中相会》中的约翰，《孩子，你别哭》(Weep Not, Child, 1964)中的恩约罗格④，尼日利亚作家阿契贝在其第二部小说《再也不得安宁》(No

---

① ［肯尼亚］恩古吉·提安哥：《大河两岸》，蔡临祥译，上海文艺出版社 2015 年版，第 192 页。
② 任一鸣：《后殖民时代的非洲宗教及其文学表现》，《社会科学》2003 年第 12 期。
③ 任一鸣：《后殖民时代的非洲宗教及其文学表现》，《社会科学》2003 年第 12 期。
④ 《孩子，你别哭》主要讲述了主人公恩约罗格成年以前的求学经历和在这期间肯尼亚为争取民族独立而发生的部族内讧以及反殖民斗争。教育是这部作品中的重要主题，它被视为希望的象征。有文化就有一切。但是，《圣经》及相关故事是恩约罗格努力学习的主要内容，他考上的学校也是白人开办的教会学校。其实，不仅仅是恩约罗格，其他青少年接受的教育主要是白人的教育，所学的知识主要是白人的知识。黑人用从白人那里学来的知识反对白人，会有什么效果？黑人被白人的知识所规训、驯化，不自觉地就会认同白人的价值观。正如《大河两岸》中的约苏亚那样，完全被白人的知识所统治了。他年轻的时候从山区逃到西里安纳教会中心，在白人那里切身体会到了白人的权力和神的魔力，"以致新的思想最后完全占据了他，使他完全放弃了部族的一切习惯、权力和礼仪，转而信仰上帝"（《大河两岸》，第 39 页）。约苏亚成了黑皮肤的白人。"黑暗和光明不可能调和，主就是因为反对调和才被钉在十字架上的，他从来就站在光明一边，光明与黑暗泾渭分明……"（《大河两岸》，第 114—115 页）这就是典型的西方二元对立思维，对此，约苏亚等人是深信不疑的。"宗教在非洲殖民地国家的传播是一种在形式上不同于枪炮的殖民，它对殖民地的占领和统治方式是直接作用于人们的精神世界，从根本上改变人们的人生价值观。"（任一鸣：《后殖民时代的非洲宗教及其文学表现》，《社会科学》2003 年第 12 期）但是，恩约罗格等人在接受白人的教育以前，同样接受着传统习俗的洗礼。他同时生活在本土文化和西方文化这两种异质文化的碰撞与融合之中。在《孩子，你别哭》中，当恩约罗格对财产、权力、知识、宗教甚至是爱情都逐一失去信心之后，求死之心便愈加强烈了。恩约罗格尚未完成的故事在恩古吉的另一部作品《大河两岸》中得到了呈现。瓦伊亚吉就是成年之后的恩约罗格，他们对教育的重视，对教育救国的信心，对个人、家庭、部族、国家的未来的期冀得到了完美的承续。

Longer at Ease，1960）中塑造的主人公奥比·奥贡卡沃，以及奇玛曼达·阿迪契在她的第一部小说《紫木槿》(Purple Hibiscus，2003）中着力塑造的家庭独裁者尤金①及其女儿康比丽同样如此。

从恩古吉·提安哥、本·奥克瑞、阿契贝和奇玛曼达·阿迪契的作品中，可以概括出三个共同特点。第一，主人公都出生、成长在本部族或本国之中而没有跨国界的生存经历；第二，没有跨国界的生存体验，但都或多或少地接受了白人在本土开办的教会学校的教育，与此同时，也受到传统习俗的深刻影响；第三，由于受到两种并非势均力敌的异质文化的双重塑造，主人公的内心中时常涌动着徘徊、焦灼、游移、犹豫、不知所措、无所归依的情感浪潮。

乌干达思想家马哈茂德·马姆达尼（Mahmood Mamdani）在《界而治之：原住民作为政治身份》(Define and Rule: Native as Political Identity）中这样写道："相反，与此前的直接统治时代不同，间接统治国家的抱负是巨大的：塑造殖民地全体人民而非仅仅是他们的精英人士的主体（subjectivities）。"② 所谓"直接统治"，是大英帝国权力机构为一种野心勃勃的同化主义工程所起的名字，这种工

---

① 具体体现在下面三个方面：一、他严格尊崇天主教的一夫一妻制，但又无法抵御伊博族传统中富裕人家应该多妻多子的传统习俗，所以，在比阿特丽斯多次流产且无法为他生出更多儿子的情况下，尤金多次暴力相向。二、他是个虔诚的天主教信徒，儿女一旦与异教徒接触，便施加残酷的惩罚；他禁止信仰本土宗教的父亲踏进自己的家门，也拒绝与其来往；当父亲去世，女儿被自己打得奄奄一息时，他又痛苦不堪，饱受信仰和亲情夹击之痛。三、他追求西方的民主与自由，支持反对派的报纸，但在家中，他又是位暴君，用开水烫、用皮带抽自己的儿子和女儿，经常把妻子打得鼻青脸肿。尤金之所以如此，正因为受到西方文化和非洲文化这两种并非势均力敌的异质文化的双重塑造，从而处在一种分裂、纠葛的状态中。尤金的状况不易察觉，需要仔细分析。康比丽的状况比较明显。详见袁俊卿《异质文化张力下的"流散患者"——从〈紫木槿〉谈起》，《外国文艺》2019 年第 6 期。

② ［乌干达］马哈茂德·马姆达尼：《界而治之：原住民作为政治身份》，田立年译，人民出版社 2016 年版，第 5 页。

程力图创造一个西化的中产阶级作为殖民统治的中介。① "间接统治"则承认同化主义工程的失败。这种新的统治形式不再致力于改造传统社会，而是改弦更张，以保护"传统"为己任，方法是支持各级"传统统治者"，让他们成为在殖民当局主持下被作为"习俗法"而加以推行的"习俗"的监护人。② 也就是说，在殖民者所推行的直接统治和间接统治之下，非洲全体人民的主体是被殖民者塑造的，他们的主体性是有问题的。朱迪斯·巴特勒认为："主体是事先规训和生产的成果。因此完全是政治的；实际上，也许是最政治的以至于声称先于政治本身而存在。"③ 美国佛罗里达大学维多利亚文学和文化研究教授于连·沃尔夫莱（Julian Wolfreys）进一步指出："主体性或我性是由国家并通过国家的意识形态机器建构的一个位置，经历统治、压制、认同和规训等过程。"④ 从恩古吉·提安哥、本·奥克瑞、阿契贝和奇玛曼达·阿迪契等人的作品中可以发现，他们笔下的主人公之主体性是被西方的一整套话语机制塑造出来的。当然，在塑造非洲原住民的主体性之前，必须先摧毁他们原有的主体性，然后才能依照西方殖民者的意愿，塑造、规训非洲全部人民的主体性。

那么，何为主体？何为主体性？"主体（Subject）在哲学上指的是一个拥有独特的意识并且/或者拥有独特个人经历的存在，或者另一个外在于其自身并与其有关系的实体。"⑤ 这里所讲的"主体"不是古希腊哲学中并非专指人的"实体"，而是指人这种特殊存在者，

---

① 参见［乌干达］马哈茂德·马姆达尼《界而治之：原住民作为政治身份》，田立年译，人民出版社2016年版。

② 参见［乌干达］马哈茂德·马姆达尼《界而治之：原住民作为政治身份》，田立年译，人民出版社2016年版。

③ ［美］于连·沃尔夫莱：《批评关键词：文学与文化理论》，陈永国译，北京大学出版社2015年版，第305页。

④ ［美］于连·沃尔夫莱：《批评关键词：文学与文化理论》，陈永国译，北京大学出版社2015年版，第306页。

⑤ https：//zh.wikipedia.org/wiki/%E4%B8%BB%E4%BD%93.

也即是作为"人"的"主体"。众所周知,"自我意识"的觉醒是"主体"和"主体性"确立的前提,"'自我意识'真正觉醒的标志是笛卡尔哲学,笛卡尔通过普遍怀疑的方法将'自我意识'确立为'主体'"①。也就是通常所讲的"我思主体"。

笛卡尔运用普遍怀疑的方法确立了"我思故我在"(又译为"我想,所以我是")这一哲学的第一原理,即"我"可以"怀疑"一切事物,但不能"怀疑""怀疑"本身。笛卡尔认为:"我是一个本体,它的全部本质或本性只是思想。它之所以是,并不需要地点,并不依赖任何物质性的东西。"② 这里的"我"是指"一个思想的主体……我只是一个在思想的东西,也就是说,我只是一个心灵、一个理智或一个理性。"③ 即是说,"我"这个"主体"是承担"我""思"的承担者。

米克尔·博世-雅各布森(Mikkel Borch-Jacobsen)认为,"主体"不是"个体",也不是心理学意义上的"自我","只有当笛卡尔的我思的形式成为这个最终基本立场的接班人时……自我才在真正现代的世界上成为'主体'"④。哈贝马斯指出:"自我意识不是作为先验能力的本源被放到一个基础的位置上,就是作为精神本身被提高到绝对的高度。"⑤

马克思认为:"主体是人,客体是自然,这两者形成统一体,即认识主体在实践中认识到他所指向的对象,主体与客体是在实践中统一的。主体具有自觉性、创造性与能动性。"⑥ 也就是说,马克思

---

① 郭晶:《"主体性"的当代合理性:马克思的主体性思想研究》,中国社会科学出版社2015年版,第2页。

② [法]笛卡尔:《谈谈方法》,王太庆译,商务印书馆2001年版,第28页。

③ 邓晓芒、赵林:《西方哲学史》,高等教育出版社2005年版,第144页。

④ [美]于连·沃尔夫莱:《批评关键词:文学与文化理论》,陈永国译,北京大学出版社2015年版,第304页。

⑤ [德]哈贝马斯:《后形而上学》,曹卫东、付德根译,译林出版社2001年版,第31页。

⑥ 冯契主编:《外国哲学大辞典》,上海辞书出版社2008年版,第38—39页。

眼中的主体主要指"人"这个存在者。

"主体"用来指称人这种特殊存在者，它的诞生"意味着人开始从自然界中抬起自己高贵的头颅"，意味着"人"与"非人"的本质区别的价值自觉，意味着一种超越生物意义的"类存在物"，追求自由是作为"主体"的人的使命，人自称为"主体"，也就是在宣告，我要自由。①

那么，何谓主体性呢？简而言之，"主体性"是指"人具有的、能使其成为主体的能力，或说，是人之为主体的特性。……'主体性'撷取了某类特殊存在者中的某一个具体的属性……这种存在者就是人。这个与众不同的属性就是个体意识或说主体性。"② "人的主体性是人作为活动主体的质的规定性，是在与客体相互作用中得到发展的人的自觉、自主、能动和创造的特性。"③ 在主体的主体性中，意志是主体性的本质。"作为主体性的形而上学，现代形而上学是在意志意义上思考存在者之存在的。"④

主体性实质上指的是人的自我认识、自我理解、自我确信、自我塑造、自我实现、自我超越的生命运动，及其表现出来的种种特性，如自主性、选择性和创作性等等；它是人通过实践和反思而达到的存在状态和生命境界，展现了人的生命活动的

---

① 郭晶：《"主体性"的当代合理性：马克思的主体性思想研究》，中国社会科学出版社2015年版，第57页。

② 郭晶：《"主体性"的当代合理性：马克思的主体性思想研究》，中国社会科学出版社2015年版，第54—55页。

③ 郭湛：《主体性哲学——人的存在及其意义》，中国人民大学出版社2010年版，第23页。

④ 刘森林：《追寻主体》，社会科学文献出版社2008年版，第7页。

深度和广度,是人的生命自觉的一种哲学表达。①

主体性是人的生命自觉的一种哲学表达,是人的本质规定性。上面提到的"人的自我认识、自我理解、自我确信、自我塑造、自我实现、自我超越的生命运动"和人所具有的"自主性、选择性和创作性"等特质是一种比较理想的状态。但是,如果人还没有达到,或者因为某种强势的外在力量,使得人无法实现自我认识、自我理解、自我确信、自我塑造,其自主性亦无法获得,选择性也不能实现,创作性也受到压制,那么这种主体性就是有问题的。实际上,从非洲与西方这个维度来讲,无论在政治、经济、文化还是军事等方面,非洲都无法与西方相抗衡。非洲被殖民的历史便是强有力的证明。无论是过去,还是将来,非洲与西方将在很长一段时间内维持那种不平等地位。在西方的强势围攻下,《暗中相会》中的约翰之"身体"被撕碎了,《一段秘史》中黑人妇女的"身体"也四分五裂,《大河两岸》中的瓦伊亚吉和《孩子,你别哭》中的恩约罗格表现出一种犹豫不决,不知所措的迷茫,阿契贝《再也不得安宁》中的奥贡卡沃和奇玛曼达·阿迪契《紫木槿》中的尤金,被压抑得喘不过气,等等,所有的症候皆指向了一个问题,那就是他们的主体性出了问题。那么,主体性原本是什么样子的,或者应该是怎样的?

真正的主体性意味着生命本能或权力意志的主动性或自发性,也就是权力意志向外和向上的自发性的释放与扩张。反过来说,假如权力意志的这种释放或扩张受阻,那么它就被压抑和否定,只能反过来向内释放或扩张,并且因此征服、压抑和

---

① 郭湛:《主体性哲学——人的存在及其意义》,中国人民大学出版社 2010 年版,第 29 页。

否定自己。①

由上可知，生命本能或权力意志的主动性和自发性是主体具备真正的主体性的表现。这里的主体性并不是所有人的主体性，确切地说，至少不是非洲人的主体性。它是西方人的主体性。西方的殖民扩张和殖民侵略，正是"权力意志向外和向上的自发性的释放与扩张"。西方把非洲视为客体，因而具有客体性，但是，非洲也是主体，也具有主体性，只不过在西方面前，非洲的主体性被压制、瓦解了，或者说被重塑了。作为被殖民主体，它原本应该具有的主体性得不到释放和扩张，或者说，得不到充分的发展，且一直遭到压抑和否定，所以，非洲作为主体，"只能反过来向内释放或扩张，并且因此征服、压抑和否定自己"。在为数众多的非洲文学中，非洲原住民极度自卑，甚至使用非正常的手段洗白自己的肤色就是自我否定和自我压制的表现。恩古吉·提安哥的小说《一粒麦种》(*A Grain of Wheat*, 1967) 中，黑人卡冉加在白人上司汤普森面前战战兢兢，唯唯诺诺。在汤普森太太家中，他"把屁股搭在椅子边上，战战兢兢，放在膝盖上的双手不停地微微作颤，两眼傻傻地盯着天花板和墙壁"②。在其他作家的作品——比如，奇玛曼达·阿迪契的《美国佬》(*Americanah*, 2013) 和伊各尼·巴雷特 (Igoni Barrett, 1979—) 的《黑腚》(*Blackass*, 2015) 中——这种低人一等的心态随处可见。

在《一段秘史》中，"观察员"从垃圾箱中拽出的七零八碎的黑人妇女的肢体就是主体性遭到瓦解的象征；在《暗中相会》中，约翰的身体被四面八方前来的鬼魂撕成碎片也是主体性被瓦解的隐

---

① 吴增定：《没有主体的主体性——理解尼采后期哲学的一种新尝试》，《哲学研究》2019 年第 5 期。

② ［肯尼亚］恩古吉·提安哥：《一粒麦种》，朱庆泽译，人民文学出版社 2012 年版，第 41 页。

喻;《大河两岸》中的瓦伊亚吉和《孩子,你别哭》中的恩约罗格,之所以徘徊不定,犹疑不决,正是因为其主体性在强势的外来文化和相对弱势的本土文化的双重塑造中造成的。莫桑比克白人作家米亚·科托(Mia Couto, 1955—　)在《梦游之地》(*Terra Sonâmbula*, 1992)中的表述也可以作为非洲人的主体性遭到瓦解的佐证。① 可以说,在西方文化和非洲本土文化这两种并非势均力敌的异质文化的张力中,"世界分崩离析,以不可思议的形态碎裂开来"②。也即非洲原住民的主体性呈现为一种不完整的、四分五裂的状况。

第三节　主体性的瓦解和本土流散的生成

恩古吉·提安哥、本·奥克瑞、阿契贝和奇玛曼达·阿迪契等人笔下的主人公大都遭受过外来文化与本土文化的双重塑造,他们在这两种异质文化的强力挤压之下,精神面貌和深层心理呈现为游移、徘徊、不知所措、痛苦不堪的病状,从哲学的层面来讲,他们的主体性被压抑、扭曲、瓦解了。上面所提到的主人公均没有跨国界的生存经历,他们在自己的土地上遭到外来文化的强力冲击。所

---

① 米亚·科托用葡萄牙语写作,且生活在莫桑比克。莫桑比克曾是葡萄牙的殖民地,1975年获得独立。莫桑比克的官方语言为葡萄牙语。米亚·科托虽然用葡萄牙语写作,但是在某些方面与用英语写作的非洲作家十分相似。比如:"我们都被两个世界一分为二。我们的记忆中住满了家乡的鬼魂。这些鬼魂用我们的土语与我们对话。但是,我们只会用葡萄牙语做梦。我们描述的未来里,再不会有家乡的痕迹。这是教会的错,是阿方索神父的错,是维吉妮亚的错,是苏雷德拉的错。但是,这主要是我们的错。我们两个都想离开。她想投奔一个新世界,我想抵达另一种生活。"([莫桑比克]米亚·科托:《梦游之地》,闵雪飞译,中信出版社2018年版,第107页)"我们"的记忆中住满了家乡的鬼魂,这些鬼魂用土语讲话,而"我们"只会用葡萄牙语做梦。这就造成一种分裂。其实,在非洲,主体性遭到异质文化的张力瓦解是一种普遍的现象。

② [尼日利亚]本·奥克利:《迷魂之歌》,常文祺译,浙江文艺出版社2011年版,第2页。

以，我们把那些没有跨国界的生存经历，其精神状态和深层心理却因文化冲突而表现出犹疑、徘徊、不知所措和无所归依等状况的原住民称为本土流散者。

"本土流散者"特指非洲原住民。他们虽然没有跨国界的生存经历，没有经历因"空间位移"而造成的文化冲突，也没有体会到因闯入异国他乡而产生的身份困境、无根的焦灼、家园找寻、认同与剥离等问题，但是，由于殖民者推广殖民语言、传播基督教、侵吞土地、实行种族隔离和分而治之的殖民政策，非洲原住民在外来文化的强势冲击下，其主体性遭到瓦解，而表现为一种破碎的、不完整的状态。他们被迫进入一种"流散"的文化语境中。另外，他们虽然没有前往海外，他们同样失去了土地和家园，在自己的国土上流亡；他们在教会学校接受了白人的教育，同样也受到传统习俗的深刻影响，他们的灵魂在外来文化和本土文化的双重拉扯下，既依附又剥离，在心灵上造成一种既不属于"此"也不属于"彼"的中间状态。"他们的文化立场，是白人主流文化和当地民族文化相互碰撞交融所产生的多元混合文化，他们所使用的英语，不是纯粹的牛津英语而是夹杂当地土话的混杂英语。"[1] 非洲流散文学中的特点之一是主人公受到外来文化与本土文化的双重熏陶而处于一种中间状态。故事主角要么有着留学背景，要么在当地接受白人教育从而受到白人文化的洗礼，其中的某些观念已经内化为主人公无意识的一部分；但是他又无法从本土文化的土壤中连根拔除，也无法改变当地居民的传统认知，从而既与外来文化不相融合又与本土文化产生冲突，处在两种文化之间的夹缝中。这种源于现实的真实境地往往是造成主人公悲剧命运的主因。

"本土流散"必然产生"本土边缘化"处境。在大多数情况下，个体或群体从母国来到异国一般会产生边缘化处境，比如从第三世界国家前往第一世界国家或从欠发达地区前往发达地区，

---

[1] 任一鸣、瞿世镜：《英语后殖民文学研究》，上海译文出版社2003年版，第4页。

等等。但是在非洲，欧洲移民在殖民侵略与殖民统治期间从母国来到非洲不仅没有陷入边缘化的处境，竟然"反客为主"，做起了非洲国家的主人。白人移民在非洲买卖土地，设立办事处，制定法律，雇用非洲土著人工作。在这种殖民与被殖民的关系中，非洲人被迫处于本土边缘化的位置，也就是说，与一般认识上的边缘化不同，非洲原住民是在自己的国土上被外来侵略者强制纳入边缘化的境地。在恩古吉·提安哥的第一部小说《孩子，你别哭》中，霍尔兰斯是一位在第一次世界大战期间厌倦了战争而从英国来到肯尼亚的白人移民，后来当上了地区行政长官。他以微薄的薪资雇用当地黑人耕耘、管理他的大片土地，但他从没把黑人放在眼里。"以前他没认真考虑过这些人是强盗或者其他什么东西，因为他从来没有把这些人放在心上。他仅仅将他们看成农场里的驴和马，充其量是他农场里的一部分雇工，他不用考虑别的，最多只是给他们一点儿吃的和住的就行了。"[①] 原来那些土生土长的非洲人在自己的国土上遭到驱赶、排斥，成了自己土地上的流浪者与边缘人。另外，非洲原住民还处在一种双重边缘化的境地。非洲大地上不仅有白人移民、印度人，而且还有从国外返回的非洲人。部分从国外尤其是从英美等西方国家返回的非洲人带回了在第一世界国家的边缘化体验以及所遭受的种族歧视、阶级压迫和身份焦虑等心理创伤，并且，在自己的国家再次面临着殖民者的压迫与排斥，造成一种双重边缘化的境遇。

在阿契贝的《再也不得安宁》中，奥比·奥贡卡沃就是典型。奥比·奥贡卡沃的边缘化处境主要体现在如下方面：（1）工作方面，"在尼日利亚，政府是'他们'。它跟你我都无关，是个异己机构，

[①] ［肯尼亚］恩古吉·提安哥：《孩子，你别哭》，蔡临祥译，人民文学出版社2016年版，第136页。

人们尽可能多地从中攫取利益，只要不惹麻烦"①。政府要职皆由白人把持，黑人自然处在边缘化的位置。（2）生活方面，奥比虽然在英国获得文学学士学位，但是，他的学费都是乌姆奥菲亚协会提供的，根据规定，受益人要在四年内还清欠款，以便有更多的学生能够出国留学。另外，归国后的奥比不得不与朋友合住一间房屋，生活水平可见一斑。（3）感情方面，奥比无法与喜欢的人结合，只因为她是位"贱民"②，奥比虽然不在乎，但遭到了家人的强烈反对，在亲朋好友面前，奥比成了一位名副其实的"边缘人"，"基督教背景和欧洲的教育已使奥比成了自己国家里的陌生人"③。

第四节　本土流散和国内移民的异同

本土流散和国内移民既有联系又有区别。当然，由于流散的复杂性和多样性，这里的联系和区别主要是从非洲大陆这个角度来说的。本土流散主要是对非洲原住民的描述，而且，非洲原住民的本土流散症状具有独特性，其他国家和地区的原住民并不具备这种特点。非洲原住民的本土流散是在殖民与反殖民，侵略与反侵略，独立与反独立，政变与反政变等一系列艰难抗争中形成的。它经过了

---

① ［尼日利亚］阿契贝：《再也不得安宁》，马群英译，南海出版公司2014年版，第35页。

② 在阿契贝的《瓦解》中，有这样的表述："贱民是被奉献给神的人，是被隔离的一群——他们本人，以及他们的后代，都是不可接触的。他们不能跟自由人通婚。事实上，他们是被逐出氏族的人，只能住在村里神庙旁一块特别划出来的地方。他们无论走到哪里，身上总带着禁忌性的标志——一头乱蓬蓬的又长又脏的头发。他们不能使用剃刀。贱民不能参加自由人的集会，同样，自由人也不能托庇于贱民的屋檐之下。贱民不能取得氏族的四个头衔中的任何一个，贱民死后，只能由别的贱民把他埋在凶森林里。"（《瓦解》，第141页）

③ ［尼日利亚］阿契贝：《再也不得安宁》，马群英译，南海出版公司2014年版，第76—77页。

血与火的淬炼。非洲原住民的精神深层和心灵深处烙上了本土文化和外来文化激烈斗争所留下的印痕。澳大利亚、加拿大和新西兰等国家，虽然也遭到殖民者的占领，但是，当地的土著居民没有像非洲原住民一样，经过艰难抗争，取得独立。这些国家的土著居民至今依旧臣服在白人的统治之下。所以，澳大利亚、加拿大和新西兰等地的原住民不可能拥有跟非洲原住民一样的本土流散症候。这就牵涉国内移民和本土流散的区别问题。比如，16世纪以来，西伯利亚的大部分人口都来自欧洲俄罗斯的国内移民（internal migration）；改革开放以来，从中西部地区涌入中国东南沿海地区的打工族；西雅图和华盛顿特区形成的底特律流散社区（"Detroit diaspora" communities）；等等。① 中国东南沿海的打工族，西雅图和华盛顿所形成的所谓底特律流散社区，以及欧洲俄罗斯的移民，都是一国之内的人口流动，都是在同一个文化体系之内的人员流动，尽管，不同国家和地区的文化表征各有特点。

实际上，"本土流散"与国内移民既相同又不同。它们之间的相同之处在于：在地理位置上，二者都不越过一国或一个区域之界；在文化归属上，二者都属于同一个文化体系；在情感方面，二者都会产生思乡之情；它们之间的不同在于："本土流散"是两种文化尤其是两种并非势均力敌的异质文化激烈碰撞、冲突和融合造成的，它是异质文化张力下的产物。大多数情况下，这两种文化之间实力并不平等，往往一方处于强势，另一方处于弱势。"本土流散"群体的精神之中深深地烙上了西方意识和本土意识。这种双重意识赋予本土流散者一种审视、凝视或评判他种文化的视角，这种视角背后隐藏着一个早已内化为个人无意识之中的标准。这种标准也是两方面的：当主体观看、审视他种（一般是西方文化）文化时，背后的参照系往往是本土的标准；当主体凝视、反思本土文化时，背后潜隐着的参照系一般是西方文化的标准。但是，本土流散者在具备双

---

① See https://en.wikipedia.org/wiki/Diaspora#cite_note-53.

重视角、置身于两种文化体系之中的同时，也时常体会到异质文化张力之下的痛苦与煎熬。国内移民或内部移民则不同，他们不存在那种由不同文化尤其是异质文化碰撞造成的双重意识以及由这种双重意识带来的身份焦虑和归属感等问题。他们内心没有文化冲突尤其是异质文化间的冲突（一般会有生活习俗方面的不适应，也就是俗话说的水土不服）。如果国内移民或内部移民身处于异质文化的冲突之下有可能转变为"本土流散者"，并具备本土流散表征，"本土流散者"也可能转变为国内移民，但流散者在心理、情感、文化认同等方面的创伤，以及脑海中的双重意识很难自行消弭。国内移民虽有空间的转换，但是仍然属于同一个文化体系之内，有所不同的是，各地的生活习惯、风俗传统可能略有不同，但不存在异质文化之间的冲突、融合等问题，更不存在因异质文化冲突而造成的个体或群体身份认同、文化归属、种族歧视等问题。

为了更好地阐释本土流散和国内移民的区别，下面仅以阿契贝的《瓦解》为例，进行详细分析。阿契贝在其第一部作品《瓦解》中塑造了一个具有悲剧色彩的部族英雄——奥贡卡沃。《瓦解》以奥贡卡沃的奋斗、斗争、流亡和反抗为主线，揭示了白人到来之前和白人入侵之后伊博族本土文化习俗，及其瓦解的全过程。从流散的视角来看，伊克美弗纳是仅次于奥贡卡沃的重要人物。因为他们两个人物的经历足以证明"本土流散"和区域移民之间的异同。

在《瓦解》中，乌姆奥菲亚村中奥格布埃菲·乌多的妻子被恩拜诺的人杀害，乌姆奥菲亚人麇集起来，发誓要报仇雪恨。慑于乌姆奥菲亚人的战争和巫术，恩诺拜人为了避免一场血战，按照传统，向乌姆奥菲亚人献出了一对童男童女。童女送给奥格布埃菲·乌多，替代被杀死的妻子；童男——伊克美弗纳——被暂时收养在奥贡卡沃家中，一晃就是三年。最初，伊克美弗纳思念母亲和妹妹，但是时日益久，他的这种思念之情就逐渐淡忘了。"他自己的家在他的印象中已经逐渐模糊，逐渐遥远了。他仍然有点想念他的妈妈和妹妹，能见到她们,他是很高兴的。可是,他又好像觉得不会见到她们。"① 此时的伊克美弗纳虽然从一个部族来到另一个部族,产生了地理空间上的位移,但是此刻,白人尚未渗透到乌姆奥菲亚村,没有带来异质文化的影响。没有异质文化的介入,伊克美弗纳并未受到外来文化和本土文化之间张力的影响。所以,他的这种地理空间上的位移并不能归入流散的范畴。

《瓦解》中的主角奥贡卡沃在参加埃赛乌杜的葬礼时,擦枪走火,失手打死了埃赛乌杜十六岁的儿子:一块铁片穿透了这孩子的胸膛。他即将面临和伊克美弗纳相似的经历"离开本地、本族、父家"。因为按照传统:

> 奥贡卡沃只有一条出路,就是从这个氏族逃走。杀害一个本氏族人,是一种冒犯地母的罪行,犯了这种罪行的人必须从本乡逃开。这个罪行分为男性的和女性的两种。奥贡卡沃犯的是女性的罪行,因为这次犯罪是由于疏忽大意所致。过了七年,才可以允许他回到氏族里来。②

奥贡卡沃是一位典型的传统习俗的捍卫者,他正是在这种祖传的习俗中获得了荣誉与社会地位,但是,当他冒犯了习俗的时候必须接受习俗的规约与惩罚。当天夜里,奥贡卡沃就把自己积年所藏的木薯寄存到最亲密的朋友奥比埃里卡的仓库中去了,随后收拾行囊,带着三个妻子和十一个孩子逃到他母亲的故乡思邦塔。第二天一早,一群身着武士服的人奉着地母的旨意攻打奥贡卡沃的院子。放火烧屋,毁坏仓库,毙杀牲畜,推倒墙垣。这群人与奥贡卡沃并无深仇大恨,他们只是遵循部族传统,清洗这块被族人的鲜血玷污

---

① [尼日利亚] 阿契贝:《瓦解》,高宗禹译,重庆出版社 2008 年版,第 51—52 页。

② [尼日利亚] 阿契贝:《瓦解》,高宗禹译,重庆出版社 2008 年版,第 111 页。

的地方。奥贡卡沃少年时因打败了村中的摔跤高手而一战成名，在随后的部族战争中亦是战功累累，他曾斩获五颗敌人的头颅。他的梦想就是有朝一日成为氏族的领袖，这是他人生的动力。然而，因这次无心之过，一切付诸东流。阿契贝写道，"他已经被驱逐出氏族之外，好像一条鱼被扔到了干燥的沙滩上，奄奄一息"[1]。在奥贡卡沃流亡的这些年里，乌姆奥菲亚发生了很大的变化。阿巴姆是乌姆奥菲亚地区九个村子中的一个，在奥贡卡沃流亡不久，阿巴姆就被白人消灭了。原住民第一次见到白人时的恐惧、好奇、敌视等诸多情态可以从以下这段描述中看出，这是《瓦解》中土著人与白人第一次相遇时的情景，这也是两种文明初次相遇时的体现：

> 上一季播种的时候，他们的氏族里来了个白人。
> ……
> 他还骑着一匹铁马。那些最先见到他的人吓得逃开了，可是他却站着不动，还对他们招手。后来，胆大一些的人就走近他，甚至还用手去摸了他。长者们到神庙里去向神们请示，神说，这个奇怪的人将会毁灭他们的氏族，给他们带来灾难。……于是他们把那白人杀死，又怕那铁马会跑去报告那人的朋友，便把它绑在神树上。[2]

这里所说的"铁马"，其实，是一辆自行车。这位骑着"铁马"的白人被杀死之后没多久，更多的白人持枪包围了这个村子，许多人被枪杀，一些人幸免于难，逃到外地去了。原住民传说中的白人没有脚趾，白得像白石灰，好像得了麻风病。白人的上帝和古怪的信仰不会长久，他们的宗教就是一只吃粪便的疯狗。以上就是原住民对白人的最初印象。但是，他们无力阻止白人的渗透，很快，传

---

[1] ［尼日利亚］阿契贝：《瓦解》，高宗禹译，重庆出版社2008年版，第117页。
[2] ［尼日利亚］阿契贝：《瓦解》，高宗禹译，重庆出版社2008年版，第123页。

教士就在乌姆奥菲亚修起了教堂。奥贡卡沃的大儿子恩沃依埃被传教士的传教歌迷住了，感觉这些传教歌引发了他心灵深处的共鸣。其实，恩沃依埃皈依基督教是有原因的，部族的传统习俗解决不了他心头的困惑，那就是为什么要杀死伊克美弗纳，为何要把双胞胎丢弃在森林里？在这些事情面前，他的心灵得不到抚慰。当然，关于恩沃依埃脱离部族传统信奉基督的问题是另一个维度的话题，这里不展开讨论。

奥贡卡沃在其母亲的故乡流亡了七年，"在他流亡的年月中，乌姆奥菲亚发生了深刻的变化，变得难以辨识了。人们眼里看的，心里想的，总离不了新宗教、新政府和新商店"①。传教士为了推动基督教的传播，在乌姆奥菲亚地区建立了学校和医院，逐渐获得了乌姆奥菲亚人的认可，于是，宗教团体越来越庞大。随后，新的教堂和新的学校逐渐设立。"从一开始，宗教和教育就是携手并进的。"② 基督教狂热分子埃诺克在氏族一年一度祭拜地母的仪式上当众揭开了祖宗灵魂的面具，并在冲突之中杀死了一个祖宗的灵魂，从而挑起了教会和氏族之间的斗争。氏族的领袖带领族人捣毁了教会，因此，六个氏族首领被抓进监狱。以奥贡卡沃为首的氏族领袖在监狱中受尽侮辱与折磨，他们被族人赎出以后和族人们聚集在广场上，商讨对策。正在此时，五个白人差吏奉命前来禁止他们开会，奥贡卡沃盛怒之下，砍杀其中一名差吏。最终，奥贡卡沃在自家后院中的矮树丛中自缢身亡。

奥贡卡沃之死是教会和氏族冲突的结果，甚至是西方文明与非洲文明冲突的结果。白人的到来瓦解了非洲传统的氏族及其传统习俗。甚至可以说，奥贡卡沃之死象征着氏族文化之死。从伊克美弗纳和奥贡卡沃的流亡经历来看，他们都处在西方文化侵入之前，或者说，他们都没有受到外来文化的影响。他们的流亡都是由传统的

---

① ［尼日利亚］阿契贝：《瓦解》，高宗禹译，重庆出版社 2008 年版，第 163 页。
② ［尼日利亚］阿契贝：《瓦解》，高宗禹译，重庆出版社 2008 年版，第 162 页。

部落习俗所催动的。奥贡卡沃与白人教会的斗争恰恰表明了其捍卫氏族文化的立场和决心。他们虽然有着地理位置上的位移,但是,"流散"不等于"移动"(movement):"移动可以是短暂的,循环的,永久的,一般的和跨代的。当然,不是每个从某社区、国家或大洲发生的移动(movement)都有资格被称为是'流散的'(diasporic)。"[1] 他们不会因为从国内的一个地方来到另一个地方就产生出在国籍层面和文化层面不属于这个国家的疏离感。他们也不会产生身份上的困境,不会面临种族歧视(与地域歧视不同)等问题,他们顶多会有因为一国之内不同地方的生活风俗的差异和思乡之情。而思乡之情是可以慰藉的,习俗差异是可以调试的,他们不会有那种在异质文化张力之下造成的永远无法弥补的精神创伤。所以,奥贡卡沃和伊克美弗纳的国内移民并不是流散。

---

[1] Paul Tiyambe Zeleza, "African Diasporas: Toward a Global History", *African Studies Review*, Vol. 53, No. 1, 2010, p. 5.

第二章

非洲流散文学的类分及其与主体性的关系[*]

非洲原住民的本土流散症候是主体性遭到挤压或瓦解的结果，而其主体性瓦解是由殖民者的入侵和统治导致的。外来势力的入侵给非洲本土居民的精神世界烙上了难以愈合的印记。与通常意义上所理解的有着跨国界和跨文化生存经历的流散不同，非洲原住民的流散具有难以匹敌的深刻性。当然，本土流散并不是非洲唯一的流散类型。在非洲，还存在着异邦流散和殖民流散两大体系，它们同本土流散共同构成了非洲的三大流散谱系。那么，异邦流散和殖民流散的特点是什么，它们的主体性呈现为何种特征？它们与本土流散之间的关系是怎么样的，它们的共同特点是什么以及这些共同点与主体性之间存在什么样的关系？这些都是接下来将要论述的内容。

第一节 异邦流散和异邦流散文学

我们把那些没有跨国界的生存经历却仍处于流散状态的非洲原

---

* 本章部分内容已发表，详见朱振武、袁俊卿《流散文学的时代表征及其世界意义——以非洲英语文学为例》，《中国社会科学》2019 年第 7 期。

住民称为本土流散者，除此之外，还有通常意义上所理解的流散者，即那些先有跨国界的生存经历，继而遭遇跨文化冲突体验的流散者，我们把这种类型的流散称为异邦流散。对于非洲原住民来说，殖民者及其后代在非洲大地所施行的具有殖民性的系列行为给他们及其后代造成了无法逆转的深刻影响，殖民者的书写对于塑造非洲形象起到至关重要的作用，非洲各国相继独立之后，非洲本土作家所孜孜以求的"逆写帝国"仍有很长的路要走。

"异邦流散"就是通常意义上所说的"流散"。"流散"本身就暗含着空间位移的意思，似乎，在"流散"之前加上"异邦"二字有画蛇添足之嫌。其实不然，因为随着"流散"的"知名度"渐渐升高，仿佛任何事情都可以跟"流散"关联起来，也就是说，"流散"使用泛化的现象越来越严重。

根据族裔属性，可以把流散群体分为华裔流散、日裔流散、非裔流散等；根据地区和职业标准把流散族群划分为"大洋洲流散族群"（Oceanian diaspora）、"瑞士流散族群"（Swiss diaspora）、"南亚流散族群"（South Asian diaspora）、"传教士流散族群"（Missionary diaspora）和"军事流散族群"（Military diaspora）等。[1] 有学者把"流散"等同于经验层面的"移民"问题，而把"流散"分为"狭义""再广义"和"最广义"三个层面，其中"再广义"的层面就是"所谓'内部移民'——一国之内的人口迁移、区域关系和社会变迁"[2]。罗宾·科恩在《全球流散族群》中根据流散的主要原因把流散群体分为受难型（victim）、劳工型（labour）、商贸型（trade）、帝国型（imperial）和文化型（cultural）五类。[3] 另外，还有其他假

---

[1] 参见李明欢《Diaspora：定义、分化、聚合与重构》，《世界民族》2010年第5期。

[2] 钱超英：《"边界是为跨越而设置的"——流散研究理论方法三题议》，《深圳大学学报》（人文社会科学版）2012年第5期。

[3] See Judith M Brown, "Global Diasporas: An Introduction by Robin Cohen", *The International History Review*, Vol. 19, No. 4, 1997, p. 998.

定的流散（putative diasporas）类型，比如迪克西流散（the dixie diaspora）、白人流散（the white diaspora）、自由主义者流散（the liberal diaspora）、同性恋流散（the gay diaspora）、数字流散（the digital diaspora）、原教旨主义流散（the fundamentalist diaspora）和恐怖分子流散（the terrorist diaspora）等。①

罗杰斯·布鲁贝克（Rogers Brubaker）认为，随着"流散"这个概念内涵的扩张，"这导致了所谓的'流散'之流散（'diaspora' diaspora）——在语义、概念和学科空间上的术语意义散布"②。也就是说，"如果每个人都是流散的，那么没有人是独特的。这个术语失去了它的辨别力——它辨别现象和区别的能力。矛盾的是，流散的普遍化意味着流散的消失"③。从上面的分类来看，仿佛依照不同的划分标准，流散可以无限地划分下去。那么，"流散"的边界在哪里？

要知道，"流散"不等于"移动"（movement）："移动可以是短暂的，循环的，永久的，一般的和跨代的。当然，不是每个从某社区、国家或大洲发生的移动（movement）都有资格被称为'流散'（diasporic）。"④"流散源自国际移民。在一些主权国家中的流散社区与故乡间的持续互动是其典型特征。"⑤ 也就是说，流散是有边界的，它不是无限泛化的。有学者指出，流散之所以成为流散必须具备三个核心要素。它们是"散布"（dispersion）（要么是创伤性的，

---

① See Rogers Brubaker, "The 'Diaspora' Diaspora", *Ethnic and Racial Studies*, Volume 28, No. 1, January, 2005, p. 3.

② Rogers Brubaker, "The 'Diaspora' Diaspora", *Ethnic and Racial Studies*, Volume 28, No. 1, January, 2005, p. 1.

③ Rogers Brubaker, "The 'Diaspora' Diaspora", *Ethnic and Racial Studies*, Volume 28, No. 1, January, 2005, p. 3.

④ Paul Tiyambe Zeleza, "African Diasporas: Toward a Global History", *African Studies Review*, Vol. 53, No. 1, 2010, p. 5.

⑤ Mark J Miller, "Global Diasporas: An Introduction by Robin Cohen; The Politics of Migration by Robin Cohen, Zig Layton-Henry", *Journal of World History*, Vol. 10, No. 2, 1999, p. 441.

要么是自愿的，而且通常跨越国界）；"家园定位"（homeland orientation）（无论是真实的家园还是想象的家园）和"边界维护"（boundary maintenance）（动员和保持群体团结的过程，甚至承认存在边界侵蚀的反过程）。① 另外，探讨流散的边界还可以通过讨论流散文学与比较文学的关系，反向证明强调流散边界的重要性和必要性。因为，流散文学可以纳入比较文学的视域之下。

> 比较文学是以跨民族、跨语言、跨文化与跨学科为比较视域而展开的文学研究……同时比较文学把学科的研究客体定位于国族文学之间与文学及其他学科之间的三种关系：材料事实关系、美学价值关系与学科交叉关系，并在开放与多元的文学研究中追求体系化的汇通。②

跨民族、跨语言、跨文化与跨学科是比较文学非常重要的内涵。而流散文学同样具备这个条件，"文学领域的跨界、流散写作现象……客观上具备了跨国界、跨民族、跨语言、跨文化的特点，暗合了比较文学'四个跨越'的内容"③。流散文学生成于异质文化的土壤，是两种文化冲突、交流、融合的产物。"文学性与跨文化性的统一是流散文学固有的本体特征，在这个意义上，可以说'流散文学'本身就是一个再典型不过的比较文学命题。"④ 当然，流散文学不等于比较文学，至于它们之间的关系到底如何则属于另一个

---

① Robin Cohen, *Global Diasporas: An Introduction* (second edition), London and New York: Routledge, 2008, p.12.
② 杨乃乔主编：《比较文学概论》，北京大学出版社2014年版，第123—124页。
③ 杨中举：《跨界流散写作：比较文学研究的"重镇"》，《东方丛刊》2007年第2期。
④ 刘洪一：《流散文学与比较文学：机理及联结》，《中国比较文学》2006年第2期。

话题。①

在非洲，由于殖民者的殖民侵略和殖民统治，给非洲原住民造成了深刻的影响，尽管他们没有跨国界的生存经历，但同样处在流散的境况中，即本土流散。也就是说，"跨越国界"并不是流散的必要条件。所以，对于非洲来说，"流散"必须跨越两种文化，同一文化系统中的空间位移不能称之为流散。在"流散"的内涵不断"流散"的背景下，也为了与本土流散相区别，用"异邦流散"指称有着跨国界和跨文化生存经历的群体就有其合理性及必要性。

从非洲大陆这个立足点来讲，"异邦流散"主要指非洲原住民迁移到英美等西方发达国家，或者欠发达地区的人们迁移到发达地区，也指具有同等发展水平的国家或地区之间的人员流动。这里的流散是跨越国界（或具有国界性质且具有不同文化的地区）的流散。异邦流散者从一国到他国，从一种熟悉的文化环境来到另一种陌生的文化氛围中，必然感到一种边缘感、疏离感和陌生感。异邦流散者在陌生的国度面临着身份认同、文化归属、拔根与扎根、家园寻找、种族歧视等一系列问题。他们希望通过自己的努力融入新的环境，但是大多数时候他们会处在异国社会的边缘，成为这个国家的边缘群体，有的异邦流散者忍受不了异国的生存压力而返回到自己的出生地，成为母国的本土流散者。也就是说，异邦流散者可以转变为本土流散者。母国可以慰藉流散造成的心灵创伤，但创伤永远不会消除。

尼日利亚女作家奇玛曼达·阿迪契就是一位典型的异邦流散者。在《美国佬》中，她描写了女主人公伊菲麦露和男主人公奥宾仔分别在美国和英国所遭遇的生活。他们都出生在尼日利亚，大学期间试图移民英国和美国，寻求更好的发展。但是，事情却不尽如人意。他们是异邦流散的代表。异邦流散者普遍面临着身份困境、种族歧

---

① 比较文学和流散文学的关系问题，详见刘洪一《流散文学与比较文学：机理及联结》，《中国比较文学》2006年第2期。

第二章　非洲流散文学的类分及其与主体性的关系　　81

视、边缘化处境以及寻根与扎根等问题。伊菲麦露抵达美国后很长一段时间都没有获得可以在美国工作的合法身份。身份问题是伊菲麦露在美国迈向独立自主的第一道坎。①

奥宾仔在英国的那段时间里也遇到了伊菲麦露这种身份上的困惑。② 为了获得合法身份，奥宾仔在英国生活了两年零三天后选择和一位持有欧盟护照名叫克洛蒂尔德的女孩假结婚，否则他的签证过期之后就会被遣返回国。奥宾仔支付了两千英镑给中介——两位

---

① "解决身份问题，然后你的生活才真正开始。"无法工作，就没有收入，就无法正常生活。所以，她为了找一份廉价的工作，费尽九牛二虎之力。在她最为艰难的时候，她不得不去给一个男教练提供肉体的安慰。尽管算不上卖淫，但是男教练对她的猥亵，使她觉得背叛了自己，背叛了她身在尼日利亚的男友——奥宾仔。为了工作，伊菲麦露不得不冒用他人的身份，使用恩戈兹·奥孔库沃的社会安全卡和驾照。恩戈兹·奥孔库沃比她大十岁之多，窄脸，V字形下巴。尽管伊菲麦露与她长得并不像，但是正如乌朱姑姑所言，在白人眼里，非洲人长得都一样。但是她是恩戈兹·奥孔库沃的身份并没有那么快地就得到自我认可。她在面试一份家庭护工的工作时不经意地说出了自己的真名而差点露馅。最后她的好朋友吉尼卡向她传授了应变之道："你可以说恩戈兹是你的宗族名，伊菲麦露是你的土名，再加一个，说是你的教名。和非洲有关的各种鬼话他们都会信。"但是这种应变之道让初来乍到的伊菲麦露在自我身份上产生迷惑："她突然感觉云山雾罩，一张她努力想扒住的白茫茫的网。……世界如裹上了纱布。她能了解事情的大致轮廓，但看不真切，远远不够。"这就是身份迷失带给伊菲麦露的感觉。她只知道自己从哪里来，但不知自己是谁。直到有一天她收到一封垃圾信件，上面用优雅的字体印着她的名字时，她才有一丁点儿存在感。因为有人认识她，所以她不再是完全的隐形人。

② 作为一位移居到英国伦敦的尼日利亚黑人男性，奥宾仔眼前的生活亦是举步维艰。"如果你来英国，所持的签证是不允许你工作的……第一样要找的东西，不是食物或水，是一个社保号，这样你才能工作。尽可能多打几份工。别乱花钱。找一个欧盟公民结婚，解决身份问题。然后你的生活才真正开始。"奥宾仔为了得到一个社保号，通过表哥尼古拉斯联系到了伊洛巴。伊洛巴想办法找到了同为生活在英国的尼日利亚人文森特·奥比。经过谈判，奥宾仔需要支付文森特收入的百分之三十五才可以使用他的社保号。奥宾仔成了文森特。他以文森特的身份去找工作。有一天，就在他去仓库上班时，突然觉得所有的工友都在有意无意地回避他，他顿时意识到自己可能暴露了身份，他有可能被遣返。正当他脑袋一片麻木之时，他的工友们突然涌上来大喊生日快乐。原来那天是文森特的生日，奥宾仔冒用了文森特的社保号，他的工友们并不知情。在虚假的身份面前，奥宾仔"是"其所"不是"。

安哥拉人，他们负责为奥宾仔提供六个月的水和煤气的账单，解决驾照问题以及带他去律师办公室。当他给克洛蒂尔德买好连衣裙、戒指，拍好照片，准备前往市政府大楼的办事处登记时，被早已等候在那里的警察逮了个正着。就这样，奥宾仔被扣押，关在一间囚室中，随后被遣送出国。在经过曼彻斯特机场的走廊时，男女老少都以一种好奇的眼光盯着他，猜想他干了什么坏事。奥宾仔注意到一位白种女人，她长发飘飘，疾步在前。"她不会理解他的遭遇，为什么他此时手腕上扣着金属环走过机场，因为像她那样的人计划旅行时不必为签证发愁。她担忧的也许是钱，是住的地方，是安全，可能甚至也有签证，但绝不是一种扭曲她脊梁的焦虑不安。"① 这种扭曲脊梁的焦虑不安使得奥宾仔尊严尽失。"你们可以工作，你们是合法的，你们是光明正大的，你们甚至不知道自己有多么幸运。"② 这种扭曲脊梁的焦虑不安正是身份焦虑的体现。

　　除了身份问题，异邦流散者还面临着种族、阶级、性别等问题，而这些因素会使异邦流散者处在一种边缘化的境地之中。正如伊菲麦露认为的那样，"在美国，宗派主义活跃兴盛。……在美国有一道种族等级的阶梯。白人永远在上层，特别是祖先为英国新教徒的白人，又称 WASP。美国黑人永远在底层"③；初来美国，阿迪契毫无疑问属于穷人，她的短篇小说《上个星期一》《婚事》中的女主人公同样如此，她们不像《半轮黄日》(*Half of a Yellow Sun*, 2006) 中的奥兰纳和凯内内姐妹，她们没有一个身为酋长且拥有半个尼日利亚的父亲。伊菲麦露在很大程度上依靠她的美国白人富二代男友柯特，柯特为她提供了一段时间优越的生活，那份从天而降

---

① ［尼日利亚］奇玛曼达·阿迪契：《美国佬》，张芸译，人民文学出版社 2017 年版，第 284 页。
② ［尼日利亚］奇玛曼达·阿迪契：《美国佬》，张芸译，人民文学出版社 2017 年版，第 231 页。
③ ［尼日利亚］奇玛曼达·阿迪契：《美国佬》，张芸译，人民文学出版社 2017 年版，第 187 页。

的幸福、安乐将她淹没。面对美国，伊菲麦露内心深处是自卑的，这种自卑从她与她的白人男友之间的相处就可以看出来。①

阿迪契作为生活在美国的尼日利亚黑人，想必是深切体会到了美国的种族歧视。这种歧视渗透在日常生活的每一个细节之中。伊菲麦露的博客名为《种族节，或一个非美国黑人观察美国黑人（那些从前被叫作黑佬的人）的种种心得》。她写的一系列文章，诸如《不是所有梳骇人长发绺的美国白人都叫人失望》《来自俄亥俄、衣着老土的白人中层经理并不总如你想的那样》《一个非美国黑人的特殊案例，或移民生活的压力会使你做出怎样的疯狂之举》等收到不少评论。其中一位名为"蕾丝边德里达"的网民评论道："你曾用你玩世不恭、居高临下、戏谑而发人深省的口吻创造了一个空间，让人们可以就一个重要的议题展开真正的对话。"② 伊菲麦露通过博客写作博得不少喝彩，同时，她的处境也有了很大的改善，她拿到了美国绿卡，获得了大学的教职，在美国定居下来。她是幸运的。但是，她仍然心有郁结。她思乡心切。那些手握英国或美国学位的尼日利亚人回到家乡创业，或办杂志，或做音乐，或做餐饮，他们过着她想要的生活。"尼日利亚成了她理应的归宿，她唯一可以深深扎根而无需时常用力把根拔出来、抖去泥土的地方。"③ 也就是说，伊菲麦露虽然在美国有着可观的收入，一份不错的恋情，日益广泛的影响力，但是，她仍然无法在美国扎下根来，故乡仍在暗处向她招手。最后，她带着美国的印记回到了尼日利亚，成了尼日利亚人眼中典型的"美国佬"。但是，对于伊菲麦露来说，回到自己的国

---

① 她以柯特——这位美国白人男性——喜欢她为荣："她是柯特的女朋友，一个她一不留神冠上的头衔，犹如穿上一件钟爱、把人衬托得更美的礼服。她笑得更多了，因为她笑得如此之多。"

② ［尼日利亚］奇玛曼达·阿迪契：《美国佬》，张芸译，人民文学出版社 2017 年版，第 5 页。

③ ［尼日利亚］奇玛曼达·阿迪契：《美国佬》，张芸译，人民文学出版社 2017 年版，第 6 页。

家,种族问题便不复存在,"这儿其实并无种族一说。我感觉在拉各斯下了飞机后,我不再是黑人了"①。但是,在美国留下的心灵创伤或许永远也不会修复了。还有一点需要提及,那就是英美等第一世界国家可以使来自第三世界国家的流散者"平起平坐",消弭以前在母国时的身份和社会关系,重建新的身份。当然这种"平起平坐"仅仅是针对那些来自第三世界或欠发达地区且其家庭普通的人员来说的。"平起平坐",也就是说,在美国、英国这样的发达国家面前,以前在第三世界国家中的诸种差别统统无效。②

由上可知,异邦流散者的特点是在异质文化之中面临着种族歧视、身份迷失、家园找寻、文化归属、阶级分化和边缘化等一系列问题。这些问题伴随着流散者跨国界的行为而来。

---

① [尼日利亚] 奇玛曼达·阿迪契:《美国佬》,张芸译,人民文学出版社2017年版,第482页。

② 在《美国佬》中,有段对话值得深思:"我最近认识一个男的,"希卡说,"他人很好哦,可他是个乡巴佬。他在奥尼查长大,所以你可以想象他的口音有多土。他分不清ch和sh。我想要去稍(超)市。坐在椅子畅(上)。"她们哄然大笑。"总之,他告诉我,他甘愿娶我,并抚养查尔斯。甘愿!仿佛他是在做善事似的。甘愿!亏他想得出来。但这也不是他的错,是因为我们在伦敦。换作在尼日利亚,他那种人,我连瞧都不瞧一眼,更别提和他出去约会了。问题是,在伦敦这地方,完全没了门当户对的观念。""伦敦使大家平起平坐。现在我们全在伦敦,现在我们全是一样的,真是荒唐透顶。"博斯说(《美国佬》,第248—249页)。以上这段对话是奥宾仔无意中听到的,但是确实反映了一些问题。同为前往英国谋生的尼日利亚黑人男性,奥宾仔的中学同学艾米尼克就通过与白人女子乔治娜结婚而成功在英国定居下来,而且过着衣食无忧的生活。在尼日利亚,奥宾仔的家境要比艾米尼克好很多。奥宾仔的母亲是一位大学教师,艾米尼克的父亲不过是一位被贫困的生活折磨得极其卑微的小人物。但是在尼日利亚尚有差别的生活,到了英国,所有的差别就统统消失了。在英国面前,他们是平等的。他们都是黑人,都没有合法身份,都需要从头开始。"伦敦使大家平起平坐"是在所有人均为尼日利亚移民这个意义上来讲的。所以,在英国的尼日利亚移民要抛弃在尼日利亚所形成的阶级观念,重新建构他们的身份,重新划分他们的阶级。艾米尼克就是因为娶了一位虎背熊腰、国字脸、棕色短发、干练精明的英国妻子而实现了阶层的跃升。在尼日利亚,奥宾仔家境比艾米尼克好又能怎么样呢?在英国,奥宾仔因为要与克洛蒂尔德办理假结婚而捉襟见肘。他不得不求助于艾米尼克。因为艾米尼克是奥宾仔唯一一个可以开口借钱的人。在奥宾仔面前,艾米尼克的脸上有一份自得的气质。自得源于优越感。

第二节　殖民流散与殖民流散文学

"殖民流散"特指前往非洲的殖民者或具有殖民性质的群体及其后代。他们从宗主国迁往殖民地，由于他们的殖民书写和殖民地瓦解之后对帝国往昔的复杂情结而表现出与第三世界的流散相似又相异的文化、心理表征。在非洲，"殖民流散"主要是针对白人作家而言的。殖民者对非洲的书写在把非洲塑造为"他者"的过程中起到了相当重要的作用。殖民者一般是站在文明等级的最高端俯视非洲人及非洲文明的，在他们的笔下，非洲是需要而且应该被殖民统治的。在非洲出生的殖民者后代同样也被归为"殖民流散"的范畴，因为白人流散作家笔下的非洲以及他们对于殖民和被殖民的影响之思考是和黑人流散作家不一样的。

> 在非洲文学的众多特殊性里面，有一点或许最特别，那就是寄居者文学，这是由在非洲生活的世世代代的白人创造的文学，这部分写作当然应该属于非洲文学，但又明显在各个方面都和被压迫的黑人文学十分不同，可以说是另一类的主体文学。①

这里所说的寄居者文学就是殖民流散者创作的文学作品。还有一点需要说明，在殖民统治期间，有些白人移民是纯粹喜欢非洲这块土地的，他们出于个人原因或者学术研究等因素来到非洲并居住在这里，他们在主观上并没有参与到殖民侵略的行列之中，把他们及其后代算入"殖民流散"的群体之中可能会遭到质疑。这个问题

---

① 蒋晖：《载道还是西化：中国应有怎样的非洲文学研究？——从库切〈福〉的后殖民研究说起》，《山东社会科学》2017年第6期。

是一个立场、角度的问题。在非洲黑人眼中，白人是没有区别的，这句话的意思是说，非洲黑人所确认的是，那些白人统统来到了他们的国土和家园，并且占领了他们的土地，挤压了他们的生存空间，给他们的身心造成了重大的影响。所以，他们不会考虑具体某个白人前来的个人动机。恩古吉·提安哥的小说《一粒麦种》中的英国女性琳德博士就是如此，"她到肯尼亚来的目的只是为了工作，和政治没有丝毫关系。她喜欢这个国家，喜欢这里的气候，所以决定在这里住下去。她从来没有害过任何人"①。在库切的小说《耻》中，卢里教授的女儿露茜同样如此。琳德博士和露茜都遭到黑人男性的抢劫和性侵犯正好表明这一点。

殖民流散有着阶段性特征。以 J. M. 库切为例，在他的早期作品中，殖民流散者具有昂扬的开拓精神和无畏的殖民气质。《幽暗之地》（*Dusklands*, 1974）是库切的第一部小说，其中的《雅各·库切之讲述》部分是 S. J. 库切编著，J. M. 库切翻译的关于他们的先辈雅各·库切在南非创办农场，探险、开拓殖民地的人生经历。《雅各·库切之讲述》原本是用荷兰语写成，其序言则是用南非荷兰语写就，而 J. M. 库切则用英语把它们翻译了过来。其实，从库切家族的代际更替以及对语言的使用上可以看出，从荷兰移民到南非的库切们逐渐本土化的过程。从后记中我们可以大体了解库切家族的变迁轨迹。"德克·库切是雅各·库切的曾祖父……于一六七六年从荷兰移民到好望角……德克·库切移民到了史泰伦博斯；七十年后，雅各·库切乘牛车到了匹凯特堡，以畜牧和捕猎为生。"② 最初，荷兰并未打算把好望角作为殖民地，而仅仅把它当作往返于荷属东印度公司的补给站，而且最初在好望角居住的荷兰人是荷属东印度公

---

① ［肯尼亚］恩古吉·提安哥：《一粒麦种》，朱庆译，人民文学出版社 2012 年版，第 50 页。

② ［南非］库切：《幽暗之地》，郑云译，浙江文艺出版社 2007 年版，第 146—147 页。

司的职员，后来那些仅为了自己的利益来开辟农场而不为荷属东印度公司服务的人也被允许在此定居。① 而史泰伦博斯就是当时的农业中心。在《幽暗之地》中，雅各·库切作为第一叙述者，站在文明世界的代言人的立场以优越傲慢的态度讲述了他与南非布须曼人和霍屯督人之间的纠葛以及向南非纵深处拓展的亲身经历。雅各·库切带领六个霍屯督仆人，驾着牛车，赶着牛群，离开自己的农庄，越过格雷特河，进入大纳马夸地区，开始了猎捕象牙的探险之旅。在全书中，雅各·库切是一位典型的开拓者、殖民者。他对殖民地的开拓饱含热情，充满信心：

> 我是蛮荒的摧毁之神，越过大地开辟出通衢大道。我的视线无所不及，我是万物之主。……我携枪驰骋荒野，眼光敏锐。我杀戮大象、河马、犀牛、野牛、狮子、豹子、豺狼、长颈鹿、羚羊、各种各样的鹿、各种各样的鸟，还有野兔，还有蛇。在我身后是堆积如山的毛皮、骸骨、不可食用的软骨和排出的粪便。所有这一切都是我奉献给生命的另类金字塔。这是我一生的成就，是我不倦地在证明这些死者为异类，因之其生命也是异类。②

雅各·库切自视为万物之主，摧毁蛮荒的神。这种无所不能的自信以及豪迈之情正是当年荷兰国力强盛时期的表征，这也是殖民者开疆拓土时普遍的心理。雅各·库切的自信离不开相对强大的后盾——武器。"枪代表了你自身以外的借以生存的希冀，枪是此次征程中抵御孤立无援的终极防身之物，枪是我们与外界之间的调停人，

---

① ［荷］韦瑟林：《欧洲殖民帝国：1815—1919》，夏岩译，中国社会科学出版社2012年版，第91页。

② ［南非］库切：《幽暗之地》，郑云译，浙江文艺出版社2007年版，第106页。

因之是我们的救星。"① 他不仅把大象、河马、野牛、狮子等动物的生命看作异类，他还把土著人的生命视如草芥。在他的眼中，土著人也是异类。雅各·库切与其他农场主合力绞杀侵犯他们的农场、破坏他们的牲畜的布须曼人，他们甚至把抓来的布须曼人放在火中烧烤，把烤熟的布须曼人送给霍屯督人食用；他们驯化不超过七八岁的布须曼儿童，使其俯首听命，任其驱使；他们还随意玩弄布须曼女性："开拓者们大多都和布须曼女孩有过性的经历。……她只不过是一块抹布，你在她上面蹭蹭就随手丢弃了，完全可以随意处置，不需花费任何钱财，完全免费。"② 对于土著人来说，白人的入侵给他们带来了深重的灾难，但是，他们的苦难是无法诉说的，也是不被重视的。话语权永远掌握在强者手中。在这部作品的后记中，雅各·库切被称为早期深入南非腹地探险并给荷兰人带回消息的令人尊敬的英雄之一。英雄应该具备与英雄这个称呼相匹配的叙述。所以，雅各·库切的后人希望他能够得到应有的重视。"本书试图更加完整，因之也更客观公正地描述雅各·库切。这是一本虔诚之书，也是一本历史书：它怀着对先辈，对本民族的奠基人之一的崇敬，同时又以史实为依据，纠正了对英雄的歪曲。"③ 这就是白人作为书写主体以及白人的后代作为编著主体带来的后果，他们永远站在自己的立场代表着自己的利益以自己的眼光看待事物。以雅各·库切为代表的荷兰殖民者的叙述是殖民书写的重要组成部分，同样也是殖民流散者所具有的典型特征。这个时期的殖民流散者在社会地位和情感认知方面均没有边缘化的体验，他们更多是具有一种热情洋溢的开拓精神，勇敢无畏的进取精神，同时伴随着掠夺、屠杀与入侵。

到了《耻》（*Disgrace*，1999）中情况有了改变。《耻》中的戴

---

① ［南非］库切：《幽暗之地》，郑云译，浙江文艺出版社 2007 年版，第 106 页。
② ［南非］库切：《幽暗之地》，郑云译，浙江文艺出版社 2007 年版，第 81 页。
③ ［南非］库切：《幽暗之地》，郑云译，浙江文艺出版社 2007 年版，第 146 页。

维·卢里教授的身上残存着与《幽暗之地》中的雅各·库切相似的傲慢心态，但是，时过境迁，戴维·卢里所处的环境已经和雅各·库切的年代有了很大的不同，白人已经失去了权势。戴维·卢里利用教师的身份诱奸了他的学生梅拉妮之后拒不认错、忏悔，就算丢掉教职、任凭流言满天飞也在所不惜。"只要别指望我会改过自新，我可没有改过的准备。我就是我，永远也不想改。"① 戴维·卢里丢掉教职之后来到其与前妻所生的女儿露茜的农庄暂时容身，当他看到露西的农庄上事事具备、物产丰盈的时候，发出了这样的感叹："真是新一代的拓荒者。"② 戴维·卢里内心中残存的殖民心态可见一斑。只有在戴维·卢里的女儿遭到黑人的轮奸和他遭到黑人的重创之后，他的那种倨傲之气才慢慢瓦解，他早先的那种"我就是我，永远也不想改"的傲慢态度最终得以改变，他向梅拉妮的父母下跪忏悔。"他认认真真地施着礼仪：跪下来，用前额触着地板。"③ 在《耻》中，作为殖民者后代的白人在南非已经处于边缘化的处境。《幽暗之地》中雅各·库切的那种高涨的开拓精神，那种强悍的殖民野心，那种自大的傲慢之气在《耻》这部作品中通通消失了。戴维·卢里的女儿遭到轮奸不仅无法报仇雪恨，反而必须依靠那位有着重大参与嫌疑的黑人佩特鲁斯的庇护才能继续生存下去。这就与第三世界的异邦流散者形成鲜明对比。非洲的异邦流散者大多数前往曾经的宗主国求学与工作，甚至有些流亡者必须得到英美国家的庇护；而出生在非洲的殖民流散者没有了往昔殖民的野心和无畏精神，而必须得到黑人的保护才能立足。以戴维·卢里和他的女儿为代表的南非白人在黑人的国度里变得"没有办法，没有武器，没有财产，没有权利，没有尊严"④。戴维·卢里时常感觉到一种"耻

---

① ［南非］库切：《耻》，张冲译，译林出版社2010年版，第91页。
② ［南非］库切：《耻》，张冲译，译林出版社2010年版，第72页。
③ ［南非］库切：《耻》，张冲译，译林出版社2010年版，第201页。
④ ［南非］库切：《耻》，张冲译，译林出版社2010年版，第237页。

感",但又无可奈何。

在《夏日》(*Summertime*,2009)中,库切讲述了身为南非白人后代的那种无根之感和边缘化的感觉,仿佛他们这些人生来就注定漂泊。一位传记作家——文森特先生——希望写一部关于约翰·库切在1971—1972年回到南非之后直至1977年获得社会认可这段时期的经历的传记。文森特先生根据库切生前的札记选定了五位将要采访的候选人。他在南非采访了库切的表姐玛戈特,在巴西见到了阿德瑞娜·纳西门托,在加拿大见到了茱莉亚,在巴黎采访到了苏菲,在英国与马丁交谈。在与马丁的对话中,文森特从他那里获知了约翰·库切对于南非的情感认知以及流散的因由:

> 约翰二十世纪六十年代就离开南非了,七十年代才回来,那十来年一直在南非和美国之间徘徊不定,最后定居在澳大利亚,后来死在那儿。我是二十世纪七十年代离开南非的,后来再也没有回去过。从宽泛的意义上说,他和我对南非持有共同的观点,我们仍然存在于那片土地。我们的看法是这样的,简单说来,我们在那儿的存在是合法却不合理的。我们具有一种抽象意义上的权利,与生俱来的权利,但这种基本权利是具有欺骗性的。我们的存在根植于一种罪恶,即殖民征服,通过种族隔离而被永久固定下来。无论面对原住民还是土著,我们对自己的感受就是如此。我觉得自己是寄居者,是临时住户,在这个意义上,我们是没有家的,没有故土。①

马丁与约翰都是白人的后代,即殖民者的后代。他们在文化和心理认同方面并没有深深扎根于此,他们虽然出生在此,但是,由于那无法改变的肤色和种族鸿沟,他们是无家可归者,是无根的一

---

① [南非]库切:《夏日》,文敏译,浙江文艺出版社2017年版,第259页。

代。库切本人也是如此,他出生在南非,却辗转于英美等国,最后定居于澳大利亚。库切虽然对西方的殖民史和南非的种族隔离政策进行反思与批判,但他毕竟是白人的后代,他虽然有着对黑人的同情,但是,他不可能完全站在黑人的角度表达黑人的情感。同样是流散,黑人和白人对流散的感受和遭遇是不一样的,在他们的作品中也清晰地显现出了这种差异。这也是为什么区分"殖民流散"和"本土流散"的原因之一。

身为流散作家,库切对黑人的态度还是从白人立场出发的,当然这是完全可以理解的。库切对黑人的态度在很多地方都表现出来。在《青春》(*Youth*, 2002)中,库切这样写道:

> 他愿意相信对黑人和他们的命运有足够的同情气氛,有足够的和他们诚实打交道的愿望,来弥补法律的残酷。但是他知道情况不是这样。在黑人和白人之间有一道固定的鸿沟。深于同情,深于诚实打交道,甚至深于善意的是双方都具有的这个认识:像保罗和他这样的人,连同他们的钢琴和小提琴,是以最站不住脚的借口待在这儿的这片土地上,待在南非的土地上的。[①]

从上面这段文字中可以窥知库切对黑人的态度,但同时,他又深知同情是无法越过那道鸿沟的,所以,身为白人后裔的库切无论如何书写,无论对黑人抱以多大的同情,无论他对南非的种族隔离政策进行多么强烈的批判,都无法像黑人作家那样写出那种痛彻心扉的切身感受。

尽管库切有着美好的愿望,"他向往着有一天,在南非的每一个人都能扯去自己那些标签性的称呼,既不是非洲人,也不是欧洲人,既不是白人也不是黑人或是其他什么人种。有一天,家族史将是各

---

① [南非] 库切:《青春》,王家湘译,浙江文艺出版社2013年版,第19—20页。

类人种的融合，人们在种族上是无法区分的，也就是——我只好再次使用这个被玷污的名词——混血的"①。但是这只是约翰·库切的乌托邦式的幻想，实际情况并非如此。对于库切来说，他面对黑人的时候是不自在的："面对黑人学生，他的态度自在吗？不会的。"② "他们也许跟他同为这个国家的国民，但他们不是他的相亲。……在他的潜意识里，他们总是相对于'我们'的'他们'。"③ 这里的"他们"指的是黑人，"我们"则是混血。在《耻》中，白人在黑人眼中同样被视作"他者"，白人教授戴维·卢里在黑人佩特鲁斯的晚会上发现了抢劫、强奸露茜的嫌疑人，此时，"那男孩紧张的目光扫过他。其他许多双眼睛也朝他看过来：朝这陌生人看来，朝这异类看来"④。也就是说，白人把黑人看作"他者"，黑人同样也把白人视作"他者"，他们互为"他者"。正如有的论者所言："对库切而言，他对殖民史的谴责与反思并不意味着他认同和融入了非洲文化。作为一个在白人社会长大的殖民者后裔，由于他特殊的身份背景，他无法感同身受地去理解非洲人的历史文化和情感。"⑤ 这也是殖民流散和本土流散与异邦流散的区别之一。

从上面的分析可知，"殖民流散"至少分为两个阶段，即殖民开拓、殖民统治时期和非洲各民族取得独立的时期。前者可视为殖民流散的第一阶段，主要特征是开拓进取、殖民统治，他们侵占他国，并反客为主，塑造被统治的群体，把自身的意志强加于人；后者算是殖民流散的第二个阶段，生活在非洲的白人后代反思、批判殖民历史，自身也遭遇到无根漂泊、边缘化体验等流散症候，但是他们又与非洲本土黑人存在根本上的不同，他们虽然同情黑人的遭遇但

---

① [南非]库切：《夏日》，文敏译，浙江文艺出版社2017年版，第288页。
② [南非]库切：《夏日》，文敏译，浙江文艺出版社2017年版，第286页。
③ [南非]库切：《夏日》，文敏译，浙江文艺出版社2017年版，第288页。
④ [南非]库切：《耻》，张冲译，译林出版社2010年版，第157页。
⑤ 张勇：《话语、性别、身体：库切的后殖民创作研究》，博士学位论文，山东大学，2013年，第2页。

始终无法站在黑人的角度和立场，他们互为"他者"。这两个阶段既有延续性也有不同之处。

第三节 本土流散、异邦流散和殖民流散之间的关系

"本土流散"主要是针对非洲原住民而言的。他们虽有区域性或一国之内的位移，但没有跨越国界的行为，但是他们同样有着鲜明的流散特征。另外，那些有着异邦流散经历的个体或群体最终回到母国的状况同样可以归为"本土流散"的行列，因为他们虽然回到了祖国但心灵上和文化上依然无法抹除其异邦流散烙下的印记。另外，"本土流散"与国内区域移民并不相同。

"异邦流散"主要指第三世界人民移居到第一世界之中，或者欠发达地区的人们迁移到发达地区，也指具有同等发展水平的国家或地区之间的人员流动，这里的流散是跨越国界（或具有国界性质且具有不同文化的地区）的流散。异邦流散者从一国到他国，从一种文化传统到另一种陌生的文化传统，这种跨国体验带给人的是一种疏离感和陌生感。有的异邦流散者忍受不了异国的生存压力而返回到自己的出生地，成为母国的本土流散者。也就是说，异邦流散者可以转变为本土流散者。

"殖民流散"特指殖民者或具有殖民性质的群体及其后代从宗主国迁往殖民地，由于他们的殖民书写和殖民地瓦解之后对帝国往昔的复杂情结而表现出与第三世界的流散相异的文化、心理表征。在非洲，"殖民流散"主要是针对白人及其后代而言的。

"本土流散"与"异邦流散"和"殖民流散"既有联系又有不同。"异邦流散"和"殖民流散"在文化表征上有所不同以及"本土流散""异邦流散"和"殖民流散"除了在"跨越国界"这个层面有所差异之外，它们均面临着不同文化尤其是异质文化之冲突。

异质文化的冲突是流散的核心问题。另外，我们也可以从泛非主义的视域出发解读本土流散与异邦流散之间的关系。根据伊塞迪贝（P. Olisanwuche Esedebe）的观点，泛非主义主要包括以下内容：

> 非洲是非洲大陆居民和流散在世界各地的非洲裔的共同的祖国和故乡；所有的非洲人（包括生活在非洲大陆和世界各地）应该加强团结，坚持"非洲个性"，努力恢复非洲历史原貌，为非洲文化感到骄傲；希望非洲能够实现统一，也希望非洲会有美好的未来。①

本土流散和异邦流散虽然一个在非洲大陆之内，一个在非洲大陆之外，但是，它们都在泛非主义的视域之下。盖斯（I. Geiss）则认为，泛非主义"是非洲人和非洲裔美洲人的种族团结和思想觉醒的政治运动，是谋求非洲政治独立和文化统一运动，是全球性的泛黑人民族主义运动。"② 无论定义如何，泛非主义都包括非洲大陆的原住民和流散在外的非洲人及其后裔。他们有共同的家园和文化渊源。本土流散者和异邦流散者虽然各有特点，但是他们都可以纳入泛非主义的框架之下。还有一个问题值得注意，就是流散者的"本土化"问题。无论是本土流散者，异邦流散者，还是殖民流散者，他们的后代子孙不可能时时刻刻处在流散的境况之下，即他们总会在某个地理空间内定居下来，精神上也总会安定下来，繁衍生息。本土流散者的主体性建构起来之后，也会结束"本土流散"的状态。所以，流散会有结束的那一天，也就是在完成本土化之后。但是，完成本土化之后很可能会出现新的流散——从一个中心流散到另一个中心，然后再流散至新的中心。

---

① 舒运国：《泛非主义史：1900—2002年》，商务印书馆2013年版，第3页。
② 舒运国：《泛非主义史：1900—2002年》，商务印书馆2013年版，第2页。

第四节 非洲流散文学中的抵抗性书写和主体性重构

非洲英语流散文学由"本土流散文学""殖民流散文学"和"异邦流散文学"三大谱系构成,这三大流散谱系中的主体性各有不同。

"本土流散文学"中的主体性呈现为破碎的、不完整的状态。流散主体在自己的国家面临着两种并非势均力敌的异质文化的夹击,纠结徘徊、不知所措,"是"其所"不是"。

"异邦流散文学"中的主体性遭到严重的压制与扭曲。流散主体融不进移居地,回不去初始国,没有归属,漂泊无依,就算回到了母国,其创伤性经历短时期内也难以消弭。

"殖民流散文学"中的主体性具有更多的殖民性和侵略性,但也随着历史语境的变化而变化。在非洲各民族国家独立以后,这种殖民性和侵略性虽有弱化,但并没有消失;白人流散主体在欧美国家同样有异乡之感,但又与黑人流散主体有着深层隔阂。

综上,这三大流散文学谱系中的主体性都必须进行重构。实际上,非洲英语流散文学中的主体性正在重构的过程中。非洲英语流散作家的"抵抗性"书写就是主体性重构的标志。

实际上,"抵抗性"书写正是非洲英语流散文学的鲜明特征。所谓"抵抗性"书写就是非洲英语流散作家及其作品在处于异质文化张力的情况下体现出的对所有强势的、具有压迫性的力量的全面抵抗。其中,"异质文化张力"是非洲英语流散文学不可或缺的条件,它的"抵抗性"书写就是在"异质文化张力"中的抵抗。这也可以视为非洲英语流散文学与其他类型的文学在表现"抵抗"时的不同之处。

非洲英语流散文学的"抵抗性"书写表现在以下方面:夺回被

侵占的土地，重回家园，结束"本土流散"的状态，以使身心有安放之所；把语言作为武器，使用民族语言进行创作，即达到了保护、拯救民族语言的目的也摆出了消解帝国语言一统天下的局面的姿态；打破沉默，追寻记忆，重述自我；找寻身份，确认自我，从"是"其所"不是"到"是"其"所是"；女性独立意识的觉醒，黑皮肤的"娜拉"走出国门以及走出在国外的家门寻求独立和未来，这本身就是对专制独裁、父权夫权的反抗。

我们不仅要关注非洲英语流散文学的抵抗性书写本身，还应追问因何抵抗和抵抗之效果。非洲英语流散文学中的抵抗书写是重建人的尊严、重塑人的完整性的一种努力，是探索个人之路、民族之路、国家之路甚至是非洲之路的一种努力。

第五节　家园、身份、语言、记忆和主体及主体性的关系

非洲原住民虽然没有跨国界的生存经历，但是殖民者的入侵和统治令他们产生了跨越国界而来的效果，即流散症候。他们的主体性遭到瓦解，因而处在本土流散的境地之中。本土流散者的土地遭到侵占，不得不迁往贫瘠的区域；他们的房屋被焚毁，失去了落脚之地；他们在外来宗教的影响下，在到底做一名传统主义者还是基督徒之间纠结徘徊，游移不定；他们一旦进入教会学校，就不得不面临殖民者的语言和本土语言的问题。异邦流散者也是如此。无论是自愿的，还是非自愿的，异邦流散者都要离开故土，前往异国。在异国他乡，首先就面临语言问题。语言不通，也就不可能在移居国生活和工作。要想谋生，就得获得移居国的认可，也就是必须要有一个"合法"的身份。但是，获得他人认可仅仅是一个方面，获得自己的"认可"——摆脱旧有的身份，重新建立新的身份——同样重要。当然，要想扎根异国，还需要有一个"家"。不论哪一层

面，都需要异邦流散者付出艰辛的努力。那么，在"完全融入"移居国之前，异邦流散者普遍面临着身份迷失、语言困境、寻找家园、种族歧视和边缘化等问题。当然，"完全融入"仅仅是一个理想的状况。

所以，不论是本土流散还是异邦流散，他们都面临着家园、语言、种族、记忆和身份等问题。失去了家园，丢掉了语言，迷失了身份，仿佛就像一个"人"失去了"胳膊"，丢掉了"四肢"，而变得不完整。也就是说，处在流散语境中的"主体"如果没有了家园、语言和身份，那么作为主体的人的属性或本质规定性——主体性——也就出了问题，而变得"四分五裂"。主体性原本或应该是完整的，如果主体性不完整了该怎么办呢？唯一的办法就是努力恢复它的完整性。所以，"抵抗"也就有了重要的意义和价值，即"抵抗"的目的就在于恢复或重构完整的主体性。在非洲英语流散文学中，这种"抵抗"就是对于失去的家园的争夺，对于迷失的语言的抗争，对于失落的身份的追寻，最终目的，就是主体性重构。

小　结

本土流散、异邦流散和殖民流散是非洲主要的流散类型。本土流散和异邦流散主要是指非洲黑人的流散，而殖民流散则是指前往非洲或生活在非洲的白人殖民者及其后代。本书主要侧重于探讨非洲黑人流散者的主体性问题，兼及殖民流散。因为，作为非洲三大流散群体的重要组成部分，忽略殖民流散群体，对于非洲来说是不合适的。无论殖民流散呈现为何种特点，它与非洲的本土流散和异邦流散有着难以切割的密切关联。在殖民开拓和殖民征服时期，殖民流散者的主体性是高扬的，正如库切在《幽暗之地》中所写的那样，"我是蛮荒的摧毁之神"，"我是万物之主"①，但在非洲各国取得独立的时候，殖民流散者的主体性受到了压制，低调了许多，但

---

① ［南非］库切：《幽暗之地》，郑云译，浙江文艺出版社2007年版，第106页。

是不能说他们主体性中的殖民性消失了，因为这种殖民性只是暂时隐匿起来了，当历史条件允许时，它很可能会重出江湖。非洲本土流散者和异邦流散者的主体性则是被瓦解、塑造了，与殖民流散者的主体性存在很大的不同。殖民流散群体无法站在黑人流散者的角度和立场，切身体会黑人的情感。在殖民流散者眼中，"他们总是相对于'我们'的'他们'"[1]。他们也"无法感同身受地去理解非洲人的历史文化和情感"[2]。非洲流散者只有自己书写、自己言说，才能向世界呈现自身的独特体验和遭际，而研究者只有分析非洲本土流散者和异域流散者所创作的作品才能准确把握非洲英语流散文学的总体特质。鉴于此，本书中所探讨的主要是非洲黑人的主体性。

---

[1] [南非] 库切：《夏日》，文敏译，浙江文艺出版社2017年版，第288页。
[2] 张勇：《话语、性别、身体：库切的后殖民创作研究》，博士学位论文，山东大学，2013年，第2页。

第三章

流散主体的家园找寻与重建*

土地问题是非洲的核心问题，是理解非洲的重要窗口。在非洲各民族国家获得独立之前，失去土地、失去家园是一种普遍现象。1880年以前，英国、法国、西班牙、葡萄牙、土耳其只占领了非洲沿海极其有限的地域，只有英国在南部非洲确立了统治并向内陆有所推进。"迟至1880年，非洲大陆约有80%是由自己的国王、女王、氏族和家族的首领以大小不等、类型各异的帝国、王国、村社共同体和政治实体的方式进行统治。"① 但是，在1890—1910年这短短的20年中，殖民者凭借着科学技术和优良的武器装备，在新的政治野心和新的经济要求的推动下，帝国主义列强"实际上征服和占领了整个非洲大陆，并建立起殖民制度。1910年以后，基本上就是殖民制度的巩固和开拓的时期"②。"一战"以后，殖民者加快了对非洲土地的剥夺。在肯尼亚，英国于1926年颁布的《皇家土地条例修正案》允许白人肆意掠夺非洲土地，强制规定非洲人在取得保留地以

---

* 本章部分内容已发表，详见袁俊卿《大地的肤色：恩古吉·提安哥小说中的土地叙事》，《燕山大学学报》（哲学社会科学版）2023年第6期。

① ［加纳］A. 阿杜·博亨主编：《非洲通史：殖民统治下的非洲1880—1935年》，中国对外翻译出版公司1991年版，第1页。

② ［加纳］A. 阿杜·博亨主编：《非洲通史：殖民统治下的非洲1880—1935年》，中国对外翻译出版公司1991年版，第1页。

外不得获取任何其他土地；在利比亚，意大利在"二战"前侵占的土地达80万公顷；在南非，非洲人平均拥有的土地不足6英亩；在南罗德西亚，63%的人口仅仅占有23%的土地。① 非洲原住民失去了自己的土地，无法回到自己的家园，成了故乡的流浪者。与此同时，欧洲的殖民侵略和殖民统治使得非洲的土地问题政治化和种族化了，土地具有了"黑"与"白"的属性，白人占据了既肥沃又广阔的土地，黑人则被限制在贫瘠且有限的空间之内，而且彼此界限分明。对于非洲人来说，土地丢失，家园损毁，文化习俗也遭到外来势力的强力瓦解，他们的内心处于焦灼无依的状态。在非洲，土地问题成了一个焦点议题。20世纪20年代末到30年代，当时的基库尤中央协会书记乔莫·肯雅塔（Jomo Kenyatta，1891—1979）曾两次前往英国，主要任务之一就是试图向英国的殖民部阐释本部族的土地主张和土地问题，但没有取得预期的目标。在很长一段时期内，非洲原住民为赶走侵略者，夺回被侵占的土地和重建遭到破坏的家园而付出了艰辛的努力。肯尼亚于20世纪50年代兴起的"茅茅起义"（Mau Mau Uprising）② 的核心诉求就是夺回土地，重获自由。尽管起义没有取得军事上的成功，但是，"随之而来的是重大的经济和政治让步，这些让步导致了1963年的独立"③。许多历史学家认为，没有"茅茅起义"就没有肯尼亚的独立。虽然肯尼亚在1963年12月12日取得了独立，但是，土地问题并没有立即去政治化和去种族化，而且具有再度政治化和再度种族化的潜在倾向，也即，茅茅起义者追求的土地与自由的目标并没有得到充分实现。可以说，"茅茅起义""占据了肯尼亚历史的重要部分，其根源和后果继续影响并塑造

---

① 参见陆庭恩、彭坤元《非洲通史·现代卷》，华东师范大学出版社1995年版，第106—107页。

② "茅茅起义"，又称"茅茅运动"（Mau Mau Movement）、"茅茅叛乱"（Mau Mau Rebellion）。

③ Muthoni Likimani, *Passbook Number F. 47927: Women and Mau Mau in Kenya*, London: Macmillan Publishers Ltd, 1985, p. 3.

着今天这个国家的主要政治事件"①，这也反映出肯尼亚及非洲其他国家中土地问题的持续性和重要性。

从20世纪30年代到21世纪初，土地问题一直是肯尼亚英语文学中十分重要的叙述主题，它与权力、自由、文化、身份、民族和家园等问题深度缠绕在一起，往往牵一发而动全身。恩古吉·提安哥作为肯尼亚目前最具国际影响力的代表性作家，他笔下的土地叙事尤其值得关注。他在东非第一部英语小说《孩子，你别哭》以及《一粒麦种》、《血色花瓣》(*Petals of Blood*, 1977)、《我想结婚时就结婚》(*I Will Marry When I Want*, 1982)、《战时梦》(*Dreams in a Time of War: A Childhood Memoir*, 2010)、《中学史》(*In the House of the Interpreter: A Memoir*, 2012)、《织梦人》(*Birth of a Dream Weaver: A Memoir of a Writer's Awakening*, 2016)等作品中持续聚焦土地问题："他十分清楚，肯尼亚的基本问题是移民的入侵和他们获取了曾经由基库尤人拥有的土地。他一次又一次地通过他笔下人物之口来谈论这种剥夺，有时是激烈的，有时只是哀叹。"② 故而，深度探讨恩古吉③作品中的土地议题有助于我们更好地理解肯尼亚与非洲的殖民主义、民族主义，以及西化教育与知识分子的主体性等问题，帮助我们更全面地认识和把握肯尼亚的过去与未来，进而为中非人文交流提供有益参考。

第一节　祖传之地："那是一个圣洁的地方"

海德格尔认为："'家园'意指这样一个空间，它赋予人一个处

---

① Karuki Kanyinga, "Kenya Experience in Land Reform: The Million-Acre Settlement Scheme", *Workshop discussion paper*, viewed, Vol. 22, 2017, p. 1.

② John F Povey, "The Beginnings of an English Language Literature in East Africa", *Books Abroad*, Vol. 44, No. 3, 1970, p. 386.

③ 恩古吉·提安哥，原名詹姆士·恩古吉，为了反殖民和去殖民，他把此前具有殖民色彩的名字改为具有本土特色的名字，但大家一般仍称其为恩古吉。

所，人唯在其中才能有'在家'之感，因而才能在其命运的本己要素中存在。这一空间乃由完好无损的大地所赠予。大地为民众设置了他们的历史空间。大地朗照着'家园'。"① 由此可知，完好无损的大地给予一个人唯有在其中才能有"在家"之感的历史空间，这种"在家"之感得益于家园的庇护，而家园则得益于大地的负载。大地就是土地的同义词。在国家取得独立之前，非洲大地并非是完好无损的，而是遭到了蹂躏、侵占和破坏，建造在土地之上的房屋、村落甚至也遭到焚毁与洗劫，非洲本土居民被迫处在一种"在家"却"失家"的状态。也就是说，非洲原住民在祖传的土地上流离失所，或者被迫离开原初的居住地而迁入陌生的地域。被强力驱赶的原住民经受着与原住地相撕裂的疼痛感，这其中充满着痛苦与血泪。在非洲各民族国家整体上陷入动乱、危亡的时刻，非洲人民首先并且主要的诉求就是赶走侵略者，夺回土地。

在殖民者到来之前，非洲原住民在自己的土地上耕耘狩猎，繁衍生息，就算进行土地流转也是以传统的方式进行。1938年，"东非民族主义之父"乔莫·肯雅塔在著名人类学家马林诺夫斯基（Bronislaw Malinowski，1884—1942）的指导下完成了一部民族志《面向肯尼亚山》（*Facing Mount Kenya*），辟专章系统阐述了本部族的土地问题，从中我们可以看到非洲原住民进行土地流转的传统方式。这部作品具有种族性、自传性、文学性和抵抗性等特点，而恩古吉·提安哥"作为肯尼亚第一位长篇小说家的出现，可能就是种族的、自传性作品推动下的结果"②。他的《大河两岸》描写了生活在卡梅奴和马库尤两道山梁之间狭长的山谷中基库尤族的生活。他们在这片祖传的土地上生活，自给自足。在谈到自己的成长之地利

---

① [德] 海德格尔：《赫尔德林诗的阐释》，孙周兴译，商务印书馆2000年版，第15页。

② [美] 伦纳德·S. 克莱因主编：《20世纪非洲文学》，李永彩译，北京语言学院出版社1991年版，第105页。

穆鲁（Limuru）附近的山谷时，恩古吉这样说道，"当它在早晨或晚上被薄雾覆盖时，它变得更加神秘"①。肯尼亚作家莫加·吉卡鲁（Muga Gicaru，1920—?）在《阳光照耀大地》（*Land of Sunshine: Scenes of Life in Kenya before Mau Mau*，1958）中也深情地回忆了他们之前的家园："从我们的房子这儿望得见这些瀑布；其中有一条一泄百尺，每当夕阳西下，凝目远望，闪闪摇曳，呈现出各色的彩虹，真美丽极了。"② 基库尤中央协会代表（Delegate for Kikuyu Central Asociation）巴米拿·麦克约（Parmenas Githendu Mockerie）在《一位非洲人代表其人民说话》（*An African Speaks for His People*，1934）中写道："这片土地上有沟壑、河流、森林、猎物和大自然赋予人类的所有礼物，都是我们的，最重要的是，我们拥有自由。"③ 从以上的描写中，可以看出他们对自己原初家园的深情热爱和浪漫化渲染，但这种浪漫化"与后来发生的起义的暴力和恐怖形成了必要的对比"④。关于这片土地的来历，基库尤族流传着一个古老的传说。在恩古吉的笔下，卡梅奴颇有名望的长者查格特意带领儿子瓦伊亚吉来到卡梅奴山，向他讲述大山的奥秘。父子俩站在山顶上，俯视着基库尤的整个国土。他们被山下那辽阔的土地和那秀丽的景色所折服。查格用虔诚的目光凝视着远方的凯里亚加山峰，向瓦伊亚吉讲起了这片土地以及土地上人们的起源。

穆鲁恩故（Mūrungu）是基库尤族心目中的上帝。基库尤和穆姆比是基库尤族的祖先。相传，穆鲁恩故就是在凯里亚加山峰上造出

---

① Ngugi wa Thiong'o, *Moving the Centre: The Struggle for Cultural Freedoms*, London: James Currey, 1993, p. 181.

② [肯尼亚]莫加·吉卡鲁：《阳光照耀大地》，北京翻译社译，世界知识出版社1959年版，第18页。

③ Parmenas Githendu Mockerie, *An African Speaks for His People*, Richmond: L. and Virginia Woolf at the Hogarth Press, 1934, p. 78.

④ Donald E. Herdeck, *African Authors: A Companion to Black African Writing*, Washington: Black Orpheus Press, 1973, p. 144.

了男人基库尤和女人穆姆比。基库尤和穆姆比的子孙后代就是今天的基库尤部族。"……在远古的时候,盘古开天辟地之初,穆鲁恩故将基库尤和穆姆比带到我们这里,将这片无边无际的土地赐给了他们和他们的子孙后代。"① 穆鲁恩故指着这片土地说:"善男信女听着,我将这片土地赐给你们,你们和你们的子孙后代可以在这片土地上耕耘播种,成家立业。"② 就这样,这片广袤且肥沃的土地成了基库尤族的国土。在马赛人的传说中,造物主用一棵树创造了人类,他把这棵树分为三部分,这三部分逐渐演变成三个部落。造物主分别赐予这三个部落的第一个男子一件礼物:马赛男子得到了一根木棍,基库尤男子得到了一把锄头,坎巴男子则得到了一张弓。因此,马赛人用棍子放牧,基库尤人用锄头种地,坎巴人用弓箭围猎。③ 从马赛人的传说中同样可以看出基库尤族与土地之间的密切关系。恩古吉·提安哥在《孩子,你别哭》中以深情的语调描写了这片祖传之地:

> 那是一个圣洁的地方,是一片福地。就在穆姆比曾经驻足的地方长出了那棵参天大树,所以人们都知道卡梅奴是部族的发祥地。穆鲁恩故将他们从这里送到穆朗加的穆库鲁韦·瓦·加沙加地后,他们就在那里定居,生儿育女,一共生了九个女儿。女儿们又生儿育女,最后子孙满堂,足迹遍布全国各地。有一些子孙还回到我们这里——山梁纵横、沟谷遍地的国土上,

---

① [肯尼亚]恩古吉·提安哥:《大河两岸》,蔡临祥译,上海文艺出版社2015年版,第24页。

② [肯尼亚]恩古吉·提安哥:《大河两岸》,蔡临祥译,上海文艺出版社2015年版,第2页。

③ 参见孙丽华等《非洲部族文化纵览》(第一辑),知识产权出版社2015年版,第101页。

继承和发扬我们部族的文明……①

这片圣洁的福地养育了基库尤族的万千儿女，部族的习俗与文明也在这块土地上生生不息。这片国土就是基库尤族安身立命的港湾，这里是他们的家园。"土地是人类衣食住行的基础与载体……在现代语境中，土地……可以代表生命、母亲、道德、历史、故土、家园、原乡等文化意象和文学命题，不一而足。"② 以上是关于基库尤族及其国土的传说。在现实生活之中，土地对于基库尤族来说也至关重要。肯尼亚首任总统乔莫·肯雅塔在《面向肯尼亚山》中有这么一段描述：

> 土地满足他们的物质需求，而后又满足了他们的精神和心理需求。土地里还埋葬着部落的祖先，通过土壤，吉库尤人得以与先灵进行思想交流。吉库尤人认为，土地是部落的真正"母亲"。一个母亲一次怀胎仅八到九个月，哺育期也很短，而土壤没有一刻不在哺育生者的生命，滋养逝者的灵魂。因此，对吉库尤人而言，土地是世界上最神圣的事物。③

对基库尤人来说，土地满足着精神和物质以及与祖先的联系等多重需求，它在他们心目中占据着神圣的地位。"土地给予族体以生命、生存能力和安全感及认同感。"④ 在《一粒麦种》中，基孔由的父亲瓦鲁西乌是艾尔伯根当地欧洲农场里的一名临时工，他在娶了

---

① ［肯尼亚］恩古吉·提安哥：《孩子，你别哭》，蔡临祥译，人民文学出版社2016年版，第24—25页。

② 许燕：《20世纪90年代以来小说中的土地书写研究》，博士学位论文，兰州大学，2016年，第2页。

③ ［肯尼亚］乔莫·肯雅塔：《面向肯尼亚山》，陈芳蓉译，浙江工商大学出版社2018年版，第20页。

④ 孙红旗：《土地问题与南非政治经济》，中央编译出版社2011年版，第45页。

另一个女人之后开始嫌弃基孔由的母亲万伽莉。无奈，万伽莉就带着年纪尚幼的基孔由来到了泰北，在那里居住下来。由于经济拮据，万伽莉无法支持基孔由读书，于是，基孔由辍学在家，靠着在学校学习的木匠手艺，养家糊口。基孔由和他的母亲从外地迁移至此，首要的问题就是寻得一块立足之地。"基孔由内心有个志向，就是拥有一块土地，让母亲安顿下来，但这需要很多钱。"① 对于基孔由来说，土地就是那个可以让漂泊无定的人类身心安定的所在。拥有一块土地，就可以在上面建造房屋，种植作物，就可以安定下来，扎根于此。基库尤族在自己的世居之地慢慢形成了自己独特的文化习俗。

至此，土地问题基本上属于基库尤部族内部的问题，就算与其他部族有土地争端，也不存在种族的问题，因为种族问题是白人到来之后建构出来的，"你必须认识到，今天的部落概念也与民族、种族等概念一样，是殖民的产物"②。也就是说，之前的土地问题并没有种族化。对于这些世世代代生于斯长于斯的基库尤人来说，土地就是他们的命脉。"土地是部族的命脉。这就是基奴西阿和其他的人对白人的到来而深感不安的原因。……白人移民和西里安纳的传教士们全是一路货。"③ 对于基库尤人而言，土地就是最大的财富，失去了土地就等于失去了精神生活的支柱，就意味着失去了附着在土地上的悠久传统习俗。"所有人类社会的基础是土地……没有土地，没有国土，没有自然，就没有人类社会。"④ 在《孩子，你别哭》中，恩古吉写道：

---

① ［肯尼亚］恩古吉·提安哥：《孩子，你别哭》，蔡临祥译，人民文学出版社2016年版，第83页。
② ［尼日利亚］奇玛曼达·阿迪契：《半轮黄日》，石平萍译，人民文学出版社2017年版，第22页。
③ ［肯尼亚］恩古吉·提安哥：《孩子，你别哭》，蔡临祥译，人民文学出版社2016年版，第88页。
④ Ngugi wa Thiong'o, *Writers in Politics*, London: Heinemann, 1981, p.7.

恩加恩加一家在村中可算是富庶人家了。因为他有自己的土地，村里任何拥有土地的人都被当作富人。相反，尽管某人有许多钱，还有许多辆车，但是自己没有土地，那他在人们眼里绝不会是富翁。一个人虽然衣衫褴褛，但他有自己的土地，哪怕只有一英亩肥沃的土地，那么人们就会觉得他比有钱的人神气得多。①

在这里，土地是一种象征，它的价值超过了金钱和车辆。"它是衡量一个男人财富的标准（因此也是衡量他社会地位的标准），也是他供养妻子的手段。"② 恩加恩加是一名木工，他没有参加过第一次世界大战，也与第二次世界大战不沾边。他凭着木工手艺赚下家业，娶了三个妻子。恩戈索为了让自己的儿子卡马乌学木工，送给了恩加恩加一只羊和一百五十先令的酬金。恩戈索没有自己的土地，他只能在白人庄园主霍尔兰斯先生那里做工。至于没有自己土地的原因，恩戈索在一天给自己的孩子讲故事的过程中道出了其中的原委：

> 后来爆发了战争，那就是第一次世界大战……战争结束以后，我们虽然重归故土，但一个个精疲力尽，元气大伤。我们……希望回到我们原来的土地上，精耕细作，丰衣足食，重整家园。可是……土地没有了，我的父亲和其他的乡亲们已经从我们原来的土地上被赶走了。③

---

① ［肯尼亚］恩古吉·提安哥：《孩子，你别哭》，蔡临祥译，人民文学出版社2016年版，第33页。

② Brendon Nicholls, *Ngugi wa Thiong'o, Gender, and the Ethics of Postcolonial Reading*, London: Routledge, 2010, p. 19.

③ ［肯尼亚］恩古吉·提安哥：《孩子，你别哭》，蔡临祥译，人民文学出版社2016年版，第43—44页。

参加过第一次世界大战的肯尼亚士兵并没有获得土地的使用权或所有权。① 恩戈索的父亲一直期待着有生之年能够看到白人离开，并把土地归还给他们，但是，他的父亲在绝望之中离开了人世。恩戈索就这样在自己的土地上成了别人的雇工。自己的土地被白人占去，恩戈索感到内疚，觉得自己对这里发生的一切负有不可推卸的责任。他觉得自己对不住那些已经死去的、还活着的和尚未出生的人。

白人的殖民入侵和殖民统治打破了肯尼亚本土居民传统的生活方式和信仰模式，也使得土地问题与种族和政治缠绕在一起，于是，土地问题就成了种族问题，也成为一个政治和阶级问题，土地、种族、阶级和政治形成一种深度关涉联系，牵一发而动全身。对于基库尤族的普通百姓来说，他们只知道白人侵占了他们的土地，自己失去了赖以生存的家园，但是他们并不清楚殖民者一方到底发生了什么，或者说，他们不了解欧洲发生的工业革命、资本主义和殖民扩张等问题，最起码，在恩古吉于20世纪60年代出版的作品中，并没有通过哪位人物之口客观详尽地讲明这个世界上发生的事情。作品中的人物只能借助自己的经验来理解所发生的一切。要知道基库尤族为何失去土地，还要循着历史的长河上溯，回到历史现场。

第二节　失陷之地："一群衣着华丽得像蝴蝶的人来到山里啦"

基库尤族中出现过一位伟大的预言家穆戈·瓦·基比罗，能未卜先知，预见未来。他曾说过："一群衣着华丽得像蝴蝶的人要来到

---

① See Brendon Nicholls, *Ngugi wa Thiong'o, Gender, and the Ethics of Postcolonial Reading*, London: Routledge, 2010, p.19.

山里啦。"① 但是，当时很多人并不相信，甚至有人骂他为骗子，没多久，他就消失在卡梅奴的大山之中，部族中的人再也没有见过他。后来，那些穿戴得像蝴蝶一样的人，即那些穿戴时髦的白人确实来了。"第一个到达肯尼亚内部地区的欧洲人是德国传教士约翰·路德维格·克拉普夫（Johnn Ludwig Krapf，1810—1881），1849 年，他成为第一个见到肯尼亚山的欧洲人。"② 传教士往往在宗教热情的驱动下成为探索未知的开路先锋，当然也为后来者做好了铺垫。"肯尼亚的第一个基督教传教团成立于 1846 年，由克拉普夫开办于蒙巴萨附近。1862 年，克拉普夫与卫理公会传教士协作，在蒙巴萨附近成立了另一个传教团。两个传教团都建立了学校，成为肯尼亚的第一批西方机构。"③ 1897 年，肯尼亚因为遭受蝗灾、饥荒、瘟疫等一系列灾害，导致当地的农作物和牲畜受到重创，同时，瘟疫还造成了大量的基库尤族和马赛人的死亡。在这种情况下，幸存下来的马赛人和基库尤人暂时离开了受灾区。而欧洲人发现这片"无主荒地"之后误以为自己是第一批抵达这里的定居者。"欧洲人对美洲、澳洲和地球上诸多地方的实际占领，更通常是凭借'发现权'（right of discovery）和'无主荒地'（terra nullius）这一类概念来合法化的。"④ 欧洲对非洲的占领也是如此。在欧洲的殖民开拓和殖民占领时期，非洲原住民失去土地是一种普遍的现象。"马赛人被白人占去的土地比其他社会更多。他们的土地被两次夺走。第一次是在 1904 年，当时他们被赶往莱基皮亚保留地；而后是在 1911 年，他们再次

---

① ［肯尼亚］恩古吉·提安哥：《大河两岸》，蔡临祥译，上海文艺出版社 2015 年版，第 3 页。
② 周倩：《当代肯尼亚国家发展进程》，世界知识出版社 2012 年版，第 55 页。
③ 周倩：《当代肯尼亚国家发展进程》，世界知识出版社 2012 年版，第 55 页。
④ 刘禾主编：《世界秩序与文明等级：全球史研究的新路径》，生活·读书·新知三联书店 2016 年版，第 62 页。

被迫迁移，把土地让给白人移民。"① 在南非，"白人与黑人为土地而战成了南非历史上挥之不去的主题"②。在殖民者眼中，侵吞土地是一项值得骄傲的事业，这正符合了殖民开拓时期的社会风尚，为了这项事业，烧杀劫掠，无所不用其极。2003年的诺贝尔文学奖获得者库切就在小说中追溯了其祖先抵达南非时的拓荒行为："在我的身后，第一座茅屋开始冒烟，燃烧起来。格里夸士兵在执行我的命令：把所有牲口集中，把村庄从大地上抹去，对霍屯督人想怎么干就怎么干。"③ 白人的到来对土著居民造成了很大的影响，这在《大河两岸》中有着直接的表述：

> 就说西里安纳教会吧，那些白人——上帝的信徒们是带着慈善的面孔而来的，我们欢迎他们并给了他们一个落脚的地方。可是结果怎么样了呢，现在你们再看看，他们将其他白人也叫来了，而且以德报怨，把我们的土地也强占去了。在马库尤那边设立政府办事处，对我们来说简直就是灾难。④

祖祖辈辈沿袭下来的土地被强行占有是白人入侵带来的最重要的灾难之一。失去了土地也就失去了家园，肯尼亚人民深深扎在这片土地上的"根"被迫拔起，开始了在自己的土地上流亡的生涯。除了土地被占有之外，肯尼亚还涌入了数量众多的欧洲、印度移民，这片土地上的文化、人种也处在前所未有的混杂状态，土地问题也与种族问题和文化问题缠绕在一起。

---

① ［加纳］A. 阿杜·博亨主编：《非洲通史：殖民统治下的非洲1880—1935年》，中国对外翻译出版公司1991年版，第131页。

② ［荷兰］韦瑟林：《欧洲殖民帝国：1815—1919》，夏岩译，中国社会科学出版社2012年版，第93页。

③ ［南非］库切：《幽暗之地》，郑云译，浙江文艺出版社2007年版，第138页。

④ ［肯尼亚］恩古吉·提安哥：《大河两岸》，蔡临祥译，上海文艺出版社2015年版，第86页。

在白人与土著不断冲突的过程中，白人也通过立法来确认对肯尼亚土地的占有。比如，1901 年颁布的东非土地敕令规定："'根据条约、协约或协定，目前凡由英王陛下控制的、或由英王陛下保护地控制的一切公共土地，以及根据土地占有法规定，凡已由英王陛下占有，或行将为英王陛下占有的一切土地，'均为英王的领地。"① 为了避免马萨伊人与白人移民因为土地问题而引起的争端，政府当局分别于 1904 年和 1911 年划定了马萨伊人的保留地；1932 年由英国政府成立的卡特土地委员会决定增加土著保留地的面积，解决了以往处理土地造成的不公平问题，等等。对于殖民者强占土地的作为，非洲普通百姓有着自己的理解。在《孩子，你别哭》中，恩戈索的大老婆恩杰莉道出了白人占有土地惯用的伎俩：

> 白人常常发布这个法律那个条令，接着就根据这些法律、条令或者其他什么名堂来霸占我们的土地，然后又对土地有关的人规定了许多条条框框。可是这些法律也好、条令也好，全是他们自己搞的，并没有像我们部族的传统习惯那样先征得人民的同意。现在有人站出来反对那些使他们强占土地的行为合法化的所谓法令。因此，他们就毫不客气地将他们逮捕，并且根据他们凭空想出的这些法令将他们投进监狱。②

正如恩杰莉所说的那样，非洲原住民自身并未参与制定土地法令的程序。"欧洲国家的各项双边条约全都是在一些欧洲国家首都对

---

① ［英］佐伊·马什、［英］G. W. 金斯诺思：《东非史简编》，上海人民出版社 1974 年版，第 302 页。
② ［肯尼亚］恩古吉·提安哥：《孩子，你别哭》，蔡临祥译，人民文学出版社 2016 年版，第 132 页。

非洲领土作出处置，而那些命运受人摆布的人既不在场也未曾同意。"① 制定法律和实行侵占几乎是齐头并进的。1901 年 12 月，为了从东面进入乌干达和控制尼罗河源头，英国建造了从蒙巴萨到基苏木全长 870 公里的"乌干达铁路"，为了收回修建铁路所花费的资金和占领肯尼亚高地，英国政府鼓励欧洲人向铁路沿线移民，并出台了一系列配套法令，大量的欧洲和印度移民来到肯尼亚。② 在《一粒麦种》中，恩古吉也提到英帝国修筑铁路并买卖土地的事情。"当时，在肯尼亚和乌干达之间的铁路开通之后，大英帝国政府便鼓励英国国民移居肯尼亚。于是，波顿来到了这里，用很低的价格买进了一块土地。"③ 肯尼亚人失去了大片肥沃的土地，并被驱赶到贫瘠的地区。

> 欧洲人移民占去了沿海和高地上的良田，而肯尼亚非洲人则被迫住在干旱少雨贫瘠的保留地上。殖民当局在战后实施新的移民计划，在肯尼亚再次设立欧洲移民安置管理局。战后初期，非洲人保留地内一部分较好的土地又成为新移民掠夺的对象。因此，越来越多的非洲人被赶出保留地，仅中部高原就有 3 万名吉库尤族农民被迫离开保留地。④

在两次世界大战期间，肯尼亚主要存在着白人移民集团、印度移民集团和非洲土著三股力量。代表欧洲白人利益的"协会大会"和代表印度移民利益的"东非印度人国民大会"以及代表非洲人利

---

① ［加纳］A. 阿杜·博亨主编：《非洲通史：殖民统治下的非洲 1880—1935 年》，中国对外翻译出版公司 1991 年版，第 27 页。

② 参见高晋元编著《肯尼亚》，社会科学文献出版社 2004 年版，第 77—79 页。

③ ［肯尼亚］恩古吉·提安哥：《一粒麦种》，朱庆译，人民文学出版社 2012 年版，第 66 页。

④ 陆庭恩、彭坤元主编：《非洲通史·现代卷》，华东师范大学出版社 1995 年版，第 282 页。

益的"肯尼亚非洲人联盟"根据各自的利益诉求相互斗争倾轧。① 失去土地的肯尼亚人被迫进入欧洲人的农场、矿山当雇工,有的还流浪到城市谋生。在《大河两岸》中,恩古吉写道:"近来,在西里安纳附近白人分治的地区,有许多人被迫离开祖祖辈辈习惯了的土地,移居到其他地方去;有些却不得不留下来为新的主人效劳。"② 在《孩子,你别哭》中,参加过"一战"且是一位反对白人统治的秘密组织成员的恩戈索就是白人农场主霍尔兰斯的仆人,他是霍尔兰斯土地上的一名庄稼汉,替他劈柴烧火,料理茶园,他对土地有着深厚的感情。恩戈索觉得自己对祖先的土地被白人剥夺而去负有不可推卸的责任,他觉得自己对那些死去的和尚未出生的人负了债,所以,在白人离开肯尼亚之前他要守护好这片祖传的土地。基库尤族的斗士,"茅茅运动"的地区领导人基希卡义愤填膺地说:

> 任何情况下,这地无论是从吉库尤人、乌卡比人还是从南迪人那儿弄来的,都不属于白人。即使真的被白人夺去了,那也是肯尼亚的土地,是我们肯尼亚人民共有的,难道肯尼亚子民不应该分到一份吗?这些土地是我们肯尼亚人的,谁也无权对它进行买卖。肯尼亚是我们的母亲,我们都是她的孩子。在她面前,我们人人平等。她是我们共同的遗产。白人拥有的土地成千上万。再看看我们的黑人同胞,我们整日在土地里辛勤耕耘;在田间挥洒汗水,辛苦地种植咖啡、茶树、剑麻、小麦,一个月却只能挣到十个先令。③

那些明明是自己的土地如今却被白人占领,恩戈索之辈生于斯

---

① 参见高晋元编著《肯尼亚》,社会科学文献出版社2004年版,第79—84页。
② [肯尼亚]恩古吉·提安哥:《大河两岸》,蔡临祥译,上海文艺出版社2015年版,第84页。
③ [肯尼亚]恩古吉·提安哥:《一粒麦种》,朱庆译,人民文学出版社2012年版,第107页。

长于斯，在自己的土地上充当白人的仆人，这种无可奈何但又时时渴盼白人离开的心情日复一日萦绕在他的脑海。事实上，指望白人主动离开就像白日做梦。霍尔兰斯先生是一名名副其实的土地崇拜者，他不仅想着自己占有这些土地，还希望自己的儿子能够继承他的庄园。当恩戈索试探着询问霍尔兰斯先生是否要回到自己的祖国——英国——时，霍尔兰斯指着眼前的这块土地，毫不犹豫地告诉恩戈索，这就是他的家。指望白人主动离开是不切实际的，因为在白人眼中，他们才是这片土地的主人，这里是他们的家园，他们对这里的土地有自己的认同感。比如，白人作家亚历山德拉·富勒（Alexandra fuller，1969— ）在《今夜，不要每况愈下》（*Don't Let's Go to the Dogs Tonight*，2001）中写道："你们这些野蛮的，该死的混蛋，这是我们的农场！"① 肯尼亚白人作家达芙妮·谢尔德里克（Daphne Sheldrick，1934—2018）也认为："从心底里确信我属于这里，属于肯尼亚。我生在这里，我想在这里度过一生。我是这片土地的一部分，这片土地也是我的一部分。"② 由此可见，肯尼亚原住民要想收回自己的土地，只能团结起来，通过暴力手段，进行艰苦卓绝的斗争。

第三节　自由之地："黑人乡村"对抗"白人高地"

1921年，青年基库尤协会（Young Kikuyu Association）和青年卡瓦隆多协会（Young Kavirondo Association）成立，这"标志着肯

---

① ［美］亚历山德拉·富勒：《今夜，不要每况愈下》，豆浩亮译，广西师范大学出版社2018年版，第183页。
② ［肯尼亚］达芙妮·谢尔德里克：《大象孤儿院》，刘颖译，华东师范大学出版社2016年版，第53页。

尼亚非洲民族主义的开始"①。肯尼亚民族主义者的主张在《一粒麦种》中有着鲜明的体现。这部作品的题目所蕴含的最重要的象征意义之一就是战争的"星星之火，可以燎原"。当白人手捧"上帝之书"来到肯尼亚的土地并建立住所和教会之时，肯尼亚原住民就反抗过他们。代表性人物是瓦亚基。他和他的追随者拿起武器抵抗白人入侵，但是遭到疯狂报复。白人在海边把瓦亚基活埋了，杀一儆百。但是，瓦亚基反抗的种子就像麦粒一样："春种一粒粟，秋收万颗子。""瓦亚基的鲜血里酝酿着一粒种子，这粒种子孕育了一个组织，并且不断地从这片土地中汲取力量。"② 这个组织就是肯尼亚历史上著名的"茅茅党"。

在《孩子，你别哭》中，当恩约罗格询问"茅茅"的确切含义时，卡朗加走过来插嘴道："茅茅是一个秘密组织，你要加入这个组织，就得宣誓，这个组织有许多为祖国的解放而斗争的自由战士，基马提是他们的领袖。"③ 关于"茅茅起义"名称的由来，"据当地参加起义的非洲人说，在人民为举行反英斗争而秘密宣誓时，常派出一些儿童在门外放哨，一旦发现敌人时，他们就发出'茅茅'（mau-mau-）的喊声以作警告，茅茅起义由此得名"④。"茅茅"起义的口号之一就是"把白人抢去的土地夺回来！"就像基库尤族流传的歌曲那样，"没有土地，没有真正的自由，我们誓不罢休，肯尼亚是我们黑人的国度！"⑤ 由此可见，土地问题不仅仅是一个种族问

---

① Simon Gikandi and Evan Mwangi, *The Columbia Guide to East African Literature in English Since* 1945, New York, Columbia University Press, 2007, p. XV.

② ［肯尼亚］恩古吉·提安哥：《一粒麦种》，朱庆译，人民文学出版社 2012 年版，第 12 页。

③ ［肯尼亚］恩古吉·提安哥：《孩子，你别哭》，蔡临祥译，人民文学出版社 2016 年版，第 128 页。

④ 陆庭恩、彭坤元主编：《非洲通史·现代卷》，华东师范大学出版社 1995 年版，第 286 页。

⑤ ［肯尼亚］恩古吉·提安哥：《一粒麦种》，朱庆译，人民文学出版社 2012 年版，第 23 页。

题，还跟民族的自由与独立结合起来了，土地与自由构成了一种相辅相成的关系。

在《一粒麦种》中，"茅茅"组织的重要成员之一是基希卡，他是当地茅茅运动的领导人。基希卡是一个天生的演说家，他那滔滔不绝的激昂言辞常常勾起听众的万丈豪情。他在枪杀地区专员白人罗宾逊的当夜，以豪迈的口吻，向一心想过幸福安稳生活的穆苟表达了为国家、为自由而战的价值与意义：

> 为了大多数人能活下来，少数人必须献出生命。这就是今天"被钉死在十字架上"的意义。否则，我们就会成为白人的奴隶，注定永远要为白人端水劈柴。是争取自由，还是甘做奴隶？一个人应该拼死争取自由，甘愿为之牺牲。①

为了赶走白人，夺回土地，寻得自由，那些白人妇女、儿童、殖民政府任命的酋长、为白人效劳的土著、地区专员、农场主甚至是他们的房屋、财产等都成为茅茅运动的参加者袭击的目标。基希卡和他带领的森林战士袭击了白人的玛溪警署，给予白人以沉重打击。在玛溪警署遭到森林战士偷袭之后，白人当局打着"维护和平、维护安全"的旗号关闭了黑人贸易中心，并把村民都赶到了规模更小、分布更密集的村落里。当时的区专员——白人托马斯·罗宾逊——命令村民必须在两个月内拆掉旧屋，建立新居，目的就是阻止村民保护森林战士。白人拿着刀子，架在村民的脖子上，逼迫他们离开自己的房子，在指定的区域重新建造房屋。"英国人和他们忠诚的非洲人支持者把约150万被认为参加过茅茅宣誓并保证为'土地和自由'而战的吉库尤人作为打击目标。……许多无辜的吉库尤

---

① ［肯尼亚］恩古吉·提安哥：《一粒麦种》，朱庆译，人民文学出版社2012年版，第206页。

人的房屋被拆除，超过 100 万吉库尤人被迫搬迁。"① 恩古吉·提安哥在《一粒麦种》中通过梦碧之口向穆苟讲起了自家房屋被焚毁的情形。这两间茅屋是梦碧的婆婆被丈夫休掉之后亲手盖起来的，她把它看得很重要。在两个月之内建立新居需要充足的劳动力，而此时，梦碧的丈夫基孔由正被关押在拘留营里。

> 团丁头头点着一根火柴之后，把它抛到了屋顶上。……蓝色的烟从屋顶上升起，火苗在空中乱窜。……燃烧的屋顶发出噼噼啪啪的声响。……不一会儿，伴着两声轰隆隆的巨响，两间房屋的屋顶轰然倒塌，一间接着一间。在第一声巨响过后，我听见婆婆倒抽了一口气，但是她的视线始终没有从眼前的场景中挪开过……我心里有些忍受不住了，亲眼看见我们房屋倒塌的瞬间，我的心碎了。②

旧房被毁，新房尚未建成，梦碧和婆婆只好将就在这座墙壁透风的房子里过夜。"居住成为人类至为重要的生命保障和延续的基本，也是'家园'的根据地。"③ 而如今，对于人类至关重要的根据地竟遭到恶意损毁，人类失去了基本的生命保障。寒风凛冽，侵人肌骨。"整个漫长的夜晚，寒风穿过墙上的洞，从四面八方呼呼地吹进来，无情地吹打在我们身上。虽然我裹着条破旧毛毯，蜷缩进一只麻袋里，但是依然冷得瑟瑟发抖。"④ 失去家园，也就失去了抵御外界力量的屏障，而心灵也因此备受摧残。

1948 年，肯尼亚土地和自由军（Kenya Land and Freedom

---

① 周倩：《当代肯尼亚国家发展进程》，世界知识出版社 2012 年版，第 117 页。
② ［肯尼亚］恩古吉·提安哥：《一粒麦种》，朱庆译，人民文学出版社 2012 年版，第 151 页。
③ 彭兆荣：《找回老家：乡土社会之家园景观》，《贵州社会科学》2018 年第 2 期。
④ ［肯尼亚］恩古吉·提安哥：《一粒麦种》，朱庆译，人民文学出版社 2012 年版，第 153 页。

Army），即"茅茅"组织成立，1952年，肯尼亚爆发了旨在"把白人抢去的土地夺回来！"的茅茅起义。① 恩古吉指出："茅茅运动是肯尼亚的民族解放运动，它选择武装斗争作为政治和经济斗争的最高形式。"② 有压迫就有反抗，有反抗就有镇压。白人当局对起义军的镇压是强硬又残酷的。同年10月，英国殖民当局宣布全国进入"紧急状态"，并大肆逮捕、屠杀进步人士。恩古吉的小说《一粒麦种》就是以此为背景，描写肯尼亚人民在反殖民、求独立的过程中的人间悲欢。

  一天，泰北和融尔的村民们醒来时发现，背着枪支的白人和黑人士兵团团围住了整个村子，路上还停着他们在二战中见过的坦克。村子里，炮火枪声四起，天空中烟雾弥漫，村民们惊恐万分：有的躲进了茅房；有的藏进了店铺装糖和豆子的麻袋堆里；还有些人试图偷偷溜出村子，逃到森林里去，却发现所有通向自由的道路都被封锁了。士兵把所有村民都赶到了集市广场上进行搜查。③

为了镇压茅茅起义，英国投入了由警察预备役、基库尤乡卫队和皇家空军轰炸机支援下的英国部队组成的共计6万名兵力，向肯尼亚山周边起义军可能躲避的地区投入162吨炸弹。仅1954年上半年，共有165462人被捕，136117人被拘，68984人遭到审讯，12924人身陷囹圄。④ 有资料显示，"在8年的起义中，32名白人定居者和大约200名英国警察和士兵被杀。超过1800名非洲平民被

---

 ① See Simon Gikandi and Evan Mwangi, *The Columbia Guide to East African Literature in English Since 1945*, New York: Columbia University Press, 2007, pp. XV–XVI.
 ② Ngugi wa Thiong'o, *Writers in Politics: Essays*, London: Heinemann, 1981, p. 27.
 ③ ［肯尼亚］恩古吉·提安哥：《一粒麦种》，朱庆译，人民文学出版社，2012年，第4页。
 ④ 参见周倩《当代肯尼亚国家发展进程》，世界知识出版社2012年版，第116页。

杀，一些人估计茅茅叛军被杀的人数约为2万人"①。在英国强大的武力围剿之下，茅茅运动最终因领导人基马提被俘而陷入低谷，部分剩余部队隐入深山老林，肯尼亚的紧急状态直到1960年才结束。在非洲，为土地而战的不仅仅是基库尤族，其他民族同样如此。比如，亚历山德拉·富勒在《今夜，不要每况愈下》中也提到了马绍纳人的反抗："在1896年6月……中部和西部的马绍纳人发起了针对白人的更严重的叛乱。……他们为那片播撒了自己的种子、汗水和希望的土地而斗争！……这场战争对他们而言，不是为了所谓的胜利，而是为了收回他们失去的土地。"② 茅茅起义虽然没有达到直接的政治、军事目的，但它"发展出一种强烈的反帝国主义民族文化"③，严重打击了英国的殖民统治，并令其作出了让步与妥协，允许肯尼亚逐渐获得独立。

在另一位肯尼亚作家莫加·吉卡鲁的作品中，就没有恩古吉·提安哥笔下那样的英雄人物，也缺乏恩古吉作品中那毫不妥协的抵抗性和战斗性。在白人面前，吉卡鲁更多是妥协，甚至哀求。比如，"如果把目前白人留给未来的移民使用的土地划成小块分给他们［肯尼亚黑人］耕种，他们立刻便会笑逐颜开"④。再比如，"可以一点也不夸张地说：只要人们有干活的机会，能挣得温饱生活，哪怕是最微弱的迹象也能一夜功夫就带来和平"⑤。莫加·吉卡鲁的主张并非个例，而是有着广泛的群众基础。"肯尼亚非洲人联盟"在土地问题上就没有表现出毫不让步的立场，而是愿意与白人进行协商，甚

---

① Ali Bilow, *Mau Mau* (1952–1960), Black Past, March 8, 2009. https://www.blackpast.org/global-african-history/mau-mau-1952-1960/ [2021-2-3].

② ［美］亚历山德拉·富勒：《今夜，不要每况愈下》，豆浩亮译，广西师范大学出版社2018年版，第32页。

③ Ngugi wa Thiong'o, *Writers in Politics: Essays*, London: Heinemann, 1981, p.51.

④ ［肯尼亚］莫加·吉卡鲁：《阳光照耀大地》，北京翻译社译，世界知识出版社1959年版，第179页。

⑤ ［肯尼亚］莫加·吉卡鲁：《阳光照耀大地》，北京翻译社译，世界知识出版社1959年版，第179页。

至妥协。他们只是强调把尚未被白人占领的土地分给无地的本地居民，并且愿意接受农业部的监督。

> 肯尼亚非洲人联盟的政策不是要把白人丢到印度洋里去，也不是把他们送回欧洲，而是把全部尚未占用的土地重新分配给无地的人民，并且将在农业部的监督下使用现代方法认真耕种作为取得和长期占用土地的条件。①

莫加·吉卡鲁既谴责肯尼亚的白人移民对本地人的暴力，又反对黑人对白人的袭击。他认为，白人移民和当地人的暴力行为与希特勒的法西斯主义没有本质区别。非洲人，无论是基库尤人、马赛人、穆干达人还是阿拉伯人，无论他们是不是身在肯尼亚，"都希望把'茅茅'镇压下去——把欧洲人的和非欧洲人的'茅茅'都根除掉。……因为我们知道，使非洲人的'茅茅'产生的正是欧洲人的'茅茅'，要使社会得到安宁，必须把两者同时禁止"②。可以看出，他主张非暴力，倡导与白人政府和平协商的策略。中国的读者更熟悉的是"枪杆子里出政权""农村包围城市，武装夺取政权""打仗不是请客吃饭"等革命话语，对于莫加·吉卡鲁和"肯尼亚非洲人联盟"的态度缺少认同感和熟悉感，但不得不承认，这就是肯尼亚当年切实存在且有广泛群众基础的一种真实状况。这也反映出殖民者西化教育的成功，许多非洲的知识精英都西化了，他们的主体性出了问题。恩古吉·提安哥在《中学史》中就分析了肯尼亚学生接受的西化教育带来的弊端，比如，在文学课上，他们阅读的是《圣经》《天路历程》、莎士比亚的戏剧和华兹华斯的诗歌等西方经典，

---

① ［肯尼亚］莫加·吉卡鲁：《阳光照耀大地》，北京翻译社译，世界知识出版社1959年版，第156页。

② ［肯尼亚］莫加·吉卡鲁：《阳光照耀大地》，北京翻译社译，世界知识出版社1959年版，第180页。

在历史课上，他们学习的是英国16—17世纪的历史以及前往非洲的欧洲探险家，在地理课上，他们学习的是欧洲的山脉、河流和工业布局等等。但是，"世上的每朵鲜花并非都属于华兹华斯笔下那一大片金色的水仙。肯尼亚的植物、动物、雨季、旱季，同样能提供捕捉艺术永恒魅力的意象，但我们在教室里却感受不到这些意象"①。肯尼亚的山川大河和英雄人物都不会出现在课堂中。在这种教育模式培养出来的学生，很容易通过"他者"的眼光和"标准"评判事物，他们的"经验"也是"他者"给定的。肯尼亚的非洲人成了一个"空心人"，他们的黑皮肤仅仅是外在的，他们内在的文化认同是倒向西方的。这种人在肯尼亚不在少数，由此，我们可以获知肯尼亚知识分子面临的困境和民众的复杂性、多面性。

另外，"茅茅运动"的失败除了外部原因，还有内部因素。两次世界大战催生了肯尼亚的民族主义，但是这只是在普遍意义的层面来讲的，在当时并不是每一个基库尤族的人都产生了民族意识和民族主义。《一粒麦种》中有一个人物值得我们注意，那就是差点被误认为民族英雄的穆苟。穆苟性格内向，沉默寡言，时常独来独往。他的父母在穷困潦倒中逝去。他们把穆苟托付给远房姑妈维特莱萝抚养。穆苟的理想既简单又实用，他就是想通过努力劳作发家致富，获得社会认可。

> 对他来说，连锄地这样简单的行为也能给他带来安慰：埋下种子，看着嫩芽破土而出，悉心呵护，直到植物成熟，然后丰收，这些就是穆苟为自己创造的小天地，也只有在这种情况下，他的梦想才能翱翔于蓝天。②

---

① ［肯尼亚］恩古吉·提安哥:《中学史》，黄健人译，人民文学出版社2021年版，第69页。
② ［肯尼亚］恩古吉·提安哥:《一粒麦种》，朱庆译，人民文学出版社2012年版，第8—9页。

但是，基希卡的到来打破了他的梦幻。基希卡开枪打死了有着魔鬼汤姆之称的托马斯·罗宾逊，在逃亡的过程中，基希卡躲到了穆苟的家中。除了暂避追捕之外，基希卡还希望穆苟能够在新建的泰北村成立一个与白人对抗的地下组织。对穆苟来说，基希卡的到来会产生两种后果：第一，穆苟很可能会因为窝藏杀人犯而遭到白人当局逮捕；第二，打破了穆苟一直以来幻想着追求与世无争的生活的美梦，被基希卡拖下水。这两种情况都有付出生命的危险。穆苟陷进"小我"的泥潭无法自拔，他无法理解团结、战斗的意义，也不了解茅茅起义的核心问题就是夺取被剥夺的土地。另外，穆苟虽然内向，与世无争，但是，在他那沉默中潜藏着一种暴力倾向，他曾经沉醉在掐死姑姑的想象性的快感之中。基希卡就是被他勒死的。

穆苟杀死基希卡的理由很简单："我想要过自己平静的生活，不想牵扯进任何事情。可就在这里，就这样的一个晚上，他闯进了我的人生，把我拖下了水。所以，我杀了他。"[1] 穆苟的人生目标无法实现，他认为是基希卡破坏了他的生活，他并没有意识到殖民统治才是问题的根本。当基希卡的妹妹梦碧代表泰北和融尔地区的妇女前来劝告穆苟出席独立庆典之时，穆苟的心里同样产生了杀机。他把梦碧堵在屋里，发疯似的狂笑和喊叫，掐住了梦碧的喉咙。虽然穆苟最终当众坦白了自己杀害基希卡的罪恶，并放弃了逃跑，接受了审判，但是，他杀死了在茅茅运动中有着关键作用的基希卡，严重影响了森林战士对白人统治者的反抗与打击，阻碍了民族主义者对土地和自由的追求，也延缓了肯尼亚人民的胜利进程。

另一个需要略加分析的人物是卡冉加。从个人的角度来讲，卡冉加之类的人物为了一己私利枉顾民族大义，沦为殖民者的鹰犬，走到了部族的对立面。卡冉加通过向地区专员汤普森招认自己曾经宣过誓而获得重用，当上了一名团丁，后来当上了民团团长，再后

---

[1] ［肯尼亚］恩古吉·提安哥：《一粒麦种》，朱庆译，人民文学出版社2012年版，第199页。

来就成为当地的酋长。按照当地人的看法，卡冉加投靠白人算是十足的叛徒，因为他是基希卡和基孔由的兄弟，而且一起发过誓。但是，卡冉加自己另有一套说辞，他充分认识到了白人力量的强大，而且深知黑人目前的力量还不足以抵抗他们，黑人总不能全都死在森林里和拘留所中，所以，他认为："懦夫活下来照看自己的母亲，而勇士都跑上战场送死去了。况且，保护自己不受伤害的人也不是懦夫啊。"① 尽管"用英雄和坏人的对照来看待非洲历史是一种曲解。这种方法没有考虑当时许多不同团体或个人进行活动的环境条件。不同团体和个人能够做出的选择以及他们对这些选择的解释可能不同于政治家或学者强加给他们的解释"②。但是，从全书来看，卡冉加投靠白人而没有选择斗争至少有两点是肯定的，即为了得到他心爱的女人梦碧和觊觎白人的权力。对卡冉加来说，约翰·汤普森是白人力量的象征，如顽石般坚不可摧。"正是这种力量，制造出了威猛的炸弹，在短短六十年里，成功地把一个个灌木丛生、森林遍地的国家转变成了一个现代化国家，一个拥有柏油马路，拥有两轮或四轮机动车、火车、飞机和摩天大楼的国家。"③ 卡冉加对这种统摄人心的力量有着切身的体会。卡冉加正是借助白人的力量能够使那些行过割礼的男人在他面前卑躬屈膝，战战兢兢，令那些女人在他面前失声尖叫。卡冉加就像那只在其他动物面前大摇大摆、装模作样的狐狸，他正是利用了其背后那只老虎之威力，狐假虎威。他不愿失去这种因寄生在白人的权杖下而获得的快感，与此同时，他也担心白人退出肯尼亚之后会遭到报应。所以，卡冉加之流也是延缓肯尼亚独立进程的重要内部因素。

---

① ［肯尼亚］恩古吉·提安哥：《一粒麦种》，朱庆译，人民文学出版社 2012 年版，第 159 页。

② ［加纳］A. 阿杜·博亨主编：《非洲通史：殖民统治下的非洲 1880—1935 年》，中国对外翻译出版公司 1991 年版，第 120 页。

③ ［肯尼亚］恩古吉·提安哥：《一粒麦种》，朱庆译，人民文学出版社 2012 年版，第 167—168 页。

尽管有着穆苟和卡冉加之类的人物从中作梗，但是，肯尼亚的民族独立运动却不曾止息，再加上世界民族独立运动浪潮的鼓舞与声援，肯尼亚人民最终赶走了殖民者，获得了国家独立。

> 对非洲人来说，生死攸关的不是短期或长期的好处问题，而是关于他的国土和主权这个根本性的问题。而恰是由于这一点，所以事实上所有的非洲政治实体，不论是否实行中央集权制，都或早或晚选择维护和保卫自己的主权或是设法恢复自己的主权。①

土地和主权是非洲民族独立运动中的核心问题。法农曾写道，对于被殖民的民族来说，最本质的问题是土地问题。② 土地问题就是政治问题。茅茅运动的口号就是把失去的土地夺回来，进而"消除土地所有权结构中的种族因素"③。也正如基库尤族的那首充满战斗力的歌曲："没有土地，没有真正的自由，我们誓不罢休，肯尼亚是我们黑人的国度！"在肯尼亚人民艰苦卓绝的斗争和民族解放浪潮的推动下，肯尼亚终于迎来了独立。恩古吉·提安哥在《一粒麦种》中对独立前夜举行的独立庆典有着详细的描写：

> 一九六三年十二月十二日，肯尼亚摆脱英国的殖民统治，赢得了独立。午夜前一分钟，内罗毕体育场里所有的灯光全部熄灭，黑暗一下子吞没了整个体育场，淹没了整片从五湖四海赶来参加午夜独立庆典的人潮。英国国旗快速地降了下来。当灯光再一次亮起的时候，一面崭新的肯尼亚国旗已经在空中迎

---

① ［加纳］A. 阿杜·博亨主编：《非洲通史：殖民统治下的非洲 1880—1935 年》，中国对外翻译出版公司 1991 年版，第 8 页。

② See Ngugi wa Thiong'o, *Writers in Politics*, London: Heinemann, 1981, p. 26.

③ Karuki Kanyinga, "Kenya Experience in Land Reform: The Million-Acre Settlement Scheme", *Workshop Discussion Paper*, *Viewed*, Vol. 22, 2017, p. 5.

风飘扬。军乐队奏响了新的国歌,崭新的红绿黑三色相间的肯尼亚国旗飘荡在半空中,一浪接一浪的欢呼声从人群中爆发出来,不绝于耳。欢呼声震耳欲聋,像是成千上万棵大树一下子压倒在体育场厚厚的泥土上所发出的声音。①

肯尼亚人民摆脱了英国的殖民统治而赢得了独立,人们的喜悦之情溢于言表。英国国旗下降,肯尼亚国旗升起,不仅象征着一个旧时代的结束,新时代的来临,也意味着肯尼亚获得了国家主权和领土完整。领土完整是一个独立自主的国家所具备的重要特征之一。赶走了侵略者,肯尼亚人民就不会再遭到侵略者的袭扰了,但是土地分配仍旧是一个棘手的问题。"土地问题是肯尼亚人民的根本问题。非洲人丧失了大片土地,保留地面积小,土地质量差,气候恶劣,使他们丧失了资料的来源。这些导致了以基库尤人为主的肯尼亚人长期以来对土地问题的不满并激发了民族主义政治。"② 也就是说,国家独立并不意味着肯尼亚非洲人就获得了自己的土地。

其实,在肯尼亚独立前,政府当局就着手解决肯尼亚的土地问题,并制定了一系列的政策,比如1954年的"斯温纳顿计划"(The Swynnerton Plan),其目的之一就是整合分散的土地,推行个人土地所有权。但"该计划提议将私有财产权制度化,让个人控制他们的个人财产,让人们忙于他们手头的事情,从而防止他们参与日益壮大的茅茅叛乱"③。再比如20世纪60年代初实行的"自耕农方案"(Yeoman Scheme)、"小农方案"(Peasant Scheme) 和 "高密度方案"(High Density Scheme) 等系列措施,这在一定程度上满足了无地少地的农民的需求,也打消了白人移民对未来的担忧。除了以上

---

① [肯尼亚] 恩古吉·提安哥:《一粒麦种》,朱庆译,人民文学出版社2012年版,第271页。
② 周倩:《当代肯尼亚国家发展进程》,世界知识出版社2012年版,第70页。
③ Karuki Kanyinga, "Kenya Experience in Land Reform: The Million-Acre Settlement Scheme", *Workshop Discussion Paper*, Viewed, Vol. 22, 2017, p. 3.

诸多举措以外，还有在肯尼亚独立前夕推行的"百万英亩计划"（The Million Acre Settlement Scheme）。该计划是土地再分配措施，目的是使无地、少地的农民通过合法途径获得自己的土地。该计划不仅缓解了社会矛盾，稳定了社会秩序，还为新的政府平稳发展奠定了基础。"由于处理得当，土地问题没有造成麻烦，黑人和白人关系比较稳定。……迄今为止，土地之争没有以种族问题的形式表现出来。"① 当然，从家园的角度来说，拥有土地使得肯尼亚的本土流浪者安定了下来。尽管他们还面临着其他问题，比如精神层面的流散和心理创伤等问题，但是，对于颠沛流离者来说已是迈出了重要的一步。

小　结

独立以后，肯尼亚的土地问题没有走向非"黑"即"白"的极端，而是实现了"黑""白"共存的局面。肯尼亚首任总统乔莫·肯雅塔认为土地所有权属于私人财产，理应得到尊重，"肯雅塔明确排除包括土地在内的外国控制财产的国有化，或者强制购买欧洲人控制的土地"②。这就保住了白人的土地，稳定了本国的农业经济。在肯尼亚白人移民、基库尤族、卡伦金族、卢奥族和马赛族等族际之间，肯雅塔试图施行一种"平衡的政治"，保持国家的总体稳定。另外，土地问题不仅仅是一个政治问题和种族问题，它还对非洲人的精神世界和内心世界产生了重要且持久的影响。正如恩古吉在回忆自己的成长经历时所述："我渐渐成长，被这样一种理念塑造成人，即一块白色巨石与一块黑色巨石相互倾轧。所有流行歌曲都在唱着这个。就连土地的特性都在一争高下：'白人高地'对抗'黑

---

① ［英］约瑟夫·汉隆、［津］珍妮特·曼珍格瓦、［英］特雷萨·斯马特：《土地与政治：津巴布韦土地改革的迷思》，沈晓雷译，社会科学文献出版社2018年版，第4页。

② ［英］丹尼尔·布兰奇：《肯尼亚：在希望与绝望之间（1963—2011）》，李鹏涛译，中国社会科学出版社2017年版，第11页。

人乡村'。"① 这种"黑"与"白"的对抗持续撕裂着人们的精神世界。西方的殖民主义带给非洲的是"一场确确实实的极大变革，推翻了整个古代的各种信仰和思想，以及古老的生活方式。……举国上下，毫无准备地发现自己被迫要不就去适应要不就灭亡。这种情况必然导致精神和肉体上失去平衡"②。这里所说的"精神和肉体上失去平衡"其实就是一种流散状态。也就是说，对非洲人民来说，失去了土地，也就失去了家园，建基于土地之上的文化习俗也遭到瓦解。在长期的殖民统治之下，非洲原住民在西方文化和本土文化之间的张力下徘徊踟蹰，处在一种既不属于此也不属于彼的中间状态，从而形成了特殊的本土流散现象。③ 非洲各民族国家获得独立之后，非洲原住民虽然夺回了国家的主权，并通过随后一系列土地政策使本土流散者获得了相应的土地，但是，在肯尼亚大地上，多种族、多文化混杂已为既定事实，许多人在精神上、心理上和文化上已然处于一种"离乡"的状态，也就是说，本土流散不仅包括身体层面，还包括精神、心理层面。这里的"乡"具有原初、本来、本原的意味。这种"离乡"状态可以作如下理解：一是非洲传统文化遭到西方强势文化的冲击、混杂和重构，它早已不是原初之所是；二是非洲原住民接受了西式教育和本土教育的双重塑造从而在其脑海中同时具备了一种双重意识，既有本土观念又有西式价值观；三是有相当一部分非洲人携带着本土文化因子到海外求学、工作和游历，在本土文化和异域文化之间既依附又剥离。前两种主要存在于文化、精神和心理层面，后一种指的是异域流散者。

对于恩古吉来说，以上三种状态他都亲历过。1895 年，肯尼亚

---

① ［肯尼亚］恩古吉·提安哥：《中学史》，黄健人译，人民文学出版社 2021 年版，第 63 页。

② ［加纳］A. 阿杜·博亨主编：《非洲通史：殖民统治下的非洲 1880—1935 年》，中国对外翻译出版公司 1991 年版，第 1 页。

③ 参见朱振武、袁俊卿《流散文学的时代表征及其世界意义——以非洲英语文学为例》，《中国社会科学》2019 年第 7 期。

成为英国的保护地，1920年改为殖民地。当他于1938年出生时，祖辈们的土地已经被殖民者夺走。他就读的"联盟中学"创建于1926年，是一所教会学校，由苏格兰教会、圣公会、卫理公会和非洲内陆教会合办，教育模式模仿的是美国南方的黑人土著和非裔美国人的教育体制；他当时就读的乌干达马凯雷雷大学也是英国伦敦大学的一所海外学院。1956年，他加入肯尼亚童子军，宣誓效忠上帝和英王；他曾接受天主教的洗礼，取名詹姆士·恩古吉（James Ngugi），直到1969年，又改回了恩古吉·瓦·提安哥这个名字。在完成小说《血色花瓣》（*Petals of Blood*，1977）之后，他便放弃了英语写作，改用本土语言基库尤语写作。① 由上可见，西方文化对恩古吉有着很大的影响，但传统文化又根植于他的血脉之中，这两种文化之间的张力可想而知。1977年是一个转折之年。恩古吉·提安哥和恩古吉·瓦·米里（Ngugi wa Mirii，1951—2008）用基库尤语合写的戏剧《我想结婚时就结婚》在利穆鲁（Limuru）的一处露天剧场上演。该剧批评了后殖民时代肯尼亚的不公平与暴力，激怒了当时的肯尼亚副总统丹尼尔·莫伊（Daniel Moi，1924—2020）。同年年底，恩古吉未经审判就遭到逮捕，被关押在卡米提最高安全监狱（Kamiti Maximum Security Prison），直到1978年12月才获释。之后，他便丢掉了教职，家人也遭到骚扰，这迫使他流亡海外，先后辗转于英国（1982—1989）和美国（1989—2002）。流亡就意味着离开那块生于斯长于斯的土地，前往他国，在恩古吉这里，"土地"从一个真实存在、可感可触的实体变成了一个萦绕脑海中的"概念"，一处可望而不可即的家园。他在《德丹·基马蒂的审判》（*The Trial of Dedan Kimathi*，1976）和《一粒麦种》中塑造的民族英雄德丹·基马蒂和基希卡曾经为了土地和自由奔走呼号，为民请命，不惜牺牲性命，而当国家真的独立之后，恩古吉却在政治高压下走

---

① See "Kenya Exile Ends Troubled Visit", BBC, 30 August 2004, http://news.bbc.co.uk/2/hi/africa/3611412.stm, July 18, 2021.

向了流亡之路。他从一位本土流散者变成了一位异邦流散者。

对于异邦流散者来说，土地、家园的内涵有所不同。由于异邦流散者离开了祖居之地，产生了地理位置的位移，对他们来说，家园是一个遥远的所在，是一个印刻于心理、存在于脑海中的想象共同体，"因为如今故乡是一个介于此岸与彼岸之间的模糊地带"①。此时的家园也因有了异域的标准而使得流散者充满了复杂的情绪。在《美国佬》中，异域流散者伊菲麦露最终离开了美国，返回了尼日利亚，而其他人则在迁居国努力工作，试图定居下来，认他乡为故乡。作为"新非洲流散"（New African Diaspora）的代表，伊菲麦露可以自由地往返于尼日利亚和美国，但是对恩古吉·提安哥来说，返回祖国并非易事。2004 年 8 月，当时已流亡 22 年的恩古吉携妻回国，但在抵达内罗毕两周之后，武装歹徒就抢劫了他的公寓，偷走了他的电脑和现金，他的妻子也遭到强奸。② 尽管他声明，肯尼亚是自己的国家，发誓要"一次又一次"（again and again）地返回肯尼亚，③ 但不得不承认，他的阻力是相当大的，他是一位名副其实的"流散"者。

---

① ［尼日利亚］奇玛曼达·阿迪契：《美国佬》，张芸译，人民文学出版社 2017 年版，第 118 页。

② See Carole E. Boyce Davies, *Encyclopedia of the African Diaspora: Origins, Experiences, and Culture*, Oxford: ABC-CLIO, 2008, p. 885.

③ See Carole E. Boyce Davies, *Encyclopedia of the African Diaspora: Origins, Experiences, and Culture*, Oxford: ABC-CLIO, 2008, p. 885.

第四章

流散主体的非洲坚守和语言尴尬*

在非洲，部落语、地区通用语和官方语言共计2000余种，但一般情况下，非洲国家的官方语言大多使用宗主国的语言。"所谓官方语言，是指在行政、司法、学术等公共领域使用的语言，在非洲通常是旧宗主国的语言担负此重任。"① 比如冈比亚、尼日利亚、加纳、津巴布韦和乌干达等国家使用英语，塞内加尔、科特迪瓦、乍得和刚果民主共和国等国使用法语，几内亚比绍、安哥拉和莫桑比克等国使用葡萄牙语等等。除了官方语言以外，还有众多的部落语和地区通用语，这些往往都是非洲本土语言。殖民者在非洲推行殖民教育，推广殖民语言，甚至禁止使用部族语言，但是，部族语言并未消失，而是形成部落语言与帝国语言共存、混杂的局面。② 非洲各国相继独立后，选择使用殖民语言还是本土语言是横亘在非洲人

---

* 本章部分内容已发表，详见袁俊卿、朱振武《恩古吉·提安哥：流散者的非洲坚守和语言尴尬》，《人文杂志》2019年第12期。

① [日]梶茂树：《非洲的语言与社会》，徐微洁译，《非洲研究》2016年第2期。

② 在英语全球化的背景下，弱小民族的语言正面临严重考验。比如，美国阿拉斯加的尤皮克语（Yupik）、纽约的莫霍克语（Mohawk）、奥农达加语（Onondag）、英伦三岛和爱尔兰的凯尔特语（Celtic）以及美洲原住民的其他语言，濒临灭绝或已经灭绝。非洲各民族的语言亦存在同样的困境。在曾经受到英国殖民统治的国家，不管乐意与否，英语已经成为他们自身不可分割的一部分。

尤其是知识精英眼前的一道难题，甚至引起了广泛且持久的论争。的确，非洲人正是处在流散的语境中，才有了语言选择上的论争，而最终选用何种语言，则是一种立场，一种态度，一种凸显自我选择的身份认同的标识，非洲文学特别是非洲英语文学就是在这种尴尬和两难的境地中诞生和成长，而肯尼亚的恩古吉·提安哥的文学创作毫无疑问是这种文学的典型代表。

第一节 本土语言与帝国语言之争

通常来讲，某个国家的作家使用该国家的官方语言写作是合情合理、再正常不过的事情，比如中国作家使用汉语写作，英美作家用英语写作，法国作家用法文写作，等等。后来随着移民潮的兴起，跨国界的流散写作日益引起广泛关注，流散作家为了在居住国生存下来并使其作品产生影响而放弃母语使用迁居国语言创作亦是可以理解的普遍现象。非洲作家则不同，或者说，与其他国家的作家群体相比，非洲作家因其国家所遭受的殖民经历从而在究竟使用本土语言还是殖民者语言创作的问题上产生了持久的论争。

1962年，首届非洲英语作家大会（A Conference of African Writers of English Expression）在乌干达的马凯雷雷大学（Makerere University）成功举办。阿契贝、沃莱·索因卡（Wole Soyinka）、艾捷凯尔·姆赫雷雷（Ezekiel Mphahlele）、刘易斯·恩科西（Lewis Nkosi）、恩古吉·提安哥和《变迁》（Transition）杂志的创始人拉贾特·尼奥奇（Rajat Neogy）等人悉数出席。这次会议直接触及殖民主义的遗产问题。[1] 这次会议的议题主要包括："非洲文学的定义、非洲文学的内容和风格、非洲文学的作者、非洲文学的真正含义、

---

[1] "The First Makerere African Writers Conference 1962", Makerere University, Retrieved May 13, 2018.

非洲文学的语言以及对非洲文学的批评/评价等问题。"① 其中，因殖民统治而遗留的语言问题在相当长的时间内引起了广泛讨论。

尼日利亚作家奥比·瓦力（Obi Wali）于1963年在《变迁》杂志上发表了题为《非洲文学的死胡同》（*The Dead End of African Literature*）的文章，引发了非洲文学之语言的大讨论。该文指出，非洲文学应该使用非洲语言而不是欧洲语言进行书写，否则非洲文学将会进入一个死胡同。"任何真正的非洲文学都必须用非洲语言书写，否则，他们只是在追求一个死胡同。"② 瓦力认为，法国文学和德国文学的基本区别是一个用法语写成，一个用德语写就，所有其他区别都基于这个事实之上。"因此，现在被描述为用英语和法语写作的非洲文学是一个明显的矛盾，就像用豪萨语写成的意大利文学（Italian literature in Hausa）一样是一个假命题。"③ 瓦力把非洲语言提高到某种高度，赋予其某种特殊的魅力。他进一步指出，语言本身就包含着某种文学或文学类型，"如果非洲语言不包含某种智能文学（intelligent literature），它们将面临不可避免的灭绝。加速这场灭绝的最好办法是继续我们现在的幻想，即我们可以用英语和法语创作非洲文学"④。不可否认，在当地的文化语境中，本土居民使用方言俚语描述某些事物时确实会产生官方语言无法比拟的效果。对于本土语言在表现力方面的优势，库切在《耻》中也有所论及。《耻》的男主人公戴维·卢里教授在审视黑人佩特鲁斯时有这么一段内心独白：

---

① Frederick Philander, "Namibian Literature at the Cross Roads", *New Era Live*, April 18, 2008. https：//neweralive. na/posts/namibian-literatureat-the-cross-roads, July 8, 2019.
② Obiajunwa Wali, "The Dead End of African Literature", *Transition*, No. 75/76, 1997, p. 333.
③ Obiajunwa Wali, "The Dead End of African Literature", *Transition*, No. 75/76, 1997, p. 334.
④ Obiajunwa Wali, "The Dead End of African Literature", *Transition*, No. 75/76, 1997, p. 335.

>　　他越来越坚信，英语极不适合用作媒介来表达南非的事。那一句句拉得长长的英语代码已经变得十分凝重，从而失去了明晰性，说者说不清楚，听者听不明白。英语像一头陷在泥潭里的垂死的恐龙，渐渐变得僵硬起来。要是把佩特鲁斯的故事硬压进英语的模子，出来的东西一定是关节僵硬，没有生气。①

佩特鲁斯是戴维·卢里居住在东开普敦的女儿露茜的邻居，他除了料理自己的那一亩三分地以外，还是露茜的助手和农场合伙人。戴维·卢里教授的意思是佩特鲁斯这位粗犷、强悍且有着远大目标的农民有着丰富的人生阅历。这些人生经历最好要用当地语讲述出来才有那种味道，如果用官方语言英语讲述则会丢掉很多方言特有的韵味。戴维·卢里还会讲意大利语和西班牙语，但是，无论何种语言都无法像本地语那样拥有得天独厚的优势。在这里，戴维·卢里意识到了讲述本土故事时方言的优越性和英语的局限性。但是，这种优越性和局限性是相对的而不是绝对的。因为只有生活在本土环境中的读者才能体会方言的独特韵味，而本土之外的读者则无法感受到土语的魅力。从某种程度上来说，作为人的身份标识之一，"我们的语言局限就是我们的世界局限"②。戴维·卢里显然是意识到了由语言造成的局限性。从反对殖民统治和消解西方中心主义这个层面来说，瓦力的主张虽有局限性但不乏抵抗性。

对于奥比·瓦力的观点，有人持相反意见。巴里·雷克德（Barry Reckord）首先对瓦力关于非洲文学的表述提出批评。他认为，如果法国文学和德国文学的基本区别是一个用法语写成，一个用德语写就，那么英国文学和美国文学这两种都用英语写作的文学

---

① ［南非］库切：《耻》，张冲译，译林出版社2010年，第136—137页。
② 常青、安乐哲：《安乐哲中国古代哲学典籍英译观——从〈道德经〉的翻译谈起》，《中国翻译》2016年第4期。

之间的基本区别何在?① 巴里·雷克德借助都用英语写作的英国文学和美国文学反驳瓦力的观点。他接着驳斥道:"我同样相信,黑人语言具有特殊效能的理论和黑人拥有特殊能力的理论一样是没有根据的,民族主义者和种族主义者传播这些理论以使其与他们的著作而相称。"② 巴里·雷克德意指瓦力是为达到某种目的而宣扬种族主义理论的种族主义者。曾获得1996年诺贝尔和平奖提名的尼日利亚小说家肯萨罗·威瓦(Ken Saro-Wiwa,1941—1995)认为,英语是一种统一的因素(unifying factor)。他在1985年出版了一部反战小说(anti-war novel)《士兵男孩》(*Sozaboy*),其中的主人公梅内(Mene)使用的就是一种混杂性英语。它是一种非标准性英语(non-standard English)或被威瓦称为的"烂英语"(rotten English),混杂了洋泾浜英语(pidgin English)、标准英语(standard English)和蹩脚英语(broken English)。1954年,13岁的威瓦就读于当地一所公立学校乌穆阿希亚政府学院(Government College Umuahia),他是这所学校中唯一一位来自奥格尼(Ogoni)地区的学生。其间,学校禁止学生在学习和娱乐时使用任何形式的方言,"这条规定确保了像我这样的男生不会在学校中感到怅然若失,因为我们自己的方言无法与其他任何男生进行交流"③。在学校中,英语具有消弭种族界限,促进种族团结的作用。宗主国语言"把不同的种族结合成一个整体,这种结合正好符合年青的非洲国家的经济、政治和其他方面的需要"④。也就是说,英语这门世界性的语言可以使操不同语言的人们

---

① See Barry Reckord, et al., "Polemics: The Dead End of African Literature", *Transition*, No. 75/76, 1997, p. 335.

② Barry Reckord, et al., "Polemics: The Dead End of African Literature", *Transition*, No. 75/76, 1997, p. 336.

③ Ken Saro-Wiwa, "The Language of African Literature: A Writer's Testimony", *Research in African Literatures*, Vol. 23, No. 1, 1992, p. 153.

④ [苏] 伊·德·尼基福罗娃:《非洲现代文学(北非和西非)》,刘宗次、赵陵生译,外国文学出版社1980年版,第6页。

进行有效沟通，而如果仅仅固守于种族语言，那么就算一个作家有再大的才能也只能偏居一隅，知之者无多。阿契贝跟威瓦一样并不认可瓦力的观点，认为使用英语进行写作是有必要的。阿契贝以自己的切身经历说明英语的优势。他曾经畅通无阻地与并非同一种族却同样使用英语的作家进行交流，而无法与不同种族使用不同语言的作家进行沟通，尽管这位作家很有名望。阿契贝把非洲文学分为国家文学和种族文学：国家文学（national literature）是用国语（national language）写成，而种族文学（ethnic literature）是用种族语言写就。以尼日利亚为例，尼日利亚的官方语言是英语，所以用英语写成的作品就是尼日利亚文学，而用豪萨语（Hausa）、伊博语（Ibo）和约鲁巴语（Yoruba）等种族语言创作的文学就是种族文学。非洲文学是所有国家（national）文学和种族（ethnic）文学的总和。①

之所以出现本土语言和殖民语言孰优孰劣的问题论争，除了殖民和反殖民因素之外，还有一个现实的问题，那就是熟习英语的民众只占少数，大部分民众只懂本土语言。正如瓦力所指出的那样，只有不到百分之一的尼日利亚人有能力理解沃莱·索因卡的《森林之舞》（Dance of the Forest, 1960）。也就是说，这部为庆祝他们的民族独立且加入了外来文化中的习语与传统而上演的戏剧无法被大多数尼日利亚人所理解。本国作家创作的作品无法为本国大多人理解，主要原因在于能够掌握英语的民众少之又少。官方语言"是非洲上层阶级的权力源泉，将一般民众无法企及的欧洲语言当作官方语言与上层阶级地位的稳固密切相关"②。这也就产生了一个新问题，那就是那些类似索因卡为民族独立而创作却无法被本民族的大多数人所理解的作品究竟是为谁而写？或者说，作家的创作指向的受众是

---

① See Chinua Achebe, "English and the African Writer", *Transition*, No. 18, 1965, p. 27.

② ［日］梶茂树：《非洲的语言与社会》，徐微洁译，《非洲研究》2016 年第 2 期。

谁？为英语国家的读者，还是为本民族的读者，抑或是为本民族内熟练掌握英语语言的读者？这就进一步导向另一个问题，身为作者，他究竟属于哪一方？这其实就面临着自我身份认同和身份归属的问题。非洲作家一般隶属于某个种族，但是，该种族的民众相对较少；他同时属于某个国家，而官方语言又是殖民者的语言，相对于全世界的英语读者而言，该国的受众仍是相对较少，而要想让全世界的读者了解本民族国家，塑造新的民族形象和国家形象，面向广大的读者群体似乎又是不得不为之的事情。所以，看似简单的语言问题其实是跟作家的身份认同、责任、使命和全球化等问题息息相关。非洲作家在宗主国语言和本土语言之间的犹豫、徘徊和争论恰恰说明他们置身于流散的境况之中，因为在流散的语境中，流散者处在既属于此又属于彼同时又既不属于此也不属于彼的两难境地，语言则是这种两难境地的突出表征。作为肯尼亚基库尤族的后代，恩古吉·提安哥也面临着同样的问题。

第二节 本土语言的捍卫者

恩古吉·提安哥算是典型的因政治迫害而流亡他乡的作家。他于1977年用基库尤语写成的剧本《我要在想结婚时结婚》(*I Will Marry When I Want*) 在利穆鲁（Limuru）的一个露天剧场上演，故事主要讲述了农民吉古恩达及其妻子被他们的雇主奥义欺骗从而失去土地的故事。同年，恩古吉高度政治化的小说《血色花瓣》(*Petals of Blood*) 出版，这部作品揭露了独立后的肯尼亚人民不仅没有过上安稳的生活，反因政府延续白人的殖民统治政策而导致人民生活困苦不堪的事实。由于这两部作品公开批评了肯尼亚政府的新殖民主义从而得罪了当权者，因此，恩古吉未经审判就被关进监狱。出狱后，恩古吉不仅失去了在大学的教职，还受到死亡威胁。他于1982—2002年被迫流亡英国（1982—1989）和美国（1989—2002），直至 22 年后，才可以返回肯尼亚。

在一次采访中，恩古吉被问道，既然前肯尼亚总统阿拉普·莫伊（Daniel Arap Moi）已经下台，他是否打算返回（return）肯尼亚。"去参观"（To visit），他回答道，"随着莫伊的下台，我也不再流亡"①。他补充说。他所说的不再流亡仅仅是在政治层面不再受到迫害了而已，他本身的流散状态并没有改变，他用"去参观"（To visit）而不是用返回（return）回答采访者的提问本身就说明一切。他虽然是肯尼亚人，但事实上他已经成为肯尼亚的"他者"。当被问及流亡对他的影响时，他认为流亡对一个作家来说有失有得。但是，离开那个他时常萦绕于心的故国，离开那个他以想象的方式保持联系的讲着家乡话的地方，是他的巨大损失，即使再回到肯尼亚生活二十年甚至是一百年都无法弥补。② 恩古吉身处异国却又时时刻刻关心着肯尼亚的现状，关心着它的过去与未来。他对语言这一问题的关注是他与其家乡建立某种关联所做的努力，而创办基库尤语杂志、用基库尤语写作则是他关注肯尼亚的现状与未来的一种特殊方式。

恩古吉极为重视民族语言的问题。他认为，语言是文化的核心议题。"非洲人用殖民者的语言写出的文学不是非洲文学，只是'非欧文学'，作家必须使用本族语言创作，才能创建非洲文学自己的谱系和语法体系。"③ 恩古吉认为，语言主要分为两大部分：一种占主流地位，另一种则处于边缘位置。但是，被边缘化并不意味着它们本身是边缘化的。他把"翻译"（translation）称为"对话"（conversation），因为"对话"这一词语充满着平等（equality）。他鼓励两种语言进行对话，甚至是把处于边缘地位的语言翻译成主流语言，

---

① Ângela Lama Rodrigues and Ngugi wa Thiong'o, "Beyond Nativism: An Interview with Ngugi wa Thiong'o", *Research in African Literatures*, Vol. 35, No. 3, 2004, p. 161.

② See Ângela Lama Rodrigues and Ngugi wa Thiong'o, "Beyond Nativism: An Interview with Ngugi wa Thiong'o", *Research in African Literatures*, Vol. 35, No. 3, 2004, p. 166.

③ 刘昕蓉：《他们在诺奖光辉里沐浴、浸染、畅游》，《世界文化》2017 年第 12 期。

也偶尔把主流语言翻译成位于边缘化位置的语言。但是，在一个地区、一个国家中，甚至是全球之中，边缘化语言之间的对话是很少的。恩古吉之所以如此重视语言尤其是本民族的语言问题，是因为语言可以定义自我，可以保存与生产本民族文化。"基库尤语伴随我长大，遍布我的周围，像是我的本能，而用英语写作，有点像是我在翻译这种本能。"① 如果丢掉本民族语言，那么一切事物都会被欧洲殖民者的语言进行定义、命名。用殖民者的语言描述万物、表达观点、与人交流就会不自觉地形成欧洲人的思维方式、表达方式。他认为，英国人在印度努力创造一个像英国人一样思考问题的中产阶级，而受到英国殖民的肯尼亚也面临同样的问题。"语言奴役（*linguistic enslavement*）为外国人创造了一个贬低自己的社会阶层。"② 在小说《十字架上的魔鬼》（*Devil on the Cross*，1980）中，恩古吉借助戛图利亚这个人物呈现出部族语言退化、帝国语言普及化的事实：

  戛图利亚用部族语回答时，就像小孩学话一样结结巴巴，词不达意，但用外语回答时却流利通畅。但无论如何，戛图利亚心里明白，语言上的奴化就是思想意识的奴化，这种令人恶心的事情是他所不愿意看到的。③

  部族中的人已经无法熟练地使用部族语言，而对外语却十分熟稔。之所以出现这种状况，是因为殖民教育的普及以及对部族语言的限制。更重要的是，语言中所携带的文化因子、传统习俗、思维

---

① 崔莹：《专访提安哥：应将殖民创伤转为财富》，2016 年 10 月 8 号。http://cul.qq.com/a/20161008/027800.htm.

② Peter Kimani Waweru and Kiundu, "Return of Ngũgĩ wa Thiong'o with His Writing Children", *The Standard*, Retrieved 8 December 2018.

③ ［肯尼亚］恩古吉·提安哥：《十字架上的魔鬼》，蔡临祥译，人民文学出版社 2018 年，第 65 页。

方式和价值观会不知不觉地影响使用者，主体意识就会在潜移默化中遭到奴化。正如恩古吉所说："把一种语言强加于人，就是把语言所负载的经验之重，把它对自我和他人的概念的重量，以及囊括宗教和教育的记忆之重，强加于人。"①"子弹是征服身体的手段。语言是征服精神的手段。"②而反对殖民者的语言，提倡使用本民族语言是恩古吉反抗奴化教育的重要方式。

恩古吉认为，非洲文学是用非洲本土语言创作的、以反映非洲生活为主要内容的作品。这种文学"与人民生活血肉相连，有利于继承和弘扬传统，唤起民众，巩固和创造非洲各个民族的书面语言。"③而用欧洲语言创作的文学"不仅是黑皮肤戴上了欧洲语言的白面罩，而且在于它从非洲生活吸取了营养，但是没有反哺非洲，反倒去壮大欧洲"④。可见，恩古吉把语言的问题上升到与民族传统、国家前途、非洲的未来和人们的心灵等有关的层面，赋予其重要的文化、政治内涵。后殖民语言的政策"强迫第三世界最好的头脑服务于英语的发展，而从没有真正制定相应的政策，鼓励本民族的精英去发展自己的语言"⑤。恩古吉所践行的语言观正是力图改变这种现状的尝试。就像弹簧被摁压到极致会全力反弹一样，在殖民者强势推行殖民教育的年代，反抗者往往也是最为激进的。在恩古吉那里，语言就是武器，使用本土语言可以更为直观、更加直接地向殖民者的霸权语言发起挑战，力图改变英语一统天下的局面。也

---

① Evan Mwangi, "Queries over Ngugi's Appeal to Save African Languages, Culture", *Daily Nation*, *Lifestyle Magazine*, 13 June 2009, https://www.nation.co.ke/lifestyle/lifestyle/1214-610382-cdvb7q/index.html.

② Ngũgĩ wa Thiong'o, *Decolonising the Mind: The Politics of Language in African Literature*, Portsmouth: Heinemann Educational Books, 1986, p. 9.

③ 颜治强：《关于非洲文学语言的一场争论》，《湖北师范学院学报》（哲学社会科学版）2008年第3期。

④ 颜治强：《关于非洲文学语言的一场争论》，《湖北师范学院学报》（哲学社会科学版）2008年第3期。

⑤ 蒋晖：《"逆写帝国"还是"帝国逆写"》，《读书》2016年第5期。

就是说，恩古吉倡导使用本民族语言进行写作，正是在后殖民时代从语言、文化层面上对殖民统治残余的反抗，对被规训的认知的挑战，也是确认自我身份认同的一种努力。值得注意的是，恩古吉捍卫本民族语言，但他不鼓励民族孤立、文化孤立，相反，他认为没有交流就没有发展。他坚持使用本民族语言创作，但同时又把它们翻译成英语。[①] 他创办于1994年的基库尤语杂志 *Mutiiri*，鼓励并吸引了一批使用基库尤语写作的作家。与此同时，他希望以这本杂志为阵地，能够把葡萄牙语、西班牙语、法语、英语、斯瓦希里语、约鲁巴语等语言翻译成基库尤语，促进主流语言与"非主流"语言以及被边缘化语言之间的平等对话与交流。

其实，阿契贝和肯萨罗·威瓦等人倡导使用英语并不意味着他们缺乏反抗精神，他们所使用的英语并非是纯正的英语，而是本土化了的地方英语，他们使用这种并不标准的英语同样也起着消解西方中心主义的作用，只不过，他们与恩古吉选择的方式不一样而已，恩古吉的姿态更具战斗性。"后殖民的声音以两种方式反抗帝国主义殖民者的统治：直接拒绝使用殖民者的语言；用殖民者的语言来推翻殖民者统治。"[②] 恩古吉显然选择了前者。他的战斗精神不仅仅体现在语言方面，而是贯穿于其创作始终。

第三节　屡败屡战的"西西弗斯"

恩古吉·提安哥的反抗精神跟肯尼亚甚至是非洲的现实处境密切相关。正如《孩子，你别哭》中所写，恩戈索年轻时参加过第一

[①] 恩古吉先用基库尤语创作，然后又翻译成英语的作品：《十字架上的魔鬼》(*Devil on the Cross*, 1980)，基库尤语为 *Caitaani Mutharaba-Ini*；《乌鸦魔法师》(*Wizard of the Crow*, 2004)，基库尤语为 *Mūrogi wa Kagogo*。

[②] 任一鸣：《承载文化的语言——尼·瓦·西昂戈的民族语言创作观》，《外国文学》2002年第6期。

次世界大战，等到战后回到家乡，才发现土地已经被抢走。也就是说，按照时间推算，恩古吉出生的时候家族的土地就已经被占领。不仅如此，在反英运动中，他的家人也牵涉其中。他的叔叔遭到杀害，母亲遭到囚禁，同父异母的弟弟姆万吉（Mwangi）还参加了肯尼亚土地和自由军（Kenya Land and Freedom Army）。在那个动荡不安的年代，任何人都无法置身事外。

20世纪初，为了收回建造"乌干达铁路"所耗费的资金、增加收入以及在肯尼亚高地建立白人领地，英国政府先后出台一系列土地法令，把肯尼亚的土地划为英王所有，并通过廉价出售、租赁甚至是无偿赠予的方式吸引欧洲移民。肯尼亚原住民被迫离开自己的土地，在贫民区过着流离失所的悲惨生活，再加上繁重的体力劳动、微薄的收入、恶劣的教育条件、种族歧视以及施加于其精神与身体的各种限制，使得他们忍无可忍，"数千基库尤人以及恩布人和梅鲁人从保留地、'白人高地'和内罗毕等地成群结队地转移或逃避到森林区，开始了武装反抗"①。1952年，肯尼亚人们成立茅茅组织，② 展开反对英国殖民统治的武装斗争。同年10月，英国殖民当局宣布全国进入"紧急状态"，并大肆逮捕、屠杀进步人士。西克·安德烈认为，茅茅运动的经济根源是一群非洲农村失地阶层的一种自发反抗。恩古吉·提安哥的小说《一粒麦种》就是以此为背景，描写肯尼亚人们在反殖民、求独立的过程中的生死悲欢。《一粒麦种》中最具反抗精神的人物是基希卡。基希卡是一个天生的演说家，他那滔滔不绝的激昂言辞常常勾起听众的万丈豪情。他在枪杀地区专员罗宾逊的当夜，向一心想过安稳、幸福生活的穆苟表达了为国

---

① 高晋元：《"茅茅"运动的兴起和失败》，《西亚非洲》1984年第4期。

② 参加"茅茅起义"的人必须宣誓，誓词内容为："我决心为土地、为民族而战，不惜流血捐躯。若派我焚毁敌营，无论白天黑夜，我绝不畏惧。若派我消灭敌人，不管敌人是谁——即使是父母兄妹，我绝不犹豫。……禁止调戏妇女，戒除腐化堕落。保护战友，严守秘密……如果我违背誓言，甘受极刑惩处。"（丁邦英：《"茅茅"运动》，《西亚非洲》1988年第5期）

家为自由而战的价值与意义，其实这也可以看作恩古吉的心声：

> 为了大多数人能活下来，少数人必须献出生命。这就是今天"被钉死在十字架上"的意义。否则，我们就会成为白人的奴隶，注定永远要为白人端水劈柴。是争取自由，还是甘做奴隶？一个人应该拼死争取自由，甘愿为之牺牲。①

"一个人应该拼死争取自由，甘愿为之牺牲。"这种"天下兴亡，匹夫有责"的呐喊很容易点燃受压迫者内心的火焰，这也体现出积极斗争的精神。基希卡是一位名副其实的斗士，他为了赶走侵略者、争取民族独立而赴汤蹈火，在所不惜。他是基库尤族的民族英雄。但是，就是这样一位英勇过人的战士最后却死在了一心想过幸福安稳生活的本族人穆苟的手中。穆苟杀死基希卡的理由很简单："我想要过自己平静的生活，不想牵扯进任何事情。可就在这里，就这样的一个晚上，他闯进了我的人生，把我拖下了水。所以，我杀了他。"② 穆苟幼时父母双亡，由远房姑妈维特莱萝抚养长大。他的理想既简单又实用，即通过努力劳作发家致富，获得社会认可。"对他来说，连锄地这样简单的行为也能给他带来安慰：埋下种子，看着嫩芽破土而出，悉心呵护，直到植物成熟，然后丰收，这些就是穆苟为自己创造的小天地。"③ 但是，基希卡的到来打破了他的梦幻。穆苟那"小富即安"的人生目标无法实现，认为是基希卡破坏了他的生活，并没有意识到殖民统治才是问题的根本。由此可知，尚未觉醒的部分基库尤族人的搅局以及殖民当局的奋力绞杀，是茅

---

① ［肯尼亚］恩古吉·提安哥：《一粒麦种》，朱庆译，人民文学出版社2012年版，第206页。

② ［肯尼亚］恩古吉·提安哥：《一粒麦种》，朱庆译，人民文学出版社2012年版，第199页。

③ ［肯尼亚］恩古吉·提安哥：《一粒麦种》，朱庆译，人民文学出版社2012年版，第89页。

茅起义失败的主要因素。

基希卡失败了,"茅茅运动"也偃旗息鼓,但是肯尼亚人民的反抗精神永不泯灭。在《大河两岸》中,恩古吉塑造了另一位斗士瓦伊亚吉。他是一位民族意识觉醒的先行者,他试图通过兴办教育来启蒙大众从而拯救部族于危难之中。"他只要想起国土沦亡,人民蒙受奇耻大辱,被迫为他人干活,为别国政府交租纳税,他就热血沸腾,浑身是胆。"① 他在遭到以维护部族的纯洁性为己任的吉亚马派和"上帝的人"约苏亚派的排挤之后对教育有了新的认识,他把教育上升到政治的层面,而不仅仅是获得白人的知识。"我们办教育是为了人民的团结,而团结则是为了获得政治上的自由。"② 瓦伊亚吉这种拥有昂扬斗志、顾全大局的有识之士正是民族危亡之际所急需的。但是,瓦伊亚吉最终在传统势力和白人势力的联合绞杀下走向灭亡,令人扼腕叹息。

从恩古吉的语言观和作品可以看出,他的反抗精神是贯穿始终的。恩古吉流亡期间出版的作品诸如论文集《转移中心:为文化自由而战》(*Moving the Centre*:*The Struggle for Cultural Freedom*,1993)、《笔尖、枪尖与梦想:关于非洲文艺与国家政权的批评理论》(*Penpoints*,*Gunpoints*,*Dreams*:*The Performance on Literature and Power in Post-Colonial Africa*,1999)以及日记《被拘:一个作家的狱中日记》(*Detained*:*A Writer's Prison Dairy*,1981)等同样充溢着昂扬的斗争精神。他在作品中"通过对英国殖民者、新政府的揭露,对肯尼亚爱国人士斗争史的叙述,恩古吉重新构造了肯尼亚民族的身份:屡败屡战的西西弗斯"③。他的作品还有《马提加里》(*Matigari*,1986)、《黑色隐士》(*The Black Hermit*,1962)和《德丹·基

---

① [肯尼亚]恩古吉·提安哥:《大河两岸》,蔡临祥译,上海文艺出版社2015年版,第194页。
② [肯尼亚]恩古吉·提安哥:《大河两岸》,蔡临祥译,上海文艺出版社2015年版,第195页。
③ 代学田:《恩古吉:屡败屡战西西弗斯》,《文艺报》2011年6月10日第6版。

马蒂的审讯》等。

有学者指出，恩古吉"为了寻求摆脱殖民文化影响的自由却陷入了另一种更狭隘的民族文化的语言和价值观的限制……而多文化融合和人类分享共性的门则被关闭了"①。实际情况并非如此。在《大河两岸》中，有这么一段叙述：

> 瓦伊亚吉认为白人的东西并非一切都是坏的。……其中有一些是好的，是符合实际的。……弃掉那些不干净的东西，留下纯洁、永恒的东西。这种永恒的东西就是真理，必然与人们的传统习惯相一致。人民中间世代相传的习惯，是不可能在一夜之间加以消除的。②

瓦伊亚吉承认，白人的东西好坏兼存，不能一味否定，也不能全盘接受，而要去伪存真，兼收并蓄。同时，世代相传的习俗早已融入血脉之中，短时间内不可能清除，而且，失去传统的部族是没有根基的部族，意味着背叛祖先；而在长久岁月中形成的部族习俗也无法无视外来文化的影响而自行其是。这其实就是恩古吉·提安哥的态度。只不过在严峻的现实面前，这种观点具有幻想色彩。大多数情况下，多文化融合就是在矛盾冲突中产生的。事实上，西方文化居于强势，非洲文化处于弱势，这两种并不势均力敌的异质文化无法做到公平、客观地相互吸纳、互相影响，更多情况是强势压倒弱势，一方取代另一方。所以，宣扬本土语言的重要性并不是自我守旧，故步自封，而是在特定的历史语境下的合理选择。与此同时，他在捍卫民族语言的时候，也遭遇到些许无奈与尴尬：

---

① 任一鸣：《后殖民时代的非洲宗教及其文学表现》，《社会科学》2003 年第 12 期。
② [肯尼亚] 恩古吉·提安哥：《大河两岸》，蔡临祥译，上海文艺出版社 2015 年版，第 192—193 页。

> 如果我遇到一位英国人，他说，"我用英语写作，"我不会问他，"你为何使用英语写作"？如果我遇到一位法国人，我不会问他，"你为何不用越南语写作？"但是我却被一次又一次地问及，"你因何使用基库尤语写作？"对非洲人来说，好像使用非洲语言写作是有问题的。①

在大多数人看来，英国人用英语写作和法国人用法语写作是天经地义、毋庸置疑的，然而，非洲人使用非洲语言写作这一合情合理的事情却被认为是一件不"合理"且无法理解的行为。对于非洲人来说，长期的殖民统治使得某些西方中心主义观念内化为非洲人的普遍认知，并认为，非洲人用欧洲语言写作是理所当然且并不质疑其合理性则是其鲜明表征。这是被权力规训，被知识规训的结果。"权力在控制人的塑造时，首先要控制语言，当语言成功帮助权力塑造人后，语言自身也变成权力的语言，话语本身又产生了权力。"② 对于欧洲人来讲，非洲人使用欧洲语言正符合他们的预期，因为这是他们施加影响的结果，而若使用部族语言则成为咄咄怪事。这种刻板印象背后是我族中心主义在作祟。

恩古吉强调部族语言的重要性，坚持用本土语言创作，但又无法放弃前宗主国的语言，从而把用本土语言写成的作品翻译成英语，其中也不乏无奈。语言是民族文化身份的重要标识，选用何种语言意味着认同何种身份，恩古吉在民族语言和前宗主国语言之间的犹疑徘徊恰好说明其自我身份认同出了问题。"西方国家通过语言殖民将本土人民与本土语言分离，形成独特的殖民文化政治现象——精神殖民……被殖民主体的精神与身体互相分裂，两种不同的语言占

---

① Ngũgĩ wa Thiong'o, "Resistance is The Best Way of Keeping Alive', by Kyla Marshall", *The Guardian*, Mon 12 Mar 2018. https://www.theguardian.com/books/2018/mar/12/ngugi-wa-thiongo-wrestling-with-the-devil-interview.

② 乔蕤琳：《女性主义的后现代转向与新型女性文化的建构》，博士学位论文，黑龙江大学，2014年，第65页。

据了同一个主体不同的精神领域。"① 这个被殖民主体在两种语言之间徘徊不定，无法确立清晰的文化归属与身份认同。也就是说，没有一个确定的主体性身份认同，其语言观和作品中体现出的战斗性或者说抵抗性是无法建立在稳固的根基之上的。他的主体性是破碎的，不完整的。他是一位名副其实的流散者。他的战斗姿态只是试图重构完整的主体性的一种努力。恩古吉只能在西方文化和本土文化的夹缝中生存，既依附又剥离。这种既无法坚持于"此"也无法坚持于"彼"，而只能在"此"与"彼"之间斡旋、调和，这正是流散者无法避免的尴尬处境。他作品中的主人公亦是如此，《孩子，你别哭》中的恩约罗格，《大河两岸》中的瓦伊亚吉，《暗中相会》中的约翰，都有恩古吉·提安哥的影子。非洲其他作家的作品中也有类似的状况，比如尼日利亚作家奇玛曼达·阿迪契的小说《紫木槿》中的康比丽，《美国佬》中的伊菲麦露，伊各尼·巴雷特的小说《黑腚》中的弗洛以及南非作家库切《夏日》中的马丁与约翰·库切等都是处在尴尬境地中的典型的流散者。可以说，后殖民时期的非洲社会普遍处在一种流散的境况之中。

小　结

　　一方面，恩古吉·提安哥拒绝使用英语，倡导使用非洲本土语言，"语言问题是与新独立国家反击殖民主义的宏大战略目标——改变中心（moving the centre）——联系在一起的……非洲和其他各种语言在当地必须取代欧洲的语言"②；另一方面，他又把用本土语言创作的作品翻译为英语，以使其更加广泛地传播，从而无法完全摒弃英语。不管是宗主国语言还是本土语言，都是文化身份的标识之

---

① 陶家俊：《语言、艺术与文化政治——论古吉·塞昂哥的反殖民思想》，《国外文学》2006年第4期。

② 颜治强：《关于非洲文学语言的一场争论》，《湖北师范学院学报》（哲学社会科学版）2008年第3期。

一。从恩古吉对非洲本土语言和宗主国语言的态度中可知，他其实是处在流散的状态之中，既无法完全摆脱英语，又不能放弃本土语言；既受惠于英语世界的读者，又必须忠实于本土语言的拥趸。另外，寻求某种语言的过程其实也是在找寻身份认同的过程，也正是因为此，关于语言的论争才如此激烈且长久。正如有学者指出的："非洲文学的永恒的主题不是欧洲文学里面的'爱'、'死'和对于'永恒'的冥想，而是'生存'和'生存感'，是'我是谁'与'我不是谁'的辩证思考。"① 关于"我是谁"和"我不是谁"的辩证思考正是对于主体身份的追认和寻求，语言便是身份的重要标志之一，而这正是流散的重要主题。在一次采访中，恩古吉也表露出自我身份认同的问题："我以为我要停止写作了，因为我知道我在写谁，但不知道是为谁而写。"② 所以，探求为谁而写的过程也就是寻找归属，确认身份的过程。但是，对于非洲语言和殖民语言的认知并不能止步于此，我们在认识到语言争论背后其实是身份认同之争的同时，还应该把其放在更广大的范畴内理解，也就是说，非洲文学的语言问题是"整个非洲革命和现代化建设实践中的一部分，而不是全部；非洲作家对英语的反抗也只是对其他形式压迫的反抗的一部分，而不是全部。"③ 除了语言层面的抵抗，非洲流散者还在为重建身份认同、消弭种族歧视、促进性别平等方面作着持续的抗争，而所有的抵抗，皆是重构完整的主体性的一种努力。

---

① 蒋晖：《载道还是西化：中国应有怎样的非洲文学研究？——从库切〈福〉的后殖民研究说起》，《山东社会科学》2017 年第 6 期。

② Maya Jaggi, "The Outsider: An Interview with Ngũgĩ wa Thiong'o", *The Guardian*, 26 January 2006, https://www.theguardian.com/books/2006/jan/28/featuresreviews.guardianreview13.

③ 蒋晖：《载道还是西化：中国应有怎样的非洲文学研究？——从库切〈福〉的后殖民研究说起》，《山东社会科学》2017 年第 6 期。

第 五 章

流散主体的记忆书写与沉默叙事*

萨义德在《文化与帝国主义》中谈到流亡者时指出，后殖民化时代和帝国主义斗争的副产品之一就是产生了大量的难民、移民、无家可归者和流亡者。这些人无法融入新的权力结构之中，被既定的秩序排除在外，游离于旧帝国与新国家的夹缝中。① 在非洲，这种状况十分普遍，对难民、移民、无家可归者和流亡者的关注正是非洲英语流散文学中非常重要的内容。随着坦桑尼亚作家阿卜杜勒拉扎克·古尔纳（Abdulrazak Gurnah，1948— ）斩获 2021 年诺贝尔文学奖，非洲流散（African Diaspora）以及与之相关的"流散性"主题再度成为学界关注的热点。古尔纳在第八部小说《最后的礼物》（*The Last Gift*，2011）中，通过呈现阿巴斯（Abbas）、玛利亚姆（Maryam）和汉娜（Hanna）等人的遭遇，"毫不妥协并充满同理心地深入探索着殖民主义的影响，关切着那些夹杂在文化和地缘裂隙间难民的命运"②。种族、身份、性别和边缘化处境等问题是非洲流散的核心问题。来自东非海岸桑给巴尔的阿巴斯对自己的出身沉默

---

* 本章内容已发表，详见袁俊卿《"最后的礼物"：阿卜杜勒拉扎克·古尔纳的沉默叙事》，《当代外国文学》2022 年第 2 期。

① 参见 [美] 爱德华·W. 萨义德《文化与帝国主义》，李琨译，生活·读书·新知三联书店 2003 年版，第 472 页。

② 转引自袁俊卿《带你走进非洲流散者的困境》，《明报月刊》2021 年第 11 月号。

不语，讳莫如深；他的妻子玛利亚姆虽然生于英国，但一出生便遭到遗弃，她的亲生父母是谁则一直是个谜。正如他们的女儿汉娜所言："'他们迷失了，'她说。爸爸很久以前就故意迷失了自己，而妈妈发现自己从一开始就是个迷失的弃儿。"① 阿巴斯逃离故乡的举动很容易令人联想起尼日利亚作家奇玛曼达·阿迪契的《紫木槿》："受过教育的人都走了，有可能扭转时局的人都走了。留下来的都是孱弱的人。暴政将继续下去，因为软弱的人无法抵抗。难道你没看到这是个恶性循环？谁来打破它？"② 留下的人无法改变现状，离开的人在异乡过得也并不如意，阿巴斯的沉默便是最好的明证。

第一节　阿巴斯的沉默："失语症"患者

沉默是这部作品的核心概念，也是古尔纳系列小说中的重要主题。玛利亚姆希望阿巴斯能够谈谈他的家乡，但阿巴斯说他什么都不记得了。"我告诉她，我什么都不记得了，但这是个谎言。我记得很多事情……我想，只要我能做到，我就会对这一切保持沉默。"③ 这段话是阿巴斯在弥留之际的自我述说，如果没有糖尿病以及由此引起的中风，阿巴斯可能继续守口如瓶。小说一开始就详细地描写了 63 岁的阿巴斯中风前后的一些感受与系列症状。当他坐在回家的公交车上时，他的呼吸发生了变化，他开始颤抖、冒汗，并感到疲劳、虚弱与无助，好像随时都要昏倒。玛利亚姆"走到走廊的时候，看到他坐在门里面的地板上，双腿叉开。他的脸汗湿了，

---

① Abdulrazak Gurnah, *The Last Gift*, New York: Bloomsbury, 2014, p. 44.
② ［尼日利亚］奇玛曼达·阿迪契：《紫木槿》，文静译，人民文学出版社 2016 年版，第 192 页。
③ Abdulrazak Gurnah, *The Last Gift*, New York: Bloomsbury, 2014, p. 243.

喘着粗气，眨巴的双眼里满是疑惑"①。随着小说叙事的推进，读者慢慢了解了阿巴斯的病因。"医生……告诉玛利亚姆，阿巴斯患有糖尿病，虽然没有昏迷，但已经够严重了。"② 中风之后，阿巴斯认为自己可能永远不会好起来了，他害怕死在一个不需要他的陌生国度。陌生的土地、陌生的国度和异乡人等类似的表述是小说中出现频率较高的词组。正如萨义德所言，"流亡就是无休止，东奔西走，一直未能安定下来，而且也使其他人不能安定，无法回到更早、更稳定的安适自在的状态，而且更可悲的是，永远也无法安全抵达、无法与新的家园或境遇融为一体"③。阿巴斯其实就处在这种令人无法安定的流亡状态，他在英国有一种疏离感，好像始终都没有融入英国。

汉娜和贾马尔（Jamal）小的时候，曾经问过他们的祖父母在哪里，或者他们是怎么样的人，但大多时候，阿巴斯都对此不屑一顾。阿巴斯曾谈过他游历的国家，做过的各种糟糕的工作。"但从来没有提到过他的家庭，甚至不提他来自哪里。"④ 当然，阿巴斯也并不是对过往的所有事情都闭口不谈，而是有选择地进行讲述。其实，读者可以从小说中的细节处窥探到阿巴斯的些许内心世界，比如他喜欢阅读有关大海、历史、流浪和旅行的故事。"在那些日子里，在他开始好转之后，他又开始看《奥德赛》了。"⑤ 大海、流浪和家乡，很可能是阿巴斯独自一人时深思默想的事情。他是一位典型的异邦流散者，"是跨越国界（或具有国界性质且具有不同文化的地

---

① Abdulrazak Gurnah, *The Last Gift*, New York: Bloomsbury, 2014, p. 5.
② Abdulrazak Gurnah, *The Last Gift*, New York: Bloomsbury, 2014, p. 7.
③ [美] 爱德华·W. 萨义德:《文化与帝国主义》，李琨译，生活·读书·新知三联书店 2003 年版，第 34 页。
④ Abdulrazak Gurnah, *The Last Gift*, New York: Bloomsbury, 2014, p. 43.
⑤ Abdulrazak Gurnah, *The Last Gift*, New York: Bloomsbury, 2014, p. 29.

区）的流散"①。他流散的因由则与他过往的创伤经历息息相关。

非洲文学中有许多专横暴戾的"父亲"形象，比如尼日利亚作家奇玛曼达·阿迪契在《紫木槿》中塑造的家庭独裁者尤金，欧因坎·布雷思韦特（Oyinkan Braithwaite，1988— ）在她的首部长篇小说《我的妹妹是连环杀手》（*My Sister, the Serial Killer*, 2018）中描写的令人胆战的"凯欣德"，古尔纳在《离别的记忆》（*Memory of Departure*, 1987）中塑造的拥有"生杀大权"的"父亲"，等等。《最后的礼物》中，阿巴斯的父亲奥斯曼（Othman）也是这类角色。他是一位吝啬鬼（the miser），常常叱骂家人，命令他们干活。"他的儿子们是他在这片土地上的劳工，他让他们像他一样辛勤工作。他的妻子和女儿就像仆人一样，为大家打水、砍柴、做饭、打扫卫生，从早到晚听从大家的吩咐。"② 奥斯曼的专制、暴力和苛刻给年幼的阿巴斯带来一种难以愈合的创伤："创伤过后，受害者旋即可能彻底忘记了这一事件。即便是创伤记忆又返回到人们脑海当中，它们通常也是非语言的，即受害者可能无法用言语来描述它们。"③"无法用言语来描述它们"指的是创伤的不可言说性，这种不可言说性就是阿巴斯始终沉默的原因之一。除了幼时的不愉快经历，阿巴斯还有成年时羞于启齿的遭遇。原来，他还是位重婚者（bigamist），但是当他的妻子玛利亚姆知道这件事情的时候，已是三十年之后了。"你等了三十年才告诉我，你娶我的时候你已经结婚了。"④ 阿巴斯十八岁时候，贫穷，腼腆，缺乏自信。然而就是在这样一种状态下，他竟意外地与一位穆斯林富商的女儿莎利法（Sharifa）成婚。"最初的几个星期是美好的。他的妻子莎利法就像第一次在烛光下看到的

---

① 朱振武、袁俊卿：《流散文学的时代表征及其世界意义——以非洲英语文学为例》，《中国社会科学》2019年第7期。

② Abdulrazak Gurnah, *The Last Gift*, New York: Bloomsbury, 2014, p.56.

③ 赵雪梅：《文学创伤理论评述——历史、现状与反思》，《文艺理论研究》2019年第1期。

④ Abdulrazak Gurnah, *The Last Gift*, New York: Bloomsbury, 2014, p.150.

那样美丽。"① 但好景不长，情况发生了变化。因为，他与她结婚仅过六个月，她好像随时都会分娩。这个孩子来得太快了，很可能不是他的。这种想法一旦占据他的脑海便挥之不去，他觉得自己可能掉进了一个圈套，临时充当了一块遮羞布。"他确信这所房子里发生了一些卑鄙的事情。"② 阿巴斯满腹狐疑，心怀恐惧。1959年12月初，年仅19岁的阿巴斯逃跑了。他离开了莎利法和那个未出生的孩子，离开了他的国家，逃离了他所熟悉的一切。他知道他的行为很可耻，也很清楚自己的所作所为会遭人鄙视。"后来他才学会压抑自己的恐惧和羞耻，像个流氓一样生活。"③ 定居英国之前，阿巴斯当了十五年水手。

阿巴斯之所以保持沉默，是因为他觉得自身的不堪遭遇给他带来一种耻辱（shame），"羞耻的情感内容一开始就在于降低自我的价值情感"④。正如玛利亚姆所言："四十年来，他一直生活在耻辱之中，无法向任何人谈及此事。"⑤ 如果不是病魔突袭，他很可能会继续沉默下去。"他是一个罪恶的旅行者，在过了一种毫无用处的生活之后，在一个陌生的地方病倒了。"⑥ "毫无用处的生活"是低价值感的体现，低价值感也会引起羞耻感。像阿巴斯这种出身低微，心怀耻感且又生活在英国的黑人，难免不会患上"失语症"（aphasia）。他的"失语症"具有象征意义。"一种人在某个社会里的景况，在很大程度上是其'原初联系'的背景社会在世界格局中所处的权力关系，被复制到一个新社会内部的结果。"⑦ 阿巴斯在英国的处境

---

① Abdulrazak Gurnah, *The Last Gift*, New York: Bloomsbury, 2014, p. 137.
② Abdulrazak Gurnah, *The Last Gift*, New York: Bloomsbury, 2014, p. 142.
③ Abdulrazak Gurnah, *The Last Gift*, New York: Bloomsbury, 2014, p. 152.
④ ［德］阿克塞尔·霍耐特：《为承认而斗争》，胡继华译，上海人民出版社2005年版，第146页。
⑤ Abdulrazak Gurnah, *The Last Gift*, New York: Bloomsbury, 2014, p. 194.
⑥ Abdulrazak Gurnah, *The Last Gift*, New York: Bloomsbury, 2014, p. 9.
⑦ 钱超英：《流散文学：本土与海外》，海天出版社2007年版，第198页。

就可以视为他的母国在全球化的国际权力关系体系中的境遇的象征。在小说的最后一章，阿巴斯最终突破了夯筑在其周身的种种围墙，对着玛利亚姆给他买的录音机敞开了心扉，吐露了自己的真实遭遇。尽管，这件"最后的礼物"是阿巴斯的"临终遗言"，是对"物"的讲述，不是面向"人"的诉说，也即，阿巴斯仍无法面对真实的、活生生的人吐露心迹，而且，知道他的故事的人仅限于他的家人，从这个维度来说，"阿巴斯"在英国社会依旧是沉默的。但是，我们仍然可以说，阿巴斯的述说是保存记忆的关键环节，个体记忆由此可以参与到集体记忆的构建之中，"非洲记忆"亦可以渗透进"帝国记忆"的专属领地，为殖民者所讲述的非洲故事补足常被忽略的一环。打破沉默，本身就是沉默叙事中最有力量的一部分。

第二节　玛利亚姆的沉默："我"从哪里来？

斯皮瓦克认为："无论是在殖民时代还是后殖民时代，甚至在一切社会形态中，'底层人不能说话'，只能成为沉默的他者。"① 玛利亚姆就是这么一位"沉默的他者"。她是一名弃婴，不知道自己"是"谁。"她的名字叫玛丽亚姆，他们不让我留下她。"② 纵观整部作品，这其实就是玛利亚姆的母亲留给她的唯一一句话。她的母亲是谁，我们不得而知，而不知道母亲是谁，玛利亚姆也就很难确定自己的身份。"身份就是一个个体所有的关于他这种人是其所是的意识。"③ 她无法确认自己的身份，也就无法产生自我认同。费鲁兹（Ferooz）告诉她，她是在埃克塞特医院的急诊室门外被发现的。

---

① 转引自杨中举《流散诗学研究》，人民出版社2021年版，第363页。
② Abdulrazak Gurnah, *The Last Gift*, New York: Bloomsbury, 2014, p.20.
③ 钱超英：《广义移民与文化离散——有关拓展当代文学阐释基础的思考》，《深圳大学学报》（人文社会科学版）2006年第1期。

"她被包裹在一条乳白色的钩针编织的披肩里,上面别着一个棕色的信封,就像一个送货地址或标签。"① 信封上写着:"她的名字叫玛丽亚姆,他们不让我留下她。"警察根据婴儿的名字和肤色,认为她的母亲一定是位外国人,或可能是位黑人。"正如警方所知,在未婚母亲等问题上,一些外国人的偏见比基督徒更严重,有时会因为羞愧而伤害自己的女儿。"② 警察并没有调查出玛利亚姆的真实身份。

玛利亚姆的遭遇很容易让人联想到古尔纳的第七部小说《遗弃》(Desertion, 2005)。小说描写了蕾哈娜(Rehana)被阿扎德(Azad)和皮尔斯(Pearce)抛弃之后的痛苦与悲伤,阿明(Amin)"遗弃"贾米拉(Jamila)的自责和悔恨,以及拉希德(Rashid)"遗弃"故土的复杂心情。《遗弃》中故事发生的地点分别在肯尼亚、桑给巴尔和英国。玛利亚姆的出生地是英国,九岁的时候,被费鲁兹和维贾伊(Vijay)收养,这是她的第五次被收养。"她出生在埃克塞特,从未去过其他任何地方,也从未做过任何事情。那时她和费鲁兹和维贾伊住在一起,日子过得越来越艰难。"③ "日子过得越来越艰难"实际上是一个比较模糊的表述,没有说明具体的原因,直到阿巴斯病倒,并逐渐向玛利亚姆述说被尘封的往事时,玛利亚姆才对汉娜和贾马尔说出了实情。"这也是因为我一直在听阿巴斯告诉我一些我之前不知道的事情。这让我意识到独自承受这些事情,并且让它们毒害你的生活是多么悲哀。"④ 玛利亚姆离开费鲁兹和维贾伊,与维贾伊的外甥——迪尼斯(Dinesh)——有关。当时玛利亚姆16岁,迪尼斯二十三岁左右。但后来,他逐渐成了玛利亚姆的麻烦。他知道玛利亚姆的真实身份:"一直以来,他都知道她不是这个家庭的女儿,甚至不是收养的,只是一个被他的亲

---

① Abdulrazak Gurnah, *The Last Gift*, New York: Bloomsbury, 2014, p. 18.
② Abdulrazak Gurnah, *The Last Gift*, New York: Bloomsbury, 2014, p. 20.
③ Abdulrazak Gurnah, *The Last Gift*, New York: Bloomsbury, 2014, p. 14.
④ Abdulrazak Gurnah, *The Last Gift*, New York: Bloomsbury, 2014, p. 194.

威收留的废物,现在是家庭女佣,玛利亚姆·里格斯。"① 他常常不怀好意地盯着玛利亚姆。为了躲避他,玛利亚姆有时候会晚回家,而费鲁兹和维贾伊则认为玛利亚姆变野了。当玛利亚姆试图解释事情的来龙去脉的时候,费鲁兹却面露厌恶,给了她一巴掌。"她就是这么做的,她打了她的脸,而这么多年来她从未打过她一次。"② 至此,玛利亚姆不仅失落了"身份",还遭到"家人"的围困,"沉默"在所难免。

小说的最后一章,据阿巴斯自述,其实他遇到玛利亚姆时,已经34岁了,是玛利亚姆年龄的两倍,尽管他一开始告诉玛利亚姆自己28岁。"我不想让她认为我对她来说太老了。"③ 尽管如此,他们还是遭到了玛利亚姆养父母的强烈反对。他们不仅嫌弃阿巴斯的年龄和职业,还对他抱有深深的偏见:"维贾伊说,他们是野蛮的、不负责任的人。酒鬼。他只是在利用你。像他这样的人只会考虑一件事。"④ 迪尼斯也加入到谴责玛利亚姆的阵营之中,说她不自尊自爱。一天晚上,当她下班回家之后,迪尼斯再次侵扰她,玛利亚姆差点遭到强奸。当费鲁兹和维贾伊回家之际,迪尼斯却恶人先告状,说玛利亚姆勾引他。费鲁兹和维贾伊不分青红皂白,开始威胁她,要把她关起来。玛利亚姆记得很清楚,那是一个星期五的晚上,阿巴斯本来约她一起去看电影,但她无法前往。"那是一个可怕的夜晚。她本来要在电影院和他见面的,可是他们不让她出去,对她喋喋不休,吓得她不敢动。"⑤ 第二天早上,在所有人都起床之前,玛利亚姆把几件衣服装在一个手提袋里,去找阿巴斯,然后他们逃离了那个小镇。尽管许多年过去了,对于当时的遭遇,玛利亚姆仍无

---

① Abdulrazak Gurnah, *The Last Gift*, New York: Bloomsbury, 2014, p. 189.
② Abdulrazak Gurnah, *The Last Gift*, New York: Bloomsbury, 2014, p. 190.
③ Abdulrazak Gurnah, *The Last Gift*, New York: Bloomsbury, 2014, p. 244.
④ Abdulrazak Gurnah, *The Last Gift*, New York: Bloomsbury, 2014, p. 17.
⑤ Abdulrazak Gurnah, *The Last Gift*, New York: Bloomsbury, 2014, p. 17.

法释怀。"但我仍然感到它的羞辱,感到不公正。"①

玛利亚姆心怀创伤,记忆也变得有选择性。"一想到费鲁兹和维贾伊,她就畏缩了,即使这么多年过去了,她也总是这样。她伸伸肩膀和脖子,然后轻轻地把这段记忆抹去。"② 阿巴斯去世以后,玛利亚姆带着汉娜和贾马尔第一次回到了三十年前突然离开的埃克塞特,试图寻求她的真实"来历","如果有可能知道一些关于我母亲的事情的话,我想知道她是谁"③。据传,玛利亚姆的母亲是一位波兰人,由于战争前往英国避难,她的父亲可能是一位浅肤色的黑人士兵。但"不管怎么说,这只是个谣言,因为那个女人已经失踪了,警察一直无法确认身份"④。对于玛利亚姆来说,身份确认非常重要。"身份确认对任何个人来说,都是一个内在的、无意识的行为要求。个人努力设法确认身份以获得心理安全感,也努力设法维持、保护和巩固身份以维护和加强这种心理安全感,后者对于个性稳定与心灵健康来说,有着至关重要的作用。"⑤ 由此可见,确定的身份认同与心理安全感密切相关,而这也关乎主体的个性稳定和心灵健康,但是玛利亚姆自始至终都无法确认自己的真实身份,她不知道自己究竟"是"谁。

第三节 安娜的沉默:"是"其所"不是"

汉娜(Hanna)和贾马尔(Jamal)是第二代移民的代表,他们出生并成长在英国,在自我身份认同上是英国人,但他们的肤色以

---

① Abdulrazak Gurnah, *The Last Gift*, New York: Bloomsbury, 2014, p.193.
② Abdulrazak Gurnah, *The Last Gift*, New York: Bloomsbury, 2014, pp.14-15.
③ Abdulrazak Gurnah, *The Last Gift*, New York: Bloomsbury, 2014, p.274.
④ Abdulrazak Gurnah, *The Last Gift*, New York: Bloomsbury, 2014, p.275.
⑤ 乐黛云、张辉主编:《文化传递与文学形象》,北京大学出版社1999年版,第331页。

及所谓的"出身"令其难以得到英国白人社会的认可。为了使自己更加"英国化",汉娜把自己的名字改为安娜(Anna),不仅如此,她还以白人的视角审视身在英国的非洲黑人。在回伦敦的路上,安娜在车站看到两位"胖得要命,在那个巨大的车站里茫然不知所措……惊恐地环顾四周"① 的黑人妇女。她把这一切告诉白人男友尼克(Nick)的时候,有一种优越感。"寻求庇护者,我想。也许我应该提供帮助,但看到她们,我感到很沮丧。她们是如此无助,如此丑陋。她们的来处真的那么糟糕吗?"② 除了厌烦、歧视和不满,安娜其实已经无法理解这些非洲移民了,尽管她自己就是移民后代。

但安娜在她的男友及其家人面前,又是沉默、失语的。她很清楚,面对尼克的父母,会有种被审视的感觉,"她将别无选择,只能设法取悦,然后顺从,装傻"③。尼克的母亲吉尔(Jill)经营着一家医院,有钱有势,优雅大方。安娜的母亲则是一家医院的清洁工,"在富裕的西方社会里被纳入了一种高度边缘化的社会分工,这种分工剥夺了他们几乎全部从其'原初联系'那里获得的社会资源和身份意义,把他们变成了'多元文化'社会构造中某个必要而晦暗的角落的填充物"④。同时,安娜也清楚,这里其实有历史的原因。英国往昔的世界霸主地位一定会对本国普通民众的自尊心产生了一些影响,让他们变得自负,而英国对非洲的殖民统治则使得非洲黑人的心理势能处于低位。

尼克的父母第一次见到安娜,便在饭桌上谈论起非洲。尼克的父亲拉尔夫(Ralph)"热情""友好"地谈论津巴布韦的政治运动与土地问题,讲到他前往突尼斯及尼日利亚的经历,甚至与尼克交换意见,仿佛他们才是真正关心非洲问题的群体。拉尔夫片面地认

---

① Abdulrazak Gurnah, *The Last Gift*, New York: Bloomsbury, 2014, p. 201.
② Abdulrazak Gurnah, *The Last Gift*, New York: Bloomsbury, 2014, p. 202.
③ Abdulrazak Gurnah, *The Last Gift*, New York: Bloomsbury, 2014, p. 99.
④ 钱超英:《流散文学:本土与海外》,海天出版社2007年版,第10页。

为突尼斯甚至非洲的民众大都生活在专制与恐惧之中，宁静与繁荣只是假象。"我无法想象英国公民在受到这种恐吓的情况下还能如此平静地生活，我真的无法想象。"① 他们把这个问题抛给了安娜，问她如何看待这个问题。仿佛安娜是突尼斯的代表，似乎这个问题和安娜密不可分。"他又瞥了一眼安娜，安娜伸手去拿她的酒杯，想避开他的审视，却发现酒杯已经空了。就在这一瞬间，在她转向拉尔夫之前，她看到了吉尔的眼神，吉尔的眼神也落在了他身上。"② 安娜捕捉到了这种微妙的情感和态度，拉尔夫和吉尔早已对安娜有心照不宣的偏见。"你可以变得如此习惯于压迫，以至于你不再觉得它是压迫？或者你认为这是国民性的问题？"③ 拉尔夫认为有些人就不愿忍受这种不公，当然，这里所谓的"有些人"指的是自己的英国同胞。

从小说中来看，拉尔夫不自觉地站在"殖民者"的立场上，以"帝国视角"看待非洲，透出一种优越感。正如艾勒克·博埃默（Elleke Boehmer）所言："西方文化之所以自视优越，正是因为它始终把殖民地的人民看作是没有力量、没有自我意识、没有思考和统治的能力的。"④ 拉尔夫就带有这种偏见。而面对拉尔夫的言论、疑问，以及吉尔那内涵丰富的眼神，安娜并没有做出任何反驳或辩解。"帝国主义的描述从来就不是一种中立的客观表述模式，而是一种高度主观的欧洲中心主义话语，在道义上有利于殖民者。"⑤ 实际上，只有发出自己的声音，与西方话语进行抵抗、博弈和对话，才能消

---

① Abdulrazak Gurnah, *The Last Gift*, New York: Bloomsbury, 2014, p. 105.
② Abdulrazak Gurnah, *The Last Gift*, New York: Bloomsbury, 2014, p. 105.
③ Abdulrazak Gurnah, *The Last Gift*, New York: Bloomsbury, 2014, p. 105.
④ ［英］艾勒克·博埃默：《殖民与后殖民文学》，盛宁、韩敏中译，辽宁教育出版社1998年版，第22页。
⑤ Amy S. Rushton, "'A History of Darkness': Exoticising Strategies and the Nigerian Civil War in Half of a Yellow Sun by Chimamanda Ngozi Adichie", in E. Rousselot ed., *Exoticizing the Past in Contemporary Neo-Historical Fiction*, London: Palgrave Macmillan, 2014, p. 184.

解业已存在的西方世界对非洲刻板、僵化且单一的负面印象。遗憾的是,安娜虽然"在场",但无法自我言说,就算有想法也仅仅存留在内心,她是"在场"的沉默者。

无论是尼克的叔叔迪格比(Digby),还是尼克妹妹的男友安东尼(Anthony)都认为安娜不"英国",尽管安娜就出生并生活在英国。迪格比追问安娜是哪里人,以及安娜成为英国人之前是哪里人,甚至打听安娜的父亲从何而来。安东尼咧嘴笑道:"你要把我们的黑人弄哭了。"① 歧视意味浓厚的"黑人"(jungle bunny)一词令安娜非常震惊。"安娜惊讶地看着他,看着他那张咧着嘴笑着、皮肤厚实、肌肉结实的脸,还有他眼神中的嘲弄。"② 人们日常交谈中的玩笑,温文尔雅背后的复杂眼神,不经意的一瞥,下意识的一个动作,都能够释放出种族主义的气息。"种族主义是指凭借肤色、血缘等似是而非的种族特征肆意剥夺一部分社会成员的权利,并为建立一种所谓'优等种族'统治'劣等种族'的秩序体系提供合法性依据的社会思潮,是人类发展史上产生的最丑恶的观念之一。"③ 对非洲而言,在后殖民时代,尽管直接的殖民统治已经结束,但是种族主义的话语仍旧以各种变种存在于英国社会。

塞缪尔·亨廷顿认为:"人类群体之间的关键差别是他们的价值观、信仰、体制和社会结构,而不是他们的体形、头形和肤色。"④ 问题是,拉尔夫、迪格比和安东尼等人的认知比较落后,难以克服自身的偏见,无法客观对待周边出现的"他者"。在他们眼中,此时的"安娜"仍旧是"汉娜",尽管"安娜"觉得自己就是"安娜",她身处在"是"其所"不是"的境地之中。故而,自我身份的建构需要"他者"的认可。"所谓身份,是指一个人(群体、

---

① Abdulrazak Gurnah, *The Last Gift*, New York: Bloomsbury, 2014, p. 118.
② Abdulrazak Gurnah, *The Last Gift*, New York: Bloomsbury, 2014, p. 118.
③ 王义桅:《欧美种族主义何去何从》,《人民论坛》2018 年第 5 期。
④ [美] 塞缪尔·亨廷顿:《文明的冲突与世界秩序的重建》,周琪等译,新华出版社 2009 年版,第 21 页。

阶级、民族、国家等）所具有的独特性、关联性和一致性的某种标志和资质，这种标志和资质既使它的身份与其他身份区别开来，又使它的身份可以归属一个更大的群体身份中。"① 安娜身上所具备的"某种标志和资质"的一致性和关联性因为父辈的"流散"被打断了，她既不属于"非洲"也不属于"英国"，但是她的身上又同时具备"非洲"和"英国"这两地的诸种要素，从而处于一种尴尬的境况中。这就是安娜等第二代移民群体的困境所在，她们处在"非洲"和"英国"这两个场域中间的"悬浮"状态，无法在任何一方落地生根，产生主体性的归属感。

小　结

综上，我们可以总结出古尔纳小说人物"沉默"的多重原因。首先，便是羞耻感。阿巴斯贫困的生活，不堪的幼年经历以及抛妻弃子的举止令他羞于启齿。其次，是无价值感。对于英国民众来说，阿巴斯的故事有何讲述的价值呢？玛利亚姆连自己的亲生父母都不知道，在养父母家自我感觉也是没有价值的。再次，便是边缘化的处境。奥斯曼古怪吝啬，专横粗暴，阿巴斯没有从家庭中得到多少温暖；玛利亚姆在多个养父母家中也是如此，阿巴斯和玛利亚姆来到英国之后，同样处在边缘化的境地之中。最后，便是他们身份的迷失。玛利亚姆是个弃儿，不知道自己是谁，阿巴斯心怀恐惧，对自己的来历也讳莫如深。羞耻感、无价值感、身份迷失和边缘化体验构成了古尔纳小说中"沉默"叙事的主要内涵。古尔纳的"这部作品与其之前的所有小说有许多共通之处，即都以这样或那样的方式关注移民经验"②。古尔纳刻画的诸多"沉默"的形象令人深思，

---

① 张其学：《文化殖民的主体性反思：对文化殖民主义的批判》，北京师范大学出版社 2017 年版，第 114 页。

② Giles Foden, "*The Last Gift* by Abdulrazak Gurnah: Review", *The Guardian*, Febrcary 5, 2011.

在第五部小说《绝妙的沉默》(*Admiring Silence*, 1996) 中,主人公无名无姓,像个隐身人,对很多事情保持着沉默;在第六部小说《海边》(*By the Sea*, 2001) 中,萨利赫·奥马尔 (Saleh Omar) 也是一位沉默者,他不喜喧嚣,更爱独处,后来读者才知道这种沉默寡言的性格与自身的苦难遭遇密切相关。这些人仿佛掉进了一个"陷阱":本国的政治动乱和令人窒息的生存环境使得他们离开家乡,成为一名异邦流散者,而在异域则面临着种族、身份、阶级、性别等诸种困境,他们融不进移居地,又回不去初始国,从而陷入流散的境地。这就是非洲流散者的普遍困境。时至今日,美洲、欧洲、亚洲和大洋洲都分布着为数众多的非洲流散者,正如非洲流散研究专家卡洛尔·博伊斯·戴维斯教授所言:"研究非洲流散其实就是研究全世界。"[①] 因此,古尔纳在小说中探讨的殖民主义的影响及对夹杂在文化和地缘裂隙中难民的命运的深切关怀就具有强烈的现实意义。

---

① Carole Boyce Davies, *Encyclopedia of the African Diaspora: Origins, Experiences, and Culture*, Santa Barbara: ABC-CLIO, 2008, p. xxxi.

第六章
流散主体身份的迷失、追寻和重建*

身处异质文化张力之下的流散者为找寻身份和重建身份而作出的努力是非洲英语流散文学中主体性重构的重要组成部分。对于本土流散者来说,欧洲殖民者的强势入侵和殖民统治瓦解了他们的主体性,令他们的身份迷失了,不知道"我是谁"。这种迷失与异邦流散者的身份迷失具有异曲同工之妙。在国家的层面,尤其是在多民族国家中,在其他民族的对照下,本土流散者更多地强调自己的民族身份,并且,为了寻求自己的身份,甚至试图建构一个由单一民族构成的国家,种族矛盾则加剧了建立单一的民族国家的意愿。但是,这种国家之内的个别民族追寻自我身份的行为严重挑战了业已存在的现代国家的主权,极易爆发冲突与战争。异邦流散者由于跨越了国界,来到异国他乡,参照标准不再是自己祖国内的其他民族,而是某个具体的目标国家,比如美国和英国,等等。那么,在西方与非洲这个维度中,异邦流散者便不再强调自己的民族身份,而是国家身份,目标国也更倾向于确认流散者的国籍归属。参照标准的变化带来了身份认同的变化,或者说,参照标准的改变促进了身份

---

* 本章中的部分内容已发表,详见袁俊卿《异质文化张力下的"流散患者"》,《外国文艺》2019年第6期;袁俊卿《"新非洲流散":奇玛曼达·阿迪契小说中的身份叙事》,《非洲语言文化研究》2022年第2辑。

认同的转变。另外，在全球化大潮中，身处异域的流散者并没有切断与祖国的联系。这可以从两方面来理解。首先，从个人角度来说，流散者虽然身在他乡，但是他的情思无法与祖国完全割断，因为他的亲朋、回忆，以及"根"仍在故国；其次，从国家的层面上讲，流散者的形象很大程度上就代表了其母国的形象，他人很容易把流散者个人的行为和特征跟与其祖国的印象等同起来。况且，在全球化的语境中，个体也确实具有象征的意义。所以，流散者迷失身份、找寻身份和重建身份的过程也是个体所代表的国家在全球化的背景之下身份失落、身份找寻和身份重建的过程。

第一节　本土流散者的身份迷失："我是谁？"

在外来文化和宗教的冲击与塑造下，本土流散者在到底做一名传统主义者还是基督徒之间纠结徘徊，游移不定。他们的身份迷失了，不知道"我是谁"或"我应该是谁"。对于这种状况，肯尼亚作家恩古吉·提安哥在《大河两岸》中写得很清楚：

> 白人的到来给人带来一种令人捉摸不定的、难以言喻的东西，这种东西朝着整个山区长驱直入，现在已进入心脏地带，不断地扩大着它的影响。这种影响造成了山里人的分裂，而穆索妮的死就是这种影响的恶果。……自从她死以后，时局的发展使人感到担忧，表面上人们保持沉默，但实际上在多数人的心里，虔诚和背叛两种意识却在剧烈地相互斗争。[①]

在非洲当地人的内心深处，虔诚和背叛这两种意识剧烈地相互

[①]　[肯尼亚]恩古吉·提安哥：《大河两岸》，蔡临祥译，上海文艺出版社 2015 年版，第 96 页。

斗争。《大河两岸》的主人公瓦伊亚吉看似持有一种比较"公允"的立场，即中间派，既不是基督徒，也不是传统主义者，其实这种貌似"公允"的态度是外来文化和本土文化双重塑造的结果。而这两种文化的任何一方都没有占据主流。在他的内心深处，他不知道自己到底是谁。实际上，瓦伊亚吉的主体性身份认同还没有建立起来。这种现象具有普遍性。对于《大河两岸》及其主人公瓦伊亚吉的身份问题，在本书的第一章探讨本土流散问题时已经做了比较充分的阐释，这里不再赘述。我们可以从尼日利亚作家奇玛曼达·阿迪契的第一部小说《紫木槿》展开论述。

《大河两岸》中，恩古吉对人在异质文化之张力下的状态描写得比较直接，主人公的心路历程直接呈现在了读者的面前。但在《紫木槿》中，关键人物——尤金——的内心冲突和心理波动并不明显，需要读者条分缕析，层层剥离故事的外衣，才能窥见尤金内心深处的"惊涛骇浪"，领略到"于无声处听惊雷"的震颤。《紫木槿》描写了一个被宗教裹挟的尼日利亚传统家庭。尤金在这个家庭中拥有绝对的权威，是一位集教权、夫权与父权于一身的家庭"独裁者"。但是，尤金看似专制、暴力、无情，内心深处却饱受宗教教规和血肉亲情的夹击之痛，承受着本土习俗与外来文化的撕裂之苦，品尝着因西式价值观与本国现实的张力造成的恶果。他是这部作品中最复杂的人物，是受到西方文化与本土文化的双重塑造而心灵扭曲的典型代表。尤金言行举止中体现出的矛盾性特征及其对妻子、儿女的压迫与伤害表明，即使到了后殖民时代，欧洲殖民统治的残余依旧给尼日利亚人民造成了永远无法弥补的创伤。

伊菲欧玛称尤金为典型的殖民产品，但是尤金的言行举止中却矛盾重重。这种矛盾性主要体现在如下几方面。

首先，尤金是一位虔诚的天主教徒，他对天主教的尊崇超过了父子亲情，但是他又无法完全摆脱血肉亲情的约束。这里的父子之情包括尤金与其父亲努库和尤金与其子女之间的关系。尤金早已下令，异教徒不准踏入他家的院子，他的父亲努库也不例外。康比丽和扎扎不能触碰祖父的任何食物,也不许喝一滴水,在努库的家中停留的时间不超过十五分钟。尤金称他的父亲为异教徒,声称只要努库皈依天主教,就会给他盖房子、买车、雇司机,否则,弃之如敝履。

小说主人公康比丽与哥哥扎扎因为在姑姑家跟他们的爷爷住在同一间屋子里,而犯了天主教的大忌。尤金以非常残忍的方式惩罚他的亲生女儿康比丽,让她付出因触犯禁忌而得到的代价:

> 他把烫水缓缓地倒在我的脚上,好像他在做一个实验,正观察会产生什么反应。他哭了起来,眼泪沿着他的脸淌了下来。我先看见蒸汽,然后才看到水。我看着水从水壶流出来,几乎是以慢动作沿着一道弧形的轨迹落在我的脚上。一触之下的疼痛那么纯粹,那么尖利,以至于我有那么一下什么感觉都没有了。接着我大叫起来。①

明知天主教徒不能与异教徒共处一室而故犯,所以必须受到重罚。尤金用滚烫的热水缓缓地倾倒在康比丽的脚上,试图冲洗掉康比丽因跟异教徒接触而沾染的罪恶。但是,康比丽毕竟是尤金的亲生女儿,用如此残忍的手段惩罚她,他内心中是异常痛苦的。但是,在尤金眼中,宗教教规神圣不可侵犯,与之相比,骨肉亲情落了下风。所以,尤金是哭着用热水浇烫他女儿的脚的。努库去世之后,康比丽私藏了一幅他的画像,以作纪念。但是扎扎与康比丽在偷偷地查看努库的画像之时碰巧被尤金发现。尤金怒不可遏,扯过努库的画像撕得粉碎。康比丽尖叫着冲向洒在地上的画像碎片,仿佛这样可以用自己的身体保护着努库爷爷。她躺在地上,蜷缩着,仿佛子宫里的婴儿。尤金变得歇斯底里,大喊大

---

① [尼日利亚]奇玛曼达·阿迪契:《紫木槿》,文静译,人民文学出版社2016年版,第154页。

叫起来。

> "起来！离那张画远点！"
> ……
> "起来！"……他开始踢我。亵渎。异教崇拜。地狱之火。……他越踢越快……他踢啊，踢啊，踢啊。……一股咸咸的热乎乎的东西流进我嘴里。我闭上眼睛，滑向了无声之境。①

康比丽和扎扎的行为再次触犯了尤金那神圣不可侵犯的教规。为了维护其所谓的宗教信仰，捍卫信仰的崇高性和纯洁性，他再次暴力相向。依靠暴力可以把宗教信条深深地嵌入他人的意识中，从而内化为他人的自觉认同。通过频繁的暴力行为，可以使人形成一种自觉机制，即一有亵渎宗教的念头或行为就立刻想到有可能遭受严重的肉体惩罚，从而使其打消冒犯行为或不再产生不敬的想法。尤金就是这样对待妻儿的"越轨"行为的。康比丽私藏异教徒画像的行为让她付出了内脏出血、断了一条肋骨的代价，差点命丧黄泉。但是当康比丽在医院的床上苏醒过来之后，尤金又表现出温情的一面。"爸爸的脸离我很近，我们的鼻尖简直碰在了一起，不过我还是可以看出他目光柔和。他哭着说：'我心爱的女儿。你不会有事的。我心爱的女儿。'"② 尤金流的不是"鳄鱼"的眼泪，而是其内心的真情流露，只不过在宗教面前，亲情居于其次。

在一次晨祷之前，康比丽因痛经而肚子绞痛，就像一个长着獠牙的人正在有节奏地啃噬她的胃壁。但是"圣餐斋规定，信徒在弥

---

① [尼日利亚] 奇玛曼达·阿迪契：《紫木槿》，文静译，人民文学出版社 2016 年版，第 166—167 页。
② [尼日利亚] 奇玛曼达·阿迪契：《紫木槿》，文静译，人民文学出版社 2016 年版，第 167 页。

撒前一个小时之内是不可以吃固体食物的"①。比阿特丽斯让康比丽吃些流体食物，然后再吃镇痛片。当康比丽吃着那碗麦片时，尤金悄无声息地走了进来，看到了眼前的一切。尤金暴怒，认为这种行为亵渎了宗教原则。魔鬼已经来到了家里，迷惑了家人，他不能让魔鬼取胜。尤金取出一条厚厚的棕色腰带，挨个抽打扎扎、康比丽和他的妻子比阿特丽斯。

> 它首先落在扎扎肩膀上。妈妈举起双手，它又落在她裹着亮片泡泡袖的手臂上。我刚把碗放下，皮带又落在我的背上。我见过弗拉尼人，他们白色的风衣随风起舞，打在腿上啪啪作响。他们手持鞭子赶着牛穿过埃努古的街道，每一鞭都抽得又快又准。爸爸就像一个弗拉尼牧民——尽管他并没有他们又高又苗条的身材。他一边挥舞着皮带抽打妈妈、扎扎和我，一边咕哝着"魔鬼赢不了"，我们跑不了两步就又被抽到。②

在尤金的"皮鞭"下，康比丽、扎扎和比阿特丽斯与牲畜无异。他们遭到尤金绝对势力的碾压，毫无还手之力。有意思的是，尤金打完之后把扎扎和康比丽搂入怀中，心疼至极。"'皮带伤到你们了吗？'他问，检查着我们的脸。……爸爸说到罪恶的时候摇着头，那样子仿佛他身上有什么沉重的东西，甩也甩不掉。"③ 尤金用宗教教义规训自己的儿女，稍有不从便施加暴力，但是尤金身上的亲情之爱又无法完全消除。尤金对他的父亲努库也是同样的状况。他家财万贯，对朋友、村民甚至是乞丐乐善好施，但是对他的父亲努库却

---

① ［尼日利亚］奇玛曼达·阿迪契：《紫木槿》，文静译，人民文学出版社 2016 年版，第 81 页。

② ［尼日利亚］奇玛曼达·阿迪契：《紫木槿》，文静译，人民文学出版社 2016 年版，第 82 页。

③ ［尼日利亚］奇玛曼达·阿迪契：《紫木槿》，文静译，人民文学出版社 2016 年版，第 82 页。

不闻不问，只是因为努库不是天主教徒，而是一位传统主义者。努库死后他也没有参加葬礼。他念念不忘的是努库死后有没有找神父给他做临终涂油礼，甚至试图要让他的父亲举行天主教葬礼。尤金的言行遭到伊菲欧玛的强烈反对。但是最后，尤金还是给了伊菲欧玛钱以操办他们父亲的丧事。"我给伊菲欧玛送了钱办葬礼，我给了她所需要的一切。……为了我们父亲的葬礼。"①尤金最终也没有挣脱父子亲情的束缚。在《紫木槿》中，尤金表面上暴力成性，冷酷无情，但内心深处，却承受着撕裂之苦。尤金表面上是一位虔诚的天主教徒，但在潜意识中，他在天主教徒和传统主义者两种身份之间痛苦挣扎。

其次，尤金的矛盾性还体现在对一夫一妻和一夫多妻的态度上。尤金对天主教的尊崇超过了对伊博族传统习俗的服从，但又无法完全摆脱伊博族传统而彻底贯彻天主教教义。这一点主要体现在他对妻子比阿特丽斯的态度上。如果说，尤金经常殴打康比丽和扎扎是因为他们时常触犯尤金眼中神圣不可侵犯的宗教信条的话，那么，尤金同样殴打妻子比阿特丽斯就显得莫名其妙，在《紫木槿》中很难找到明显的理由与借口。但是，我们通过分析比阿特丽斯这个人物可以窥知其中的因由。在家中，比阿特丽斯是一位完全"消声"的女性。她只会附和、顺从，从不发表自己的意见，说话从来都是低言低语。阿迪契借助康比丽之口委婉地表露出尤金与比阿特丽斯一直在努力"造人"。

> 几年前，在我还不怎么懂事的时候，我就总是纳闷，为什么每次他们的房间里传出像有什么东西撞到门上的声响之后，妈妈都会去擦拭这些小雕像。……每个芭蕾舞演员雕像她都会擦上至少一刻钟。……最近一次这样是在大约两周前，她把小

---

① ［尼日利亚］奇玛曼达·阿迪契：《紫木槿》，文静译，人民文学出版社2016年版，第156页。

雕像擦好以后又调整了它们彼此的位置。当时她的眼睛很肿，又黑又紫，像熟过了头的鳄梨。①

擦拭玻璃架上的小雕像是比阿特丽斯经典却不易察觉的动作，这里面有多层含义。每次房事之后，比阿特丽斯都会默默地擦拭这些小雕塑，原因之一就是她视这些小雕塑为尚未出生的孩子的象征，此时，比阿特丽斯会有一种祈祷、祈求上帝赐子的心理；但是比阿特丽斯在多次流产以后常常被暴打得"眼睛很肿，又黑又紫，像熟过了头的鳄梨"，此时又去擦拭这些雕塑，其中除了祈求上帝之意以外，还有一种痛苦、哀伤、担忧的心理内涵。比如在意外流产后的第二天，她从医院回到家里，让仆人准备水和毛巾，"柜子有三层精致的玻璃搁架，每一层上都放着米色的芭蕾舞者雕塑。妈妈从最下面那层开始，把架子和雕塑都擦了又擦"②。再比如，扎扎与康比丽从恩苏卡的姑妈家回来以后，发现一些异常。

"你擦了小架子。"
"对"
"什么时候？"
"昨天。"
我看着她的右眼，现在它可以张开一点了。昨天一定肿得一点睁不开。③

康比丽对母亲擦拭小架子特别敏感，她知道这往往伴随着暴力。

---

① ［尼日利亚］奇玛曼达·阿迪契：《紫木槿》，文静译，人民文学出版社2016年版，第9页。
② ［尼日利亚］奇玛曼达·阿迪契：《紫木槿》，文静译，人民文学出版社2016年版，第29页。
③ ［尼日利亚］奇玛曼达·阿迪契：《紫木槿》，文静译，人民文学出版社2016年版，第152页。

在《紫木槿》中，多次出现比阿特丽斯擦小桌子和雕塑的描写。比阿特丽斯每次和尤金同房和遭受家暴以后都会默不作声地擦洗小桌子及其上面的雕塑。《紫木槿》以康比丽的视角讲述她眼中的一切，无法确切地了解父亲尤金和母亲比阿特丽斯之间事故的真正原因。但是读者可以从文中零星的对话中推测出来。

  自从我生了你，再加上接连几次流产，村里的人们都在议论了。族里的人甚至已经在劝你父亲和别人生孩子了。许多人家的女儿都乐意做这件事，其中很多还是大学生呢。他们可以生下很多男孩，占领我们的家，把我们赶出去。埃真杜先生的第二位妻子正是这么做的。可是你父亲坚持和我，和我们站在一边。①

这段话是比阿特丽斯在《紫木槿》中一口气说得最多一次，她平时大都沉默寡言，欲言又止。比阿特丽斯最担心的原来是无法为尤金生下更多的男孩，因为按照伊博族的传统，像尤金这样富有的人是不能仅有一位妻子以及一个儿子的。多妻多子，是伊博族的传统。如果生不出更多的儿子，其他女孩子甚至女大学生都在"虎视眈眈"，急欲上位，比阿特丽斯有被取而代之的危险。比阿特丽斯对自己的处境心知肚明，但又无可奈何。她的担忧不无道理：

  "如果我离开尤金的房子，我能到哪儿去呢？告诉我，我该到哪儿去？"她没等姑妈回答就接着说，"你知道有多少母亲都在把女儿推向他吗？你知道有多少女人在向他献殷勤，只要能

---

① ［尼日利亚］奇玛曼达·阿迪契：《紫木槿》，文静译，人民文学出版社 2016 年版，第 17—18 页。

让她们怀上他的孩子，她们连聘礼都不要的？"①

如果比阿特丽斯离开尤金，不仅无处可去，还有生存之虞。这才是比阿特丽斯最为担心的问题。她要守住这个家，守住她的儿女，守住这一方"庇护"之地，尽管里面满是压抑与暴力。如果离开尤金，比阿特丽斯的处境可能更艰险。但是，尤金并没有另娶他人。按照伊博族传统，像尤金这种家财万贯的人，是完全可以有多位妻子的，一夫多妻在当地仍普遍存在。尼日利亚人依然秉信多子多福的传统，对于"生儿子"孜孜以求，"孩子和妻子越多，那么他的社会地位也就越高。因此，许多首领、国王和富裕的商人增大家庭规模，彰显自己的名望"②。那尤金"坚持和我，和我们站在一边"的原因何在？因为尤金是一个虔诚的天主教徒，实心实意，践行一夫一妻的准则。"基督教婚姻的合法性是以一夫一妻制为前提的……教堂和法院婚姻不允许一夫多妻，而且他们还用'犯重婚罪'来反对这类情形。"③ 但是尤金骨子里仍旧无法摆脱伊博族传统对他的束缚，他内心深处仍希望妻子能给他多生些儿子，以符合伊博族的传统。"虽然在伊斯兰教的北方，文化和宗教都强化了一夫多妻制，但基督教的南方，在新的精英阶层中却更容易接受一夫一妻制。"④ 尤金和比阿特丽斯等伊博族人就主要生活在"基督教的南方"，但是，尤金所践行的一夫一妻制更多是表面现象，他骨子里仍旧无法摆脱传统习俗的影响。所以，在天主教的教义与伊博族传统的双重挤压

---

① ［尼日利亚］奇玛曼达·阿迪契：《紫木槿》，文静译，人民文学出版社 2016 年版，第 197 页。

② ［尼日利亚］拖因·法罗拉：《尼日利亚的风俗与文化》，方之等译，民主与建设出版社 2018 年版，第 170 页。

③ ［尼日利亚］拖因·法罗拉：《尼日利亚的风俗与文化》，方之等译，民主与建设出版社 2018 年版，第 168—169 页。

④ Philomina Ezeagbor and Okeke-Ihejirika, *Negotiating Power and Privilege: Career Igbo Women in Contemporary Nigeria*, Columbus: Ohio University Press, 2004, p. 34.

下，尤金对比阿特丽斯频频暴力相向的原因就明显了。所以，尤金看似是一位虔诚的天主教徒，但是这仅仅是表面现象，他骨子里还是一位传统主义者。

再次，尤金既是反对专制和暴政的坚定支持者，又是施加专制和暴政的家庭独裁者。尤金对天主教的认同只是他被殖民化的一个方面，他还完全认同西方的价值观、生活方式、政治模式和所谓的西式的自由与民主。《紫木槿》中，尤金是《标准报》幕后的支持者。《标准报》发表的社论不畏强权，为民请命，"他写到他的自由观，说他的笔无论如何不会停止书写真理"①。这份报纸曾在头版头条披露首脑及其夫人走私海洛因的丑闻，对其滥杀无辜提出质疑，追问贩毒的幕后黑手。《标准报》是如今唯一敢说真话的报纸。问题是，尤金身上体现出的复杂性、矛盾性。尤金反对政变，厌恶政治腐败，追求西方民主，联邦政府的官员曾经开着装满美元的小卡车试图贿赂尤金，而尤金都把他们撵了出去。但是，在家庭之中，尤金尚且不能实现家庭成员间的民主与自由，遑论让一个家庭独裁者去反对独裁。如果让尤金掌权，很可能也会背离他所谓的新的民主的初衷，而变成一位十足的暴君。所以，尤金反对专制独裁，追求自由民主也是表面现象。

尤金一生主要的活动范围都在尼日利亚国内的埃努古与恩苏卡等地，但是他从小读的是教会学校，然后去英国留学，后来返回尼日利亚。在本土文化和西方文化的双重塑造之下，他面临着个体精神世界的冲突与抉择以及对自我身份的纠结困惑等问题。流散是指"个人或群体选择离开母体文化而在异域文化环境中生存，由此而引起的个体精神世界的文化冲突与抉择、文化身份认同与追寻等一系列问题的文化现象"②。只不过尤金的精神冲突、抉择以及自我身份

---

① ［尼日利亚］奇玛曼达·阿迪契：《紫木槿》，文静译，人民文学出版社2016年版，第34页。

② 张平功主编：《全球化与文化身份认同》，暨南大学出版社2013年版，第88页。

的认同困境等问题是在一种"威严""静默"的氛围下体现出来的，在小说中，并没有正面描写尤金的内心世界，但是从康比丽的视角中和作品细节处，可以看出尤金内心中看似沉默实则剧烈的挣扎。尤金生活在一种文化错位的环境中，"文化错位是殖民制度下殖民地人民的生存状态"①。《紫木槿》中虽然主要表现的是尤金作为殖民产品的言行举止，但是在他的心灵深处，尤其是在一些关键事件之后流露出的与西式价值理念不符的举止恰好证明了尤金身处的矛盾境地，他无法彻底做一个西化的人，也不可能完全做一个地地道道的非洲人。他内心深处满是纠结、分裂和痛苦。"在精神信仰、传统价值等文化核心要素领域，文化的采借不仅困难，而更常常是发生文化冲突的焦点和根源所在。"② 尤金之所以如此，正是因为"受到西方文化和非洲文化这两种并非势均力敌的异质文化的双重塑造，从而处在一种分裂、纠葛的状态中"③。正是在这种状态下，尤金看似是一位虔诚的天主教信徒，一位西式价值观的忠实执行者，但他内心深处无法摆脱传统文化习俗的浸染，始终处于一种无所皈依的状态。这也是"全球移民、大流散时代每个种族群体都无法完全回避的"④ 问题。他表面上是一位家庭独裁者，一位追寻新的民主的斗士，一位虔诚的天主教信徒，但他在深层心理上却呈现为一种挣扎、分裂、矛盾和痛苦的状态，从而与他表面上的言行造成偏差。实际上，他在精神的暗深处始终纠结、徘徊、游移不定，是一位名副其实的流散者。在身份问题上，就表现为不知"我是谁"

---

① 任一鸣：《后殖民：批评理论与文学》，外语教学与研究出版社 2008 年版，第 42 页。

② 刘洪一：《流散文学与比较文学：机理及联结》，《中国比较文学》2006 年第 2 期。

③ 朱振武、袁俊卿：《流散文学的时代表征及其世界意义》，《中国社会科学》2019 年第 7 期。

④ 杨中举：《帕克的"边缘人"理论及其当代价值》，《山东师范大学学报》（人文社会科学版）2019 年第 4 期。

的问题，即不知道是做一名传统主义者还是基督徒。在非洲英语文学中的人物群像中，与尤金类似的流散者还有很多，比如，阿迪契《美国佬》中的伊菲麦露，恩古吉·提安哥《孩子，你别哭》中的恩约罗格，《大河两岸》中的瓦伊亚吉和《暗中相会》中的约翰，伊各尼·巴雷特《黑腔》中的弗洛，库切《夏日》中的马丁与约翰·库切，等等。他们都是非洲文化与西方文化这两种并非势均力敌的异质文化碰撞与交融之下的"流散症患者"。这些"流散症患者"在"我是谁"这个问题上纠结徘徊，游移不定。这就是本土流散者普遍面临的身份问题。但是，本土流散者的身份并不是永远迷失的，他们一直在尝试寻找自己的身份。这在《半轮黄日》中较为明显。

第二节 建构新的民族国家身份："成为比亚法拉人"

本土流散者在自我身份认同的问题上进退维谷，不知所措，但这种状况不会永远持续下去，他们终将开启自我身份的探寻之路。在《半轮黄日》中，奥兰纳和奥登尼博对身份问题的讨论，以及伊博族对国民身份的争夺和抗争，就是本土流散者试图结束流散状态，获取自我身份认同和他人对自我身份认可的一次努力尝试。奥登尼博是恩苏卡大学的一位讲师。他的家中，经常聚集一些志同道合的朋友，时常就某些国内外的重大议题进行探讨，比如去殖民化、泛非主义和民族独立，等等。在一次聚会中，他们就"身份"的问题进行了激烈的讨论，甚至发生了争执。约鲁巴族的阿德巴约小姐认为，奥登尼博是一位不可救药的部落主义者。因为，奥登尼博坚持认为非洲人的唯一身份就是部落。

"当然，当然，但我认为非洲人唯一的真实身份是部落，"

主人说，"我之所以是尼日利亚人，是因为白人创立了尼日利亚，给了我这个身份。我之所以是黑人，是因为白人把'黑人'建构得尽可能与'白人'不同。但在白人到来之前，我是伊博族人"①。

奥登尼博认为，"尼日利亚人"这个身份是白人给予的。实际上，"尼日利亚"这个现代国家确实是白人建立的。"1914年，英国总督合并了北部和南部的保护区，他的妻子挑了一个名字，由此诞生了尼日利亚。"② 而且，奥登尼博之所以是"黑人"，也是白人建构出来的。白人到来之前，他们并没有意识到自己是"黑人"。自我身份需要"他者"的对照才能凸显出来。在一个全是同样肤色的群体中，群体成员并不会意识到自己的肤色有什么与众不同。在《美国佬》中，伊菲麦露从美国回到尼日利亚，深切的感受即是："我感觉在拉各斯下了飞机后，我不再是黑人了。"③ 回到祖国，那种在美国才会凸显的种族身份便消失了。

奥登尼博认为自己的首要身份便是伊博族人，但是埃泽卡教授意见相左。埃泽卡认为，奥登尼博之所以意识到自己是伊博族人，也与白人息息相关。"泛伊博族的理念是面对白人的宰制才产生的。你必须认识到，今天的部落概念也与民族、种族等概念一样，是殖民的产物。"④ 奥登尼博坚持己见。"泛伊博族的理念早在白人到来

---

① ［尼日利亚］奇玛曼达·阿迪契：《半轮黄日》，石平萍译，人民文学出版社2017年版，第22页。
② ［尼日利亚］奇玛曼达·阿迪契：《半轮黄日》，石平萍译，人民文学出版社2017年版，第128页。
③ ［尼日利亚］奇玛曼达·阿迪契：《美国佬》，张芸译，人民文学出版社2017年版，第482页。
④ ［尼日利亚］奇玛曼达·阿迪契：《半轮黄日》，石平萍译，人民文学出版社2017年版，第22页。

之前就有了！"① 奥登尼博的意思是泛伊博族的理念是一种本土理念。尽管，埃泽卡教授与奥登尼博意见相左，但有一点可以确定，那就是奥登尼博认可或尝试认可自己的伊博族身份。奥兰纳与奥登尼博持相同立场，他们是"革命恋人"。奥兰纳曾经多次参加伊博族联盟在姆巴埃齐舅舅家举行的集会。在这种政治聚会中，伊博族男人和女人控诉北部地区的学校不接纳伊博族的孩子。所以，他们想筹建伊博族自己的学校。"我的同胞们！我们将盖起我们自己的学校！我们将集资盖我们自己的学校！"② 这里的"我们"就是指"伊博族"。其他族群对伊博族的排挤，加深了伊博族的凝聚力和自我身份认同。

奥登尼博和奥兰纳的伊博族身份认同具有代表性，他们并不认可"尼日利亚"这个国家，虽然尼日利亚建国的时候，伊博族就是其中的一分子。这有着深刻的历史因由。尼日利亚在20世纪初成为英国的殖民地。"二战"以后，英国的政治、经济和军事实力大为削弱，其殖民地的民族独立运动日益高涨。为了延缓各殖民地的独立进程，维护其在殖民地的一己私利以及反对共产主义在非洲大陆的扩张，英国当局开始对其在非洲的殖民政策进行一系列的调整与改革。在尼日利亚，英国的政策调整以20世纪40—50年代相继出台的《理查兹宪法》《麦克弗逊宪法》和《李特尔顿宪法》为标志。这三部宪法均确定了在尼日利亚实行"分而治之"的原则，即把国土面积为336669平方英里，拥有250多个部族的大国分为三个区域：北区（主要由以豪萨—富拉尼族为主的"北方人民大会党"控制）、西区（主要由以约鲁巴族为主的"尼日利亚行动派"控制）、

---

① ［尼日利亚］奇玛曼达·阿迪契：《半轮黄日》，石平萍译，人民文学出版社2017年版，第22页。
② ［尼日利亚］奇玛曼达·阿迪契：《半轮黄日》，石平萍译，人民文学出版社2017年版，第41页。

东区（主要是由伊博族为主的"尼日利亚和喀麦隆国民会议"控制）。① 这三个区域在民族、宗教、语言以及经济状况等方面差异悬殊，而英国政府正是利用这三个区域的差异企图削弱它们的力量以及减小它们团结抗争的可能性。"地区分治主义作为英国殖民者分而治之政策的结果，事实上已经成为尼日利亚政治的基本特征，它对以后尼日利亚统一国家的稳定构成了潜在的威胁。"② 如果说争取尼日利亚的独立这一总体目标可以使得北区、西区与东区的三大政治势力联合起来的话，那么1960年10月1日尼日利亚取得独立之后，这三大政治势力间的矛盾与冲突便凸显出来了。毕竟，这三大政党只是分别代表不同区域的利益，并不是一个全国性的政党。而且，传统的尼日利亚部族都有自己的社会运行模式，"各自为政"，并没有统一的国家经济基础、文化基础与国家情感，也没有形成统一的民族心理。尼日利亚的形成"不是社会经济发展、民族一体化进程的结果，它是在还没形成统一的经济生活、没有形成统一的民族与文化的时候，就因为非殖民地化的完成就组成新的国家了"③。正如阿迪契所言："一九零六年宣布独立时，尼日利亚是用易碎的钩环串在一起的碎片。"④ 这就产生了很多问题。"昔日属于同一的民族，现在被分割在不同的国家和地区；昔日在同一国家的不同民族，现在被分割在不同的国家和地区，相互变成外国人。"⑤ 因此，种族间的和谐相处变得十分困难。而且，短时期内，各民族的人民很难形

---

① 详见刘鸿武等《尼日利亚建国百年史（1914—2014）》，浙江人民出版社2014年版，第122—126页。
② 刘鸿武等：《尼日利亚建国百年史（1914—2014）》，浙江人民出版社2014年版，第124页。
③ 刘鸿武等：《尼日利亚建国百年史（1914—2014）》，浙江人民出版社2014年版，第130页。
④ ［尼日利亚］奇玛曼达·阿迪契：《半轮黄日》，石平萍译，人民文学出版社2017年版，第171页。
⑤ 陆庭恩、彭坤元主编：《非洲通史·现代卷》，华东师范大学出版社1995年版，第581页。

成统一的国家认同。没有统一的国家认同，各民族间很容易爆发冲突。

1966年，以尼日利亚政府降低可可的收购价格为导火索，大批不满的农民以及在选举中失败的政党掀起反抗政府的运动，一批有预谋的伊博族军官趁机发动军事政变，联邦总理与财政部部长等高官被杀。伊龙西将军担任尼日利亚国家元首，取消联邦制，建立中央集权政府。奥登尼博和奥兰纳支持中央集权。①

同年5月，伊龙西政权颁布的"第34号政府法令"严重触犯了北方的保守势力，生活在北方地区的伊博族人遭到驱逐与屠杀，最后发展成大规模的军事暴动，伊龙西被杀。与此同时，东区的伊博族人开始对当地的豪萨—富拉尼族人进行还击。

在《半轮黄日》中，奥兰纳和阿里泽去农贸市场的时候，看到一群人在殴打一个人。他们看到奥兰纳和阿里泽，就让她们过去说明自己的身份，因为他们在筛选伊博族人。阿里泽反应较快，说起一口流利的约鲁巴语，才躲过一劫。司机伊贝基埃告诉奥兰纳，政变之后，尼日利亚各地一直动荡不安，其他部族的人一直在寻找伊博族人。他的叔叔就不敢在家里睡觉了，因为邻居都是约鲁巴人，他们一直在找他。"他们走到街上，开始骚扰伊博族人，因为他们说

---

① 奥登尼博认为："只有统一的中央集权的政府才能铲除主张分裂的地方主义。"（《半轮黄日》，第145页）只有推动国家前进的东西才重要。"资本主义民主在原则上是好东西，但如果是我们这种资本主义民主——有人给你一条连衣裙，告诉你说，这条连衣裙看上去与她们自己的一模一样，但你穿上不合身，而且扣子也掉了——那么，你就必须抛弃，按你自己的尺寸量身定做一条连衣裙。"（《半轮黄日》，第139页）奥登尼博的意思很明显，西式民主固然好，但不适合尼日利亚。尼日利亚必须探索自己的道路。但是，奥兰纳的母亲并不同意，她在喝得微醺的时候告诉理查德："但并非人人都满意政府正在探讨的《中央集权法令》。"（《半轮黄日》，第148页）所以，奥兰纳的母亲和父亲将会前往英国，暂避风头，防止因《中央集权法令》而引起新的动荡不安。理查德认为，社会主义的实质就是经济意义上的公平正义。凯内内并不认同，她觉得："社会主义永远不会适合伊博族人。"在伊博族中，"奥本耶阿卢"是女孩子常用的名字，它的意思就是"不要嫁给穷人"。"孩子一出生便打上这样的印记，说这是资本主义，已经够抬举他们的了。"（《半轮黄日》，第76页）

政变是伊博族的政变。"① 伊博族政变引发了其他民族的恐慌。

奥兰纳心里空落落的，发生这样的事，不知如何是好。阿里泽用约鲁巴语蒙骗过那些寻找伊博族人的暴徒，也让奥兰纳心生感慨："她无法相信，否认自己的身份，耸耸肩对身为伊博族人不屑一顾，竟是如此容易。"② 在种族矛盾发生危机的时刻，承认自己的身份，很可能会遭遇杀身之祸。奥兰纳之所以心中空空，跟她十分认同伊博族的身份密切相关。

1966年7月29日，豪萨族军官发动政变，戈翁当选国家元首。北部军官已经控制了局势，而且，正在杀害伊博族军官。伊博族军官乌多迪·埃凯奇上校就惨死于这次政变：

> "北部军人把他关在军营的牢房里，逼他吃自己的屎。他吃了。"凯内内停顿片刻。"随后他们把他打得不省人事，把他绑在一个铁十字架上，把他扔回了牢房。他死了，绑在十字架上。他死在十字架上。"③

据马杜上校所述，与乌多迪·埃凯奇一起惨死的，还有奥卡福尔、奥昆韦泽和伊洛普塔伊费等人。他们都拥护尼日利亚，无所谓部落差异。乌多迪的豪萨语还好过伊博语，但依旧无济于事。"这事之后，伊博族军人和北部军人永远不可能住在同一座军营里。"④ 对于戈翁当选国家元首，伊博族军官马杜上校并不同意："戈翁不能做

---

① ［尼日利亚］奇玛曼达·阿迪契：《半轮黄日》，石平萍译，人民文学出版社2017年版，第146页。
② ［尼日利亚］奇玛曼达·阿迪契：《半轮黄日》，石平萍译，人民文学出版社2017年版，第146页。
③ ［尼日利亚］奇玛曼达·阿迪契：《半轮黄日》，石平萍译，人民文学出版社2017年版，第152页。
④ ［尼日利亚］奇玛曼达·阿迪契：《半轮黄日》，石平萍译，人民文学出版社2017年版，第154页。

国家元首。他们不能把戈翁强加给我们，做我们的国家元首。没有这么行事的。有人比他资格更老。"① 尽管北部的豪萨族控制了局势，选出了新的国家元首，但是，南部的伊博族并不认可。从身份认同这个层面来说，尼日利亚内部各民族间之所以爆发矛盾冲突，很大程度上是因为他们没有统一的国家认同，即他们并不认同"尼日利亚"这个国家。

那么，短时间内不可能形成对尼日利亚这个国家的国家认同，况且，民族矛盾由来已久，也不会在短时期内消除。在各种力量的作用下，伊博族人必须自寻出路。那就是建构新的民族国家身份，成为"比亚法拉人"。

1967年5月30日，东尼日利亚脱离联邦，成立比亚法拉共和国。有论者指出："比亚法拉的独立标志着'非洲土著人民第一次掌握了自己的命运'，至少在非洲人无视欧洲殖民者留下的边界，试图划定自己的国家边界的时候是这样。"② 划定自己的国家边界，很大程度上就是确立自己的身份认同。东区领导人奥朱库宣布：

> 男女同胞们，东尼日利亚的人民……我庄严宣布，众所周知的东尼日利亚，被称为东尼日利亚的领土和地区，以及她的大陆架与领海，自此以后是一个独立的主权国家，她的名讳与称谓便是比亚法拉共和国。③

奥登尼博和奥兰纳兴高采烈，手舞足蹈。这是他们的新纪元：

---

① [尼日利亚] 奇玛曼达·阿迪契：《半轮黄日》，石平萍译，人民文学出版社2017年版，第154页。

② Meredith Coffey, "'She Is Waiting': Political Allegory and the Specter of Secession in Chimamanda Ngozi Adichie's Half of a Yellow Sun", *Research in African Literatures*, Vol. 45, No. 2, 2014, p. 64.

③ [尼日利亚] 奇玛曼达·阿迪契：《半轮黄日》，石平萍译，人民文学出版社2017年版，第178页。

"这是一个新的开端,一个新的国家,他们的新国家。"① 这一刻开始,他们不再是尼日利亚人,而是比亚法拉人。比亚法拉共和国是他们自己的国家,他们有了自己认可的身份。伊博族自己宣布成立比亚法拉共和国仅仅是一个方面,得到其他国家的认可同样非常重要。身份的确立必须得到他人的认同。"奥登尼博!奥登尼博!坦桑尼亚承认了我们!"② 奥兰纳从收音机中得到这一消息后,异常兴奋。

东区领导人拒绝承认北方戈翁为首的政府首脑,再加上戈翁的"建州计划"以及争夺东区的石油、森林、矿产等原因,1967 年 8 月 9 日爆发了惨烈的尼日利亚—比亚法拉内战。"简单说来,这一仇恨的始作俑者是英国殖民实践中非正式的分而治之政策。这种政策操控部落间的差异,确保统一难以为继,从而实现对这样一个大国的轻松统治。"③

成立比亚法拉共和国并不仅仅是分离主义者的意图,还有一个推力,即豪萨族的驱赶,"伊博族人必须滚蛋。异教徒必须滚蛋。伊博族人必须滚蛋"④。对伊博族人来说,"大屠杀使得之前的尼日利亚人变成了热忱的比亚法拉人"⑤。也就是说,大屠杀使那些身为伊博族的尼日利亚人下定决心,成为比亚法拉人。尽管那些伊博族人可能内心深处并不认可尼日利亚这个国家,但是不认可并不表明就要群起反抗,而很可能会忍气吞声。然而其他民族的大屠杀加快了伊博族人成为比亚法拉人的步伐,使他们放弃了"忍气吞声"成为尼日利亚人的"幻想"。

---

① [尼日利亚] 奇玛曼达·阿迪契:《半轮黄日》,石平萍译,人民文学出版社 2017 年版,第 185 页。

② [尼日利亚] 奇玛曼达·阿迪契:《半轮黄日》,石平萍译,人民文学出版社 2017 年版,第 322 页。

③ [尼日利亚] 奇玛曼达·阿迪契:《半轮黄日》,石平萍译,人民文学出版社 2017 年版,第 184 页。

④ [尼日利亚] 奇玛曼达·阿迪契:《半轮黄日》,石平萍译,人民文学出版社 2017 年版,第 161 页。

⑤ [尼日利亚] 奇玛曼达·阿迪契:《半轮黄日》,石平萍译,人民文学出版社 2017 年版,第 224 页。

实际上，并不是只有伊博族想脱离尼日利亚，其他民族也有类似想法。"二战"之后，尼日利亚南部出现了一大批精英，这就引起了北部的警觉。"它担心被教育水平更好的南部统治，何况一直以来，它想建立一个与异教徒聚居的南部分离的国家。但英国必须维持尼日利亚的现状，这是他们珍贵的创造，他们的巨大的市场，法国人的眼中钉、肉中刺。"① 也即是说，不仅仅伊博族想要独立，北部的豪萨族也想要独立。这种"分离主义"不仅仅出现在一个地区，而是一个国家的好几个地区，只不过在英国的控制下，这种"分离主义"隐而不彰。

在庆祝"比亚法拉共和国"成立的集会上，"比亚法拉人"举行了一场身份转换的仪式，就是葬送"尼日利亚"。"一些年轻人正在抬一副棺材，上面用白粉笔写着'尼日利亚'；他们佯装严肃，举起棺材。随后……在地上挖一个浅坑。他们把棺材抬进浅坑时，人群爆发出一阵欢呼。"② 把写着"尼日利亚"的棺材埋进浅坑，就是葬送尼日利亚的象征，也意味着否认"尼日利亚"这个国家，否认"尼日利亚人"这个身份。除此之外，还有一些其他形式，比如更换货币。"当尼日利亚人改换了货币，比亚法拉电台也匆匆宣布实行新币制，奥兰纳在银行前的长队里站了四小时，躲闪着用答鞭打人的男人和推推搡搡的女人，终于把尼日利亚币换成了更漂亮的比亚法拉镑。"③ 货币的更换，是身份认同转变的一种体现，也是强化身份认同的一种方式。

但是，伊博族成为比亚法拉人的努力还是失败了。比亚法拉失败了，尼日利亚重新获得了统一。但是，战争结束之后并没有立刻迎来安宁的生活环境，尼日利亚士兵还在挨家挨户地搜索，搜寻能够威胁尼日利亚统一的东西。两个士兵闯进了奥兰纳的家里，命令

---

① ［尼日利亚］奇玛曼达·阿迪契：《半轮黄日》，石平萍译，人民文学出版社2017年版，第171页。

② ［尼日利亚］奇玛曼达·阿迪契：《半轮黄日》，石平萍译，人民文学出版社2017年版，第179页。

③ ［尼日利亚］奇玛曼达·阿迪契：《半轮黄日》，石平萍译，人民文学出版社2017年版，第285页。

房间内的所有人都趴在地上,然后翻箱倒柜。士兵走后,奥兰纳从藏在鞋里的信封中取出比亚法拉镑,试图焚烧这些钱币。

"你在焚烧记忆。"奥登尼博说。
"我不是。"她不会把记忆寄托于陌生人可以闯进来抢走的东西,"我的记忆在我心里。"①

对于奥兰纳来说,比亚法拉镑就是比亚法拉的象征。虽然,比亚法拉共和国最终灭亡了,但是,奥兰纳私藏比亚法拉镑,就是认可自己属于比亚法拉人这一身份。奥登尼博也是如此。奥登尼博把比亚法拉国旗叠好,藏在裤子的口袋里,也是对自我身份认同的一种体现。但是,私自保存比亚法拉的"遗物"的行为并不安全和妥当,因为尼日利亚士兵仍在搜查。对于尼日利亚士兵来说,私自保存比亚法拉的遗物就是仍旧对比亚法拉共和国存有念想,仍旧期待比亚法拉有"死灰复燃"的可能性,就依然不会从心底里认可尼日利亚这个国家,也不会认可"尼日利亚人"这个身份,而这对于尼日利亚的统一和稳固是不利的。奥兰纳试图焚毁比亚法拉镑,并不是如奥登尼博所忖度的那样,是在焚烧记忆,或者主动放弃对比亚法拉的记忆。奥兰纳此举是把对比亚法拉的记忆藏在更私密、更隐秘的地方,即自己的内心里。奥兰纳的自我身份认同转入了更内在化的心灵层面。比亚法拉的失败是尼日利亚军队武力镇压的结果,伊博族不得不放弃"比亚法拉"的身份,不得不承认"尼日利亚"这个身份,尽管在内心深处,他们还是认同"比亚法拉"这个身份。伊博族人在内心深处认同"比亚法拉",就有重新建立"比亚法拉"的可能性。对于尼日利亚来说,"比亚法拉"也就有"死灰复燃"的那一天。从身份这一层面来说,尼日利亚——比亚法拉之间的战争就是一场"身份争夺之战"。

---

① [尼日利亚]奇玛曼达·阿迪契:《半轮黄日》,石平萍译,人民文学出版社2017年版,第470页。

第三节　回归国家认同：重做"尼日利亚人"

伊博族建立"比亚法拉共和国"的愿望落空了，尼日利亚重新得到了统一。因而伊博族人成为"比亚法拉人"的努力失败了，不得不重又成为"尼日利亚人"。但是，正如《半轮黄日》的结尾所暗示的，对"比亚法拉"的记忆，对"比亚法拉人"这个身份的坚守，已经被奥兰纳等人藏在内心深处了。这种"记忆"和"认同"虽被隐藏，但并没有消失。也就是说，伊博族成为"比亚法拉人"的愿望依旧存在，当条件允许的时候，这种"成为比亚法拉人"的冲动很可能会"死灰复燃"。如果"成为比亚法拉人"的民族情绪"重出江湖"，尼日利亚很可能会再次陷入动乱的境地。由此看来，身份认同极为重要，它关乎民族、国家的生死存亡。如果以奥登尼博和奥兰纳为代表的伊博族人放弃成为"比亚法拉人"的追求，而主动且心甘情愿地投入"尼日利亚"的"怀抱"，那么所谓的"分离主义"很可能就会偃旗息鼓，而不会再像一枚定时炸弹一般"利剑高悬"。问题是，如何让那些存有"分离主义"意愿的民族认同尼日利亚这个现代主权国家呢？重要的是让那些有分离主义倾向的民族建构对"尼日利亚"这个国家的认同，而在流散的语境中，则有利于这种对现代国家的身份认同的构建。异邦流散者离开尼日利亚，来到英美国家，不管这些流散者的主观意图是什么，在英美国家的"目光"中，他们首先是来自"尼日利亚"的人，是"尼日利亚人"，或者"非洲人"，不管这些被审视者，也就是这些异邦流散者愿不愿意。也就是说，自我身份的确认不仅需要自我的确认，还需要"他者"的认可，而异邦流散者无时无刻不面对着"西方"这个"他者"的参照。异邦流散者的参照标准变了，不再是一个国家之内的其他民族，而是全球体系中的某个国家。参照标准的变化也就影响着流散者的身份认同。

《美国佬》中的伊菲麦露和奥宾仔是典型的异邦流散者。在异国他乡，异邦流散者面临的突出问题就是身份困境。他们也面临着身份迷失的窘境和身份建构的历程。只不过，他们的这种身份迷失和身份建构，都离不开"西方"这个"他者"。首先，异邦流散者的身份迷失是在西方社会中迷失的，他们的"原初身份"得不到移居国的认可，新的身份的建构也需要移居国的承认。在尼日利亚，伊菲麦露有自己的父母、亲朋和关系网络，因此有自己特定的身份。"所谓身份，是指一个人（群体、阶级、民族、国家等）所具有的独特性、关联性和一致性的某种标志和资质，这种标志和资质既使它的身份与其他身份区别开来，又使它的身份可以归属一个更大的群体身份中。"① 以伊菲麦露为代表的异域流散者离开了尼日利亚这个更大的群体身份，而来到了另一个资质和标志完全不同的群体之中。"她的生活具有一种洗尽铅华的特质，一种激发人心的质朴无华，没有父母、朋友、家，那些使她之所以成为她的熟悉陆标。"② 朋友、父母和家，都是使伊菲麦露"是"其所"是"的必要因素，但在美国，这些必要因素统统失效了。她失去了自己原初的身份，要想生存下来，就必须冒充别人的身份去找工作。阿兰·德波顿认为，身份即地位，是个人在社会中的位置。从狭义上讲就是个人在团体中法定或职业的地位，从广义上说就是个人在他人眼中的价值和重要性。③ 离开祖国，意味着某些生而自有的符号、地位、身份的丧失。"她突然感觉云山雾罩，一张她努力想扒住的白茫茫的网。……世界如裹上了纱布。她能了解事情的大致轮廓，但看不真

---

① 张其学：《文化殖民的主体性反思：对文化殖民主义的批判》，北京师范大学出版社2017年版，第114页。
② ［尼日利亚］奇玛曼达·阿迪契：《美国佬》，张芸译，人民文学出版社2017年版，第112页。
③ 参见［英］德波顿《身份的焦虑》，陈广兴、南治国译，上海译文出版社2007年版，第5页。

切,远远不够。"① 这就是身份迷失带给伊菲麦露的感觉。她只知道自己从哪里来,但不知自己是谁。由此可见,本土流散者和异邦流散者都会面临身份迷失的困境。

　　身份迷失给伊菲麦露的侄子戴克带来更大的冲击。戴克是乌茱年轻时被尼日利亚的一位将军傲甲包养时所生的儿子。戴克周岁的时候,傲甲因政变而死。乌茱无奈之下,带着戴克来到了美国。戴克从小便脱离了尼日利亚这一母体文化,又跟随逐渐美国化的母亲生活,成长于新的环境中。戴克接受的完全是美国式的教育。他在地下室里吞了一整瓶泰诺,还服用了止吐药。幸好乌茱及时发现,把他送往医院。伊菲麦露认为,戴克之所以试图自杀,与他的身份迷失密切相关。

　　"你记得吗,有一次,戴克在告诉你什么事,他说'我们黑人',你告诉他'你不是黑人'?"她问乌茱姑姑,压低声音,因为戴克还在楼上睡觉。她们在那间公寓的厨房里,柔和的晨光洒落进来,乌茱姑姑穿好了衣服准备上班,正站在水池旁边吃酸奶,用勺子舀着一个塑料杯。
　　"嗯,记得。"
　　"你不该那么讲的。"
　　"你知道我的意思。我不希望他开始表现得像这些人一样,把他的遭遇统统归因于他是黑人。"
　　"你告诉他,他不是什么人,却没有告诉他,他是什么人。"②

　　处于青春期的戴克明明有着黑色的皮肤,来自尼日利亚,他的

---

① [尼日利亚] 奇玛曼达·阿迪契:《美国佬》,张芸译,人民文学出版社2017年版,第133页。
② [尼日利亚] 奇玛曼达·阿迪契:《美国佬》,张芸译,人民文学出版社2017年版,第385—386页。

母亲却告诉他,他不是黑人。但是,在那些白人面前,戴克的肤色无声地表明了一切。戴克之所以认同"我们黑人",正是导因于白人的对照。乌苿告诉戴克,"你不是黑人",这就给戴克造成了混乱。乌苿和伊菲麦露忽略了戴克内心的创伤,也疏于耕耘戴克言语中的情感土壤。戴克只知道他不是什么人而不知道他是什么人,"身份就是一个个体所有的关于他这种人是其所是的意识"①。在美国,戴克"是"其所不"是"。他无法确认自己的身份,也就无法产生自我认同。戴克离开尼日利亚时年纪尚幼,还没有受到尼日利亚传统文化习俗的熏染,也没有形成主体性的文化身份认同。到了美国,接受了美国的教育和文化影响之后,他的主体性身份认同是美国式的。"如同道德一样,文化在心理和行为上对人产生约束力,有学者称之为软性控制,其控制的核心就是人们的信仰和认同感。"② 就算戴克的认同感和归属感是美国式的,但是他那黑色的皮肤又时时刻刻提醒着他是黑人的事实。他无法解决"我是谁"的问题,而他的母亲又疏于疏导,也没有告诉他"他是谁"。戴克的身份认同的同一性出了问题。"身份认同的同一性是指某一个体或群体身份的整一性、一致性、连续性、确定性、稳定性的状态,它表明一个个体或群体'是其所是'的意蕴,换言之,它表明一个个体或群体身份的时间和空间关系的动态一致性。"③ 问题是,戴克尚未在尼日利亚的环境中建立起自我身份认同,便被带到了美国,而在美国,他又在自己到底是尼日利亚黑人还是美国黑人的身份认同困境中迷失。所以他的这种身份认同的同一性、一致性是断裂的。戴克的身份认同是失落的、丢失的和尚未建立的。

---

① 钱英超:《身份概念与身份意识》,《深圳大学学报》(人文社会科学版)2000年第2期。

② 乔蕊琳:《女性主义的后现代转向与新型女性文化的建构》,博士学位论文,黑龙江大学,2014年,第74页。

③ 张其学:《文化殖民的主体性反思:对文化殖民主义的批判》,北京师范大学出版社2017年版,第128页。

经历了身份迷失的困扰，伊菲麦露等人接下来的工作就是努力建构新的身份，得到移居国的认可，但是身份建构之路何其困难。"身份确认对任何个人来说，都是一个内在的、无意识的行为要求。个人努力设法确认身份以获得心理安全感，也努力设法维持、保护和巩固身份以维护和加强这种心理安全感，后者对于个性稳定与心灵健康来说，有着至关重要的作用。"① 在取得合法身份以前，奥宾仔和伊菲麦露一直过着提心吊胆的生活，所从事的工作也是十分低下和卑微的。② 初抵第一世界的第三世界移民有着相似的遭际，他们为了生存下来不得不从事十分低贱的工作。

在富裕的西方社会里被纳入了一种高度边缘化的社会分工，这种分工剥夺了他们几乎全部从其"原初联系"那里获得的社会资源和身份意义，把他们变成了"多元文化"社会构造中某个必要而晦暗的角落的填充物——只有一小部分幸运儿能够

---

① 乐黛云、张辉主编：《文化传递与文学形象》，北京大学出版社 1999 年版，第 331 页。

② 奥宾仔在英国的第一份工作是在一家地产经纪人事务所打扫厕所。他心怀讥讽，只为那一小时三英镑。他成长在一个有梦想支撑、三餐无忧的家庭中，而如今却在异国戴着橡胶手套、提着水桶清理厕所。负责女厕所的那位加纳女孩宁愿与那位波兰女人聊天也不愿搭理他，就是因为他们都是黑人。黑人对黑人有细致入微的了解，这种了解会让人感到隐私得到暴露而使得他们自动疏远。在那位同样是打扫厕所的波兰女人面前，那位加纳女孩可以自由地改头换面，想做谁就做谁。他的第二份工作是在一间洗涤剂包装仓库清扫宽敞的过道，没多久就因为公司裁员而被辞退。接下来的工作是顶替别人当"脚夫"送货，一小时四英镑。身在美国的伊菲麦露也不例外，她冒别人的身份应聘过家庭护工、服务员、招待员、酒吧侍者、收银员等工作，但皆杳无音讯。她的囊中逐渐羞涩，但是接踵而至的基本消费令她日益惶恐。她的脑海中时常环绕着无法驱散的隐忧。她买不起教科书，付不起房租。她只得借别人的教科书，疯狂地抄笔记。那种不得不求人的感觉啃噬着她的自尊心。她在走投无路之际，给那位白人网球教练提供了肉体抚慰。她用那得来的一百美元渡过了难关。但是从此以后，她断绝了与尼日利亚的男友奥宾仔的联系。她背叛了自己，背叛了奥宾仔。

除外。①

奥宾仔和伊菲麦露在尼日利亚虽不是大富大贵，但也算生活无忧。但在美国，他们在尼日利亚的一切统统失效，只能充当西方社会中某个角落的"填充物"。在阿迪契的另一部小说《半轮黄日》中，富家女奥兰纳和凯内内就属于这一小部分幸运儿，她们都留学英国，但从全书来看，她们并没有遭遇过《美国佬》中伊菲麦露和奥宾仔那样的经历，因为她们在国内有着雄厚的财力支撑，她们的父亲是当地的酋长，拥有半个尼日利亚。

为了获得合法身份，奥宾仔做了很多努力，但最终失败了。流散者的空间位移打破了个体或群体身份的整一性、一致性、连续性和稳定性的状态，破坏了个体或群体身份在时间和空间方面的动态一致性。如果流散者在异域没有重新建立起新的身份认同，那就会一直处在焦虑之中。

> 身份的焦虑是一种担忧。担忧我们处在无法与社会设定的成功典范保持一致的危险中，从而被夺去尊严和尊重，这种担忧的破坏力足以摧毁我们生活的松紧度；以及担忧我们当下所处的社会等级过于平庸，或者会堕至更低的等级。②

异邦流散者在移居国的身份追求，既是自我主动"靠近"移居国的过程，也是移居国主动认可的过程。如果移居国并未满足流散者的被认同期待，那么就会产生身份的焦虑。奥宾仔和伊菲麦露就时时处在这种身份焦虑之中。虽然身份不是固定不变的，而是根据时间地点的转变而不断变化的，"从理论上说，有多少不同的时间、

---

① 钱超英：《流散文学：本土与海外》，海天出版社2007年版，第10页。
② ［英］德波顿：《身份的焦虑》，陈广兴、南治国译，上海译文出版社2007年版，第6页。

地点、身份的构造者，属于一个文化共同体的身份就有多少"①。但是，理论上的可行性往往忽略了人们身份变化时所导致的情绪变化和心灵创伤。所以，伊菲麦露、戴克和奥宾仔等人因为身份转变而遭遇的艰难困苦和悲欢离合是绝对不能忽视的。

奥宾仔努力过，但失败了。"随失败而来的是耻辱感：一种腐蚀性的意识产生了，那就是我们没能使世界信服我们自身的价值，并因而获得怨恨成功者且自惭形秽的境地。"② 奥宾仔在英国的遭遇像极了丹尼尔·笛福在《魔鬼史》中描写撒旦的情景：

> 撒旦被如此局限于一种流浪、漫游、不安的状态之中，没有任何固定的居所；尽管他由于自身的天使本质，可以在污水或空气中掌管某种领域，然而那必然是他所受惩罚的一部分，他……没有任何固定的地方或空间，可以让他歇息脚跟。③

奥宾仔就如撒旦一般，"局限于一种流浪、漫游、不安的状态之中，没有任何固定的居所"。他不仅仅身体在流浪，心灵也居无定所。他冒充别人的身份打工赚取微薄的收入，常常遭受歧视与排挤，在别人面前低三下四。他的处境与撒旦的处境无异，都身处一种被排挤的边缘化境遇之中。所有这一切的根源就是他没有英国认可的合法身份。"你们可以工作，你们是合法的，你们是光明正大的，你们甚至不知道自己有多么幸运。"④ 奥宾仔最大的问题就是无法得到

---

① 乐黛云、张辉主编：《文化传递与文学形象》，北京大学出版社1999年版，第336页。

② [英]德波顿：《身份的焦虑》，陈广兴、南治国译，上海译文出版社2007年版，第6页。

③ 转引自[英]塞尔曼·鲁西迪《魔鬼诗篇》，佚名译，台北：雅言文化2002年版，第7页。

④ [尼日利亚]奇玛曼达·阿迪契：《美国佬》，张芸译，人民文学出版社2017年版，第231页。

他者的认可,当然,这里的他者既包括个体层面的他者也包括国族层面的他者。"对他者的承认,只有在每个人都明确承认他者有权成为一个主体的条件下,才有可能实现。反过来说,主体如果不承认他者为主体,则主体本身也不能得到他人的明确承认,而且,主体首先就不能摆脱对他者的恐惧。"[1] 身为在英国的尼日利亚男性,奥宾仔是有权成为一个主体的,但是奥宾仔这个充满血肉的主体首先要得到英国这个抽象的主体的认同,然后才能得到具体的英国国民的认可。奥宾仔要做的是以一己之力对付庞大的英国。在获得合法身份之前,奥宾仔将被视为他者、异类、危险的制造者。他要努力获得英国及其国民这个他者的认同。"这就预示了自我的另一个关键特征。一个人只有在其他自我之中才是自我。在不参照周围的那些人的情况下,自我是无法得到描述的。"[2] 也就是说,身份找寻一方面要获得自我认同,另一方面也要获得他人认同。除却个人层面上的意义,奥宾仔寻求身份的努力还象征着其母国在第一世界找寻身份的艰难历程。

另外,还有一点值得重视,那就是在全球化时代,在国与国之间的政治、经济和文化相互影响的时代之中,任何一个国家都无法脱离其他国家尤其是英美等第一世界的影响而独自存在,也就是说,每一个国家都镶嵌在全球化的权力关系网络中。那么,异域流散者在迁居国不仅仅与自身相关,他还代表着他的祖国。"一种人在某个社会里的景况,在很大程度上是其'原初联系'的背景社会在世界格局中所处的权力关系,被复制到一个新社会内部的结果。"[3] 所以,异域流散者在迁居国的处境就可以视为他的母国在全球化的国

---

[1] [法]阿兰·图海纳:《我们能否共同生存》,狄玉明、李平沤译,商务印书馆2003年版,第230页。

[2] [加拿大]查尔斯·泰勒:《自我的根源:现代认同的形成》,韩震等译,译林出版社2001年版,第48页。

[3] 钱超英:《广义移民与文化离散——有关拓展当代文学阐释基础的思考》,《深圳大学学报》(人文社会科学版)2006年第1期。

际权力关系体系中的境遇的象征。他们在寄居国所遭遇的种族歧视、身份迷失和边缘化处境等问题就是他们的祖国在国际权力关系格局中的遭遇的象征性体现。

与奥宾仔相比，伊菲麦露算是幸运的，因为经过重重艰险，终于在美国站稳了脚跟。"她的博客颇受欢迎，每个月有数以千计不重复的访问量，她挣得优渥的演讲费，她有一份普林斯顿研究员的薪金，和一段与布莱恩的恋情。"① 应该说，她通过自己艰苦的努力在美国重新塑造了自己的身份，实际上也确实如此。但是她仍然心有郁结。她思乡心切。那些手握英国或美国的学位的尼日利亚人回到家乡创业，或办杂志，或做音乐，或做餐饮，他们过着她想要的生活。"尼日利亚成了她理应的归宿，她唯一可以深深扎根而无需时常用力把根拔出来、抖去泥土的地方。"② 拉各斯的朋友看待从美国回来的伊菲麦露时已经不把她看成"纯"尼日利亚人了，但也不是"纯"美国人。"'美国佬！'阮伊奴豆时常揶揄她，'你在用美国人的眼光看事情'。可问题是你根本不算真正的美国佬。你起码要有美国口音，我们才会容忍你的抱怨！'"③ 而实际上，伊菲麦露的脑海中确实存在着一种双重意识，既拥有此又拥有彼，既不属于此也不属于彼。"由于散居族裔的跨民族跨文化跨国特征，他们身上经常体现着隐性的源文化、源意识与显性的现文化、现意识之间的分裂与冲突，体现着某种程度上的身份不确定性，体现着某种'双重身份'或'双重意识'"④。有着跨界生存经历的人在面对故乡或者异国时，总会不自觉地以某种参照标准来衡量眼前的事物。这是流散者

---

① ［尼日利亚］奇玛曼达·阿迪契：《美国佬》，张芸译，人民文学出版社2017年版，第6页。
② ［尼日利亚］奇玛曼达·阿迪契：《美国佬》，张芸译，人民文学出版社2017年版，第6页。
③ ［尼日利亚］奇玛曼达·阿迪契：《美国佬》，张芸译，人民文学出版社2017年版，第391页。
④ 张冲：《散居族裔批评与美国华裔文学研究》，《外国文学研究》2005年第2期。

无法摆脱的宿命。

奥宾仔最终被遣返回国，没能在英国站稳脚跟；伊菲麦露通过自己的努力，拿到了绿卡，成功在美国定居下来。他们的结局虽然不同，但"殊途同归"。因为，伊菲麦露最后还是回到了尼日利亚。有趣的是，奥宾仔和伊菲麦露分别前往英国和美国之后，他们的"身份"自然而然地变成了"尼日利亚人"，或者是"非洲人"。因为参照标准变了，变成了英国和美国。在《半轮黄日》中，人物的活动中心一直在尼日利亚，没有英美等西方国家的参照，他们的自我身份认同不是"国家"层面，而是"民族"的层面，他们认同自己的民族身份，正如奥兰纳和奥登尼博所表现的那样，一直强调自己的伊博族身份，甚至为建立由伊博族组成的国家努力奋斗，不惜牺牲性命。也就是说，个体的身份认同随着参照标准的变化而变化。通过以上分析，我们可以获得如下结论：第一，从美国或英国的角度来看，伊菲麦露和奥宾仔等人的国籍就是尼日利亚，他们首先是尼日利亚人，而不是伊博族人。因为这是国家与国家之间的相互认可。第二，从伊菲麦露和奥宾仔等异邦流散者的角度来看，尽管他们个人有着强烈的融入英国或美国的意愿，但是必须要得到移居国的认可。就算奥宾仔和伊菲麦露的自我身份认同是伊博族人，但如果没有"他者"——英国和美国——的认可，他们也就无法把自我身份认同和移居国对他们的认同完美对接。第三，伊菲麦露和奥宾仔等人在移居国的遭遇，诸如身份迷失、种族歧视、失去家园和边缘化体验等问题，皆构成了一种"反推力"，即融入英美国家阻力重重，而返回尼日利亚则变得顺理成章。正是有了流散这种跨国界跨文化的生存经历，他们才接触到"西方"这个"他者"，也正是"西方"这个"他者"，才使得他们陷于流散的境地之中。可以说，流散有助于他们重新认同尼日利亚。

小　　结

阿迪契作为生活在美国的尼日利亚人，与其他异域流散者一样，都生活在两种异质文化的张力之下。在异质文化的双重影响下,身份认同成为一个非常重要的问题。"由于他们的写作是介于两种或两种以上的民族文化之间的,因而,他们的民族和文化身份认同就不可能是单一的,而是分裂的和多重的。"① 其实,这种分裂的和多重的民族、文化身份是在经历过异质文化的双重影响之后形成的结果,并不是一开始就是如此。也就是说,非洲流散者的身份认同经历了多重转变。殖民者入侵之前,非洲原住民自有其原初的身份归属。殖民者到来之后,非洲原住民陷入了本土流散的境地,他们在"我是谁?"这个问题上纠结徘徊,犹疑不决;后来,他们便寻求确定的身份认同,即殖民者到来之前的身份,并试图建立单一的民族国家;流散到异邦之后,在异国他乡的衬托下,流散者的身份又经历了新的变化:第一,完全融入移居国,认同他们的生活方式和价值观;第二,完全拒斥移居国的文化习俗,无法适应那里的生活而返回祖国;第三,受两种文化影响而在脑海中形成了一种双重意识,既不属于此也不属于彼,在其间徘徊、踟蹰,无法摆脱任何一方。但是这三种情况也并不是泾渭分明的,而且,前两种情况大都是"理论"化的推演,实际情况要复杂得多。比如,就算异邦流散者完全融入了移居国,他们在融合的过程中所遭受的苦难的创伤也是很难消除的,况且,在"他者"的眼中,是否真正认可他们的融入也是一个复杂的问题。那些最终返回故国的流散者,往往也携带着在异国他乡"获得"的"眼光"或"标准","审视""衡量"自己的祖国,结果便是对自己的祖国产生复杂的感情,而且,他们在异国他乡所遭受的不愉快经历也是很难消除的。这些返回祖国的流散者尽管回到了自己的"国家",他们是否真正认同了这个"国家",而不是像奥兰纳和奥登尼博那样,把象征着"比亚法拉"的国旗和钱币私自藏起来,或把对"比亚法拉"的记忆潜藏于心?要知道,把对"比亚法拉"

---

① 王宁:《流散文学与文化身份认同》,《社会科学》2006 年第 11 期。

的记忆深藏于心,"比亚法拉"就会在一定的历史条件下"重出江湖"。这种复杂性使得我们暂时不能对非洲流散者的身份认同做出一个毋庸置疑的判定,后事如何,还需对非洲文学的发展作进一步追踪。

第七章

女性流散主体的觉醒和主体性重构

通常意义上所理解的流散是对具有跨国界和跨文化生存经历的群体的统称，不管他们是被迫的还是自愿的，都可以纳入流散的范畴。但是在非洲，情况有所不同，非洲原住民没有跨国界的生存经历同样处在流散的境况之中。这与非洲的被殖民遭遇息息相关。A. 阿杜·博亨（Albert Adu Boahen，1932—2006）认为，1880 年之前，欧洲人直接统治非洲的范围极其有限，百分之八十的地盘是由非洲本土首领、国王以各种形式的统治模式管理；而 1890—1910 年，欧洲殖民者实际上已经占领了整个非洲大陆，并建立起殖民制度；1910 年之后就是殖民制度的巩固和开拓时期。① 在殖民开拓、征服和占领的过程中，基督教的传播、教会学校和出版机构的出现推动了非洲英语文学的产生。② "现代非洲文学诞生于殖民主义强加的教育体系中，其模式借鉴自欧洲，而非现存的非洲传统。但非洲的口头传统对这些文学产生了自己的影响。"③ 可以说，非洲英语文

---

① 参见［加纳］A. 阿杜·博亨主编《非洲通史：殖民统治下的非洲 1880—1935 年》，中国对外翻译出版公司 1991 年版，第 1 页。

② See Simon Gikandi, *Encyclopedia of African Literature*, London and New York: Routledge, 2003, pp. xi-xii.

③ Elizabeth Ann Wynne Gunner, Harold Scheub, *African Literature*, https://www.britannica.com/art/African-literature.

学是西方文化和本土文化密切作用的产物。非洲本土习俗遭到强势的外来文化的震荡和瓦解是非洲文学的普遍主题。"若干世纪以来的生活准则遭到破坏的过程，不仅扩展到曾经沦为殖民地的国家，甚至扩展到曾经保持住国家独立的埃塞俄比亚。"[①] 尼日利亚作家钦努阿·阿契贝、本·奥克瑞和肯尼亚作家恩古吉·提安哥等人的作品中就表现了外来文化与本土文化的冲突及其造成的影响。在外来文化和本土文化这两种并非势均力敌的异质文化的双重影响下，非洲原住民的精神样貌呈现出一种流散的特征。也就是说，非洲原住民没有跨国界的生存经历，但殖民者的入侵和统治客观上为非洲原住民造成了一种跨越国界而来的效果，即流散症候。我们把这种状况称之为本土流散。与本土流散相对应，我们把那些具有跨国界生存经历的流散者称为异邦流散，"主要指移居到第一世界的第三世界人民，或迁移到发达地区的欠发达地区居民，也指具有同等发展水平的国家或地区之间的流动人员"[②]。除了本土流散和异邦流散，非洲还有一种特殊的流散类型，即殖民流散。但殖民流散特指生活在非洲的白人及其后裔，因而在许多方面与本土流散和异邦流散有着相当的不同。也就是说，这里所说的流散主要包含本土流散和异邦流散两种类型。在流散的语境下，女性主体不仅仅像男性流散者一样面临着家园、语言和身份的问题，还面临着男权的压迫。因此，为了反抗男权压迫，重建主体性，非洲英语流散文学中涌现出了一大批离家出走的女性形象。她们是非洲版的"娜拉"。与通常意义上所理解的"娜拉出走"不同，非洲的"娜拉出走"不再局限于单一的文化系统之内，而是纳入多重文化甚至是全球性的背景之中，即"娜拉出走"不仅仅走出国内的家门，还走出国

---

① [苏]伊·德·尼基福罗娃:《非洲现代文学:东非和南非》，陈开种等译，外国文学出版社1981年版，1—2页。

② 朱振武、袁俊卿:《流散文学的时代表征及其世界意义——以非洲英语文学为例》，《中国社会科学》2019年第7期。

门以及国外的家门。

第一节 出走家门的"娜拉"

挪威剧作家亨利克·易卜生（Henrik Ibsen, 1828—1906）的《玩偶之家》（*A Doll's House*, 1879）描写了女主人公娜拉意识到与丈夫间的感情看似情投意合实则虚伪易碎，以及自己只不过是丈夫的一个"玩偶"之后愤然离家出走的故事。她要离家出走，摆脱这个"玩偶之家"，寻求人格上的自由与独立。"现在我相信，首先我是一个人，跟你一样的一个人——至少我要学做一个人。"① 这部剧作甫一问世便引起巨大反响。有评论者认为娜拉出走是"在伦理层面开展自我革命从而挣脱父权社会的伦理体系"② 的一种努力。同时，"娜拉出走"也作为一个具有特定意涵的话语而广泛流传，用以表示女性反抗性别压迫，追求平等，寻求独立和解放的行为。在20世纪初的中国，"娜拉出走"这一问题恰好符合处于特定历史时期的革命与解放的话语需求，一大批文化精英以"娜拉出走"为话题展开了一系列针对中国女性解放、社会改革等问题的探索。③ 易卜生笔

---

① ［挪威］易卜生：《易卜生戏剧选》，潘家洵等译，人民文学出版社1997年版，第247页。

② ［美］育布拉吉·阿瑞约尔：《〈玩偶之家〉的自我塑造伦理与权力问题》，《外国文学研究》2016年第3期。

③ 鲁迅、胡适、郭沫若等人对此皆有专论。在鲁迅的《伤逝》中，子君因为"爱"而勇敢、无畏地与其父亲、叔父决裂。她分明、坚决又沉静地说，"我是我自己的，他们谁也没有干涉我的权利！"此时的涓生对女性的未来充满希望："中国女性，并不如厌世家所说的那样无法可施，在不远的将来，便要看见辉煌的曙色的。"然而，琐碎的日常生活与困窘的生活条件逐渐销蚀着涓生与子君的爱情。子君慢慢地被油盐酱醋茶等烦琐的事项淹没，她与涓生读书、散步、聊天的功夫也没有了。在涓生眼里，当初与子君的浪漫爱情消失了，因为"大半年来，只为了爱，——盲目的爱，——而将别的人生的要义全盘疏忽了。第一，便是生活。人必须生活着，爱才有所附丽"。最后，涓生（转下页）

下的"娜拉出走"与中国"五四"时期的"娜拉出走"意味有别。"西方'娜拉'的离家出走，是要摆脱传统'夫权'的性别歧视，去追求人格独立的自由意志；而中国'娜拉'的离家出走，则是要摆脱传统'父权'的道德制约，去寻求自由婚配的择偶权利！"① 那么，非洲英语流散文学中的"娜拉出走"又与前两者差别甚大。在流散的语境中，"娜拉出走"具有全新的内涵。

南非女作家辛迪薇·马戈娜②（Sindiwe Magona，1943— ）在短篇小说集《活着，恋爱，夜不能寐》（*Living, Loving and Lying Awake at Night*，1991）中描写了众多离家出走的"娜拉"。有论者指出："像马戈娜这样的作品在南非人民的和解中起到了至关重要的作用，它们把那些被认为无足轻重的人的经历带到了历史的前台。"③ 在《逃离》中，"我"的婶婶飞奔逃离家庭的情景让人印象深刻。她疾跑如飞，宛如踏空而行，身体的任何部分都没有着地。后面的人猛追，手握圆棒，大喊着要抓住她。小说结尾，虽然没有透露婶婶逃跑之前的生存处境以及之后的人生际遇，但是婶婶逃离的举动委实体现出勇敢

（接上页）向子君吐露了真情，他不再爱她了。所以，没有了爱，没有了丈夫的爱，子君也就失去了男性提供的庇护所，丢掉了所能依傍的可靠屏障，其先前的所作所为也就变得毫无意义。她只能返回父亲家，最终付出生命的代价。有学者指出，五四时期的"娜拉出走"主要有三种类型：第一，带有强烈的挣脱欲望，但终止在踏出家门那一刻；第二，挣脱父家的约束，投入夫家的怀抱，重新进入父权制的象征秩序之内；第三，在父家与夫家之间彷徨；"她们是一个由冲破封建专制、压抑个性的'父之家'的青春女性所组成的群体。她们在五四时期的'父与子'的冲突中，在'子'的引导和支持下，勇敢地走出了家庭，背叛传统的女性角色，争取个人自由和解放，成为'子'一代与封建政治、伦理、文化进行斗争的坚强的同盟军。"（参见刘传霞《言说娜拉与娜拉言说——论五四新女性的叙事与性别》，《妇女研究论丛》2007年第3期）

① 宋剑华：《错位的对话：论"娜拉"现象的中国言说》，《文学评论》2011年第1期。

② 又译作辛迪薇·马冈娜。

③ "Living, Loving, and Lying Awake at Night by Sindiwe Magona", *The Africa Book Challenge*, May 26, 2018, https://africabookchallenge.wordpress.com/2018/05/26/living-loving-and-lying-awake-at-night-by-sindiwe-magona/.

无畏的抗争精神。在《打工妇女》中，阿提妮的丈夫在约翰内斯堡的一座金矿上打工，一年有十一个月不回家。但他每次回家，她都要怀孕。她早婚，不到三十岁，就已是五个孩子的母亲，而且不算夭折的婴儿。她的丈夫没有能力养家糊口，无法供养妻儿，也无力赡养他的母亲。他只有躺在她身边，和她做爱的时候才是她的丈夫。一离家，就把她们忘得一干二净。而所有这一切，"这个女人花了好些年才明白这一点"①。为了养家糊口，阿提妮不得不离开她的孩子们，只身前往城中为白人打工，赚取微薄的收入。"再为孩子们叹口气吧，是他们，他们的饥饿，促使她离家出走，迫使她穿越黑暗、河流、田野、森林和高山。"② 阿提妮虽是被迫离家，但是她的勇气和担当要高于她的丈夫。索菲也是一位女佣，离开家乡，受雇于白人妇女。"我离开那个鬼地方，告别家人，到白人女人厨房工作"③。她在白人家中，只能干活，干活，再干活，直到干到累趴下为止。但是，与其他女佣不同的是，索菲的白人雇主为她买了一间很漂亮的房子，每想到此，索菲的怨言就少了很多。但是，问题也随之产生。

> 我觉得这所房子像是水泥，把我和这个女人胶在了一起，水泥就是有这种功能。千万别把你的脚踩到湿水泥里，如果踩到了，一定要趁水泥干之前把脚弄出来。我的水泥已经干了，我的双脚都粘在这个女人的房子里。我的一生就这样被困住了。④

---

① [南非] 辛迪薇·马戈娜：《活着，恋爱，夜不能寐》，楼育萍译，浙江工商大学出版社2019年版，第6页。

② [南非] 辛迪薇·马戈娜：《活着，恋爱，夜不能寐》，楼育萍译，浙江工商大学出版社2019年版，第12页。

③ [南非] 辛迪薇·马戈娜：《活着，恋爱，夜不能寐》，楼育萍译，浙江工商大学出版社2019年版，第41页。

④ [南非] 辛迪薇·马戈娜：《活着，恋爱，夜不能寐》，楼育萍译，浙江工商大学出版社2019年版，第42页。

索菲虽然离开了她的家庭，挣脱了"旧家"的束缚，但是重又陷入"新家"的"陷阱"之中。索菲的白人雇主为她买了一间房子，真正属于她的房子，让她有容身之所。但是，正是这所房子把索菲与其雇主永远地黏合在一起了。索菲要为她的雇主服务终生。夫权的压迫、白人的剥削和贫困的折磨是非洲本土女性流散者面临的三座大山。她们努力挣脱原初家庭的束缚，却又掉进白人及其主导的剥削体系之中。

恩古吉·提安哥的短篇小说集《隐居》(*Secret Lives, and Other Stories*, 1976) 同样描写了众多离家出走的"娜拉"。在《穆古莫》中，年轻漂亮的穆卡米被白手起家、有四个妻子的穆索加所吸引，不顾父亲的劝导，嫁给了他。但一年将尽，穆卡米还没有怀孕。此时，流言四起，她成了一位不能生育的女人。穆索加也一改往日的性情，对她拳脚相加，有一次甚至差点把她打死。昔日对她恩爱有加的穆索加变成了一个碾压、践踏她的灵魂的男人。她想逃离。"她想要远离灶台，远离院子，远离小屋和那里的人，远离任何一个能够让她想起穆荷罗伊尼山脉和那儿的居民的事物。"① 穆卡米穿过溪流，经过树丛，跨过荆棘和灌木的迷宫。在劲风和雷鸣的裹挟下，穆卡米吓得瑟瑟发抖。她离开了丈夫的家，能够去哪呢？"她也不能回到那个生她养她的地方去面对爱她的老父亲。她不能忍受这种耻辱。"② 离开夫家，又不能回到父家，穆卡米无路可走。她只能在一棵大树——这棵树就是神圣的穆古莫，全知全觉的穆古莫——下寻求慰藉与庇护。第二天清晨，当阳光洒在大树下的穆卡米的脸上时，她感到她的子宫的回应——她怀孕了！而且已经怀孕一段时间了！

---

① ［肯尼亚］恩古吉·提安哥：《隐居》，李坤若楠、郦青译，人民文学出版社2017年版，第3—4页。
② ［肯尼亚］恩古吉·提安哥：《隐居》，李坤若楠、郦青译，人民文学出版社2017年版，第6页。

这就使她的命运有了转机:"我必须回家,回到我丈夫和族人身边。"① 在传统的社会中,没法生育的女性似乎就是不完整的,"在一个只把女性视为承载社会负担的容器的社会里,女性身份是一种负担"②。由此可见,传统的生育观严重制约着女性的生存和发展。

在《活着,恋爱,夜不能寐》中,乔伊斯是一名学生,善于反思,充满抵抗精神。"我的母亲是用人,她母亲也是,甚至连她母亲的母亲,母亲的母亲的母亲也是如此。四代为仆,够了,不用再接续了。我拒绝为奴。"③ 拒绝为奴的办法只有一个,"离开这里只有一条出路,那就是,走出去,到外面去!"④ 走出去的目的是什么呢?乔伊斯想得很明白,即寻求自由。"我们所有人都必须壮大成长,体验外部世界,活得自由。"⑤ 在乔伊斯那里,所有人包括白人女性以及各种肤色的男性,当然更包括黑人女性。但是,最终的结果如何?尽管乔伊斯自有一套理论,据阿提妮所述:"那个初次见面就确信自己不会久留这里的女孩,现今仍在这里。时间对于我们就像一条在宴会里吃饱喝足然后回家的变色龙,走得出奇慢。"⑥ 令人欣慰的是,乔伊斯最后获得了一笔奖学金,将去英国留学,如果表现优异,将会成为一名医生。乔伊斯将会成为一名异邦流散者,未来前景如何,小说中并未提及。但是,我们可以通过其他非洲流散作家的作品,了解异邦流散者的命运。

---

① [肯尼亚]恩古吉·提安哥:《隐居》,李坤若楠、郦青译,人民文学出版社2017年版,第9页。

② Elliot Ziwira, "Unpacking Ngugi wa Thiong'o's 'Secret Lives' ", *The Herald*, 3 Apr, 2017, https://www.herald.co.zw/unpacking-ngugi-wa-thiongos-secret-lives/.

③ [南非]辛迪薇·马戈娜:《活着,恋爱,夜不能寐》,楼育萍译,浙江工商大学出版社2019年版,第53页。

④ [南非]辛迪薇·马戈娜:《活着,恋爱,夜不能寐》,楼育萍译,浙江工商大学出版社2019年版,第55页。

⑤ [南非]辛迪薇·马戈娜:《活着,恋爱,夜不能寐》,楼育萍译,浙江工商大学出版社2019年版,第50页。

⑥ [南非]辛迪薇·马戈娜:《活着,恋爱,夜不能寐》,楼育萍译,浙江工商大学出版社2019年版,第67页。

第二节 出走国门的"娜拉"

尼日利亚女作家奇玛曼达·阿迪契在第一部小说《紫木槿》中，描述了尼日利亚女性那艰难又悲惨的生存处境。主人公康比丽与其母亲比阿特丽斯在时间、经济、自由、信仰、精神与肉体等方面完全受制于家庭的独裁者尤金。她们过着囚牢般的生活，除了静默，就是战战兢兢。比阿特丽斯是尼日利亚传统女性的代表，她具有极强的依附性，任何事情都听从丈夫的安排。"男性话语成为女性形象和感受的代言人，自身的特征是由男性所规定和塑造，即男性成为女性经验的言说主体，女性失去了能正确表达自身经验的主体。"[①] 比阿特丽斯就是典型的失语者。类似的女性还有很多，《半轮黄日》中的埃伯莱奇和阿玛拉也是如此。[②] 埃伯莱奇、阿玛拉和比阿特丽斯之辈是男权社会的绝对服从者，她们的自我意识尚未觉

---

① 乔蕤琳：《女性主义的后现代转向与新型女性文化的建构》，博士学位论文，黑龙江大学，2014年，第62页。

② 在《半轮黄日》中，埃伯莱奇向乌古讲述她的父母把她推进恩沃古少校卧室中的情形。只是因为"他帮了我们。他把我哥哥安排在军队的核心部门"（［尼日利亚］奇玛曼达·阿迪契：《半轮黄日》，人民文学出版社2017年版，第321页）。埃伯莱奇没有反抗的意识和能力，反而认同这种性贿赂的办法。当恩沃古少校的属下开车来叫埃伯莱奇时，她竟匆匆地跑进屋里，出来时，"她的脸上抹了薄薄的一层白粉，眉毛涂黑了，嘴唇如同一道红色的伤口"（《半轮黄日》，第324页）。长相普通的乡下女孩阿玛拉被奥登尼博的母亲带到奥登尼博家，在奥登尼博醉酒之际，与其发生了性关系。不久之后，阿玛拉便怀孕了。奥登尼博的母亲想要抱孙子，传宗接代，堵住乡下人认为她儿子无法生育的流言。阿玛拉成了牺牲品，但是阿玛拉的形象是沉默的，没有丝毫觉醒、抵抗的迹象。正如阿迪契所说的那样，"不论是不是妈妈让她去奥登尼博的卧室，她都没有拒绝奥登尼博，因为她甚至没有想到，她有权拒绝。酒醉的奥登尼博一有表示，她便立即顺从地听他摆布：他是主人，他说英语，他有一辆车。事情本该如此"（《半轮黄日》，第272页）。阿玛拉并没有意识到她有权拒绝。其实，事情并非本该如此，但是在传统的裹挟下，很多事情变得本该如此。问题在于，她没有独立思考的能力，故而也没有意识到这些事情本身就是有问题的。

醒，更远未达到理性自觉的程度。她们那能够正确表达女性自身经验的主体性被遮蔽了。她们困囿在传统观念的牢笼中无法自拔，没有半点独立自主的可能性。尽管，比阿特丽斯最后毒杀了丈夫尤金，但是千千万万个"尤金"仍然生活在尼日利亚，在根本上她并没有摆脱那令人窒息的生存处境。而康比丽虽然接受了良好的教育，头脑中萌发了反抗的种子，但是她年纪尚幼，条件并不成熟。在《紫木槿》的结尾，康比丽对她的妈妈说："我们先带扎扎去恩苏卡，接着去美国拜访姑妈。"① 康比丽口中的姑妈就是伊菲欧玛。

伊菲欧玛是一名大学教师，有着较强的自我意识和独立思考的能力。在《紫木槿》中，只有她具备"出走"的可能，尽管她的"出走"是被迫、无奈之举。当时的尼日利亚政局不稳，政变、游行、屠杀时有发生。教师罢工，学校停课，没有经济来源；当局鹰犬私闯民宅，翻箱倒柜，恐吓威胁并施，人们安全得不到保障；石油紧缺，停水断电，生活难以为继。

> 受过教育的人都走了，有可能扭转时局的人都走了。留下来的都是孱弱的人。暴政将继续下去，因为软弱的人无法抵抗。难道你没看到这是个恶性循环？谁来打破它？②

个人无法解决这种混乱的局面，可行的办法就是离开，离开这个生活了大半辈子的故土，前往异国。伊菲欧玛因为"非法活动"而被停止教职，她不得不申请前往美国的签证。在《紫木槿》中，阿迪契并没有详细描写伊菲欧玛在美国的生活，而在《美国佬》中，则着重描绘了异邦流散者的生存经历。《美国佬》描写了伊菲麦露与

---

① ［尼日利亚］奇玛曼达·阿迪契：《紫木槿》，文静译，人民文学出版社 2016 年版，第 240 页。

② ［尼日利亚］奇玛曼达·阿迪契：《紫木槿》，文静译，人民文学出版社 2016 年版，第 192 页。

其学生时代的男友奥宾仔分别在美国、英国所遭遇的困境。在尼日利亚，伊菲麦露与奥宾仔的家境虽然不算富裕，但是生活并不算坏。但是很多如伊菲麦露一样受过良好教育的尼日利亚女性纷纷选择出国，对其原因，阿迪契作了充分诠释：

> 亚历克莎和其他客人，也许甚至还有乔治娜，他们全都理解逃离战争的举动，逃离那种粉碎人灵魂的贫穷，可他们不会理解从没有选择的、令人压抑的颓废中逃离的需求。他们不会理解为什么像他这样的人——从小吃得饱、有水喝但困在不满中，生来注定憧憬他乡，永远坚信真正的人生要在那片他乡展开——现如今决意涉险，为了出走要干些非法的事，他们中没有人挨饿，或遭强奸，或来自被烧毁的村庄，但只是渴望有选择和保障。①

她们之所以出国，并不是因为食不果腹（这一点与《紫木槿》中的伊菲欧玛略有不同，伊菲欧玛的出走是逃离战争，逃离那粉碎人的灵魂的贫穷），而是因为"从没有选择的、令人压抑的颓废中逃离的需求"，"渴望有选择和保障"。"有选择"就是自由的一种体现，有保障则是获得安全感的前提。《紫木槿》中的伊菲欧玛与《美国佬》中的伊菲麦露选择"出走"国外主要是因为国家、社会层面的动荡不安，缺少希望。她们并不清楚自己在英美等发达国家将会面临什么问题。对她们来说，美国是"自由"与"希望"的象征。她们把对美好生活的期望投注在美国这个实际存在但对她们来说尚显虚妄的国度。

伊菲麦露初抵美国，首先被新奇所吸引。"伊菲麦露在那站立了良久，她的身体失去自主，被一种新鲜感所吞没。可她亦感到一

---

① ［尼日利亚］奇玛曼达·阿迪契：《美国佬》，张芸译，人民文学出版社 2017 年版，第 280 页。

股期待的躁动,急欲发现美国。"① 但是逐渐地,问题显现出来。她来到美国之后才认识到自己是一位黑人,并饱受异样眼神的折磨。因为在全是黑人的国家并不存在肤色的问题。而且,伊菲麦露在很长的时间里都因为没有"身份"而找不到工作。"解决身份问题,然后你的生活才真正开始。"② 找不到工作,生活就难以为继。她国内的家庭又没有能力提供让她可以在异国高枕无忧的生活。她为了找到一份廉价的工作,可谓煞费苦心。在她最为艰难,连房租都付不起的时候,迫于无奈,不得不给一位男教练提供肉体的抚慰。尽管这还算不上卖淫,但是男教练对她的猥亵让她觉得羞愧不已,觉得对不起自己,对不起仍在尼日利亚的男友奥宾仔。她用赚来的一百美元度过了一段艰难时期。后来受雇于金伯莉家,并成为金伯莉的侄子——柯特,这位富二代——的女友。她以柯特——这位美国白人男性——喜欢她为荣:"她是柯特的女朋友,一个她一不留神冠上的头衔,犹如穿上一件钟爱、把人衬托得更美的礼服。她笑得更多了,因为她笑得如此之多。"③ 柯特给她提供了优渥的生活条件,使她暂时免去生存之忧。这份优越的生活条件体现在方方面面。④ 由此可见,尽管伊菲麦露受过良好的教育,有书写能力,对周围的世界有自己独到的看法,但是,初抵美国的她,仍然要依赖男性,这

---

① [尼日利亚] 奇玛曼达·阿迪契:《美国佬》,张芸译,人民文学出版社 2017 年版,第 107 页。

② [尼日利亚] 奇玛曼达·阿迪契:《美国佬》,张芸译,人民文学出版社 2017 年版,第 243 页。

③ [尼日利亚] 奇玛曼达·阿迪契:《美国佬》,张芸译,人民文学出版社 2017 年版,第 199 页。

④ "一种满足、安乐感将她淹没。那是柯特给予她的……她的护照里贴满签证,飞机上头等舱服务员的殷勤周到;他们住的酒店,床单和枕套像羽毛一样轻柔,她囤积的小东西:早餐托盘上的灌装果酱,小包装的护发素,纺布拖鞋,甚至洗脸的毛巾——假如它特别柔软的话。……在店里,他不先看商品价格,他给她买吃的,买教科书,送她百货公司的礼券,亲自带她购物。他叫她放弃当保姆,假如她不用每天工作的话,他们可以有更多时间在一起。"(《美国佬》,第 203 页)

些男性大都拥有一定经济基础，已经在美国站稳脚跟。柯特为她提供的优越的生活保障使得她有足够的时间与精力进行博客写作。而伊菲麦露就是靠写作取得成功的。从伊菲麦露在美国的经历可知，对于异邦流散者来说，要先生存，然后才会有发展。尽管"她的博客颇受欢迎，每个月有数以千计不重复的访问量，她挣得优渥的演讲费，她有一份普林斯顿研究员的薪金，和一段与布莱恩的恋情"①，但是她仍然心有郁结。她思乡心切。"不管流散作家身在何地，他们的精神总会被自己的故乡牵引。"② 那些手握英国或美国的学位的尼日利亚人回到家乡创业，或办杂志，或做音乐，或做餐饮，他们过着她想要的生活。"尼日利亚成了她理应的归宿，她唯一可以深深扎根而无需时常用力把根拔出来、抖去泥土的地方。"③ 实际上，奇玛曼达·阿迪契自己时常往返于美国与尼日利亚之间。

在美国，伊菲麦露不得不入乡随俗。她必须改变自己的口音，改变自己的发式，改变自己的饮食习惯，改变与人交流的习惯。只有这样才能减少别人的歧视性眼光，改变自己的边缘处境，更好地融入美国。所以，在美国她必须时常用力把那些从家乡带来的如泥土般的生活习俗抖掉，努力去"尼日利亚化"，让自己更加"美国化"。而在尼日利亚，"这儿其实并无种族一说。我感觉在拉各斯下了飞机后，我不再是黑人了"④。最后，伊菲麦露在美国生活了多年之后选择回到了尼日利亚。回到尼日利亚，虽然摆脱了身份、种族、文化冲突等问题，但是她内心深处留有无法抹掉的伤痕。这些创伤是在美国的多年生活中造成的。她无法忘掉那名男教练把手伸向她

---

① ［尼日利亚］奇玛曼达·阿迪契：《美国佬》，张芸译，人民文学出版社 2017 年版，第 6 页。
② 朱振武：《非洲英语文学的源与流》，学林出版社 2019 年版，第 265 页。
③ ［尼日利亚］奇玛曼达·阿迪契：《美国佬》，张芸译，人民文学出版社 2017 年版，第 6 页。
④ ［尼日利亚］奇玛曼达·阿迪契：《美国佬》，张芸译，人民文学出版社 2017 年版，第 482 页。

大腿内侧的情景，无法忘掉冒充他人的身份从事廉价劳动力的场面，也无法忘掉种族歧视带给她的心灵创伤。但是，美国带给她痛苦，也给她带来"荣光"。她顶着从美国留学归来的光环，在尼日利亚谋得一份不错的工作，最后与前男友奥宾仔重归于好。

有论者指出，《紫木槿》中"伊菲欧玛的移民之路，与其说是一种逃避，不如说是一种反抗，是对专制独裁政府的非暴力性的否定。但……昔日的殖民者在后殖民时代却成为这些政治流亡者的救世主"①。《美国佬》中的伊菲麦露和奥宾仔等人又何尝不是如此。他们为了"渴望有选择和保障"的生活和未来而从没有选择的、令人压抑的颓废中逃离就是一种典型的反抗。

第三节 出走国外家门的"娜拉"

阿迪契在《亲爱的安吉维拉》（*Dear Ijeawele or A Feminist Manifesto in Fifteen Suggestions*，2017）中写道："我们身处的这个世界全是无法敞开怀抱呼吸的女性，因为在如此漫长的时间里，她们被要求蜷缩成特定的形状来讨人欢心。"②《赝品》（*Imitation*，2003）中的恩科姆就是如此："她打算明天去买些修发乳，做出发梢绕着脖颈周围翻翘的效果，这是奥比奥拉喜欢的发式。她打算星期五用热蜡脱毛剂将阴毛弄得纤薄些，那是奥比奥拉喜欢的模样。"③ 取悦丈夫的目的，是为了维护目前已有的生活状态，至少，在物质层面是有

---

① 张勇：《瓦解与重构——阿迪契小说〈紫木槿〉家庭叙事下的民族隐喻》，《当代外国文学》2017年第3期。

② ［尼日利亚］奇玛曼达·阿迪契：《亲爱的安吉维拉》，陶立夏译，人民文学出版社2019年版，第69—70页。

③ ［尼日利亚］奇玛曼达·阿迪契：《绕颈之物》，文敏译，上海文艺出版社2013年版，第27页。

保障的。① 恩科姆之流并没有意识到，"她不只是被喜欢或被讨厌的客体，她还是可以去喜欢和讨厌的主体"①。遗憾的是，恩科姆并没有产生这种意识的机会与条件。实际上，恩科姆受到男权思想与西方价值观的双重压迫。她是忠实的男权思想的执行者，是西方价值观的热烈拥护者。困苦的生存处境一方面使她难以获得独立自主的能力，另一方面使她很容易陷入对西式生活的崇拜中。越贫困，就越容易产生依附心理，而那些已经拥有一定能力的已婚男人就越容易进入她的视野，她在获得某些已婚男人的好处之后，就会显而易见地自证其依附他人的行为之正确；越贫困，就越容易受到美好生活的诱惑，此时国内外宣传的西式的美好生活就越容易占据她的脑

---

① 《赝品》中的恩科姆是爱情中的"赝品"，她不是丈夫的最爱。当伊杰玛玛卡告诉恩科姆其丈夫奥比奥拉在国内有了女朋友之后，她只能直愣愣地盯着墙壁上的仿古面具。她从来没有向他提过要求，也从来没有表明过自己的立场，更不会在明知丈夫在国内找了年轻的女友，而新欢也堂而皇之地住在自己的卧室里，睡在自己的床上时，质问丈夫这一切。因为奥比奥拉曾经帮助她的弟弟妹妹进了学校，让她走出了封闭，开阔了视野；他让她过上了自己想要的美式生活，跻身所谓的生活在美国的尼日利亚富人阶级。"美国已经越来越赢得她的心，一来二去就植根于她的体内了。"（《绕颈之物》，第38—39页）在遇到奥比奥拉之前，恩科姆也有过几个已婚男友。因为这些已婚男友可以为他父亲支付手术费用，为父亲家修缮屋顶、买沙发出钱出力。她必须担负起大女儿应该承担的责任。她的父母仍在烈日炎炎的农庄出卖苦力，弟弟妹妹则在停车场叫卖面包。恩科姆没有与她的责任相匹配的能力，她只能"利用"自己为"女人"这一事实而不得不依附那些能给她短暂施舍的男人。奥比奥拉改变了她的生存处境，使她摆脱了困窘的生活。她只能"听命于他，她的事情也由他说了算。"（《绕颈之物》，第43页）否则，很容易失去既得的一切。恩科姆没有独自生存的能力，在异国他乡尤其如此。《紫木槿》中的比阿特丽斯没有出走他国的可能性，她是尼日利亚传统女性的代表。而《赝品》中的恩科姆就是出国之后的比阿特丽斯。"女性已经被千百年来固有的规则所'驯化'，女性已然成为一种失去灵魂，内在虚空的空壳，不首先在女性的精神人格上加以重新塑造，新的女性不会自主自发的形成，女性的发展之路还会出现各种倒退和回潮的现象。"（乔蕊琳：《女性主义的后现代转向与新型女性文化的建构》，第53页）比阿特丽斯和恩科姆之流就是失去灵魂，内在虚空的空壳，只能依附在男性身上空耗生命。

① [尼日利亚] 奇玛曼达·阿迪契：《亲爱的安吉维拉》，陶立夏译，人民文学出版社2019年版，第71页。

海，在她过上所谓的西式生活后，就会再度确认以往对美国的向往之正确。如此，男权思想与西方价值观便牢牢占据她的脑海，而无法消除。她的独立自主的意识也无法产生。

在《婚事》(The Arrangers of Marriage，2003)和《上个星期一》(On Monday of Last Week，2007)中，女性渐渐有了反抗的意识。《婚事》中，伊柯叔叔不仅把"我"当成自己的亲生女儿抚养成人，还给"我"找到了一个"完美"的丈夫。他是一名实习医生，一小时的收入比不上一个高中生兼职所得；嘴唇冰冷潮腻，口气难闻，睡觉时鼾声四起；在床上只顾自己痛快；每两年为"我"买一双鞋；在美国结过婚。以上所有一切，伊柯叔叔和阿巴婶婶从来没有告诉"我"。当"我"知道新婚丈夫在美国结过婚，并且还没有办理离婚手续时，"我"的反应只是两手颤抖，慢慢地把一叠优惠券撕得粉碎。他和"我"结婚的原因很简单，他想要一个浅肤色尼日利亚妻子，生一个肤色浅一些的孩子，因为浅肤色的孩子在美国很吃香。在"巨大"的美国面前，仿佛所有的事情都必须向美国靠拢。在得知以上事情之后的那天晚上，"我"收拾了仅有的几件衣服离家出走，来到尼娅的家里暂时落脚。尼娅提议道：

> 你可以等到自己拿到绿卡以后再离开……趁他妈的还跟他厮混在一起的时候，你可以申请保险金，以后可以自己找份工作，另找个住处，自己养活自己，一切从头来过。看在上帝的份上，这就是操他妈的美国。①

同为异邦流散者的尼娅之所以能提出这些问题，是因为与"我"相比，尼娅开了一家美发店，姐姐是梅西百货的经理。尼娅在经济上是自主的，她比"我"更早具备自我独立的经济条件。而"我"

---

① [尼日利亚]奇玛曼达·阿迪契：《绕颈之物》，文敏译，上海文艺出版社2013年版，第195页。

初到美国，还没有绿卡。没有身份就无法工作。虽然她也是一位非洲女性，但是她可以毫不顾忌地使用自己部族的名字。在美国，尼娅比"我"更加自信与从容。《婚事》中的"我"知道自己在婚姻中遭到欺骗之后，摔门而去，主要是受"传统"的观念的影响，即爱情或者婚姻中，男女双方应该是互相坦诚，彼此忠诚的。"我"离家出走并不是因为"我"独立或有独立能力了，而是受丈夫出格行为的刺激，或者说其出格行为挑战了长久以来形成于"我"的脑海中的传统观念。在这个层面上，"我"离家出走更多的是一种"本能"反抗。伊曼努尔·康德（Immanuel Kant，1724—1804）在发表于1784年的文章《答复这个问题："什么是启蒙运动？"》中写道：

> 启蒙运动就是人类脱离自己所加之于自己的不成熟状态。不成熟状态就是不经别人的引导，就对运用自己的理智无能为力。当其原因不在于缺乏理智，而在于不经别人的引导就缺乏勇气与决心去加以运用时，那么这种不成熟状态就是自己所加之于自己的了。①

按照康德的定义，《婚事》中的"我"就是处在一种不经别人引导就无法摆脱自己所加之于自身的不成熟状态的境况中，"对运用自己的理智无能为力"。"我"在得知丈夫真切的情况之后，愤愤不平，离家出走，这里出走的动力主要是自己的遭遇与传统认知不符。尼娅的一席话使"我"茅塞顿开。自己找工作，自己养活自己。而"我"也是在她的启发下突然"开窍"了："我的意识中有什么东西突然蠕动了一下，这是一个突如其来的新想法，就是挣我自己的钱。

---

① ［德］康德：《历史理性批判文集》，何兆武译，商务印书馆1996年版，第22页。

我自己的。"① 对于"我"来说，脑海中突然蹿动的新想法具有重要意义。这是女性主体意识萌发的象征。"主体性作为人的生命自觉，首先是其个体生命的自觉。一个人的生命自觉是从他的自我意识开始的，个性意识是一个人的个体生命自觉的标志。"② 而此时的"我"就拥有了自我意识。其中，个体生命的自觉、群体（社会、文化）生命的自觉和类（物种）生命的自觉是人的生命自觉互为关联、渐次递进的三个层面。③ 对于非洲英语流散文学中的女性来说，萌发个体生命的自觉已属不易，至于群体生命自觉和类生命自觉尚需时间。不可否认的是，"我"这种独立自主的意识就像破土而出的嫩芽，虽然开始萌发，但毕竟还无法经历风雨。所以，"我"虽然有了独立自主的意识，但是还无法真正摆脱对别人的依赖，尤其是在一个陌生的国度。这也是流散对于女性主体意识的觉醒和发展所产生的消极作用，处在流散语境中的主体，其主体性的构建会受到限制。所以，最后，"我"只能选择回到那个欺骗"我"、压迫"我"的丈夫身边："第二天晚上，我穿过走廊回到他那儿。我按了门铃，他开了门，站在一边，让我进去。"④

在《上个星期一》中，移民美国的尼日利亚女性刚开始并没有属于自己的房子，只能租房。没有自己的房子在很大程度上会缺乏安全感，缺少归属感。房子是扎根美国极为重要的一环。她们羡慕雇主的高档住宅，期望有朝一日也能住上这样的房子。除了房子之外，她们还担忧在美国自己将会成为什么样的人。《上个星期一》中

---

① ［尼日利亚］奇玛曼达·阿迪契：《绕颈之物》，文敏译，上海文艺出版社2013年版，第190页。

② 郭湛：《主体性哲学——人的存在及其意义》，中国人民大学出版社2010年版，第30—31页。

③ 参见郭湛《主体性哲学——人的存在及其意义》，中国人民大学出版社2010年版，第30页。

④ ［尼日利亚］奇玛曼达·阿迪契：《绕颈之物》，文敏译，上海文艺出版社2013年版，第195页。

的女主人公卡玛拉与丈夫托贝奇在恩苏卡校园中相识相恋。托贝奇凝视卡玛拉的目光让她喜欢上了自己。托贝奇在美国奋斗了六年才拿到绿卡。而在这期间,卡玛拉一直待在尼日利亚一所中学教书,课余时间拿到了硕士学位。但是六年的时间让他们彼此变得陌生起来:"她看着这个穿着松松垮垮的牛仔裤和T恤衫、身后映着橘色阳光的人,那一刻,她觉得自己根本不认识这个人。"① 卡玛拉与丈夫在美国重新登记结婚,但是在他们交换结婚誓言的时候,"她觉得自己手掌里握住的那种感情,已经不复存在了"②。她等了六年,终于和她的男人在一起了,但实际上也不过如此。她无法分享她的微妙情绪,因为两人之间似乎无法沟通。

她想逃离,有了离家出走的冲动。"她要一份工作,不管什么工作,她需要一个每天离开公寓的理由。"③ 所以,她做起了每小时12美元的保姆。别小看这每小时12美元的报酬,这是移民美国的尼日利亚女性得以生存的微弱的基础。有了这个基础,才会有继续生存下去的可能。正如鲁迅所言,"所以为娜拉计,钱,——高雅的说罢,就是经济,是最要紧的了。自由固不是钱所能买到的,但能够为钱而卖掉"④。在《美国佬》中,伊菲麦露在找工作屡陷困境而经济状况又极为困难的时候不得不出卖自己的肉体,那100美金成为她继续向前跋涉的前提。所以,卡玛拉在感到与丈夫已无丝毫感情的情况下,虽然没有立刻离开他,但在雇主家,卡玛拉与女主人间产生了一种暧昧的情感。无论如何,卡玛拉的情感有了寄托,不再盲目地依赖托贝奇,也没有在早已没有了感情的丈夫身边空耗生命。

---

① [尼日利亚]奇玛曼达·阿迪契:《绕颈之物》,文敏译,上海文艺出版社2013年版,第88页。

② [尼日利亚]奇玛曼达·阿迪契:《绕颈之物》,文敏译,上海文艺出版社2013年版,第89页。

③ [尼日利亚]奇玛曼达·阿迪契:《绕颈之物》,文敏译,上海文艺出版社2013年版,第82页。

④ 鲁迅:《鲁迅全集》(第一卷),人民文学出版社1981年版,第161页。

在情感上逃离丈夫，是卡玛拉迈出的重要一步。从经济基础决定上层建筑这个意义上来讲，《婚事》中的"我"比《紫木槿》中的比阿特丽斯和《赝品》中的恩科姆前进了一小步，而《上个星期一》中的卡玛拉则又比《婚事》中的"我"前进了微小的一步。这一小步对于非洲英语流散文学中的女性来说至关重要，因为这是走向独立自主的开始。

小　结

非洲英语流散文学中的"娜拉出走"与19世纪挪威剧作家易卜生《玩偶之家》中的"娜拉出走"和中国"五四"文学中的"娜拉出走"均有不同。中国五四时期的"娜拉出走"是为了恋爱自由与婚姻自主；挪威的"娜拉出走"是为了自由意志与人格独立；非洲的"娜拉出走"是为了生存，为了获得"从没有选择的、令人压抑的颓废中逃离的需求……渴望有选择和保障"①。与19世纪末20世纪初的西方女性和中国五四时期的女性地位相比，非洲英语流散文学中的女性所面临的困境更为严峻。非洲流散文学中的"娜拉"们为了寻求独立自主，探索女性的主体性建构之路，先是走出家门，继而走出国门，然后再跨出异国的家门。走出家门，是为了改变严酷的生存处境；走出国门，是因为国内令人压抑，没有保障，看不到希望的绝望氛围；走出异国的家门，是因为虽身在国外，但是她们的丈夫——国内传统"夫权"的代表——仍然以各种方式压迫着她们，她们不得不出走。出走之后的结局如何？在非洲流散作家的作品中，分以下几种情况：走出国内家门的女性，要么返回家中，要么在新的地方生存下来，但是这个新的地方同样是一个窒息人的灵魂的牢笼，而且，鲜见有完全独立自主的女性；走出国门的女性，有的回到了母国，有的则通过努力奋斗在异国扎下根来，但不可否

---

① ［尼日利亚］奇玛曼达·阿迪契：《美国佬》，张芸译，人民文学出版社2017年版，第280页。

认的是，其中的艰辛，更与何人说！他们的创伤经历是不容易消弭的；走出国外家门的女性，要么回到了原先的家中，要么重新组成新的家庭。也就是说，当代非洲英语流散文学中的"娜拉"们尚未达到中国五四时期的"'新女性'以'恋爱自由'为口号、以'幸福婚姻'为归宿"①的地步，更没有达到19世纪末20世纪初西方的"'娜拉'那种人格独立与自由意志"②的程度！非洲英语流散文学中的"娜拉"们不再处在单一的文化环境中，而是受到西方文化和传统文化的双重塑造。在流散的语境中，家园找寻、语言困境、边缘化体验、种族压迫和身份迷失等问题是非洲英语流散文学中的"娜拉"们所面临的普遍困境，这也是"全球移民、大流散时代每个种族群体都无法完全回避的"③。除此以外，她们还遭受着"夫权"和"父权"的压迫。她们尚未摆脱"父权""夫权"的制约，短时期内也无法克服种族、性别、身份等方面的困境，追求人格之独立与自由之意志更是任重而道远。但是她们虽被迫无奈但勇敢出走的勇气是值得肯定的，她们在绝境中求生存的意志是值得赞扬的，抵抗之路从来就不是一帆风顺的，那微小的一步就是远方闪现的微弱亮光！另外，探讨非洲英语流散文学中的"娜拉出走"具有重要意义。在女性主义的范畴中，"女性主义认识论的话语主体仍旧是西方女性，因此非西方女性被划为一类，称为'第三世界妇女'，她们再次被提及，而不是自我发声"④。而非洲流散文学中的"娜拉出走"就是自我发声、自我实践的重要尝试；另外，"从属组织有权阐

---

① 宋剑华：《错位的对话：论"娜拉"现象的中国言说》，《文学评论》2011年第1期。

② 宋剑华：《错位的对话：论"娜拉"现象的中国言说》，《文学评论》2011年第1期。

③ 杨中举：《帕克的"边缘人"理论及其当代价值》，《山东师范大学学报》（人文社会科学版）2019年第4期。

④ ［英］阿米娜·玛玛：《面具之外：种族、性别与主体性》，徐佩馨、许成龙译，浙江工商大学出版社2018年版，第19页。

明她们的现实处境,成为主体,而不是知识生产过程中的客体"①。非洲流散文学中的"娜拉出走"就是女性主体意识觉醒的标志,是构建非洲女性主体性的有益探索。

---

① [英]阿米娜·玛玛:《面具之外:种族、性别与主体性》,徐佩馨、许成龙译,浙江工商大学出版社2018年版,第22页。

第八章
主体性的重建与非洲之路的探索

在全球化的背景下，非洲流散者并不是仅仅单方面面临着身份、语言、记忆和家园等问题，而是被这些问题同时"包围"并"挤压"着，也就是说，流散者同时肩负着语言、身份、性别、种族、家园、记忆等"重担"。从语言方面来讲，他们是失语的；从记忆层面来说，他们是失忆的；从身份的角度来看，他们是隐形的；从家园的层面来讲，他们是流浪的；从种族的方面来说，他们是被降格的……在西方的参照下，非洲流散者长时间处在客体化、他者化的位置。在西方强势文化的压迫下，流散者的主体性出了问题，他们的主体性是破碎的、不完整的，是尚待重构的。流散者的边缘化处境更像是他们的宿命，逃不掉，摆不脱。但是，流散者并不甘心如此，他们通过各种方式或途径进行抵抗，期望使自身的境遇有所改观。我们所关心的是，他们的努力能达到何种效果，或者说，他们的个人之路最终导向何方？与此相关，他们的民族国家之路，以及非洲之路将会如何？

第一节 个体的主体性重构

处于非洲文化和西方文化这两种异质文化的双重塑造之下的本

土流散者和异邦流散者之生活相当艰难，或者说，他们的前途命运并不乐观。在奇玛曼达·阿迪契的《美国佬》中，伊菲麦露为了那区区100美元不得不为白人体育教练提供肉体抚慰，尽管后来有了在美国立足的资本与名望，她还是回到了故乡；奥宾仔为了在英国活下来，不得不忍受恶臭的环境打扫厕所，在几经辗转之后，他被遣返回国；在《紫木槿》中，比阿特丽斯在丈夫尤金的暴力、专制之下成为一位彻底失语的人，尽管最后用毒药杀死了尤金，但她也陷入了黯淡迷茫的境地之中；康比丽和扎扎在家庭的专制之中和伊菲欧玛姑妈一家的自由、民主氛围中徘徊、踟蹰，既恐惧又向往；《绕颈之物》中的恩科姆身为生活在美国的尼日利亚女性仍然受到以其丈夫为代表的传统男权的压迫与控制；在恩古吉·提安哥的《大河两岸》中，瓦伊亚吉在本土习俗和外来宗教的冲突中走向灭亡；在《孩子，你别哭》中，恩约罗格在本土文化和西方文化的夹缝中迷茫无措，在对财产、权力、知识、宗教甚至是爱情逐一丧失信心之后，求死之心便浮现脑际……

　　以上主人公都为了自己的生活、工作或者前途和未来做过努力，甚至是抗争，只有伊菲麦露通过写作这一天赋取得了尚且满意的生活条件，但她最终还是回到了尼日利亚，带着在美国留下的心灵创伤。由此可见，非洲流散者的前途并不乐观。这就使我们不得不认清这样一个现实，即不能对非洲流散者的"抵抗性"行为抱持太过理想化的期望，因为他们担负的历史包袱是如此沉重，面临的现实是如此残酷，面对的"西方"是如此庞大，而自身却太过"瘦弱"与"贫瘠"。

　　怎么办？他们的"路"在何方？

　　首要问题，便是获得或者说重建人的尊严。在《紫木槿》中，司机凯文开着车载着康比丽和扎扎到伊菲欧玛姑妈家去，途中经过了尼日利亚恩苏卡大学。奇玛曼达·阿迪契借助康比丽的视角写道：

　　　　路边的草坪是菠菜色的。我转头去看草坪中央的那尊雕塑：

一头黑色的狮子坐在那里，尾巴上翘，胸膛挺起。扎扎念出基座上的铭文："重建人的尊严。"我这才发现他也在看这个雕塑。①

尼日利亚恩苏卡大学的校训是"重建人的尊严"。既然是"重建"，那么以前肯定是有尊严的，只不过后来失去了而已。后来，伊菲欧玛姑妈开车带着康比丽和扎扎等人围着学校转了一圈，小说中再次出现了草坪上的那座石狮子。"开车经过那尊狮子雕像的时候，扎扎转身看了看，嘴唇无声地动了动。'重建人的尊严'。欧比优拉也在读那块匾上的字。他笑了一声，问：'人是什么时候把尊严丢了？'"② 奇怪的是，欧比优拉的问话没有任何人回答。这不仅仅是奇玛曼达·阿迪契放置于小说故事中的一个隐喻，也是整个非洲流散者甚至是非洲大陆所面临的问题的象征。我们不必再追问"人是什么时候把尊严丢了"这一问题，非洲的历史遭遇以及目前在全球权力格局中的处境早已无声地表明其中的因由。我们所关心的是，能否重建人的尊严？如何重建人的尊严？

要想重建人的尊严，就必须重新建构人们那早已破碎了的主体性。乌干达思想家马哈茂德·马姆达尼认为："相反，与此前的直接统治时代不同，间接统治国家的抱负是巨大的：塑造殖民地全体人民而非仅仅是他们的精英人士的主体性（subjectivities）。"③ 也就是说，殖民地人们的主体性是被塑造的，是被按照殖民者的意愿塑造的，在殖民者的眼中，非洲始终处于"他者"的地位，是被规训和塑造的对象。那么，我们不禁要问，何为主体性（subjectivity）？在

---

① ［尼日利亚］奇玛曼达·阿迪契：《紫木槿》，文静译，人民文学出版社2016年版，第90页。

② ［尼日利亚］奇玛曼达·阿迪契：《紫木槿》，文静译，人民文学出版社2016年版，第106页。

③ ［乌干达］马哈茂德·马姆达尼：《界而治之：原住民作为政治身份》，田立年译，人民出版社2016年版，第5页。

探究主体性之前，我们必须明白什么是主体。主体有两方面的含义："一是指事物的主要部分；二是指与'客体'相对的哲学范畴，主体指实践活动和认识活动的承担者，客体则是主体活动所指向的对象。人类历史是主体和客体形成以及不断相互作用、相互转化的发展历史。"① 第二个层面的含义是我们主要关注的内容，即"主体指实践活动和认识活动的承担者"，也就是指"人"本身。主体性是"指与客体相对的主体所具有的特性。包括独立性、个体性、能动性及占有和改造客体的能力"②。也就是说，"人"这个主体所具有的独立性、个体性、能动性以及占有和改造客体的能力就是主体性。主体性指的是"作为一个人的状况以及我们成为一个人的过程；也就是说，我们如何被构成为主体（生理的和文化的）以及我们如何体验自己（包括难以描述的内容）"③。按照如上定义，非洲流散文学中的主人公存在着非常严重的问题。从非洲—西方这个维度来讲，他们没有"占有和改造客体的能力"，他们是"客体"，是被西方"占有和改造"的对象；《紫木槿》中的比阿特丽斯和康比丽，《美国佬》中的伊菲麦露和奥宾仔，《最后的礼物》中的阿巴斯和玛利亚姆，以及《大河两岸》中的瓦伊亚吉等人，他们的独立性、个体性和能动性都是遭到严重的压制和束缚的。《暗中相会》中的约翰和《一段秘史》中的"黑人妇女"，他们的主体性则在异质文化的张力下瓦解了。另外，主体性具有普遍性。"主体性是比人性更深刻、更高级的层次，是人性的核心内容，用马克思的话说，主体性就是人的最本质属性。"④ 可以说，主体性既是西

---

① 黄汉平：《主体》，赵一凡主编《西方文论关键词》，外语教学与研究出版社2006年版，第867页。
② 冯契、徐孝通主编：《外国哲学大辞典》，上海辞书出版社2000年版，第195页。
③ ［英］克里斯·巴克：《文化研究：理论与实践》，孔敏译，北京大学出版社2013年版，第209页。
④ 黄汉平：《主体》，赵一凡主编《西方文论关键词》，外语教学与研究出版社2006年版，第867页。

方世界千百年来一直关注的重要领域，也是全世界人们无法回避的一个切身问题。

非洲流散者置身于西方强势文化和非洲弱势文化的夹缝之中，流散者的主体性就会受到双重塑造，并且会受到西方强势文化的压抑。同时接受两种异质文化塑造的主体，其脑海中存有双重意识也就可以理解了。在塑造人的过程中，西方文化具有比非洲文化拥有更加强势的影响力，它对弱势文化具有强大的同一性、统一性。如何面对强势文化对弱势文化的"同一"，是非洲流散者不得不面对的问题。"同一性思维就是指把思维与存在、物质与精神假定为同一的哲学思维方式。"① 同一性思维

> 把同一性当作目标，并绝对化，形成了绝对的专制性的同一性逻辑。这种逻辑在处理自我与他者的关系时，把自我看作本，两者的同一以自我为支点。因此，同一性思维是归并性思维：把客体归并于主体，把他者归并于自我。同一性思维也是一种奴役性思维、专制性思维、极权性思维。②

那么，在这种归并性思维、极权性思维和专制性思维的驱使下，西方文化所内含的二元对立思维模式就具有极强的侵略动力。在这种归并性思维、极权性思维和专制性思维的塑造下形成的主体性也就比较强大和霸道。处在西方强势文化和非洲弱势文化双重力量影响下的流散者就面临着一种十分不利的处境，流散者自身原本携带的本土文化太过弱势，他们面对的西方文化又过于强势，在西方文化的攻势下，非洲流散者一直处于守势，而且节节败退。流散者的

---

① 张其学：《文化殖民的主体性反思：对文化殖民主义的批判》，北京师范大学出版社2017年版，第41页。

② 张其学：《文化殖民的主体性反思：对文化殖民主义的批判》，北京师范大学出版社2017年版，第6页。

主体性就受到压制、瓦解和重塑。这种遭到强势文化塑造和压制的主体很难适应他们原本的文化土壤。要使非洲流散者恢复那被压制了的主体性，首先要获得"解放"。这里的"解放"有两层含义。第一，即主动寻求"解放"，即自己解放自己；第二，即被动"解放"，即动作的"施加者""解放""被施加者"，也即是所谓的解放"他者"。解放"他者"其实隐藏了一个主语罢了。第一种"解放"就是非洲文学中十分明显的"抵抗性"特点。作者也好，作品中的主人公也好，都以反抗的姿态对抗、消解一切"压迫"。对于第一种"解放"，我们已经从家园、语言、记忆、身份和女性等方面做了详细探讨，这里不再赘述。那么，再来看第二种"解放"，或者说暗含着一个主语的"解放他者"。

> 所谓"解放"他者首先就是力图将他者从对其生活际遇有不良影响的束缚中解放出来，力图克服自我支配他者的非合法性统治，把他者从不幸的状况中摆脱出来，把他者从剥削、不平等或压迫的状况所产生的行为枷锁中解放出来，恢复自主性原则，还他者以主体地位的本来面目，赋予他者平等参与的权利和责任。①

把他者从不幸与压迫中解放出来，还主体以本来面目，赋予他者平等参与的权利和责任。这种说辞看似美好，但也仅局限在理论层面的推进。在现实的层面，在西方文化至今为止仍旧如此强势的现实状况下，很难达到以上的要求。但是，现实的局限性并不是我们停止探讨他者的主体性的理由，为了进一步为非洲流散者寻求出路，理论层面的探讨还是要继续进行。"解放"他者是为了达到一种比较理想的主体性。当然，不管是主动"解放"，还是被动"解

---

① 张其学：《文化殖民的主体性反思：对文化殖民主义的批判》，北京师范大学出版社 2017 年版，第 168 页。

放",都是要达到一种理想状态的主体性。那么,什么是理想状态的主体性?

> 从社会实践的角度看,主体性是人作为活动主体所具有的根本属性,它包含的内容是主体自觉活动中不可缺少的能动性、自主性、自为性等。其中,能动性侧重于主体能力,表现为主体活动的自觉选择和创造;自主性侧重于主体权利,表现为主体对活动诸因素的占有和支配;自为性侧重于主体目的,表现为主体活动的内在尺度和根据。只有三者的结合和统一,才构成完整的主体性和真正的主体性。①

由上可知,能动性、自主性和自为性三者有机结合和统一,才能构成人的完整的和真正的主体性。值得注意的是,并不是说西方已经达到了这种理想状态的主体性,只是与非洲流散者的主体性,或者与非洲原住民的主体性相比,西方的主体性更为完整。重建主体性的目的不是对抗,不是有意践行二元对立思维,重建主体性的目的是恢复人的尊严与完整性,进而达到与西方主体平等的状态。当然,重建主体性,并不能仅仅"守株待兔",期望"西方"主动解放"他者",而要发挥主观能动性,主动争取和抗争。但是,无论西方还是非洲,要想达到这一目标,还需要践行间性思维,即承认差别,平等相待。

> 事物之间的关系不是非此即彼的"要么……要么……"的关系,而是"既……又……"的关系,这一关系就是事物的"间性"(inter)关系。以"间性"来看待事物之间关系的思维

---

① 黄汉平:《主体》,赵一凡主编《西方文论关键词》,外语教学与研究出版社2006年版,第867页。

就是间性思维。①

间性思维突破了二元对立思维模式,改变了非此即彼的对抗性思维方式。"间性思维所承认的客体不是永远的客体,也就是说,这个客体只是在一定的时段、在一定的范围内存在,它是特定意义上的客体,一旦超出这个时段和范围它也可能成为主体,这个'主体'之外的'他者'相应地也就成为客体。"② 也就是说,间性思维视域下的主体和客体受到时间、地点和条件的限制,不是固定的、命定的,每个人既是主体也是客体,没有永远的主体也没有永远的客体。"他者不等于就是客体,他者既是客体又是主体,同样,自我既是主体又是客体。"③ 这样,自我与他者就处在平等的位置。主体间性是指"作为自为存在的人与另一作为自为存在的人的相互联系与和平共存。"④ 或者说,"自我与他者的关系也是主体与主体的关系,这一关系是'主体间性'的,是'交互主体性'的"⑤。这种互为主体,或者是交互主体的关系理应是非洲流散者和西方世界所努力达到的关系模式。但是,我们也必须承认,所谓的"主体间性"理论也是一种较为理想化的思路。因为作为主体的人必须依附些什么才能自为存在,而主体所依凭的"东西"与经济基础、政治实力和军事实力等因素息息相关。纯粹平等的主体很难在现实世界中存在,因为现实世界是一个发展十分不均衡的现实存在。仅仅对个体来说,人与人之间的差异就十分巨大,这在阶级、种族、权力、知识和经

---

① 张其学:《文化殖民的主体性反思:对文化殖民主义的批判》,北京师范大学出版社2017年版,第160页。
② 张其学:《文化殖民的主体性反思:对文化殖民主义的批判》,北京师范大学出版社2017年版,第160页。
③ 张其学:《文化殖民的主体性反思:对文化殖民主义的批判》,北京师范大学出版社2017年版,第160页。
④ 冯契、徐孝通主编:《外国哲学大辞典》,上海辞书出版社2000年版,第195页。
⑤ 张其学:《文化殖民的主体性反思:对文化殖民主义的批判》,北京师范大学出版社2017年版,第164页。

济实力等方面体现尤甚，遑论发达国家与欠发达国家之间。所以，对于非洲来说，要想与西方国家形成一种动态的平衡，让西方人尤其是具有西方中心主义倾向的个体自觉践行"主体间性"理论，需要经过一个长期的博弈过程。另外，不管怎么说，我们还需承认的是，"所谓'主体'是意识形态建构的产物，个人从来都被意识形态传唤为'主体'，因此，当每个人自以为是自主、自足和自因的'主体'的时候，实质上他不过是意识形态的'臣民'"①。从这一角度来看，不管是西方还是非洲都是意识形态的"臣民"。

在非洲，个体的主体性重构既需要"西方"的"解放"，也需要自身的"抗争"。非洲流散者必须重获"家园"，以使自己身心安定；必须重建身份，进而获得他人和自我的认同；必须拥有自己认可的语言，打破沉默，发出自己的声音，并参与到世界宏大的叙事中来；等等。另外，在流散的语境中，或者在全球化的背景下，非洲流散者不仅仅代表着自己，他还是本民族、国家甚至是非洲的象征。所以，个体的主体性与民族/国家的主体性和非洲的主体性密切相关，它们是一种相辅相成的关系。

第二节　民族/国家的主体性重构

在全球化的权力关系格局中，异邦流散者的境况就是其母国在全球化的权力关系体系之中所处的位置的象征。"一种人在某个社会里的景况，在很大程度上是其'原初联系'的背景社会在世界格局中所处的权力关系，被复制到一个新社会内部的结果。"② 在这个意

---

① 贺来：《"主体性"的当代哲学视域》，北京师范大学出版社2013年版，第11页。

② 钱超英：《广义移民与文化离散——有关拓展当代文学阐释基础的思考》，《深圳大学学报》（人文社会科学版）2006年第1期。

义上，异邦流散者要想在寄居国拥有更加有利的处境，他们的大后方之发展和实力就至关重要；而对于本土流散者来说，民族之团结，国家之稳定与个人的命运息息相关。可以说，乾坤朗朗的民族之路是重建人的主体性、重拾人的尊严并使其变得强大所必不可少的坚强后盾。

　　这里所讲的国家是基于现代意义的层面上来讲的，也就是现代非洲国家是伴随着 20 世纪 60 年代民族解放运动的潮流而兴起。因为"当代非洲国创立的基本特点，是国家的产生先于民族的形成，是先人为地构建起一个国家，再来为这个国家的生存寻求必要的经济、文化、民族基础"①。非洲各民族国家之间的边界原本以山川、河流、湖泊和沙漠等自然边界为限，有的游牧民族甚至没有边界概念。但是帝国主义列强为了瓜分非洲，通过柏林会议及一系列的双边协定把非洲大陆以前的自然疆界人为划定为固定的国界线。比如于 1963 年 12 月 12 日宣告独立的肯尼亚，它的疆界大体是由英国殖民者划定的。英国殖民者先将乌干达的东方省和图尔卡纳湖以西的地区划给肯尼亚，又把东非保护地东北地区的部分土地划给意属索马里；索马里则于 19 世纪中后期被英、法、意等国瓜分，分别建立了法属索马里、英属索马里和意属索马里，而索马里南部划给了肯尼亚，奥加登地区则划给了埃塞俄比亚。1960 年，英属索马里和意属索马里取得独立，并于同年 7 月 1 日成立索马里共和国。但是居住在埃塞俄比亚东部地区和肯尼亚北部地区的索马里人并不属于成立的索马里共和国。尼日利亚也是如此，尼日利亚的形成"不是社会经济发展、民族一体化进程的结果，它是在还没形成统一的经济生活、没有形成统一的民族与文化的时候，就因为非殖民地化的完

---

　　① 刘鸿武：《非洲研究——中国学术的"新边疆"》，周倩编《当代肯尼亚国家发展进程》，世界知识出版社 2012 年版，第 22 页。

成就组成新的国家了"①。这一点在尼日利亚女作家奇玛曼达·阿迪契的小说《半轮黄日》中也得到了印证:"一九零六年宣布独立时,尼日利亚是用易碎的钩环串在一起的碎片。"② 这样,"昔日属于同一的民族,现在被分割在不同的国家和地区;昔日在同一国家的不同民族,现在被分割在不同的国家和地区,相互变成外国人"③。这样就出现了众多的民族矛盾和因边界争端而引起的动乱与战争。可以说,"帝国主义在非洲划分势力范围时的人为边界,是当代非洲国家边界争端和民族纠纷的总根源"④。除了边界冲突,独立后国家之内的民族矛盾也是造成社会动乱的主要原因。非洲社会民族众多,一国之内的不同民族为了政权、矿产、种族矛盾等问题纠纷不断,严重阻碍了国家的正常发展和人民生活的安定团结。尼日利亚内战就是其中的典型,奇玛曼达·阿迪契在《半轮黄日》中对此作了详细的描绘。在《紫木槿》中,伊菲欧玛在与奇雅库的一段对话中这样说道:"受过教育的人都走了,有可能扭转时局的人都走了。留下来的都是孱弱的人。暴政将继续下去,因为软弱的人无法抵抗。难道你没看到这是个恶性循环?谁来打破它?"⑤ 确实,在动荡不安之中,人们往往别无选择。可行的办法是离开,离开这个生活了大半辈子的故土,前往他乡。

在目前的处境下,国家稳定是一切发展的前提,没有安定的社会环境,其他皆是奢望。而国家的稳定需要建构新的国家认同。国

---

① 刘鸿武等:《尼日利亚建国百年史(1914—2014)》,浙江人民出版社2014年版,第130页。

② [尼日利亚]奇玛曼达·阿迪契:《半轮黄日》,石平萍译,人民文学出版社2017年版,第171页。

③ 陆庭恩、彭坤元主编:《非洲通史·现代卷》,华东师范大学出版社1995年版,第581页。

④ 陆庭恩、彭坤元主编:《非洲通史·现代卷》,华东师范大学出版社1995年版,第582页。

⑤ [尼日利亚]奇玛曼达·阿迪契:《紫木槿》,文静译,人民文学出版社2017年版,第192页。

家认同的建构离不开政治一体化、经济一体化和文化一体化。只有在一体化认同之中，才能消除各民族之间的矛盾冲突。而在流散的语境中，更有利于一体化认同的建立，因为在流散的语境中，一种文化是以另一种文化作为参照的。比如，异邦流散者毫无疑问是从一个国家迁居到另一个国家，对异域国家的成员来说，流散者来自南非、尼日利亚、津巴布韦或肯尼亚等具体的国家，也就是说，在国家与国家这个参照之下，他首先是某个国家的公民，而不是某个种族的子民。他的身份首先是由其国籍界定。对于本土流散者来讲亦是如此。本土流散者虽然没有跨越国界，但是他的参照系仍旧是西方，本土流散者的脑海中呈现的是非洲和西方或者西方与东方这种"大"的概念，而这种"大"的概念更是超越了种族、民族和国家范畴。这样就更加摆脱了范围相对狭窄的身份归属。具体来讲，一体化认同主要体现在如下方面：

> 制度化了的国家体制结构的初步发展，统一的国民经济体系或经济生活纽带的初步形成与建立，各个民族或部族虽然差异很大但已有聚合在某个统一的政治实体内长期共处而积淀下来的共同生活经历与习惯，一份富于凝聚力和整合力的经由以往漫长世纪而积淀下来的国民文化遗产——如对国家的认同忠诚、对政府及统治合法性的认可拥戴等等。①

由上可知，国家体制结构、国民经济体系、经济生活纽带、共同的生活习俗以及具有凝聚力和整合力的文化遗产等内容是建构一体化所必不可少的要素。但是，众所周知，这些内容的形成并非一朝一夕就可达到的，而是需要长时间的共同努力。在这个意义上来讲，探索非洲民族国家之路更多是对未来的指向或期望，而不是对

---

① 刘鸿武：《非洲研究——中国学术的"新边疆"》，周倩编《当代肯尼亚国家发展进程》，世界知识出版社2012年版，第21页。

现实的切实描绘。其实，非洲大陆一直在沿着其固有的发展逻辑缓慢前进着，正如有学者所言，总体来看，20 世纪 30—50 年代是非洲大陆民族解放运动，争取民族独立、平等和自由的时期；20 世纪 60—90 年代是非洲由传统社会向现代民族国家和国民文化构建的时期；而到了 21 世纪前 20 年，非洲将进入以经济发展和社会现代化为主要内容的阶段。[①] 但这只是从总体的发展趋势来看的，不可否认的是，其中的民族矛盾并非一朝一夕就可以化解，尼日利亚在 1967—1970 年爆发的比亚法拉战争就是明证。

与国家体制结构、国民经济体系、经济生活纽带、共同的生活习俗以及具有凝聚力和整合力的文化遗产等内容相比，非洲国家民族间的矛盾相对来说更为突出，但是也并非无药可解。我们从本尼迪克特·安德森的《想象的共同体》中就能获知些许启发。本尼迪克特·安德森认为，19 世纪中后期语言学——辞典编纂学的革命和欧洲内部民族主义运动的兴起为君主制制造了诸多文化、政治上的困难。在当时的历史条件下，一个王朝统治着多个民族的情况屡见不鲜。比如罗曼诺夫王朝统治着鞑靼人和列特人、日耳曼人和亚美尼亚人、俄罗斯人和芬兰人；汉诺威王室统辖着孟加拉人和魁北克人、苏格兰人和爱尔兰人等。[②] 为了加强统治，这些王朝大都逐步统一语言，为了达到"统一其帝国并建立帝国内部普遍性（universalism）的意图。"[③] 而辞典编纂学的革命和印刷资本主义的兴起加速了这一过程。除此之外，为了整合各民族内逐渐抬头的民族主义，形成新的民族国家认同而倡导官方民族主义（official nationalism）。所谓官方民族主义是"一种同时结合归化与保存王朝的

[①] 参见刘鸿武《非洲研究——中国学术的"新边疆"》，周倩编《当代肯尼亚国家发展进程》，世界知识出版社 2012 年版，第 24 页。

[②] 参见［美］本尼迪克特·安德森《想象的共同体：民族主义的起源与散布》，吴叡人译，上海人民出版社 2016 年版，第 81—82 页。

[③] ［美］本尼迪克特·安德森：《想象的共同体：民族主义的起源与散布》，吴叡人译，上海人民出版社 2016 年版，第 82 页。

权力，特别是它们对从中世纪开始累积起来的广大的多语领土的统治权的手段，或者，换个表达方式来说，是一种把民族那既短又紧的皮肤撑大到足以覆盖帝国庞大的身躯的手段"①。也就是说，官方民族主义的目的是使治下的不同民族形成统一的王朝认同或国家认同，减少分裂与对抗，从而走向团结与统一。同理，从安德森对语言和官方民族主义的论述中，我们可以获得探讨非洲民族出路的思路。从语言方面来说，非洲各民族虽然有着自己的语言，但是无法否认的是，他们缺少一种在更大范围上使之沟通无阻、团结一致的语言，而英语则可以充当这一职能，事实上，英语也在起着这样的作用。尽管仍旧存在关于英语的争论，但是不得不承认，对于非洲来说，英语已经成为非洲众多国家的官方语言，不可能将其清除殆尽。再者，英语已经成为一种世界性语言，与其极力排斥，不如合理利用。对于非洲各民族来讲，虽然非洲各国家的疆界不是非洲各民族政治、经济和文化一体化的结果，但是非洲各个国家在民族独立的浪潮中已经摆脱殖民统治获得独立是不争的事实，虽然目前仍旧存在那些原本属于同一民族而被划归为不同国家的情形，但新形成的国家享有独立主权和领土完整等神圣不可侵犯的权利，任何试图整合被分裂的民族的行为都是对国家主权和领土完整的侵犯，极有可能爆发战争。实际上，很多国家和学者也在呼吁各方尊重各民族国家独立后的国家疆界，非洲统一组织为此也做了很多努力。另外，非洲民族众多，一个国家内存在多民族的情况十分普遍，如何使多民族国家团结起来，使之认同同一个国家，是非常重要的任务，而官方民族主义则可以担负起塑造国家认同的重任。当然，这里的"官方"是非洲从各国家的角度来说的，每个国家都需要塑造该国家的国家身份认同。

对于异域流散者来说，任务同样艰巨。"即使是非洲受过教育的

---

① ［美］本尼迪克特·安德森：《想象的共同体：民族主义的起源与散布》，吴叡人译，上海人民出版社2016年版，第83页。

精英中最西方化的人，也不能不面对这样的现实：不管他们接受外来文化的程度有多深，从根本上讲他们仍是非洲人。……大多数都认识到他们自己的文化（不管欧洲通过学校体系如何进行侵蚀），对维护他们的自我同一性有着极为重要的意义。"① 不管国家如何发展，对国家的主体性认同是不变的，不管非洲如何前进，对非洲的主体性认同也是不变的。这其实就是自我身份认同的同一性表现，也是国家一体化所具有的内涵。异邦流散者虽然身在异邦，但内心深处一直有一根"远程民族主义"之线魂牵非洲。在安德森那里，

> "远程民族主义"虽然是对18—19世纪美洲民族主义的探讨，但是它的形成条件却是基于"移民群体、远离母国、与母国的亲缘关系、殖民地与宗主国的政治关系（认同与反抗）、大规模移民得以可能的航运技术和印刷资本主义的诞生，以及由这些基础条件而产生出的情感特征。"②

所以，我们不妨借此概念来表示异邦流散者的民族主义特征。"远程民族主义"在流散作家的作品中得到了很好的表现。在奇玛曼达·阿迪契名为《颤抖》的短篇小说中，身在美国的尼日利亚人乌卡玛卡从早上起就"一直在网上浏览尼日利亚新闻，频繁地刷新界面，给自己父母和在尼日利亚的朋友打电话，一杯接一杯地喝着伯爵红茶，好让自己冷静下来"③。突然，与乌卡玛卡同住一幢楼此前却并不相识的尼日利亚人奇奈杜慌张地敲着她的门，他们因为来自

---

① ［尼日利亚］B.O. 奥洛隆提梅欣：《非洲政治和非洲民族主义1919—1935年》，［加纳］A. 阿杜·博亨主编《非洲通史：殖民统治下的非洲1880—1935年》，中国对外翻译出版有限公司1991年版，第578页。

② ［美］本尼迪克特·安德森：《想象的共同体：民族主义的起源与散布》，吴叡人译，上海人民出版社2016年版，第8页。

③ ［尼日利亚］奇玛曼达·阿迪契：《绕颈之物》，文敏译，上海文艺出版社2013年版，第148页。

同一个国家而使得他们有着共同的话题。他们谈论着坠毁的飞机，去世的第一夫人以及尼日利亚的政局，"我们，我们的国家。这些言辞用共同的失落感把他们联系在一起，有一刻，她感觉和他十分亲近"①。在美国，原本陌生的异域流散者因为来自同一个国家而变得亲近熟悉起来，他们来自同一个共同体，在他乡，他们又结成一个小型的共同体。

异邦流散者通过自身的不断努力和团结，塑造全新的形象，进而改变西方对他们以及他们背后的非洲的认知。《美国佬》中的女主角伊菲麦露通过博客书写，批判美国的种族主义，展现非洲的多样性就是很好的例证。另外，有一点值得注意，那就是身在美国的尼日利亚人，比如《颤抖》中的乌卡玛卡和奇奈杜之流，是与出生在美国的非洲裔不一样的。也就是说，异邦流散者与非裔美国人不同。在《美国佬》中，奇玛曼达·阿迪契通过姆沃贝奇之口说道：

> 请注意，非裔美国人参加黑人学生联合会，非洲人参加非洲学生会。两者偶尔有交集，但交集不多。去黑人学生联合会的非洲人是那些没有自信立刻告诉你"我老家是肯尼亚"的人，尽管他们一张嘴就听出是肯尼亚人。来我们会上的非裔美国人是那帮写诗歌颂非洲母亲、认为每个非洲人都是努比亚女王的人。②

也就是说，非裔美国人和在美国的非洲人是两个相似却又不同的群体。在美国的非洲人就是那些来自尼日利亚、肯尼亚、津巴布韦等非洲国家的人，也就是异邦流散者。非裔美国人则是美国的少

---

① ［尼日利亚］奇玛曼达·阿迪契：《绕颈之物》，文敏译，上海文艺出版社2013年版，第151页。

② ［尼日利亚］奇玛曼达·阿迪契：《美国佬》，张芸译，人民文学出版社2017年版，第142页。

数族裔。"移民作家和少数族裔作家是两个不同的概念。前者指离开出生地文化而走进另一个文化圈的作家,包括一个断裂、跨越和融入的一个过程,而后者指出生于某非主流族裔家庭的作家,如美国的华裔作家谭恩美和汤亭亭,带着某些来自家庭影响的异文化的视野,但一般不具有移民作家那种强烈、深刻的对比体验。"[1] 在本书中,对非洲民族之路起到建设作用的主要是指异邦流散者。

这里所讲的"官方民族主义"和"远程民族主义"是针对非洲各民族之间矛盾重重,冲突不断以及非洲各民族国家在西方国家面前依旧处于弱势的情况下而言的,并不是力图点燃民族主义的火焰,也非鼓动国与国之间的对抗。民族之间和国家之间应该平等相待,以包容性思维而非排斥性思维处之。"'排他性区别'的思维模式是传统的民族主义、民族国家的思维模式,而'包容性区别'的思维模式则是世界主义、世界主义国家的思维模式。"[2] 在当今以及相当长的一段时间内,非洲各民族应该加强新的国家认同,团结统一,维持稳定,唯有此,非洲各民族国家的人民才能走向良性的发展道路,也唯有此,非洲流散者的主体性重建之路才能获得坚实、雄厚的基础。

第三节 非洲的主体性重构

莫桑比克作家米亚·科托在接受某次采访中表示,他讨厌人们简单化地想象非洲,并"极力避免让写作陷入非洲的刻板印象和异

---

[1] 虞建华:《移民作家的文化优势与文化使命》,石云龙《全球化语境下的他者书写与生态政治——英国移民作家小说研究》,南京大学出版社2014年版,第2页。
[2] 张其学:《文化殖民的主体性反思:对文化殖民主义的批判》,北京师范大学出版社2017年版,第166页。

国风情之中"①。奇玛曼达·阿迪契意识到了"单一故事的危险性",力图"讲述更多的非洲故事,让更多的人听到非洲的声音"②。众所周知,非洲各民族国家之间的人口数量、经济状况、地理环境、民族构成和语言文化等方面千差万别,多种多样,但为何米亚·科托和阿迪契等人却一再表示要避免单一化地想象非洲?这当然跟非洲的历史遭遇有关。非洲在漫长的历史时期内被西方他者化、刻板化、客体化了。在实际生活中,西方人也往往把非洲看作一个整体,这在非洲作家的作品中十分明显。比如在奇玛曼达·阿迪契的《美国佬》中,伊菲麦露在一篇题为《有时在美国,种族等于阶级》的博客中写道:"在美国的公共话语里,'黑人'作为一个整体,时常与'贫穷的白人'归在一起。没有贫穷的黑人和贫穷的白人。"③ 在阿迪契的另一部作品《半轮黄日》中,奥登尼博在与几位同道中人辩论时也表达了同样的意思,"难道你们不明白,我们并非人人都一样,只是在白人看来,我们才没有区别"④。正是有西方这个参照系,非洲作家才努力摆脱西方对非洲的单一、刻板的印象。但实际上,非洲与西方无法抹除的历史关系使得非洲很难摒弃西方这个参照标准。从另一个层面讲,非洲也确实具备被视为一个整体所拥有的客观条件,那就是非洲各民族国家沦为殖民地的历史和为取得民族独立而掀起的民族解放运动,使其在政治、经济、文化和心理等方面具有相似的表征。从流散这个角度来看,在面对西方这个强大的主体时,非洲只有作为一个"整体"才能在未来形成与西方平等

---

① [莫桑比克]米亚·科托:《我不认可书写高于口语 我讨厌人们简单化地想象非洲》,https://m.jiemian.com/article/2398074.html.

② 石平萍:《尼日利亚新生代作家奇玛曼达·恩戈兹·阿迪契:重要的是讲述更多的非洲故事》,《文艺报》2018年4月11日第005版,第5页。

③ [尼日利亚]奇玛曼达·阿迪契:《美国佬》,张芸译,人民文学出版社2017年版,第169页。

④ [尼日利亚]奇玛曼达·阿迪契:《半轮黄日》,石平萍译,人民文学出版社2017年版,第21页。

对话的基础和实力，而这对于流散者来说具有重要的意义，因为只有一个强大的后盾，流散者才能处于一个相对有利的环境之中。所以，从流散这个角度出发，探讨非洲作为一个"整体"的境况及未来发展的方向就具有了强烈的现实意义。作为一个"整体"的非洲，其现存状况及未来发展趋势无非主要表现在政治、经济、文化三个层面，而全球化是其无法避免的背景。

非洲各国相继独立以后，"在经济全球化的冲击下，非洲国家如果各自为政，那么根本无力迎接全球化的挑战，因此只有走一体化道路，实现非洲大陆的统一，非洲国家才有希望与前途。……实际上，非洲大陆的统一，恰恰是泛非主义的最终目标"①。走一体化道路，实现非洲大陆的统一的构想，实际上是基于非洲国家势单力薄的现实基础之上的。那么，何为泛非主义？泛非主义是"把非洲、非洲人和在外国的非洲人后裔视为一体的一种政治和文化现象，其目的在于非洲的更新与统一，以及促进非洲人世界团结一致的精神"②。从这个定义可以看出，流散者也是泛非主义不可分割的一部分。泛非主义其实是非洲民族主义的表现之一，另外，泛黑主义或黑人个性等种族意识也是非洲民族主义的不同表现。有人认为，泛非主义是抵抗种族主义的产物，也有人认为泛非主义是反抗西方资本主义压迫的产物。尽管不同学者对此的阐释各有不同，但是它们基本上都囊括了如下内容：

> 第一，泛非主义是黑人种族抵抗西方殖民主义和种族主义统治的产物，它最初的主体是全球（包括海外和非洲本土）黑人种族；第二，泛非主义的首要目标是取得黑人的平等与自由，

---

① 舒运国：《泛非主义史：1900—2002》，商务印书馆2013年版，第297页。
② [加纳] S. K. B. 阿桑特：《泛非主义与地区一体化》，[肯尼亚] 马兹鲁伊主编《非洲通史：1935年以后的非洲》，屠尔康等译，中国对外翻译出版公司2003年版，第526页。

以及非洲大陆的独立，最终的目标是实现非洲大陆的统一；第三，泛非主义随着时代的发展而发展，以非洲大陆的独立为界，其后的运动主体和奋斗目标都发生了变化。①

从上面的主要内涵可以看出，泛非主义囊括不同的内涵并在不同的时期承担着不同的使命。在经济方面，泛非主义表现为经济上的区域一体化。比如，1975年5月在拉各斯建立的西非国家经济共同体，1980年4月由于签订与经济解放有关的卢萨卡宣言而成立的南部非洲发展协调会议，1981年12月签订条约且于1984年7月正式启动的东部和南部非洲优惠贸易区，等等。"这些新的区域一体化计划的基本目标是相同的，也就是使他们各自的成员国减少对影响非洲国家经济政策和方向的外部力量的依附；作为加快经济增长和发展速度的一种手段，协调不同部门和部分分支之间的发展计划。"② 但是这些经济区域一体化的努力还是摆脱不了对西方的依赖，因为一体化所需要的技术、人才、市场等因素还是依靠西方，这就对试图摆脱依附性关系的努力做出进一步的思考，有学者指出，加强与亚洲和拉丁美洲等国家的横向联系是摆脱依附性关系的选项之一，除此之外，同时与两个或两个以上的西方大国加强交往，以使其相互牵制，并最终游刃其间以获得最大的利益也是选择之一。

在政治层面，泛非主义则表现为非洲统一组织和非洲联盟的成立。1963年5月22—26日，来自非洲的31个国家元首和政府首脑在埃塞俄比亚首都亚的斯亚贝巴举行非洲独立国家首脑会议，通过了《非洲统一组织宪章》，并宣告非洲统一组织成立。非洲统

---

① 舒运国：《泛非主义史：1900—2002》，商务印书馆2013年版，第4页。
② [加纳] S.K.B.阿桑特：《泛非主义与地区一体化》，[肯尼亚] 马兹鲁伊主编《非洲通史：1935年以后的非洲》，屠尔康等译，中国对外翻译出版公司2003年版，第535页。

一组织的宗旨是：促进非洲国家的统一和团结；协调并加强它们之间的合作与努力改善非洲各国人民的生活；保卫它们的主权、领土完整与独立；从非洲根除一切形式的殖民主义；在对《联合国宪章》与《世界人权宣言》给予应有尊重的情况下促进国际合作。① 非洲统一组织的成立是泛非主义适应新的历史条件的必然产物，也是非洲一体化的重要进程。到了20世纪80年代，经济全球化趋势愈演愈烈，非洲国家面临着更加严峻的考验。如何面对经济全球化带来的风险，摆脱依附地位和落后局面，缩短与发达国家的差距，保障国家安全和主权不受挑战等问题是非洲国家共同面临的难题。1994年，南非前总统曼德拉在非洲统一组织峰会上首次提出"非洲复兴"（African Renaissance）思想，并经继任者姆贝基总统扩充说明。"非洲复兴"思想是"一种非洲人追求自主发展并自己去探寻非洲大陆发展道路所作的特殊努力，它代表着当代非洲大陆正在出现一种源自非洲内部的发展力量，一种本土化的关于非洲大陆发展的思考与思想体系"②。非洲复兴思想涉及政治、经济、社会生活等多个方面，"文化复兴是坚持和维护自我同一性的斗争的一部分，这种斗争首先是坚持和维护作为非洲人的同一性，然后才是作为特定文化民族成员的同一性"③。但"对于非洲复兴要有一个清醒的认识，不能估计太高，非洲复兴面临诸多内外挑战：和平与安全问题的反复性、经济结构调整的困境、一体化的障碍和外部新干涉主义的抬头等"④。1999年9月8—9日，非洲统一组织通过《苏尔特宣言》，决定在2001年建立非洲联盟；2000年7月12—14日，非

---

① 参见舒运国《泛非主义史：1900—2002》，商务印书馆2013年版，第185—186页。

② 舒运国：《泛非主义史：1900—2002》，商务印书馆2013年版，第284页。

③ ［尼日利亚］B. O. 奥洛隆提梅欣：《非洲政治和非洲民族主义1919—1935年》，［加纳］A. 阿杜·博亨主编《非洲通史：殖民统治下的非洲1880—1935年》，中国对外翻译出版有限公司1991年版，第460页。

④ 张忠祥：《非洲复兴：理想与现实》，《探索与争鸣》2013年第6期。

洲统一组织首脑通过了《非洲联盟章程》；到了 2002 年 7 月 9 日，非洲联盟宣布正式成立。非洲联盟的成立具有重要意义，首先，非洲联盟是泛非主义进入新的发展时期的产物；其次，非洲联盟推动非洲大陆走上了自主发展的道路；最后，非洲的团结与联合已经从政治领域发展到全面合作，经济社会的一体化发展已经提上重要议事日程。①

2015 年 1 月 30—31 日，非洲联盟（非盟）国家元首和政府首脑在埃塞俄比亚首都亚的斯亚贝巴举行的第 24 届大会上通过了 2063 议程（Agenda 2063）。该议程"既是一项愿景，也是一项行动计划。这是对非洲社会各阶层采取行动的呼吁，共同努力建设一个基于共同价值观和共同命运的繁荣和团结的非洲"②。对"我们想要的非洲"的渴望（Aspirations for the "Africa We Want"）除了包括政治、经济、安全等方面的内容之外，还有对文化、道德、价值观的强烈诉求，即拥有"一个有着强烈文化认同、共同遗产、共同价值观和道德观的非洲"。

那么，如何建设"一个有着强烈文化认同、共同遗产、共同价值观和道德观的非洲"？非洲英语流散文学能够起到何种作用？非洲英语流散文学因为涉及两种不同的文化背景，或许能够为非洲文化的一体化之路提供不同的思路。"从 19 世纪开始，非洲社会特别是非洲知识分子所面临的重要课题之一，就是在推进非洲社会现代化的过程中如何处理传统文化与西方文化的关系，这是非洲知识分子所必须回应的问题。"③ 正如塞内加尔驻华大使阿卜杜拉耶·法勒所

---

① 参见舒运国《泛非主义史：1900—2002》，商务印书馆 2013 年版，第 296—297 页。

② http：//www.un.org/en/africa/osaa/peace/agenda2063.shtml.

③ 张宏明：《近代非洲思想经纬：18、19 世纪非洲知识分子思想研究》，社会科学文献出版社 2008 年版，第 162 页。

说:"文化是我们的根本。"① 那么,如何处理非洲本土文化与西方文化的关系问题?其实,非洲在与西方文化接触的漫长历史时期,形成了三种不同的观点,即"文化西化论""文化非洲化"和"文化融合论"。"文化西化论"形成于19世纪中叶,在非洲遭受殖民统治时期和民族独立运动高涨以及冷战时期尤盛。这种观点认为,"非洲人只有采取欧洲模式才能将纷乱状态下的弱小政治实体整合成为强大的民族国家"②。在《大河两岸》中,"上帝的人"约苏亚及其信众在基库尤地区是一股不可忽视的势力,他们是基督教的坚定捍卫者。瓦伊亚吉认为约苏亚之流最大的弱点在于身为黑人却否认部族的过去,拒绝接受与部族相关的任何传统。对于约苏亚来说,他是亲身领略过白人的权力和神的魔力的。在《紫木槿》中,家庭独裁者尤金同样是西方宗教的忠实信众,他用暴力手段毫不留情地打击敢于冒犯宗教规约的任何家庭成员,包括他的亲生父亲、子女及妻子。这类人是"文化西化论"的坚决支持者,他们是受惠于西方教育的典型的"殖民产品"。

19世纪中后期,非洲知识分子之中形成了"文化非洲化"的观点。"文化非洲化"的倡导者认为,非洲社会的现代化必须从非洲传统与社会中找寻发展的源泉与动力,因为"传统文化是非洲人内在的标志;在步入现代化的道路上,如果非洲人丢掉了自己的文化,无异于走上了一条不归路"③。此种观点的代表人物有爱德华·布莱登、科比纳·塞基伊(Kobina Sekyi, 1892—1956)、威廉·布莱特、奥利沙图克·法杜马等人。在阿契贝的《瓦解》中,奥贡卡沃就是一位典型的传统习俗的捍卫者,他在与外来宗教的冲突中走向灭亡;

---

① 叶飞、樊炜:《"文化是我们的根本"——访塞内加尔驻华大使阿卜杜拉耶·法勒》,《中国文化报》2013年7月30日第009版。

② 张宏明:《近代非洲思想经纬:18、19世纪非洲知识分子思想研究》,社会科学文献出版社2008年版,第165页。

③ 张宏明:《近代非洲思想经纬:18、19世纪非洲知识分子思想研究》,社会科学文献出版社2008年版,第175页。

恩古吉·提安哥在《大河两岸》中写道,"失去传统的部族是没有根基的部族,意味着背叛了祖先,因为部族的根基存在于吉库尤和穆姆比开天辟地之初就已经形成的传统习惯之中"①。在奇玛曼达·阿迪契的《紫木槿》中,家庭独裁者尤金的父亲努库就是一位传统主义者,他至死也没有应尤金的要求改变自己的宗教信仰。

于19世纪末20世纪初形成的"文化融合论"试图在非洲文化和西方文化之间寻求契合点以改造非洲社会。这一思想的代表人物有：理查德·布鲁·阿托赫·阿胡马（Samuel Richard Brew Attoh Ahuma，1863—1921）、约瑟夫·埃弗莱姆·凯斯莱·海福德（Joseph Ephraim Casely Hayford，1866—1930）、赫伯特·S. H. 麦考莱（Herbert S. H. Macaulay，1864—1946）等等。这些人大都同时接受过西方教育和非洲本土教育,但是他们的脑海中没有任何一方的文化占据主流,所以他们的观点往往充满矛盾。比如麦考莱"一方面极力赞美英国统治下的'太平盛世'及英国在推动非洲社会进步方面的贡献；另一方面他又严厉谴责殖民主义的掠夺性和英国人的不公正行为。……一方面声称要保护传统价值观念,与此同时他又在许多场合对之持拒绝或否定的态度"②。这就是非洲流散者普遍的心态。"非洲殖民地的社会历史条件,决定了黑人知识分子的双重性,一方面因为受到殖民统治和种族歧视而具有革命性,另一方面又因为受到西方教育的熏陶而具有妥协性"③。非洲流散者那种既非此又非彼,既属于此又属于彼的矛盾处境在非洲流散文学中就有鲜明的展现。《紫木槿》中,康比丽和扎扎在专制独裁与和谐宽松的家庭环境的夹缝中踟蹰徘徊,这两种截然不同的家庭环境其实就是西方文化和非洲本土习俗的代表；《大河两岸》中,瓦伊亚吉一直致力

---

① ［肯尼亚］恩古吉·提安哥：《大河两岸》,蔡临祥译,上海文艺出版社2015年版,第193页。

② 张宏明：《近代非洲思想经纬：18、19世纪非洲知识分子思想研究》,社会科学文献出版社2008年版,第188页。

③ 舒运国：《泛非主义史：1900—2002》,商务印书馆2013年版,第302页。

于本土教派和基督教派之间的弥合工作,而他自身也在到底是做一名传统主义者还是基督徒之间犹豫不决,最终遭到两派的联合抵制而走向毁灭。

从这些作品及其主人公的命运来看,文化融合之路并非一蹴而就,文化冲突与对抗是两种文化初次接触时的普遍状态,这就需要经受住时间的考验。同时,我们也应该看到,文化之发展和推陈出新往往就是得益于新旧文化、异质文化的矛盾冲突。另外,我们不得不承认的是,西方文化已经融入非洲文化的肌理之中,嵌入非洲原住民的脑海之中了。他们的流散处境就是明证。"文化非洲化"和"文化西化论"不是非洲之路的康庄大道,"文化融合论"才是未来非洲发展的走向。但是,不可否认,西方文化将在很长一段时期内居于强势地位,非洲文化拥有与其势均力敌的实力吗?处在两种文化张力下的主体能否获得较为理想性质的主体性?这都是需要进一步探讨的问题。

小　结

不管是本土流散者还是异域流散者,他们都因处在异质文化的矛盾冲突之中而使得脑海中存有双重意识,整个人置于流散的境地。通过分析可知,非洲流散者的抵抗之路是艰难且漫长的,其主体性的重建也并非一蹴而就。探讨民族国家之路和非洲之路的主要目的是为生于斯长于斯的个体寻求提供安稳、富足的生存环境的可行性,唯有此,唯有一个坚实有力的大后方,流散者的主体性才有重建的可能,否则,在动乱不安、贫困交加的现实处境中,人的主体性注定是破碎的、不完整的。在西方强势文化和非洲本土弱势文化的夹缝中,流散者的精神和心理处境是十分艰难的。西方文化一方具有较强的拉力,非洲文化一方的拉力相对弱小,置身其中的主体很容易偏向西方,但他们又是在非洲本土文化的土壤中成长起来的,根本无法完全抖落黏附在身上的"泥土",再加上对本土习俗、民族国家和非洲的与生俱来的认同感和责任感,他们极易造成分裂的精神状态。全球化的背景中，个人、民族国家和非洲大陆之间是无法割裂也不能分裂的，他们必须紧密联系，团结合作，才能在这不平等的国际权力关系格局中获得与西方世界平等的可能性，到那时，重建非洲流散者的主体性才更有希望。恩古吉·提安哥在《十字架上的魔鬼》中作此呼吁："令你深受鼓舞的是，有人给你指出路在何方，那就是人民的大团结。"① 人民的大团结。我们期待着。

---

① ［肯尼亚］恩古吉·提安哥：《十字架上的魔鬼》，蔡临祥译，人民文学出版社2016年版，第64页。

结　　语

　　"流散"本身就与全球化进程密切相关，无论是研究非洲的本土流散还是异邦流散，都是在非洲——西方这个维度上探讨的，所以，把非洲英语流散文学置于全球化的背景中考察是题中应有之义。因此，非洲文化才有与西方文化交锋的可能，而置身于两种异质文化的冲突与融合过程中的主体必须接受它们的双重塑造。但是，在这两种并非势均力敌的文化冲突中，主体的"受力"程度并不均匀。成长于非洲文化土壤中的非洲黑人过于"脆弱"，很容易被西方文化所"捕获"，并被进一步塑造与规训。个中因由，很大程度上归结于此：非洲在漫长的历史发展中并没有形成一个统一的文化主体，或者说，非洲原本统一的文化主体被西方的殖民侵略和殖民统治破坏掉了。没有一个统一的文化主体，就难以形成统一的民族心理，难以形聚成一股强大的型聚力。所以，非洲黑人在精神层面往往是"孱弱"的。这种情形在非洲流散作家的作品中十分明显，其中的人物脑海中大都具有"双重意识"，既依附又剥离。这也是非洲原住民并没有产生跨国界的经历而呈现出本土流散表征的最为重要的原因，那些异域流散者更不用说了。他们的主体性出了问题：本土流散者的主体性被瓦解了，异邦流散者的主体性遭到挤压和遮蔽。他们没有一个根基厚实、强大的主体性，很容易被他种文化侵入、塑造，并取代本土文化。如果非洲黑人拥有一个坚实的主体性，他们就会面对纷繁的侵扰而岿然不动，以"我"为主，吸纳他种文化为我所用。但是，重建非洲流散者的主体性并非易事，这还需要大环境的融洽与和谐，即民族平等相处，经济快速发展，国家稳定统一，非洲大陆形成一体多元的政治、经济、文化格局等等。总而言之，要形成与西方世界相抗衡所需要的实力，当然，这并不是提倡对抗性思维，而是在非洲的遭遇与现状的基础上所必须践行的策略。唯有"势能"相近，动态的"平衡"才能达成，"平等"才得以维系。

探讨非洲英语流散文学中的主体性问题具有以下意义。

首先，对非洲英语流散文学的研究，有助于加深世界流散文学的理解和深刻把握非洲英语流散文学的特征；与此同时，也丰富了国内"非主流"英语文学研究的内涵，拓宽了我国外国文学研究的版图。

其次，探讨非洲英语流散文学中的主体性问题，可以给我们如下启示。非洲流散者的主体性遭到外来势力的强力瓦解，在目前以及将来的很长时期内，将处在重建阶段。非洲原住民的主体性不可能恢复到殖民者到来前的样貌，也不会完全复制西方人的主体性，而是在混杂、融合的状态中重建未来的征途。在此时以及未来的很长时期，中国文化如若以各种方式适时融入非洲人和非洲文化的主体性建构中来，将会对非洲人、非洲文化和中—非间的关系产生深远的影响。非洲就不会仅仅处在非洲—西方的二元关系中，而会形成非洲—中国—西方这种多元体系，非洲的发展之路以及非洲人的流散目的地也会出现多种选择，这对非洲和非洲人来说是有益处的。

最后，研究非洲的主体性问题也给探讨中华民族的主体性问题以启发。可以说，非洲、西方和中国的"主体性"有很大不同。对于非洲的殖民流散者来说，他们的主体性中含有一种侵略性和殖民性成分，这其实就是西方文化中某种特征的外在表现；非洲各国由于种族繁多，语言多样，习俗不同，在政治、经济、文化和心理等方面尚未完成一体化的时候就因为非殖民化运动而取得了独立，他们的主体性是不稳固的，脆弱的和尚待建立的；中华文化源远流长，虽也曾经陷入半殖民地半封建的境地，但由于文化的主体性一以贯之，且根基深厚，并没有被外来文化冲垮。但是，与西方文化主体中所内含的"殖民性"不同,很难从中华文化的主体性中找寻到"殖民性"的影子。所以,当各民族国家各自封闭独立地存在时,各自的主体性无所谓好坏。它们皆按照自己特有的逻辑发展演变。但是,当不同的民族国家相遇的时候,各自的主体性所存在的优缺点就显露无遗。试问,一个讲究温柔敦厚、仁爱天下的民族国家如何应对热衷于海外探险和殖民开拓的民族?这是值得我们思考的问题,也是研究非洲流散文学中的主体性时促使我进一步拓展的问题。

附录

东非文学的前夜：
《面向肯尼亚山》叙事的发生[*]

内容提要 乔莫·肯雅塔在《面向肯尼亚山》中充分体现了他的文化民族主义立场，系统阐述了基库尤族的传统习俗及其运行逻辑。特殊的历史时期，往往会产生特殊形态的作品。在反抗殖民统治、争取民族解放的时代大潮中，政治性、宣传性和自传性的写作要比想象性或创造性的写作更加有效，它们可以更直白地表达观点，更迅捷地进行传播，这对于纠正西方社会的偏见，摆脱污名化，夺取对本民族进行阐释的话语权至关重要。由于肯雅塔在1952—1961年遭到殖民政府的拘禁，以及20世纪初英美现代文学批评界兴起的"新批评"思潮等原因，《面向肯尼亚山》在东非英语文学史上的地位和价值并没有得到客观评价。可以说，这部作品集自传性、抵抗性和文学性于一身，对东非英语文学的发生、发展产生了深远的影响，它是东非在19世纪80年代至20世纪60年代初最具代表性的作品。

关键词 乔莫·肯雅塔；文化民族主义；功能主义；东非英语文学

---

[*] 本文原载《外国文学评论》2020年第4期。

1962年6月，乌干达的马凯雷雷大学举办了首次非洲英语作家大会（Conference of African Writers of English Expression），西部非洲的沃莱·索因卡、钦努阿·阿契贝、奥比·瓦力和克里斯托弗·奥基博（Christopher Okigbo，1932—1967），南部非洲的彼得·亚伯拉罕斯（Peter Abrahams，1919—2017）、艾捷凯尔·姆赫雷雷和刘易斯·恩科西，东部非洲①的恩古吉·提安哥、丽贝卡·恩乔（Rebeka Njau，1932— ）与格蕾丝·奥戈特（Grace Ogot，1930—2015）等人悉数出席。彼时，西部非洲和南部非洲的参加者大都发表过具有代表性的作品，如西非的索因卡已经完成了《狮子与宝石》（*The Lion and the Jewel*，1959）和《森林之舞》（*A Dance of the Forests*，1960），阿契贝出版了《瓦解》（*Things Fall Apart*，1958）和《再也不得安宁》，南部非洲的姆赫雷雷出版了《人必须活下去》（*Man Must Live and Other Stories*，1946）和《沿着第二大街》（*Down Second Avenue*，1959），亚伯拉罕斯则发表了《城市之歌》（*Song of the City*，1945）、《矿工男孩》（*Mine Boy*，1946）和《雷霆之路》（*The Path of Thunder*，1948）。而东部非洲的参加者大都是些学生作家（student writers）或学徒（apprentices），他们的文学"成就"仅限于在校园文学期刊上发表的部分短篇小说。比如，恩古吉②仅凭发表在《笔尖》（*Penpoint*）和《变迁》（*Transition*）杂志上的短篇小说《无花果树》（*The Fig Tree*，1960）和《回归》（*The Return*，1962）就获得了参加这次会议的资格。奥戈特在这次非洲文学大会上宣读了自己的短篇小说《一年的牺牲》（*A Year of Sacrifice*），并于次年发表在《黑色奥菲士》（*Black Orpheus*）杂志上，而这是奥戈特发表的第一篇作品。

---

① 东部非洲国家通常包括：肯尼亚、乌干达、坦桑尼亚、索马里、埃塞俄比亚、厄立特里亚、吉布提、塞舌尔、卢旺达、南苏丹和布隆迪。

② 恩古吉·提安哥原名詹姆士·恩古吉（James Ngugi），为了反抗殖民主义，他于20世纪70年代放弃了这个带有殖民色彩的名字，而采用了具有本土色彩的名字，但是大家仍称他为恩古吉。

这次会议让东非作家们感到了一种焦虑感和无助感。奥戈特于1976年8月13日接受采访时回忆道："来自非洲其他地区和散居海外的作者带来了他们的作品，这些作品都展示在大家面前，但没有来自东非的任何作品！"① 恩古吉则觉得自己当时处在某种文学真空之中。与西部非洲和南部非洲相比，东部非洲貌似是一块文学的贫瘠之地。苏丹/乌干达作家塔班·罗·利永（Taban Lo Liyong, 1939— ）在1965年撰文《我们能否改变东非的文学贫乏？》（*Can We Correct Literary Barrenness in East Africa?*），哀叹东部非洲缺乏强劲的文学文化，认为该地区的作家未能充分利用他们悠久的口述传统和丰厚的历史资源，他们没有创作出引起国际关注的文学作品。② 但这种情况很快有了改观。恩古吉在1963年之后相继出版戏剧《黑隐士》，小说《孩子，你别哭》、《大河两岸》和《一粒麦种》，格蕾丝·奥戈特出版了《应许之地》（*The Promised Land*, 1966）和《无雷区》（*Land Without Thunder*, 1968），乌干达诗人奥考特·普比泰克（Okot p'Bitek, 1931—1982）出版了《拉维诺之歌》（*Song of Lawino*, 1966），等等。这些作品改变了东部非洲英语文学的贫乏状况。"直到20世纪60年代中期，它［东非文学］才开始获得一种独特的身份，并吸引了文学批评家和历史学家们的注意。"③ 但是，以上所述只是东非英语文学的发展概貌，或者更精确地讲，只是东非的想象性写作（imaginative writing）或创造性写作（creative writing）的发展状况，并不能完全概括彼时彼地东非文学的真实境况。

实际上，东非并不是文学的荒芜之地，而是有着悠久的口述文

---

① Bernth Lindfors, *Interview with Grace Ogot*, World Literature Written in English, Volume 18, 1979, p.58.

② See Simon Gikandi and Evan Mwangi, *The Columbia Guide to East African Literature in English Since 1945*, New York: Columbia University Press, 2007, p.8.

③ Simon Gikandi and Evan Mwangi, *The Columbia Guide to East African Literature in English Since 1945*, New York: Columbia University Press, 2007, p.8.

学传统和本土语言书写传统。以本土语言文学为例，东非就有肯尼亚和坦桑尼亚的斯瓦希里语文学、索马里的索马里语文学和埃塞俄比亚的阿姆哈拉语文学等等。"这些文献可以追溯到 15 世纪，它们通常拥有当地和区域的权威和声誉，这是英语写作无法比拟的。"① 但这些口述文学传统和本土语言书写传统在当时的语境下被遮蔽了，或没有引起足够重视。除了本土文学传统遭到忽视以外，还有一部在东非创造性和想象性英语文学作品产生前夜、在特殊的时代氛围中诞生，集文学性、抵抗性和自传性于一身，且对之后东非英语文学的发展有着重要影响的作品也被忽略了，这就是由乔莫·肯雅塔于 1938 年出版的《面向肯尼亚山》。

第一节 肯雅塔与《面向肯尼亚山》

加纳作家凯斯利·海福德（J. E. Casely Hayford，1866—1930）、加纳国父克瓦米·恩克鲁玛（Francis Nwia Kwame Nkrumah，1909—1972）、尼日利亚首任总统纳姆迪·阿齐基韦（Nnamdi Azikiwe，1904—1996）和乔莫·肯雅塔等人皆认为，在民族危亡之际，政治性、法律性和民族性的文本要比想象性和创造性的文本更有用，因为它们可以更便捷地传播非洲各民族的政治主张和文化传统，更有效地促进非洲大陆的解放事业。② 肯尼亚第一任总统、有"东非民族主义之父"称号的乔莫·肯雅塔的民族志《面向肯尼亚山》就是这样一部作品。1929 年，肯雅塔作为基库尤中央协会（Kikuyu Central Association）的领导人前往伦敦的殖民办公室（Colonial Of-

---

① Simon Gikandi and Evan Mwangi, *The Columbia Guide to East African Literature in English Since 1945*, New York: Columbia University Press, 2007, p.9.

② See Albert S. Gérard, ed., *European-Language Writing in Sub-Saharan Africa*, Amsterdam/Philadelphia, John Benjamins Publishing Company, 1986, p.27.

fice），表达基库尤人的土地诉求，要求官方承认女性割礼习俗以及允许基库尤人开办自己的学校，但于 1930 年因经费不足而短暂回国。1931 年，肯雅塔再次赴英，直到 1946 年才返回祖国，并担任肯尼亚非洲联盟（Kenya African Union）的主席。① 正是在第二次赴英的过程中，肯雅塔遇到了对他产生重要影响的导师——著名人类学家布罗尼斯拉夫·马林诺夫斯基（Bronislaw Malinowski，1884—1942）。从 1910 年始，马林诺夫斯基便辗转于澳大利亚、新几内亚和特罗布里恩群岛，着手当地的田野调查。他是"第一位亲自在当地长期研究、以客观的民族志材料取代过往充满研究者主观论述的人类学家，也是首先提出完整的文化理论以取代以往社会达尔文主义与传播论观点、进而开启新研究方向的理论大师"②。澳大利亚人类学家迈克尔·扬（Michael Young）认为马林诺夫斯基发明的田野调查法为英国人类学带来了突破性的变革，称他为"人类学的开山祖师"③。

据《肯雅塔》（Kenyatta，1972）一书的作者杰里米·默里-布朗（Jeremy Murray-Brown，1932—　）考证，肯雅塔跟随马林诺夫斯基学习了两年左右，两人关系十分友好。④ 出身于波兰贵族的马林诺夫斯基在人类学方面的研究理路和治学方法对《面向肯尼亚山》的叙事产生了重要影响。马林诺夫斯基主张研究者要沉浸在所研究部落的日常生活中，以亲身经历的方式进行田野调查，并从当地人的角度（from the native's point of view）进行表述。他倡导的功能主

---

① See Chronology for Kikuyu in Kenya, Minorities at Risk Project, Refworld, Thursday, 26 December 2019, https://www.refworld.org/docid/469f38ac1e.html.

② 曲枫：《图腾理论及其在中国考古学上应用之检讨》，《辽宁省博物馆馆刊》2008 年第 3 辑。

③ [澳] 迈克尔·扬：《马林诺夫斯基：一位人类学家的奥德赛，1884—1920》，宋奕等译，北京大学出版社 2013 年版，第 1 页。

④ 参见 [英] 杰里米·默里-布朗《肯雅塔》，史宙译，上海人民出版社 1976 年版，第 141 页。

义方法（functionalist approach）"通过坚持把'原始'社会视为有生命的、完整的、可行的文化社区，含蓄地肯定了他们的人类价值和尊严，并破坏了有害的种族主义刻板印象，即［认为他们］'空洞、无趣、野蛮'"①。简而言之，马林诺夫斯基的"功能论"最"感兴趣的是通过强调制度的具体功能，关注文化之间的差异而不是相似之处，来确立每种文化系统的独特性"②。每种文化的存在都是独特的，有其自身的合理性。在《西太平洋上的航海者》（Argonauts of the Western Pacific，1922）中，马林诺夫斯基这样写道："我们发现，每一种文化都有不同的制度让人追求他的生活兴趣，有不同的习俗来满足他的愿望，有不同的法则和道德准则来嘉奖其美德、惩罚其过错。"③ 德裔美国人类学家弗朗兹·博厄斯（Franz Boas，1858—1942）倡导的文化相对论（cultural relativism）认为，文化并无优劣之分，不能站在我族中心主义（ethnocentrism）的立场评判另一种文化行为，要从该文化自身的标准和价值出发，才能了解它。④ 而马林诺夫斯基的理论首次完整、清楚地解释了文化相对论的观点，表达了自身反对社会达尔文主义和种族歧视的主张。马林诺夫斯基根据自己的研究经验，总结出了要实现民族志的田野调查目标所必须遵循的三条研究路径：

1. 部落组织和文化剖析须用明确清楚的框架记录下来，这一框架须由具体证据统计记录法提供。

---

① Bruce Berman, "Ethnography as Politics, Politics as Ethnography: Kenyatta, Malinowski, and the Making of Facing Mount Kenya", *Canadian Journal of African Studies*, Vol. 30, No. 3, 1996, p. 330.

② Albert S. Gérard, ed., *European-Language Writing in Sub-Saharan Africa*, Amsterdam/Philadelphia: John Benjamins Publishing Company, 1986, p. 870.

③ ［英］马林诺夫斯基：《西太平洋上的航海者》，弓秀英译，商务印书馆2019年版，第48页。

④ 参见［美］弗朗兹·博厄斯《人类学与现代生活》，刘莎等译，华夏出版社1999年版，第4—5页。

2. 须在该框架内填充现实生活的不可测量内容及行为类型。这些资料须通过详尽细致的观察以某种民族志日记的形式记录收集，只有亲密接触土著生活才有可能得到。

3. 须收集民族志陈述、有特点的叙述、典型的表达、各种民俗及巫术咒语，用作文字语料库（corpus inscriptionum）及反映土著心态的文献。①

由上可知，"具体证据统计记录法""现实生活的不可测量内容"② 和 "文字语料库" 是记录部落组织和文化、厘清其日常生活和普通行为、突出典型思维和感受方式的重要方法。唯有此，才能达致民族志的最终目标——"理解土著人的观点、他和生活的关系，认识他眼中的他的世界。"③ 对肯雅塔来说，这种研究方法和文化相对论的主张具有天然的吸引力，且十分契合他的需求。因为，他就出生和成长于基库尤族，是本部族的"局内人"，很容易践行马林诺夫斯基所倡导的研究方法。"功能主义人类学提供了一种统一的、融合的、和谐的文化模式，这似乎完全符合他代表基库尤人的政治目的。社会人类学家同意他的观点，即基库尤人并不比他们的英国统治者差，只是不同而已。"④ 而差异并不意味着不平等。这在种族主

---

① ［英］马林诺夫斯基：《西太平洋上的航海者》，弓秀英译，商务印书馆 2019 年版，第 47 页。

② "具体证据统计记录法"指"研究每个现象时，应对它的具体表现做尽可能广泛的研究，应详尽调查每个现象的具体事例。如果可能，应把结果体现为某种概要图，既可用作研究工具，也可用作民族学文献。有了这些文献及对现状的研究，就能呈现最广泛意义上的土著人文化的清晰框架和他们的社会结构。""现实生活的不可测量性"指某些重要的现象无法通过提问或文献推算记录下来，只能在完整的现实中被观察到。马林诺夫斯基：《西太平洋上的航海者》，弓秀英译，商务印书馆 2019 年版，第 47 页。

③ ［英］马林诺夫斯基：《西太平洋上的航海者》，弓秀英译，商务印书馆 2019 年版，第 47 页。

④ Bruce Berman, Ethnography as Politics, Politics as Ethnography: Kenyatta, Malinowski, and the Making of Facing Mount Kenya, *Canadian Journal of African Studies*, Vol. 30, No. 3, 1996, p.331.

义盛行的年代是十分宝贵的。另外，对于肯雅塔而言，接受高等教育也具有重要意义。到了 1933 年年底，肯雅塔明显地感觉到，与在欧洲遇到的其他黑人相比，自身的教育程度还有所欠缺。他既没有文凭，也没有大学毕业证书，所以，继续读书便成了他的不二选择。1935—1937 年，他除了学习英文外，还在马林诺夫斯基的指导下学习人类学。这不仅可以提高肯雅塔在肯尼亚的威望，扩大在国外的影响力，更重要的是，他可以以平等的姿态与殖民当局接触，而不再被当作一位半文盲的土著（semi-educated native）。他试图向白人证明，别人能做的，我们也能做。

肯雅塔是土生土长的非洲人，而且声称站在本民族的立场，代表本族人民的利益，在国内外有着一定的影响力。对于马林诺夫斯基来说，这位来自肯尼亚基库尤部落且接受过白人教育的非洲人是拓展自己的研究兴趣以及满足某些意图的较为合适的人选。"直到 20 世纪 60 年代，非洲一直是英国人类学研究的主要焦点。"[1] 20 世纪 20 年代末，马林诺夫斯基的研究兴趣渐渐转向非洲。他于 1934 年第一次造访非洲，并在开普敦和约翰内斯堡举办的"社会变革中的教育适应性"（Educational Adaptations in a Changing Society）会议上作了主题演讲。在返英途中，他造访了坦噶尼喀和肯尼亚，并带回了一些与基库尤社会、文化相关的材料。[2] 在遇到肯雅塔之前，马林诺夫斯基就打算研究肯尼亚，但并没有多少起色。因而他设想如果肯雅塔能够从本民族的内部视角撰写一部民族志，那么，自己提

---

[1] Bruce Berman, Ethnography as Politics, Politics as Ethnography: Kenyatta, Malinowski, and the Making of Facing Mount Kenya, *Canadian Journal of African Studies*, Vol. 30, No. 3, 1996, p. 327.

[2] See Bruce Berman, Ethnography as Politics, Politics as Ethnography: Kenyatta, Malinowski, and the Making of Facing Mount Kenya. *Canadian Journal of African Studies*, Vol. 30, No. 3, 1996, p. 327.

出的功能主义人类学方法的严谨性和真实性将得到有力的验证。①
"肯雅塔也可以作为马林诺夫斯基所说的'科学人类学的高度去政治化效应'的一个例子，从而使掌握其研究经费的权贵们认识到人类学对殖民统治所具有的实用价值。"② 马林诺夫斯基意识到，许多"野蛮人"的文化正在快速消失或被西方文化所取代，作为人类学者，有必要通过田野调查的方法摸清它们的来龙去脉和运行逻辑，并记录在案，"抢救"这些原生态的民族文化。由此看来，肯雅塔和马林诺夫斯基均能在对方身上找到各自需要的东西，所以，"通力合作"也就顺理成章了。

但有一点值得一提，马林诺夫斯基去世后出版的《一本严格意义上的日记》（*A Diary In the Strict Sense of the Term*，1967）中对于土著人的态度跟其在公共领域所发表的言论和建立的形象差异悬殊，引发了一场轩然大波。日记中，马林诺夫斯基对超布连人（Trobrianders）和巴布亚人（Papuans）的歧视和诋毁以及他展现出的白人优越感使读者对他在严肃的学术著作中建立起来的权威形象产生了怀疑。在马林诺夫斯基的学术著作中，他是具有同情心和同理心的，认为文化是相对的，每种文化都具有自洽的逻辑体系；但在这部私人日记中，他则称当地人为黑鬼（the niggers），态度厌恶至极。比如，戈马亚（Gomaya）是马林诺夫斯基在基里维纳岛（Kiriwina）的"线人"，他被描述成一个声名狼藉的恶棍（a notorious scoundrel）："戈马亚长着一张狗脸，逗乐着我，也吸引着我。他对我的感情是功利的，而不是寓于情感的。"③ 再比如，"我受够了

---

① See Bruce J. Berman and John M. Lonsdale, *The Labors of Muigwithania: Jomo Kenyatta as Author*, 1928-45, Research in African Literatures, Vol. 29, No. 1, 1998, p. 29.

② Bruce J. Berman and John M. Lonsdale, *The Labors of Muigwithania: Jomo Kenyatta as Author*, 1928-45, Research in African Literatures, Vol. 29, No. 1, 1998, p. 29.

③ Bronislaw Malinowski, *A Diary In the Strict Sense of the Term*, London: The Athlone Press Ltd, 1967, p. 143.

那些黑鬼"①,"总的来说,我对土著居民的感情显然倾向于'消灭这些野兽'"②,等等。马林诺夫斯基在公开和私下的两种截然不同的态度令我们不得不质疑他的"政治中立"(political neutrality),其反对社会达尔文主义和种族歧视的立场也因此需审慎相待。实际上,在当时,人类学客观上就是为殖民侵略和殖民统治服务的。不过,马林诺夫斯基对黑人和土著的真实态度并没有影响肯雅塔写作《面向肯尼亚山》的政治目的,何况,马林诺夫斯基的这部私人日记在1967年才公之于世,而《面向肯尼亚山》早在1938年就出版了。

《面向肯尼亚山》的封面上,印有肯雅塔身着部落传统服饰的照片。他穿着借来的猴皮斗篷,手握一根削尖的长矛,一脸络腮胡子,宛如一位酋长。据说,他所做的这一切皆为了显示他对未受污染的基库尤文化的自豪感。③"肯雅塔主张非洲人有权利为自己说话,而不仅仅是被外国人类学家或传教士讨论,更重要的是,他宣称非洲人应该为自己的文化遗产感到自豪。"④《面向肯尼亚山》鲜明地彰显了一位民族主义者对本民族文化的热爱。马林诺夫斯基在为这部作品撰写的序言中认为,这是一部以文化接触和交流为旨归的宝贵文献,是一位进步的非洲人在掌握第一手资料的基础上所作的观点陈述,取得了突出的成就,具有重要的价值。⑤

---

① Bronislaw Malinowski, *A Diary In the Strict Sense of the Term*, London: The Athlone Press Ltd, 1967, p. 154.

② Bronislaw Malinowski, *A Diary In the Strict Sense of the Term*, London: The Athlone Press Ltd, 1967, p. 69.

③ See *Jomo Kenyatta*. encyclopedia. com. https://www.encyclopedia.com/people/history/african-history-biographies/jomo-kenyatta#D.

④ *Jomo Kenyatta*. encyclopedia. com. https://www.encyclopedia.com/people/history/african-history-biographies/jomo-kenyatta#D.

⑤ See Jomo Kenyatta, *Facing Mount Kenya: The Tribal Life of the Gikuyu*, London: Secker and Warburg, 1938, p. xiv.

第二节　文化民族主义与现代化

　　肯雅塔在《面向肯尼亚山》中详细论述了基库尤族的传统习俗，其意图就是驳斥西方世界那些充满偏见和恶意的言辞，摆脱污名化，为本民族传统正名，夺取对本民族进行阐释的话语权。"他的任务不是'仿效'白种人（用他自己的说法），而是创立另一种和白种人的历史观不同的、自发的非洲人的历史观。"① 在当时的环境中，由非洲人书写的非洲历史往往是稀缺的，解释权和话语权大都被白人所垄断。因为，大多数"基库尤人无法对部落的信仰和习俗给出任何条理清晰或合理的解释"②。这个重担落到了肯雅塔身上，他清晰地梳理出基库尤部落习俗的特征和运行逻辑，向大家提供了"一种对公共历史更深刻的理解，而这种理解正是殖民教育试图压制的"③。《面向肯尼亚山》对西方社会普遍关心的非洲土著的土地、割礼、教育和婚姻等问题做出了详细的阐释。

　　肯雅塔认为，基库尤族自有一套土地分配、购买、使用和管理的制度。尽管形式各异，但基库尤的每一寸土地都有其所有者。"基库尤没有任何公有土地，即所谓'无主之地'。因此，用'部落所有或土地公有制'这个术语来形容基库尤的土地制度是不恰当的，这会让人误以为基库尤的土地为部落所有成员共有。"④ 欧洲人便误

---

　　① ［英］杰里米·默里-布朗：《肯雅塔》，史宙译，上海人民出版社1976年版，第124页。

　　② A. R. Barlow, *Facing Mount Kenya*: *The Tribal Life of the Gikuyu by Jomo Kenyatta*, Journal of the International African Institute, 1939, Vol. 12, No. 1, P. 114.

　　③ Simon Gikandi and Evan Mwangi, *The Columbia Guide to East African Literature in English Since 1945*, New York: Columbia University Press, 2007, p. 11.

　　④ ［肯尼亚］乔莫·肯雅塔：《面向肯尼亚山》，陈芳蓉译，浙江工商大学出版社2019年版，第24页。

认为基库尤的土地是公有的,是归属于部落的,以为部族的首领有权分配所辖地区的土地。"土地公有制是指土地属于集体中的每个人,但基库尤族的……土地不属于整个集体,而是属于各个家庭的创始人,他们才是完全拥有土地并分配土地的人。"① 在基库尤人心中,土地是私有财产,神圣不可侵犯,获得或使用某块土地必须得到土地所有者的同意,就是族长也无权干涉他人家族的土地使用权。除了可耕种的土地,基库尤族还有大片非可耕作的土地,它们是牧场、盐渍地、林地和用来开会及跳舞的公共场所。但这对于早期的欧洲探险者来说,它们就是闲置的、未开发的"无主荒地",而这些所谓的"无主荒地"就可以"先到先得"。殊不知,这些土地对于基库尤人来说同样重要。"每个基库尤人心中都有一个伟大的愿望,那就是拥有一块土地,在上面建造自己的家园。"② 土地是部族的命脉:

> 土地满足他们的物质需求,而后又满足了他们的精神和心理需求。土地里还埋葬着部落的祖先,通过土壤,基库尤人得以与先灵进行思想交流。基库尤人认为,土地是部落真正的"母亲"。一个母亲一次怀胎仅八到九个月,哺育期也很短,而土壤没有一刻不在哺育生者的生命,滋养逝者的灵魂。因此,对基库尤人而言,土地是世界上最神圣的事物。③

土地与非洲人的物质生活和精神生活密切相关,它关涉着非洲

---

① [肯尼亚]乔莫·肯雅塔:《面向肯尼亚山》,陈芳蓉译,浙江工商大学出版社2019年版,第29页。

② Michela Wrong, *Who Are the Kikuyu? And Why Do Kenya's Other Tribes Resent Them So Much?* Slate, Feb. 08, 2008, https://slate.com/news-and-politics/2008/02/why-do-kenya-s-other-tribes-resent-the-kikuyu.html.

③ [肯尼亚]乔莫·肯雅塔:《面向肯尼亚山》,陈芳蓉译,浙江工商大学出版社2019年版,第20页。

的过去与未来。"非洲生活方式的和谐与稳定,政治、社会、宗教和经济组织的和谐与稳定,以土地为基础,土地过去是,现在也仍然是非洲人民的灵魂。"① 肯雅塔认为,欧洲的殖民侵略和殖民统治的罪恶之一便是夺取了非洲人的土地:"土地是被白种人盗窃的,而被选出来代表人民说话的土著不过是一些强盗的助手。……只有把土地无条件地还给非洲本地人,帝国主义强盗退出这片地方才行。"② 在"二战"之后的非洲农村,"3000个欧洲家庭拥有的土地比100万基库尤人的土地还多"③。1952—1956年间发生的茅茅起义的口号就是"把白人抢去的土地夺回来!"在茅茅运动期间,基库尤族有首歌曲这样唱道:"没有土地,没有真正的自由,我们誓不罢休,肯尼亚是我们黑人的国度!"④ 由此可见,基库尤族对于土地和自由具有强烈的渴求。

除了土地问题,割礼也是引起争论的习俗之一。肯雅塔在《面向肯尼亚山》中就当时引起争议的女性割礼问题进行了阐述,尽管割礼受到了基督教传教士的攻击,他还是"展示了割礼仪式与整个基库尤文化的相关性,并指出欧洲人是如何忽视了对非洲文化各个方面的研究中这一仪式方面的内容"⑤。他写道:

> 对于基库尤人来说,是否举行过成人仪式是婚姻关系的决定因素。没有哪个正常的基库尤男子会希望娶一个未受过割礼

---

① Jomo Kenyatta, *Facing Mount Kenya: The Tribal Life of the Gikuyu*, London: Secker and Warburg, 1938, p. 213.
② [肯尼亚] 杰里米·默里-布朗:《肯雅塔》,史宙译,上海人民出版社1976年版,第122页。
③ *The Mau Mau Uprising*, South African History Online, Produced 24 November 2016, Last Updated 18 May 2018, https://www.sahistory.org.za/article/mau-mau-uprising.
④ [肯尼亚] 恩古吉·提安哥:《一粒麦种》,朱庆译,人民文学出版社2012年版,第23页。
⑤ *Jomo Kenyatta*, https://www.encyclopedia.com/people/history/african-history-biographies/jomo-kenyatta#D.

的女子，反之亦然。基库尤族男女若与未受过割礼的异性发生性关系，则是犯了大忌。一旦发生，双方必须进行净身（korutwo thahu 或 gotahikio megiro）仪式，这是一种驱除恶行的仪式。①

肯雅塔认为，割礼的重点并不在于具体操作的细节，而在于割礼这一行为本身所具有的教育、社会、道德和宗教意义。成年仪式是基库尤族最重要的习俗，而割礼是迈向成年的标志性步骤。进入成年人之列，就意味着承担相应的责任，履行保卫部落、促进部落前进的义务等等。基库尤族在悠悠历史长河中形成了属于自身的传统习俗，而这种习俗是体系完备的，逻辑自洽的，如果阻断或摘取其中的某个环节，那么沿袭至今的习俗的"意义链条"便不再完整，被抽掉的那个"环节"之后的步骤便无法接续了。也就是说，基库尤族的传统习俗自有其内在的发生、发展逻辑。"废除割礼仪式会破坏划分各年龄组的部落象征，并阻碍族人将这种形成于远古时代的集体主义和民族团结的精神传递下去。"②

在恩古吉的《大河两岸》中，主人公瓦伊亚吉就非常重视割礼这一部落传统。反对割礼的传教士、政府、教育和医疗机构的相关人士并没有真正生活在基库尤族的传统之中，对其中的文化意义和象征意义无感，他们游离于割礼这一习俗的特定意涵之外，站在自身角度，以自己的标准衡量、裁定和指责其他民族的行为。肯雅塔认为，对割礼这一行为的争论主要是因为各自的"标准"有别，如果以基库尤人的"目光"审视欧洲人的行为举止，也是存在很多问题的。比如，基库尤人认为，像欧洲人那样在公众场合接吻是下流

---

① ［肯尼亚］乔莫·肯雅塔：《面向肯尼亚山》，陈芳蓉译，浙江工商大学出版社2019年版，第119页。
② ［肯尼亚］乔莫·肯雅塔：《面向肯尼亚山》，陈芳蓉译，浙江工商大学出版社2019年版，第122页。

的，为人所不齿，而以爱抚代替接吻则是符合部族规范的神圣行为；① 肯尼亚政府禁止非洲人携带矛、剑和弓箭等危险武器，但是欧洲人却可以携带各种火器自由出入，肯雅塔不禁发问，在欧洲人眼中，到底何为"危险武器"②？再比如，家庭团体和年龄组才是基库尤部落的基础，而部落制度是基库尤文化的关键。③ "基库尤人不把自己当作一个社会单位，因而认为其部落也不是集体组织下的个人群体，而是一个扩大的家庭，通过成长和分裂的自然过程而形成。"④ 所以，不能用通常意义上所理解的"集体"观念去理解基库尤部落，也不能想当然地认为"集体"的领导者与基库尤的酋长在权力层级上是等同的。对于基库尤人来说，家庭是权力的来源。而起着警戒和惩罚作用的三种诅咒形式——姆马（muuma）、库里格·赛恩格（koringa thenge）和基萨齐（gethathi）则是政府体制中控制法律程序的最重要手段，它们可以有效防止虚假证据和律法腐败，但欧洲人则视其为迷信。肯雅塔反问道，欧洲人以抬起双手或亲吻《圣经》的方式进行宣誓的行为就不是迷信吗？对基库尤人来说，欧洲人的这种宣誓行为十分古怪，毫无意义。⑤

除了盘剥土地，指责割礼，欧洲人还意欲把自身的一套教育机制强加给非洲人。但是，非洲人自有其传统、优良且有效的教育体制。比如，基库尤的教育总是因材施教，因人而异，把人际关系放在首位。他们团结有爱、长幼有序、崇尚英雄，有着强烈的集体荣

---

① ［肯尼亚］乔莫·肯雅塔：《面向肯尼亚山》，陈芳蓉译，浙江工商大学出版社2019年版，第140页。
② ［肯尼亚］乔莫·肯雅塔：《面向肯尼亚山》，陈芳蓉译，浙江工商大学出版社2019年版，第78页。
③ ［肯尼亚］乔莫·肯雅塔：《面向肯尼亚山》，陈芳蓉译，浙江工商大学出版社2019年版，第274页。
④ ［肯尼亚］乔莫·肯雅塔：《面向肯尼亚山》，陈芳蓉译，浙江工商大学出版社2019年版，第275页。
⑤ ［肯尼亚］乔莫·肯雅塔：《面向肯尼亚山》，陈芳蓉译，浙江工商大学出版社2019年版，第201页。

誉感。而且，基库尤的教育体制满足了部落的根本需求，即繁衍后代、生产粮食和团结社会成员。"欧洲教育体制期待的社会群体主要是由经济、职业和宗教关系决定的……非洲人却大不相同……家庭关系、亲属体制、性生活，以及年龄组构成了整个基库尤本土教育结构的基础。"① 肯雅塔指出，欧洲人只有重视基库尤教育体制中的各个部分才能重新塑造非洲人，否则，非洲人无法在传统习俗和外来教育中取得平衡。

值得注意的是，虽然肯雅塔乐此不疲地以自豪的口吻述说基库尤族的传统习俗，但"肯雅塔的作品明显是反殖民主义的，它并不提倡回到殖民前的传统，而是寻求一条通往现代化的替代道路"②。实际上，回到过去是不可能的。阿契贝的小说《瓦解》就描写了外来文化对非洲传统的渗透和破坏，主人公奥贡卡沃已经无力维护部族的传统，最终上吊而亡。在本·奥克瑞的《一段秘史》中，尽管"观察员"力图根据自己记忆中的形状拼凑那四分五裂的黑人妇女的"身体"，但终是枉然。不可否认，从现代的角度审视，基库尤族的许多传统习俗都是落后、迷信的，有些行为随着社会的发展已经消失。比如女孩在割礼之前，不能有性行为或自慰，否则就需忏悔，并请"家庭净化师"为其净身；又比如有些人仍然喜欢用他们的年龄组的名字（age-grade name）来称呼彼此，但是随着人们活动的地域空间的扩大和人数上的增长以及文化的迅速变化，年龄组系统（age-grade system）基本上消失了。③ "在那些有传统信仰的人和罗马天主教徒中，[女性割礼] 这一习俗仍然广为流传。大多数教会不

---

① [肯尼亚] 乔莫·肯雅塔：《面向肯尼亚山》，陈芳蓉译，浙江工商大学出版社2019年版，第110—111页。

② Simon Gikandi and Evan Mwangi, *The Columbia Guide to East African Literature in English Since* 1945, New York: Columbia University Press, 2007, p. 85.

③ See Orville Boyd Jenkins and Sam Turner, *The Kikuyu People of Kenya*, Last edited 13 March 2010, http://orvillejenkins.com/profiles/kikuyu.html.

鼓励这样做。年轻一代和更多的城市家庭已经放弃了这种做法。"①

对非洲来说，一成不变的传统无法抵御 1889—1890 年的干旱，也无法战胜天花和牛瘟的侵袭。在天灾和疾病面前，基库尤人不得不逃回他们的祖先在肯尼亚山周围的据点。但是，当他们返回时，英国已于 1895 年把肯尼亚纳入保护国，而且宣称拥有他们的闲置地（vacant land）。② 同样，拒斥现代化则无异于自绝于时代潮流，尽管现代化给西方世界带来许多负面的影响，但非洲必须经历现代化，才能在现代化的过程中反思与调试。在全球化的时代，现代性早已深深嵌入各民族国家的文化肌理之中，对于遭受殖民侵略和殖民统治的非洲来说，更是如此。肯雅塔也承认："民族主义不一定反对西方的现代性；相反，民族主义的当务之急是在欧洲政治控制之外实现非洲社会的现代化。"③ 也就是说，这部作品的产生是符合当时的历史语境和时代需求的。正如有论者指出的那样，"肯雅塔的文本表面上关注的是前殖民时期基库尤文化的再现，但它对东非文学文化的兴起的意义在于，它有力地阐述了 20 世纪二三十年代文化民族主义的一些关键主题"④。赶走殖民者、争取民族独立就是其中最为关键的主题之一。在民族面临危亡和传统文化遭到瓦解之际，文化民族主义的兴起势在必行。"文化民族主义可以被视为该地区政治危机关键时刻的重要标志和现代东非文学的中心思想和主题之一。"⑤ 可以说，在反抗殖民统治、争取民族独立的时代背景下，文化民族主

---

① Orville Boyd Jenkins and Sam Turner, *The Kikuyu People of Kenya*, Last edited 13 March 2010, http://orvillejenkins.com/profiles/kikuyu.html.

② Jomo Kenyatta, https://www.encyclopedia.com/people/history/african-history-biographies/jomo-kenyatta#D.

③ Simon Gikandi, *Encyclopedia of African Literature*, London: Routledge, 2003, p. 368.

④ Simon Gikandi and Evan Mwangi, *The Columbia Guide to East African Literature in English Since 1945*, New York: Columbia University Press, 2007, p. 11.

⑤ Simon Gikandi and Evan Mwangi, *The Columbia Guide to East African Literature in English Since 1945*, New York: Columbia University Press, 2007, p. 45.

义的产生是必然且必要的。所以说，我们不能因为《面向肯尼亚山》并非通常意义上的"创造性写作"或"想象性写作"而忽视这部作品的重要性，它是在民族危亡之际，在反对殖民统治、争取民族独立的年代中出现的特殊产物。

对于东非国家来说，现代化就是从传统社会向现代社会转变。这包含了多个层面，比如经济上的工业化、政治上的理性化和民主化、社会层面的城市化等。但民族国家的独立是现代化的前提和保证。肯尼亚的"现代化进程是在外力的诱使下启动的，最初的表现形式是民族独立运动，因而这类国家的现代化是以政治现代化为开端的。这与西方国家以经济现代化为开端不同"[1]。其实，除了肯雅塔，非洲知识分子一直在努力探索非洲的发展道路，而本土传统与外来文化的关系是非洲知识分子无法回避的核心问题。"从十九世纪开始，非洲社会特别是非洲知识分子所面临的重要课题之一，就是在推进非洲社会现代化的过程中如何处理传统文化与西方文化的关系，这是非洲知识分子所必须回应的问题。"[2] 由此，在谋求未来发展的过程中，先后产生了三种论调：19世纪中叶形成的"文化西化论"、19世纪中后期形成的"文化非洲化"和19世纪末20世纪初产生的"文化融合论"。"文化西化论"认为："非洲人只有采取欧洲模式才能将纷乱状态下的弱小政治实体整合成为强大的民族国家。"[3] 但是，完全放弃传统而倒向西方并不妥当。"文化非洲化"则认为："传统文化是非洲人内在的标志；在步入现代化的道路上，

---

[1] 陈令霞、张静芬：《东非三国：缔造民族国家的里程》，四川人民出版社2002年版，第2页。

[2] 张宏明：《近代非洲思想经纬：18、19世纪非洲知识分子思想研究》，社会科学文献出版社2008年版，第162页。

[3] 张宏明：《近代非洲思想经纬：18、19世纪非洲知识分子思想研究》，社会科学文献出版社2008年版，第165页。

如果非洲人丢掉了自己的文化，无异于走上了一条不归路。"① "文化非洲化"的支持者大都抵制和排斥西方价值观，因而又走上了另一种极端。而"文化融合论"的倡导者则试图在非洲文化和西方文化之间寻求一条现代化的道路，这方面的代表人物有英属黄金海岸的民族主义者理查德·布鲁·阿托赫·阿胡马、英属西非民族主义思想家凯斯利·海福德和"尼日利亚民族主义之父"赫伯特·S. H. 麦考利等。不过，文化融合之路看似比较合理与可行，但在非洲也面临着较为严峻的挑战，我们从非洲文学中主人公的处境便可窥见一斑。在恩古吉的《大河两岸》中，主人公瓦伊亚吉试图联合"上帝的人"约苏亚派和以维护部族纯洁性为己任的吉亚马派，但他的这一愿望落空了，自己也成了两派竭力排挤的对象。在阿契贝的《再也不得安宁》中，奥比·奥贡卡沃留学归来，他脑海中的西方"标准"和本土现实产生了冲突，自身也变成了故乡的流浪者，在事业、爱情和亲情等方面陷入了困境，"基督教背景和欧洲的教育已使奥比成了自己国家里的陌生人"②。在奇玛曼达·阿迪契的《紫木槿》中，家庭独裁者尤金在本土文化和外来文化的张力下，其精神的暗深处呈现出游移徘徊、痛苦迷茫的症状。上述作品中主人公的遭遇，正是因为他们受到了本土文化和外来文化的双重塑造，而这两种文化中的任何一方都没有在他们的脑海中占据主导，他们成了名副其实的流散者，而"当下全球流散（Global Diasporas）已成为常态"③，非洲知识分子大多处在本土流散和异邦流散的境地之中。由此可见，非洲的现代化之路异常艰难。

---

① 张宏明：《近代非洲思想经纬：18、19世纪非洲知识分子思想研究》，社会科学文献出版社2008年版，第175页。

② ［尼日利亚］阿契贝：《再也不得安宁》，马群英译，南海出版公司2014年版，第76—77页。

③ 杨中举：《流散文学的内涵、流变及"流散性"主题表现——以犹太流散文学为中心》，《江苏社会科学》2020年第3期。

第三节 文学性、抵抗性和自传性

杰里米·默里-布朗在《肯雅塔》中直接忽视了《面向肯尼亚山》的文学性和文化自传性,而突出了它的政治性。他认为:"总的来说,《面向肯尼亚山》是一个杰出的宣传文件。"① 除此之外,还有更加片面的指责:"不幸的是,几乎每一章都有一些针对肯尼亚殖民地行政当局或特派团的毫无根据的指控。作者似乎特别想把基库尤人描绘成一个被恶意剥夺了大部分(如果不是全部)祖先土地的民族。"② 在《哥伦比亚东非英语文学导读》(*The Columbia Guide to East African literature in English since 1945*, 2007)中,西蒙·吉坎迪从三个方面阐释了《面向肯尼亚山》的独特性。第一,这部作品的出现是由恢复可用的基库尤历史(recover a usable Gikuyu past)的愿望和产生一种与殖民主义文化及其民族志相对立的民族主义的需要共同推动的;第二,肯雅塔将非洲文化的社会组织作为一种基本原理和结构现象呈现出来,吸引了众多民族主义者和泛非主义者;第三,这部作品对文化民族主义的政治产生了影响。③ 以上三点强调了基库尤的历史、民族主义、非洲社会文化的基本原理和结构以及民族主义政治等方面,但同样忽略了这部作品所拥有的文学性质。

《面向肯尼亚山》虽是一部人类学著作,但它的文化自传性和文学性也十分明显。在这部作品的初版封底有这么一段文字:"这部作品不仅是对当代非洲最伟大部落之一基库尤族的生与死、工作与娱

---

① [英]杰里米·默里-布朗:《肯雅塔》,史宙译,上海人民出版社1976年版,第144页。

② A. R. Barlow, Facing Mount Kenya: The Tribal Life of the Gikuyu by Jomo Kenyatta, *Journal of the International African Institute*, 1939, Vol. 12, No. 1, P. 114.

③ See Simon Gikandi and Evan Mwangi, *The Columbia Guide to East African Literature in English Since 1945*, New York: Columbia University Press, 2007, pp. 85-86.

乐、性与家庭的正式研究，而且还是一部具有相当文学价值的作品。"① 伦纳德·克莱因则直接称它是肯尼亚"最早的英语文学作品"②。它虽是"写实"的，是"非虚构"的，但其中充满了格言、谚语和寓言故事等口头文学形式，也在某些段落中充满着有趣的情节。在"土地使用权制度"（System of Land Tenure）一章的结尾，肯雅塔讲述了一个基库尤的寓言故事，以此隐喻基库尤人与欧洲人之间的关系。这个故事曾经以《森林里的绅士们》为题刊登在我国的《作品》杂志1963年第9期上：一头大象在风雨交加之时寻求人类的帮助，人类出于好意，暂且收留了它。但它无意感恩，不仅不知足，还得寸进尺，恩将仇报，把人类赶出了屋子。人类寻求"皇家调查委员会"解决此事，却失败了，因为所谓的"皇家调查委员会"成员是由犀牛、水牛、鳄鱼、狐狸和豹子等大象的"同伙"构成。人类无可奈何，只得在别处重建了一座小屋，但刚建好不久，犀牛就倚仗着它锋利的犀角霸占了屋子。如此反复，水牛、豹子和鬣狗等也先后占领了人类的住所。没过多久，它们占领的房子开始腐烂，而此时，人类在远处又建了一座更大更好的房子。野兽们为了争夺这座房子的所有权发生了内讧。正在它们争吵不休之时，人类趁机放了一把火把它们都烧死了。"和平需要付出代价，但完全值得！"③ 从此，人类过上了幸福的生活。

这些霸道的动物就是欧洲殖民者的象征。欧洲人刚开始踏入基库尤的土地之时，基库尤人以为他们是背井离乡、孤苦无依的流浪者，出于好心才收留了他们。但欧洲人却以德报怨，欺骗了基库尤人，夺取他们的土地。除了寓言故事，肯雅塔在描述基库尤族的祈

---

① "Kenyatta: Overview", http://www.fgmnetwork.org/articles/kenyatta/index.Html [2020-10-15].

② 参见［美］伦纳德·S. 克莱因（主编）:《20世纪非洲文学》，李永彩译，北京语言大学出版社1991年版，第104页。

③ Jomo Kenyatta, *Facing Mount Kenya: The Tribal Life of the Gikuyu*, London: Secker and Warburg, 1938, p.52.

雨仪式、播种仪式、驱病仪式和祭祖仪式等场景时，也画面生动，栩栩如生，颇具文学性：

> 长老："恩盖神啊，您给我们带来了雨水，也给我们一个好收成！希望您能保佑族人好好地享受收获的粮食，不要有任何意外或忧愁降临；希望人畜远离疾病！这样我们就能安安静静地享受本季的收成。"
>
> 合唱："和平，恩盖神啊，我们赞美您，愿和平与我们同在！"①

这篇短短的仪式描写表现出了祈祷、歌唱、人与神的关系、人与世间万物的联系、人的心灵状态以及部族秩序等一系列因素，画面感颇强。再比如，在写到基库尤族的婚姻制度时，肯雅塔事无巨细地描述了男女双方从互表心意，家长见面，到准备聘礼，订婚仪式，再到婚礼当天的各阶段情况。婚礼当天的情形更是戏剧化，但也正是这种戏剧化常常被西方人误解。因为，在取得女方及其家人的同意之后，男方的娶亲日期是对女方及其家人保密的。男方会在选定的吉日良辰派人偷偷地把新娘"抢"过来。而此时，那位毫不知情的新娘或许正在地里除草，或许正在喂羊。男方家的女眷们会"突然袭击"，把"一头雾水""毫无准备"的女孩举过头顶，扛回家中。在这个过程中，"女孩挣扎着拒绝与她们同去，大声抗议，甚至流下了眼泪，而女人们则欢笑着，载歌载舞"②。这种戏剧化的类似表演将会持续八天，之后会举办相关仪式，以预示着婚礼正式结束。书中类似的文学性描写还有很多，比如在巫术与医术、成年仪

---

① ［肯尼亚］乔莫·肯亚塔：《面向肯尼亚山》，陈芳蓉译，浙江工商大学出版社2019年版，第230页。

② Jomo Kenyatta, *Facing Mount Kenya: The Tribal Life of the Gikuyu*, London: Secker and Warburg, 1938, p. 171.

式和祭祖敬神等章节皆有呈现。

除了作品自身包含的戏剧性情节和充满画面感的故事场景以外，《面向肯尼亚山》这部作品还折射出"文学"的标准和非洲文学的特殊性等问题。在非洲，英语这门语言本身就是殖民的产物。"非洲人用这种语言写的文学作品几乎完全是20世纪的现象。"[1] 非洲英语文学的发生和发展阶段具有鲜明的模仿性和抵抗性特点。非洲各国英语文学"均肇始于对英国文学亦步亦趋的模仿，继而经历了一段旨在本土化和民族化的艰难抗争，最后终于在国际化和民族化之间寻求到了相对的平衡，呈现出与英美文学交相辉映的景象"[2]。出版于1938年的《面向肯尼亚山》以英语为书写语言，深受马林诺夫斯基的功能主义方法论的影响，而且肯雅塔把自己的强烈的政治情绪倾注在这部作品中，这从他描写的内容及其目的就一目了然。"虽然这本书的目的是要以人类学的方式叙述基库尤人的习俗和传统，但它在非洲文学和政治领域的影响更明显地体现在它系统地表达了一种与殖民主义相对立的文化民族主义。"[3] 文化民族主义通过强调本民族文化的独特性和平等性以反抗殖民者的蔑视态度。肯雅塔认为，非洲人不能沉默无声，要发出自己的声音，表达自己的诉求，而不是仅仅被他人"越俎代庖"。在本民族国家遭到殖民侵略和殖民统治的背景下，这部作品的抵抗性特征是十分明显的。

无论是在殖民时期还是在后殖民时期。"南非的艾捷凯尔·姆赫雷雷、彼得·亨利·亚伯拉罕斯、辛迪薇·马岗娜，尼日利亚的钦努阿·阿契贝……肯尼亚的恩古吉·提安哥，加纳的阿依·克韦·

---

[1] Albert S. Gérard, ed., *European-Language Writing in Sub-Saharan Africa*, Amsterdam/Philadelphia, John Benjamins Publishing Company, 1986, p. 863.

[2] 朱振武、刘略昌：《"非主流"英语文学的历史嬗变及其在中国的译介与影响》，《东吴学术》2015年第2期。

[3] Simon Gikandi, *Encyclopedia of African Literature*, London: Routledge, 2003, p. 368.

阿尔马赫，索马里的纳努丁·法拉赫，津巴布韦的陈杰莱·霍夫"① 等作家在反抗种族主义、揭露社会不公与政府腐败、消解西方中心主义话语等方面，都体现出了鲜明的抵抗性。有学者指出："非洲现代文学从诞生之日起就是殖民的产物，同时也必然是反殖民的产物。"② 这种反殖民必然是反抗的、斗争的，充满抵抗性。抵抗性便天然地具有了政治性，或者说，抵抗性很容易与政治性联系在一起。"二十世纪非洲文学还有一个重要特征，政治与文学结合得相当密切。"③ 这也就引出了另一个问题，即文学的标准问题。我们往往把文学性、艺术性或美学价值作为衡量文学的普遍标准，而且很多时候，这种评判是无意识的。但在非洲，或者说，在非洲反殖民和去殖民的过程中，这种标准恐怕值得商榷，至少不能算唯一的标准。非洲英语文学的政治性和抵抗性理应成为评判非洲"文学"的标准之一。而且，作者自身的反殖民、求独立的政治经历也会大大影响作品的形式，"政治经历会塑造写作的形式"④。《面向肯尼亚山》就是这种特殊历史语境下的产物。丹尼·卡瓦拉罗指出："文学不应该是指一个普泛、永恒的审美王国或优秀经典，而是指一种无法摆脱其所由产生的意识形态环境的实践。"⑤ 甚至可以说，在特殊的历史语境下，往往会产生特殊形态的作品。况且，政治性并非非洲文学独有的现象。有学者专门撰文阐述了西方文学的政治性以及

---

① 朱振武、袁俊卿：《流散文学的时代表征及其世界意义——以非洲英语文学为例》，《中国社会科学》2019 年第 7 期。

② 蒋晖：《从"民族问题"到"后民族问题"——对西方非洲文学研究两个"时代"的分析与批评》，《文艺理论与批评》2019 年第 6 期。

③ [美]伦纳德·S. 克莱因主编：《20 世纪非洲文学》，李永彩译，北京语言学院出版社 1991 年版，第 6 页。

④ Simon Gikandi and Evan Mwangi, *The Columbia Guide to East African Literature in English Since 1945*, New York: Columbia University Press, 2007, p.11.

⑤ [英]丹尼·卡瓦拉罗：《文化理论关键词》，张卫东译，江苏人民出版社 2013 年版，第 76 页。

对非洲文学评判的偏见问题。① 西方文学同样充满政治性,或者说,文学很容易与意识形态结盟。保罗·德曼认为:"当它们在……为利益集团服务时……小说也成为意识形态。"② 西方学者认为,非洲文学政治性有余而文学性不足,其实是一种偏见,在这样的评判标准中,非洲在反殖民和去殖民阶段产生的大量作品的价值便遭到了低估,它们的文学价值也被漠视。肯尼亚英语文学或者东非英语文学在肇始阶段体现出的政治性和抵抗性也是一种"文学性"。

肯雅塔的《面向肯尼亚山》是一部民族文化自传,这种自传性写作的确对肯尼亚甚至是东非英语文学的发生、发展产生了影响。由于肯雅塔在1952—1961年遭到殖民政府的拘禁,其作品对东非英语文学的影响力直至20世纪60年代初才显现。这主要体现在两个方面:第一,它为非洲的民族主义作家提供了一个范式,即他们可以书写自身的政治经验,并以此抗衡、解构西方中心主义话语。这方面的作品有乔赛亚·姆旺吉·卡里乌基(J. M. Kariuki, 1929—1975)的《茅茅囚犯》(*Mau Mau Detainee*, 1963)、汤·姆伯亚(Tom Mboya, 1930—1969)的《自由与之后》(*Freedom and After*, 1963)和马瑟·加瑟鲁(Mugo Gatheru, 1925—2019)的《两个世界的孩子》(*A Child of Two Worlds*, 1964),等等。"这种来自反殖民主义前线的写作,以一种戏剧化的方式提供了一种替代马凯雷雷传统所创作的那种写作的方式。"③ 而且,非洲的作家们认为,"他们自己的个人经历可以转化为集体的见证"④。第二,通过阅读民族主

---

① 详见姚峰、孙晓萌《文学与政治之辨:非洲文学批评的转身》,《上海师范大学学报》(哲学社会科学版)2019年第5期。

② [英]丹尼·卡瓦拉罗:《文化理论关键词》,张卫东译,江苏人民出版社2013年版,第76页。

③ Simon Gikandi and Evan Mwangi, *The Columbia Guide to East African Literature in English Since 1945*, New York: Columbia University Press, 2007, p. 11.

④ Simon Gikandi, *Encyclopedia of African Literature*, London and New York, Routledge, 2003, p. 51.

义回忆录（nationalist memoirs），马凯雷雷的作家们得以突破文学的禁锢，直面学术机构之外的殖民主义文化。① 众所周知，当时的马凯雷雷大学是英国伦敦大学的一所海外学院，它的文学传统是深受殖民统治和宗主国的文学影响的。西蒙·吉坎迪指出，20 世纪 50—60 年代，东非的知识分子文学传统深受马凯雷雷传统（Makerere tradition）的影响。② 英国评论家利维斯（F. R. Leavis, 1895—1978）的伟大传统（Great Tradition）观念是东非文学教育的基础。这种影响在东非早期作家的作品中十分明显。而在 1962 年的非洲作家会议之后，东非部分作家展现出来的无助感和焦虑感从某种程度上来说就是所谓英国的"伟大传统"影响的体现，因为当时东非尚未出现与英国的文学传统相符合的文学作品，尽管东非存在着悠久的本土语言书写传统和口述文学传统。但"从英国的传统中，这些作家第一次获知了何为诗歌、小说或戏剧的真正文学模式"③。这方面的代表性作品是由大卫·库克（David Cook）和大卫·鲁巴迪里（David Rubadiri）编选的《东非的起源：马凯雷雷选集》（*Origin East Africa: A Makerere Anthology*, 1965）。总而言之，《面向肯尼亚山》的问世具有重要意义，它可以被视为肯尼亚英语文学甚至是东非英语文学肇始阶段最为重要的著作。"在殖民时期，肯尼亚的其他新兴民族也没有生产出任何与《面向肯尼亚山》相对应的作品。……他的代表性成就是独一无二的。"④

但是，肯雅塔的文学地位是比较特殊的。对东非英语文学的发

---

① See Simon Gikandi and Evan Mwangi, *The Columbia Guide to East African Literature in English Since 1945*, New York: Columbia University Press, 2007, pp. 11-12.

② See Simon Gikandi, *Encyclopedia of African Literature*, London: Routledge, 2003, p. 221.

③ Simon Gikandi, *Encyclopedia of African Literature*, London: Routledge, 2003, p. 222.

④ Bruce J. Berman and John M. Lonsdale, *The Labors of Muigwithania: Jomo Kenyatta as Author*, 1928-45, Research in African Literatures, Vol. 29, No. 1, 1998, p. 17.

生、发展来说，他是一位先行者。在当时的历史文化环境中，他又是一位孤独者，因为，从西方文学批评史的发展历程来看，《面向肯尼亚山》的出版有些"生不逢时"。20世纪初英美现代文学批评出现了"向内转"的趋势。"新批评"派强调文本至上，把作品视为一个自足的整体，着重研究作品的语言、意象和构成等文本内的要素，忽略作品产生的时代背景、作者生平和创作过程等外部因素，文本细读是其方法论。艾略特的早期文论为"新批评"奠定了理论基础。他在《批评的功能》(1923)中这样写道："我并不否认艺术可以有本身以外的目的；但是艺术并不一定要注意到这种目的，而且根据评价艺术作品价值的各种理论，艺术在发挥作用的时候，不论它们是什么样的作用，越不注意这种目的越好。"① 韦勒克和沃伦的《文学理论》(1949)以及布鲁克斯的《文学批评简史》(1957)则完成了"新批评"的理论建构。他们认为："文学研究的合情合理的出发点是解释和分析作品本身……奇怪的是，过去的文学史却过分地关注文学的背景，对于作品本身的分析极不重视，反而把大量的精力消耗在对环境及背景的研究上。"② 1938年《面向肯尼亚山》出版之时正是"新批评"成熟之际，而要理解这部作品的价值和意义则需要回到历史现场，深入非洲的现实遭遇并结合作者及其民族的处境，但遗憾的是，这部作品的内容不可能进入专注于"内部"研究的"新批评"的视野之中，故而并未引起英美学界的广泛关注。

结　　语

加纳历史学家A. 阿杜·博亨认为，迟至1880年，非洲大陆主要还是由本土传统的政治势力统治，欧洲人实际控制的范围十分有限。"到了1914年，除了埃塞俄比亚和利比亚是仅有的例外，整个

---

① 伍蠡甫：《现代西方文论选》，上海译文出版社1983年版，第229页。
② ［美］雷·韦勒克、奥·沃伦：《文学理论》，刘象愚等译，生活·读书·新知三联书店1984年版，第145页。

非洲大陆全都沦为欧洲列强统治下大小不等的殖民地，这些殖民地通常在自然条件上远比原先存在的政治实体大得多，但往往同它们甚少关系或竟毫无关系。"① 在非洲人民的不懈斗争和世界民族解放运动潮流的推动下，东非国家大都在 20 世纪 60 年代取得了独立。"直到五十年代早期，东非还只出版了少量的英文书籍，其作者使用英文主要是为了表达他们的政治不满。"② 西蒙·吉坎迪指出，"非洲文学似乎在 20 世纪 50 年代和 60 年代的非殖民化时期达到了顶峰，那时大多数非洲国家摆脱了欧洲殖民者而独立"③。对于东非英语文学来说，主要在 20 世纪 60 年代中后期出现了文学创作的高峰。所以，以 1962 年召开的非洲作家会议作为东非英语文学发展史上的重要标志，1880—1962 年这段八十多年的沉寂期称为东非英语文学的前夜。肯雅塔的《面向肯尼亚山》则是东非出现想象性和创造性作品之前最为知名的著作，它集自传性、文学性和抵抗性等特征于一身，深刻体现出彼时彼地的历史诉求，深度影响了东非英语文学的创作发生。

　　肯雅塔的文化民族主义立场有其历史必然性，合乎时代的需要。而且，"民族主义作家提供了一种话语，在这种话语中，作家与群体之间的关系是动态的、共生的"④。而马凯雷雷英语（Makerere English）则令人疏远自身的历史、文化和独特经历，它塑造出的是欧化的审美意识形态，这对于非洲的民族主义者来说，是异化的表现。最后，值得一提的是，尽管肯雅塔的自我言说实现了自我表达

---

① ［加纳］A. 阿杜·博亨主编：《非洲通史：殖民统治下的非洲 1880—1935 年》，中国对外翻译出版公司出版 1991 年版，第 1 页。

② Albert S. Gérard, ed., *European-Language Writing in Sub-Saharan Africa*, Amsterdam/Philadelphia, John Benjamins Publishing Company, 1986, p. 873.

③ Simon Gikandi, *Encyclopedia of African Literature*, London and New York, Routledge, 2003, p. xii.

④ Simon Gikandi and Evan Mwangi, *The Columbia Guide to East African Literature in English Since 1945*, New York: Columbia University Press, 2007, p. 12.

和抵抗性的诉求，让欧洲人知道仅以自己的眼光和标准衡量他者是不客观的，也是不公正的。但是，在当时的历史环境中，肯雅塔在白人政府中的影响力是微弱的，在获取英国殖民当局认可的层面上，肯雅塔并没有实现直接的政治目标。[①] 同时也应注意到，面对殖民当局，肯雅塔虽然抱持一种抵抗的态度，但他的抵抗性也不彻底，"他总是坚持非洲人的观点，但做出了足够的让步，以与对手保持对话"[②]。这样的行为与肯雅塔的流散经历和他所接受的西方文化教育密切相关，也从某种程度上反映出非洲人民寻求民族国家独立和现代化发展的艰难。

---

① See Bruce Berman, Ethnography as Politics, Politics as Ethnography: Kenyatta, Malinowski, and the Making of Facing Mount Kenya, *Canadian Journal of African Studies*, Vol. 30, No. 3, 1996, p. 339.

② Barbara Celarent, Reviewed Work: Facing Mount Kenyaby Jomo Kenyatta, *American Journal of Sociology*, Vol. 116, No. 2, 2010, p. 722.

参考文献

一　中文著作

艾周昌、郑家馨主编：《非洲通史·近代卷》，华东师范大学出版社 1995 年版。

鲍秀文、汪琳：《前言》，鲍秀文、汪琳主编《20 世纪非洲名家名著导论》，浙江人民出版社 2016 年版。

蔡圣勤：《孤岛意识：帝国流散群知识分子的书写状况——库切的创作与批评思想研究》，外语教学与研究出版社 2011 年版。

冯契、徐孝通主编：《外国哲学大辞典》，上海辞书出版社 2000 年版。

高晋元编著：《肯尼亚》，社会科学文献出版社 2004 年版。

贺来：《"主体性"的当代哲学视域》，北京师范大学出版社 2013 年版。

黄汉平：《主体》，赵一凡主编《西方文论关键词》，外语教学与研究出版社 2006 年版。

李有成：《绪论：离散与家园想像》，李有成、张锦忠主编《离散与家国想像：文学与文化研究集稿》，允晨文化 2010 年版。

刘鸿武：《非洲研究——中国学术的"新边疆"》，周倩《当代肯尼亚国家发展进程》，世界知识出版社 2012 年版。

刘鸿武等：《尼日利亚建国百年史（1914—2014）》，浙江人民出版社 2014 年版。

陆庭恩、彭坤元主编：《非洲通史·现代卷》，华东师范大学出版社1995年版。

鲁迅：《鲁迅全集》（第二卷），人民文学出版社1981年版。

罗钢、刘象愚主编：《文化研究读本》，中国社会科学出版社2000年版。

钱超英：《流散文学：本土与海外》，海天出版社2007年版。

任一鸣、瞿世镜：《英语后殖民文学研究》，上海译文出版社2003年版。

任一鸣：《后殖民：批评理论与文学》，外语教学与研究出版社2008年版。

申丹、王邦维总主编，韩加明、张俊哲主编：《新中国60年外国文学研究：外国文学史研究》，北京大学出版社2015年版。

孙丽华等：《非洲部族文化纵览》（第一辑），知识产权出版社2015年版。

孙晓萌：《语言与权力：殖民时期豪萨语在北尼日利亚的运用》，社会科学文献出版社2014年版。

舒运国：《泛非主义史：1900—2002》，商务印书馆2013年版。

王刚：《恒久漂游在"回家"的路上：21世纪以来诺贝尔文学奖得主作品的全球流散》，经济科学出版社2016年版。

温越、陈召荣编著：《流散与边缘化：世界文学的另类价值关怀》，甘肃人民出版社2011年版。

徐颖果主编：《族裔与性属研究最新术语词典：英汉对照》，南开大学出版社2009年版。

颜治强：《东方英语小说引论》，人民出版社2012年版。

杨乃乔主编：《比较文学概论》，北京大学出版社2014年版。

虞建华：《移民作家的文化优势与文化使命》，石云龙《全球化语境下的他者书写与生态政治——英国移民作家小说研究》，南京大学出版社2014年版。

乐黛云、张辉主编：《文化传递与文学形象》，北京大学出版社

1999年版。

张其学：《文化殖民的主体性反思：对文化殖民主义的批判》，北京师范大学出版社2017年版。

张平功主编：《全球化与文化身份认同》，暨南大学出版社2013年版。

张宏明：《近代非洲思想经纬：18、19世纪非洲知识分子思想研究》，社会科学文献出版社2008年版。

赵一凡等主编：《西方文论关键词》，外语教学与研究出版社2006年版。

周倩：《当代肯尼亚国家发展进程》，世界知识出版社2012年版。

朱振武、刘略昌主编：《中国非英美国家英语文学研究导论》，上海译文出版社2013年版。

朱振武：《非洲英语文学的源与流》，学林出版社2019年版。

朱振武主编：《非洲国别英语文学研究》，华东理工大学出版社2019年版。

朱振武主编：《非洲英语文学研究》，华东理工大学出版社2019年版。

［澳大利亚］比尔·阿希克洛夫特、格瑞斯·格里菲斯、海伦·蒂芬：《逆写帝国：后殖民文学的理论与实践》，任一鸣译，北京大学出版社2014年版。

［丹麦］该奥尔格·勃兰戴斯：《十九世纪文学主潮·流亡者的文学》，侍桁译，人民文学出版社1958年版。

［德］海德格尔：《赫尔德林诗的阐释》，孙周兴译，商务印书馆2000年版。

［德］康德：《历史理性批判文集》，何兆武译，商务印书馆1996年版。

［法］阿兰·图海纳：《我们能否共同生存》，狄玉明、李平沤译，商务印书馆2003年版。

［荷兰］韦瑟林：《欧洲殖民帝国：1815—1919》，夏岩译，中国社会科学出版社2012年版。

［加纳］阿杜·博亨主编：《非洲通史：殖民统治下的非洲1880—1935年》，中国对外翻译出版公司1991年版。

［加拿大］查尔斯·泰勒：《自我的根源：现代认同的形成》，韩震等译，译林出版社2001年版。

［肯尼亚］恩古吉·提安哥：《孩子，你别哭》，蔡临祥译，人民文学出版社2016年版。

［肯尼亚］恩古吉·提安哥：《大河两岸》，蔡临祥译，上海文艺出版社2015年版。

［肯尼亚］恩古吉·提安哥：《一粒麦种》，朱庆译，人民文学出版社2012年版。

［肯尼亚］马兹鲁伊主编：《非洲通史：1935年以后的非洲》，屠尔康等译，中国对外翻译出版公司2003年版。

［美］本尼迪克特·安德森：《想象的共同体：民族主义的起源与散布》，吴叡人译，上海人民出版社2016年版。

［美］罗洛·梅：《焦虑的意义》，朱侃如译，广西师范大学出版社2010年版。

［美］萨义德：《知识分子论》，单德兴译，生活·读书·新知三联书店2002年版。

［美］萨义德：《文化与帝国主义》，李琨译，生活·读书·新知三联书店2003年版。

［美］拖因·法洛拉：《尼日利亚史》，沐涛译，东方出版中心2015年版。

［南非］库切：《幽暗之地》，郑云译，浙江文艺出版社2007年版。

［南非］库切：《耻》，张冲译，译林出版社2010年版。

［南非］库切：《夏日》，文敏译，浙江文艺出版社2017年版。

［南非］库切：《青春》，王家湘译，浙江文艺出版社2013

年版。

［尼日利亚］阿契贝：《瓦解》，高宗禹译，重庆出版社 2008 年版。

［尼日利亚］奇玛曼达·阿迪契：《半轮黄日》，石平萍译，人民文学出版社 2017 年版。

［尼日利亚］奇玛曼达·阿迪契：《紫木槿》，文静译，人民文学出版社 2016 年版。

［尼日利亚］奇玛曼达·阿迪契：《美国佬》，张芸译，人民文学出版社 2017 年版。

［尼日利亚］泰居莫拉·奥拉尼央、［加纳］阿托·奎森：《非洲文学批评史稿》，姚峰、孙晓萌、汪琳等译，华东师范大学出版社 2020 年版。

［挪威］易卜生：《易卜生戏剧选》，潘家洵等译，人民文学出版社 1997 年版。

［苏］伊·德·尼基福罗娃：《非洲现代文学（北非和西非）》，刘宗次、赵陵生译，外国文学出版社 1980 年版。

［乌干达］马哈茂德·马姆达尼：《界而治之：原住民作为政治身份》，田立年译，人民出版社 2016 年版。

［印度］阿吉兹·阿罕默德：《在理论内部：阶级、民族与文学》，易辉译，北京大学出版社 2014 年版。

［英］德波顿：《身份的焦虑》，陈广兴、南治国译，上海译文出版社 2007 年版。

［英］克里斯·巴克：《文化研究：理论与实践》，孔敏译，北京大学出版社 2013 年版。

［英］安娜贝拉·穆尼、［美］贝琪·埃文斯编：《全球化关键词》，刘德斌等译，北京大学出版社 2014 年版。

［英］佐伊·马什、［英］G. W. 金斯诺思：《东非史简编》，伍彤之译，上海人民出版社 1974 年版。

二 中文论文

常青、安乐哲:《安乐哲中国古代哲学典籍英译观——从〈道德经〉的翻译谈起》,《中国翻译》2016年第4期。

丁如伟、王毅:《"Identity"语义及汉译之辨析》,《上海翻译》2018年第4期。

代学田:《恩古吉:屡败屡战西西弗斯》,《文艺报》2011年6月10日第006版。

邓耘:《近百年来非洲文学在中国翻译出版的特征与困境探析》,《出版发行研究》2018年第3期。

董雯婷:《Diaspora:流散还是离散?》,《华文文学》2018年第2期。

郭德艳:《英国当代多元文化小说研究:石黑一雄、菲利普斯、奥克里》,博士学位论文,南开大学,2013年。

高晋元:《"茅茅"运动的兴起和失败》,《西亚非洲》1984年第4期。

季羡林:《〈中国大百科全书·外国文学〉评介》,《世界文学》1982年第5期。

蒋晖:《载道还是西化:中国应有怎样的非洲文学研究?——从库切〈福〉的后殖民研究说起》,《山东社会科学》2017年第6期。

蒋晖:《"逆写帝国"还是"帝国逆写"》,《读书》2016年第5期。

蒋晖:《论非洲现代文学是天然的左翼文学》,《文艺理论与批评》2016年第2期。

黎跃进:《东方古代流散文学及其特点》,《东方丛刊》2006年第2期。

刘昕蓉:《他们在诺奖光辉里沐浴、浸染、畅游》,《世界文化》2017年第12期。

刘玉环:《从故国想象的失落到精神家园的建构——多丽丝·莱

辛的流散意识及其写作研究》，博士学位论文，东北师范大学，2018年。

刘传霞：《言说娜拉与娜拉言说——论五四新女性的叙事与性别》，《妇女研究论丛》2007年第3期。

刘洪一：《流散文学与比较文学：机理及联结》，《中国比较文学》2006年第2期。

李明欢：《Diaspora：定义、分化、聚合与重构》，《世界民族》2010年第5期。

彭兆荣：《找回老家：乡土社会之家园景观》，《贵州社会科学》2018年第2期。

钱超英：《广义移民与文化离散——有关拓展当代文学阐释基础的思考》，《深圳大学学报》（人文社会科学版）2006年第1期。

钱超英：《身份概念与身份意识》，《深圳大学学报》（人文社会科学版）2000年第2期。

钱超英：《"边界是为跨越而设置的"——流散研究理论方法三题议》，《深圳大学学报》（人文社会科学版）2012年第5期。

乔蕤琳：《女性主义的后现代转向与新型女性文化的建构》，博士学位论文，黑龙江大学，2014年。

瞿世镜：《跨文化小说与诺贝尔文学奖》，《社会信息文萃》1994年第4期。

瞿世镜：《当代英国青年小说家作品特色》，《上海社会科学院学术季刊》1995年第1期。

任一鸣：《后殖民时代的非洲宗教及其文学表现》，《社会科学》2003年第12期。

任一鸣：《承载文化的语言——尼·瓦·西昂戈的民族语言创作观》，《外国文学》2002年第6期。

石平萍：《尼日利亚新生代作家奇玛曼达·恩戈兹·阿迪契：重要的是讲述更多的非洲故事》，《文艺报》2018年4月11日第005版。

宋剑华：《错位的对话：论"娜拉"现象的中国言说》，《文学评论》2011 年第 1 期。

童明：《飞散》，《外国文学》2004 年第 6 期。

童明：《飞散的文化和文学》，《外国文学》2007 年第 1 期。

王宁：《流散文学与文化身份认同》，《社会科学》2006 年第 11 期。

王宁：《流散写作与中华文化的全球性特征》，《中国比较文学》2004 年第 4 期。

王逸平：《我国出版的非洲文学作品》，《读书》1960 年第 7 期。

夏艳：《非洲文学研究与中非交流与合作》，《云南民族大学学报》（哲学社会科学版）2011 年第 2 期。

许燕：《20 世纪 90 年代以来小说中的土地书写研究》，博士学位论文，兰州大学，2016 年。

颜治强：《关于非洲文学语言的一场争论》，《湖北师范学院学报》（哲学社会科学版）2008 年第 3 期。

杨哲：《满目青山夕照明——记参加〈中国大百科全书·外国文学〉卷的部分老专家、老学者》，《出版工作》1983 年第 10 期。

杨中举：《"Diaspora"的汉译问题及流散诗学话语建构》，《山东师范大学学报》（人文社会科学版）2016 年第 2 期。

杨中举：《跨界流散写作：比较文学研究的"重镇"》，《东方丛刊》2007 年第 2 期。

叶胜年：《多彩的拼贴画：近年澳大利亚小说述评》，《外国文学评论》1992 年第 4 期。

叶飞、樊炜：《"文化是我们的根本"——访塞内加尔驻华大使阿卜杜拉耶·法勒》，《中国文化报》2013 年 7 月 30 日第 009 版。

袁俊卿、朱振武：《恩古吉·提安哥：流散者的非洲坚守和语言尴尬》，《人文杂志》2019 年第 12 期。

袁俊卿：《异质文化张力下的"流散患者"》，《外国文艺》2019 年第 6 期。

袁俊卿：《带你走进非洲流散者的困境——谈诺贝尔文学奖新宠古纳》，《明报月刊》2021 年第十一月号。

袁俊卿：《东非文学的前夜：〈面向肯尼亚山〉叙事的发生》，《外国文学评论》2020 年第 4 期。

袁俊卿：《"新非洲流散"：奇玛曼达·阿迪契小说中的身份叙事》，《非洲语言文化研究》2022 年第 2 辑。

袁俊卿：《"最后的礼物"：阿卜杜勒拉扎克·古尔纳的沉默叙事》，《当代外国文学》2022 年第 2 期。

袁俊卿：《"约翰的困境"：〈暗中相会〉中的主体性重构》，《国外文学》2023 年第 3 期。

张勇：《瓦解与重构——阿迪契小说〈紫木槿〉家庭叙事下的民族隐喻》，《当代外国文学》2017 年第 3 期。

张勇：《话语、性别、身体：库切的后殖民创作研究》，博士学位论文，山东大学，2013 年。

邹海仑：《石黑一雄的〈盛世遗踪〉问世》，《世界文学》1990 年第 1 期。

邹海仑：《回顾与展望——"全国外国文学现状研讨会"纪实》，《世界文学》1990 年第 1 期。

张杏玲：《流散文学的黑人文学身份建构》，《求索》2015 年第 8 期。

张冲：《散居族裔批评与美国华裔文学研究》，《外国文学研究》2005 年第 2 期。

张忠祥：《非洲复兴：理想与现实》，《探索与争鸣》2013 年第 6 期。

朱安博：《文化的批判与历史的重构——〈耻〉的流散文学解读》，《外语研究》2007 年第 5 期。

朱世达：《没有根的作家》，《读书》1981 年第 2 期。

朱振武：《非洲英语文学，养在深闺人未识》，《文汇报》2018 年 10 月 8 日第 W01 版。

朱振武、张敬文:《英语流散文学及相关研究的崛起》,《东吴学术》2016 年第 3 期。

朱振武、刘略昌:《非英美英语文学的历史嬗变及其在中国的译介与影响》,《东吴学术》2015 年第 2 期。

朱振武、袁俊卿:《流散文学的时代表征及其世界意义——以非洲英语文学为例》,《中国社会科学》2019 年第 7 期。

朱振武、蓝云春:《津巴布韦英语文学的新拓展与新范式》,《上海师范大学学报》(哲学社会科学版) 2019 年第 5 期。

朱振武、李丹:《尼日利亚英语文学在西方:解读范式与研究热点》,《关东学刊》2019 年第 5 期。

朱振武、冯德河:《尼日利亚奥尼查市场文学的肇兴与影响》,《外语教学》2019 年第 4 期。

[美] 育布拉吉·阿瑞约尔:《〈玩偶之家〉的自我塑造伦理与权力问题》,《外国文学研究》2016 年第 3 期。

[日] 梶茂树:《非洲的语言与社会》,徐微洁译,《非洲研究》2016 年第 2 期。

三 外文著作

Ashcroft, Bill, ed., *The Empire Writes Back: Theory and Practice in Post-Colonial Literatures*, London: Routledge, 1989.

Cohen, Robin and Carolin Fischer, *Routledge Handbook of Diaspora Studies*, London and New York: Routledge, 2019.

Edwards, Paul and David Dabydeen, *Black Writers in Britain, 1760—1890*, Edinburgh: Edinburgh University Press, 1991.

Ezeagbor, Philomina and Okeke-Ihejirika, *Negotiating Power and Privilege: Career Igbo Women in Contemporary Nigeria*, Columbus: Ohio University Press. 2004.

Hall, Stuart and Mark Sealey, *Different: A Historical Context: Contemporary Photographers and Black Identity*, London and New York:

Phaidon Press, 2001.

Harris, Joseph E., *Global Dimensions of the African Diaspora*, Washington: Howard University Press, 1993.

Josiah, Barbara P., *Migration, Mining, and the African Diaspora*, London: Palgrave Macmillan, 2011.

Kenny, Kevin, *Diaspora: A Very Short Introduction*, Oxford: Oxford University Press, 2013.

Manning, Patrick, *The African Diaspora: A History through Culture*, New York: Columbia University Press, 2009.

Okpewho, Isidore, Carole Boyce Davies and Ali A. Mazrui, *The African Diaspora: African Origins and New World Indentities*, Bloomington: Indiana University Press, 1999.

Okpewho, Isidore and Nkiru Nzegwu, *The New African Diaspora*, Bloomington: Indiana University Press, 2009.

Thiong'o, Ngũgĩ wa, *Decolonising the Mind: The Politics of Language in African Literature*, Portsmouth: Heinemann Educational Books, 1986.

Zeleza, Paul Tiyambe and Dickson Eyoh, eds., *Encyclopedia of Twentieth-Century African History*, London and New York: Routledge, 2003.

四 外文论文

Akyeampong, Emmanuel, "Africans in the Diaspora: The Diaspora and Africa", *African Affairs*, Vol. 99, No. 395, 2000.

Achebe, Chinua, "English and the African Writer", *Transition*, No. 18, 1965.

Brown, Judith M., "Global Diasporas: An Introduction by Robin Cohen", *The International History Review*, Vol. 19, No. 4, 1997.

Brubaker, Rogers, "The 'Diaspora' Diaspora", *Ethnic and Racial Studies*, Volume 28, No. 1, January, 2005.

Chivallon, Christine, "Beyond Gilroy's Black Atlantic: The Experience of the African Diaspora", *Diaspora: A Journal of Transnational Studies*, No. 3, Vol. 11, 2002.

Coffey, Meredith, "'She Is Waiting': Political Allegory and the Specter of Secession in Chimamanda Ngozi Adichie's *Half of a Yellow Sun*", *Research in African Literatures*, Vol. 45, No. 2, 2014.

Elmhirst, Sophie, "The Books Interview: Ben Okri," *New Statesman*, 141.5099 (2012).

Philander, Frederick, "Namibian Literature at the Cross Roads", *New Era*, 18 April 2008.

Hinnells, John R., "Global Diasporas: An Introduction by Robin Cohen", *International Affairs (Royal Institute of International Affairs 1944—)*, Vol. 75, No. 1, 1999.

Harris, Joseph E., "African Diaspora Studies: Some International Dimensions", *Issue: A Journal of Opinion*, Vol. 24, No. 2, 1996.

"In This Issue", *Diaspora: A Journal of Transnational Studies*, Vol. 1 No. 1, 1991.

Markus, Andrew, "Reviewed Work: Staying Power: The History of Black People in Britain by Peter Fryer", *Labour History*, No. 49, 1985.

Miller, Mark J, "Global Diasporas: An Introduction by Robin Cohen; The Politics of Migration by Robin Cohen, Zig Layton-Henry", *Journal of World History*, Vol. 10, No. 2, 1999.

Nord, Douglas C, "Modern Diasporas in International Politics by Gabriel Sheffer", *The American Political Science Review*, Vol. 82, No. 2, 1988.

Rodrigues, Ângela Lamas and Ngugi wa Thiong'o, "Beyond Nativism: An Interview with Ngugi wa Thiong'o", *Research in African Literatures*, Vol. 35, No. 3, 2004.

Reckord, Barry, "Polemics: The Dead End of African Literature", *Transition*, No. 75/76, 1997.

Saro-Wiwa, Ken, "The Language of African Literature: A Writer's Testimony", *Research in African Literatures*, Vol. 23, No. 1, 1992.

Safran, William, "Diasporas in Modern Societies: Myths of Homeland and Return", *Diaspora*, 1, (1) 1991.

Schulman, Norman, "Conditions of their Own Making: An Intellectual History of the Centre for Contemporary Cultural Studies at the University of Birmingham", *Canadian Journal of Communication*, Vol. 18, No. 1, 1993.

Thiong'o, Ngũgĩ wa, " 'Resistance is the Best Way of Keeping Alive', by Kyla Marshell", *The Guardian*, Mon 12 Mar. 2018.

Van Kessel, Ineke, "Conference Report: Goa Conference on the African Diaspora in Asia", *African Affairs*, Vol. 105, No. 420, 2006.

Wali, Obiajunwa, "The Dead End of African Literature", *Transition*, No. 75/76, 1997.

Waweru, Peter Kimani and Kiundu, "Return of Ngũgĩ wa Thiong'o with His Writing Children", *The Standard*, Retrieved 8 December 2018.

Zeleza, Paul Tiyambe, "African Diasporas: Toward a Global History", *African Studies Review*, Vol. 53, No. 1, 2010.

五 网络文献

崔莹:《专访提安哥:应将殖民创伤转为财富》,http://cul.qq.com/a/20161008/027800.htm。

Elizabeth Ann Wynne Gunner, Harold Scheub. *African Literature* https://www.britannica.com/art/African-literature.

http://www.movingworlds.net/.

https://muse.jhu.edu/book/9975.

https://muse.jhu.edu/book/1166.

https: //m. jiemian. com/article/2398074. html.

http: //www. un. org/en/africa/osaa/peace/agenda2063. shtml.

http: //www1. uwindsor. ca/diasporayouthconference/.

https: //theculturetrip. com/africa/articles/the-top-west-african-diaspora-authors-you-must-read/.

Hall, Stuart, "The Nub of the Argument",

http: //www. counterpoint-online. org/themes/reinventing_britain/.

Jaggi, Maya, "The Outsider: An Interview with Ngũgĩ wa Thiong'o", *The Guardian*, 26 January 2006. *https: //www. theguardian. com/books/2006/jan/28/featuresreviews. guardianreview* 13.

"Living, Loving, and Lying Awake at Night by Sindiwe Magona", *The Africa Book Challenge*, May 26 2018.

https: //africabookchallenge. wordpress. com/2018/05/26/living-loving-and-lying-awake-at-night-by-sindiwe-magona/.

Mwangi, Evan, "Queries Over Ngugi's Appeal to Save African Languages, Culture", *Daily Nation*, *Lifestyle Magazine*, 13 June 2009. https: //www. nation. co. ke/lifestyle/lifestyle/1214-610382-cdvb7q/index. html.

"The First Makerere African Writers Conference 1962", Makerere University, Retrieved May 13, 2018. https: //timeline. mak. ac. ug/indes. php.

"The Diaspora Division", Statement, *The Citizens and Diaspora Organizations Directorate (CIDO)*, Archived from the original on December 1, 2015. Retrieved January 7, 2016. https: //au. int/diaspora-division.

Ziwira, Elliot, "Unpacking Ngugi wa Thiong'o's 'Secret Lives'", *The Herald*, 3 Apr., 2017. https: //www. herald. co. zw/unpacking-ngugi-wa-thiongos-secret-lives/.

索　引

阿卜杜勒拉扎克·古尔纳 2，148
保罗·吉尔罗伊 12
本·奥克瑞 2，27，32，53-55，60，61，66，197，261
本土流散 38，41，42，44，66，67，69-71，76，77，80，91-94，96-98，127，129，162-164，174，186，194，197，217，226，228，241，243，264
本土流散文学 41，42，95
本土语言 96，128，130-132，135，136，139，144-147，249，271
比亚法拉共和国 180-184
边缘化 17，36-38，43，49，67-69，81，82，84，88-90，92，97，137，138，140，148，157，160，188，190，192，193，215，217
沉默叙事 148，149，151，153，155，157，159，161
大西洋奴隶贸易 5，12

抵抗性书写 41，96
帝国 1，7，14-17，19，31，32，34，35，37，38，40，45，60，77，85，87，93，99，110，112，119，139，140，148，150，153，158，226，227，229，230，258
帝国语言 96，130，131，138
第三空间 16，17
第三世界 18，29，30，67，84，85，89，93，139，188，197，215
多元文化 1，2，16，36，157，188
恩古吉·提安哥 2，28，33，40，50-53，55-61，65，66，68，86，99，101，102，104-107，109-113，115-125，127-131，136，138，140-144，146，163，174，197，201，202，218，239，240，242，247，258，268
泛非主义 9，21，22，94，174，235-238，240，265
非洲联盟 9，21，236-238，250

非洲流散 2,6,9,10,13,21–25,37–44,67,76,77,79,81,83,85,87,89,91,93,95,97,98,147,148,161,194,195,202,214–225,233,240–245

非洲英语作家大会 131,247

分离主义 181,182,184

共同体 99,129,190,229–232,236

国家认同 178,180,184,227,229,230,233

黑色大西洋 12,13

后殖民理论 1,13,14,17,18,34

霍米·巴巴 14,16,35

基库尤族 55,57,102–106,108,109,113,115,119,121,124,126,136,142,246,252,256–259,261,265–267

记忆 47,48,55,66,96,97,139,148,149,151,153,155–157,159,161,183,184,194,195,217,222,261

家园 3,6,7,9,15,20,37,38,45,47–49,67,79,80,84,86,94,96,97,99–103,105,107–111,113–115,117,119,121,123,125–129,150,193,197,215,217,222,225,257

间接统治 60,61,219

阶级 3,11,13,16,18,37,61,68,82,84,108,135,138,159,161,185,209,224,234

流散 1–80,82,84–86,88,90–218,220–222,224–226,228,230–232,234–236,238,240–244,248,250,252,254,256,258,260,262,264,266,268–270,272,274,276,278,280,282,284,286,288

流散诗学 36,38,41,43,46,153

流散性 29,148,264

流散症患者 174

流亡 3,8,14,15,17–19,22,29,35,47–49,67,71,73,74,89,110,128,129,136,137,143,148,150,208

罗宾·科恩 3,7,77

马哈茂德·马姆达尼 60,61,219

马林诺夫斯基 102,250–255,268

茅茅起义 26,100,115,118,119,122,141,142,258

米亚·科托 66,233,234

娜拉出走 42,197–199,214–216

逆写帝国 17,18,77,139

奇玛曼达·阿迪契 2,22,41,60,61,64–66,80,82–84,106,

129,146,149,151,162,164-172,175-177,179-183,185,186,190,192,203-210,212-214,218,219,227,231,232,234,240,264

乔莫·肯雅塔 100,102,105,126,246,249,256,257,259-261

钦努阿·阿契贝 32,197,247,268

全球化 1,13,19,30,36,40,42,47-49,130,136,153,163,172,191,217,225,233,235,237,242,243,262

全球流散 7,77,264

萨义德 13-16,19,35,48,148,150

身份认同 1,25,49,55,58,71,80,131,136,140,145-147,156,162,164,172,174,176,180,182-184,187,189,193-195,230,231

失语症 149,152

双重身份 192

双重意识 12,13,70,71,127,192,194,221,241,243

斯皮瓦克 13,14,35,153

他者 34-36,42,85,92,93,121,137,153,159,175,184,185,190,191,193,194,217,219,221-224,233,234,274

土地 24,56,66-68,85,86,90,91,96,99-120,122,124-129,136,141,150,151,157,226,250,256-258,260,265,266

文化冲突 45,46,50,51,67,71,77,79,172,173,207,241,243

文化非洲化 239,241,263,264

文化民族主义 246,256,262,265,268,273

文化融合论 239-241,263,264

文化西化论 239,241,263

沃莱·索因卡 28,131,135,247

乌班图 24

西方中心主义 36,43,133,140,145,225,269,270

现代非洲文学 28,196

现代性 12,13,262

辛迪薇·马岗娜 268

新非洲流散 129,162

性别 12,13,23,35,49,82,92,98,147,148,161,198,199,215-217

移民作家 30,31,36,233

异邦流散 38,41,76,77,80,82,84,89,92-94,96-98,129,150,161,162,184-186,189,193,194,197,202,204,207,210,218,225,226,228,231-233,243,264

异邦流散文学 41,42,76,95
杂糅性 16-18
直接统治 60,61,196,219
殖民教育 130,138,139,256
殖民流散 32,38,41,44,76,85,86,88,89,91-94,97,98,197,244
殖民流散文学 41,42,85,95
种族 1,7,12,13,20,22,24,38,40,43,47-49,68,71,75,80,82-84,90,92,94,97,100,102,106,108,110,115,124,126,127,134-136,141,147,148,159,161,162,173,175,177,179,192,193,207,208,215-217,224,227,228,232,234,235,240,244,251,252,255,269
种族隔离 33,67,90,91
主体 9,40,42,60-63,65,70,85,88,95-97,99,101,103,105,107,109,111,113,115,117,119,121,123,125,127,129-131,133,135,137,139,141,143,145-149,151,153,155-157,159,161-163,165,167,169,171,173,175,177,179,181,183,185,187,189,191,193,195-197,199,201,203,205,207,209,211-213,215,216,220-225,234-236,241,243,244
主体性 2,4,6,8,10,12,14,16,18,20,22,24,26,28,30,32,34,36,38,40,42-46,48,50,52,54,56,58,60-68,70,72,74,76-98,100-102,104,106,108,110,112,114,116,118,120,122,124,126,128,132,134,136,138,140,142,144,146,147,150,152,154,156,158,160,162,164,166,168,170,172,174,176,178,180,182,184-188,190,192,194,196-245,248,250,252,254,256,258,260,262,264,266,268,270,272,274,276,278,280,282,284,286,288

后 记

　　犹记得2013年的暑假，刚刚本科毕业的我收到了朱振武教授的第一封邮件，之前，我把对《聊斋志异》《阅微草堂笔记》和爱·伦坡作品的阅读感受发给了朱老师，没想到很快便有了回复。我赶紧打开看，其中，有一段话我铭记至今："研究生，顾名思义，就是搞研究的学生。因此从现在开始就要培养自己的科研意识，读书在广的基础上要专而深，就像挖隧道一样，找准点后，径直向前掘进，直到看到另外一片更广阔的场景乃至天地。"当时，只是单纯爱好文学的我对学术研究毫无概念，更谈不上任何体会，只沉浸在邮件回复本身这个"事件"之中，但不可否认，这句话却清晰地保留在我的记忆之中。硕士毕业后，我继续跟随老师攻读博士学位。几度风雨变幻，岁月流转，让我从闲散自足的状态里摆脱出来，追求自律，努力向前。在导师多年的悉心指导下，我从一名不知学术为何物的文青成长为能够钻研学术的入门人。

　　回顾进入师门的这些年，有太多的事情值得铭记。不仅是学术上的引领和指导，老师的博学多才和做事风格也深深地影响了我，使我增长了阅历，开阔了眼界，得到了历练，内心也变得强大。师如灯塔，面对纷繁世事，往往站得高，看得远，辨得真切。老师常常告诫学生，人生在世，要努力一把，要尽情地投入一次，为了读书，为了学业，为了自己的梦想。感恩之心并不能通过文字悉数表达。忘不了导师那一次次的课堂传学，一次次的吃饭聊天，一次次的言传身教，一次次的督促勉励，一次次的论文修改。感谢老师把我带进了学术研究之路，感谢老师这一路的培养和关爱。也感谢师母对我的关照，那些关爱的言行与笑容，始终温润人心。

感谢郑克鲁先生和朱碧恒老师对我的关心与照顾。每当夜幕之中进出校门时，看到郑先生的办公室依旧亮着灯，我的内心中就会升起一片崇敬之情。郑老的话语也激励着我："人生就是给世界留下什么。"感谢杨中举教授和王红坤书记的关怀与指导，感念他们对我学业的帮助。感谢张和龙教授、陈红教授、李建英教授和施晔教授对我开题报告及论文的建议和指导。

很荣幸，我的博士学位论文获得了2022年国家社科基金优秀博士论文出版资助。特别感谢匿名评审专家对我的博士学位论文的认可与鼓励！2022年上半年，我为申此项目而填表格、备材料时，由于疫情原因而无法入校，多亏张虹老师、李正平老师和李冰冰老师等人的多方协助。感谢学界前辈、学院领导的关心与勉励！感谢中国社会科学出版社慈明亮老师的辛勤付出！感谢一直以来关心、帮助我的师友亲朋！

感谢家人的大力支持，是你们给我提供了坚实的后盾，给了我前进的勇气与动力。

笔者学力有限，再加上初涉非洲文学研究，难免存在不足之处，敬请各位方家多批评指正。

写于 2020 年 4 月 9 日
2024 年 1 月 24 日修改